# ジュピターと仲間達

ジェフリー樫田

Jupiter & Friends

JEFFREY KASHIDA

幻冬舎MC

# ジュピターと仲間達

Jupiter & Friends

# はじめに

米国の大学院で学んでいた頃、私は幸運にも大学からフェローシップをいただき充実した大学院生活を送っていました。

女性講師のアシスタントをしながら米国人大学院生の日本語スキルアップを助けることで、私の授業料は免除され、ハドソン川に面したウッドブリッジという学生寮の一室が与えられ、大学からも毎月小遣い程度の報酬を得る事ができました。

村上幸子先生は日本人でとても厳しい方でした。東京大学卒業後、新聞社に就職、その後、渡米されてコロンビア大学・大学院で御自分の博士論文に取り組んでおられました。

ある日、村上先生が部屋で悲しそうに泣いておられたことがありました。なかなか声をかけることもできずしばらく私は黙って机に向かって自分の仕事をしていました。すると、先生のほうから話しかけてこられ、「五年前の今日、三島さんが割腹して亡くなりました。それを思い出していたのです」とおっしゃったのです。一瞬、誰のことだろうと私は思いましたが、それは小説家・三島由紀夫氏のことでした。先生は三島由紀夫氏と東京大学在学中はご友人として親しくされていて、交流を続けておられたようでした。

一九七〇年の十一月二十五日、確かに三島由紀夫氏は市ヶ谷の自衛隊駐屯地・本館玄関前に約千名の自衛隊員を集め、檄を飛ばした後、日本刀・関孫六で割腹自殺をして亡くなっていました。先生があれ程悲しそうに泣きながら、彼を偲ばれていたのが印象的でした。

先生のお歳は四十代前半、とても美しい方で大学院生の中でも大変人気がありました。後に名誉教授となられたジェラルド・カーティス氏も、先生の美貌に惹かれて日本文学の研究を始めた大学院生の一人だと伺いました。村上先生は、いつも背筋をまっすぐ伸ばし机に向かい読書に没頭されていました。ケントホールにあった東アジア研究所には、ドナルド・キーン先生、ジェームス・モーレイ先生、ヒュー・パトリック先生など一流の研究者が在籍され、全米各地の研究機関からいろいろな客人がよく来られていました。

振り返ってみれば、私は村上先生から学問に対する厳しい姿勢を教えていただきました。中途半端な妥協を良しとせず、自分が納得する迄考え抜き、真実を求めていく姿勢です。私がある日、片手間に仏教書を図書館から持出し、目を通しているのに気づかれた先生が、「なぜ、あなたは仏教書に興味があるのですか」と尋ねられました。私は、「ヘッセの『シッダールタ』を読んで、彼が東洋の仏教思想を流れるような美しい文章で表現していることに感銘を受けたからです」とお話しすると、「そうね、彼は修行者のような青春を送った人だから、釈迦自身の生き方に共感し、関心があったのかもしれませんね」とコメントし、微笑まれました。

数年前、ニューヨークに行く機会があり、東アジア研究所を訪問しました。その時、若い女性職員の方から、村上先生は、もう十年近く前に乳癌で亡くなられたと教えられました。もう一度お会いしてご挨拶したいと思っていたのでとても残念でした。私が先生の助手をしていた頃、村上先生は膨大な資料に基づいて日本史の研究に没頭されていました。その後、その研究がどうなったのか気がかりでなりませんが、今は先生のご冥福を祈るばかりです。本書の「はじめに」彼女のことを記したのは、僕の青春の思い出と感謝を込めて、この小説を先生に捧げたいと思ったからです。

ジェフリー・樫田　二〇二二年三月三十一日

目次

はじめに 2
第一話 ジュピターと不思議の剣 8
第二話 満月と花嫁 58
第三話 神龍（シェンロン）の子 106
第四話 西方からの修行者 150
第五話 砂漠の勇者 249

第六話　天竺国　298
第七話　邂逅（出会い）　356
第八話　友情　411
第九話　骸骨の湖　469
第十話　ナンガルパットの聖人　511
第十一話　祇園精舎での誓い　561
あとがき・著者略歴　593

# 第一話　ジュピターと不思議の剣

## （その一）

　目が覚めた。まだ辺りは薄暗い。外は冷たい風の音がする。真上を向いたままゆっくりと目を開ける。耳を澄ましてじっとしていると、かすかにまだ残っている暖炉の火の音が聞こえた。

　身体を包む毛布は白い煤《すす》でうっすらと覆《おお》われている。ユージン（悠仁）が少し動くと毛布のほこりがかすかに舞い上がった。

　枯れ草を編んで作った筵《むしろ》を数枚重ねた寝床は、自分の身体の温かみがこもっていて、心地よく温かい。

　隣で静かに眠っている妹のラニー（羅新）が、自分の腕に手を載せたままでいる。

　昨夜はラニーに即興の物語を聞かせてやった。目を輝かせて、どこかを見つめたようにラニーは聞いていた。三十分ほどするといつのまにかすやすやと眠りについていた。

ラニーは泣き疲れてお腹がすいているに違いない…。そう思いながらユージンは昨夜の出来事を思い出していた。

昨日は夜遅くになってから、村でもらってきたブレッドと野菜スープで食事をした。弟のリチャード（理査徳）も疲れ切っていた。ラニーはそれでも自分のブレッドを泣きながら愛犬タイガーに分けてやった。やさしい妹だ。でもよほど悲しかったのだろう。お腹がすいているのにほとんど食事をせずにそのまま泣き続け、寝てしまった。リチャードも憔悴した表情のまま無言で食べ物を口にしていた。そしてすぐにそのまま眠りについた。二人の上に毛布を被せてやるとすぐに、ユージンも横になり眠りに落ちた。

リチャードのほうを見ると、彼は愛犬フレイジャーを抱きしめたまま、まだぐっすりと眠っているようだ。

たった一日で村の景色はすっかり変わってしまった。

突如現れた百人近い盗賊団が、剣や弓などの武器を駆使して、村を思いのままに蹂躙していった。家々は焼かれ、女子供は捕らえられ、抵抗する男達は皆殺しにされた。捕虜となった女子供には奴隷として売られる運命が待ち構えている。

平和だった村はまさに地獄と化した。

弟と妹にとっては恐怖と悪夢の一日だったに違いない。

彼らの家にも山賊の略奪兵達がやってきた。母は危険を悟り、彼らを屋根裏に潜ませた。運良く二人は見つかることなく彼らは連れていかれることを免れた。

しかし、母が捕らえられて連れていかれた。その時、恐怖で二人はじっと耐えていた。声を出せば自分達もどうなるかわからない。母は盗賊が家に入ってくる直前、二人の幼い兄妹が恐怖のあまり泣き叫んで自分について来ないかと恐れたが、二人を優しく抱き寄せた後、二人を睨みつけ、どんなことがあっても我慢して出てこないように諭した。大事を察した二人は母に言われたとおり、ひたすら堪えて兄が戻るのを待った。彼等にとって長い恐ろしい一日だった。

目を入口のほうに移すと、玄関の扉から弱い朝日が差し込んでいる。

「ジュピターはどこにいるのだろう」ふとそう思い、ユージンは少し頭を持ち上げて部屋を見た。するとる納屋への渡り廊下の近くで横たわっているジュピターがいた。いつもの場所だ。

寝返りを打ってラニーの寝顔を覗き込むと、「お兄ちゃん」と何やら夢を見ているのか寝言でかすかにつぶやいた。無邪気でかわいい妹だ。ユージンは彼女の頬を指で撫ぜてあげた。

「今日は二人が元気になるようなお話を聴かせてやらねば…」そう考えながらユージンはまた眠りについた。彼も疲れ果てていた。

しばらくしてはっとして目が覚めた。外は既にかなり明るくなっている。

「そうだ自分達にはやらねばならぬことがある」そう思って寝床から起き上がった。

二人はまだ眠りについたままでいる。

ユージンが起き上がると、部屋の隅にいたジュピターも気配を察したのか起き上がり、身体をひと振りし伸ばした後、尾を振って駆け寄ってきた。ジュピターはユージンの目をまじまじと見つめたまま彼が動くのを待った。

ジュピターはハスキー犬に似ているが「ホウレン種」という特殊で神秘的な犬だ。精悍な表情と青く輝く鋭い目をもつ雌犬だ。頭が良く、飼い主の言葉を正確に理解し、感情の起伏を敏感に察することができる。

ユージンがまだ三歳だった頃、父が隣国の武官で親友だという人物からもらってきた。ユージンの遊び相手に与えた子犬だった。子犬と彼はいつも一緒に時間を過ごし、野を駆け山を駆けて、育ってきた。そのかわいい子犬が大きくなり、彼も今は精悍な若者になった。いつのまにか遊び仲間から主従のような不思議な一体感を育んできた。

ユージンは今十七歳、ジュピターは十四歳になる。

犬年齢からすると、すでにかなり歳をとっている犬だが、奥深い森林の中で野生犬として生息するホウレン種は成長速度が人間の二倍程度と一般の犬と比べると遅く、他の種とはまったく異なる不思議な血統と生態を持っている。

ジュピターは人間でいえば二十歳前後ということになる。子犬のタイガーとフレイジャーはともにジュピターの子。雄犬で、歳はどちらも二歳になる双子犬だ。

タイガーとフレイジャーの父親は、天竺からやって来たという同じくホウレン種の雄犬だ。天竺の修行僧が飼っていた犬で、その修行僧と犬が標高四千メートルの青蔵高原にあるチュサンという村を訪れた時、修行僧は旅の疲れで病に倒れてしまった。しばらくチュサンの寺院で身を癒したが修行僧は帰らぬ人となった。そのとき、村の寺院を訪れていたユージンの父親にその修行僧が犬を託したと母から聞かされていた。その犬とジュピターの間に授かったのがタイガーとフレイジャーだ。しかし、ある不思議な出来事が夜起こった。その犬は天空に飼い主であった修行僧の姿を見たかのように泣き叫び続けた後、大きな雷音とともに虹化したと思うと、一瞬赤い旋光となって地上から消えてしまった。

その光景をジュピターもはっきりと見ていたらしい。この出来事があってからジュピターも天空の一点を何度も仰ぐことがあったと母は語っていた。ジュピターの瞳の奥には何が映っていたのであろうか。時々ジュピターの目をのぞき込んで、ユージンはそう思った。

タイガーは妹のラニーに懐き、フレイジャーは弟のリチャードといつも一緒にいる。ホーレン種は人間を主人として仕えると、忠実な部下となり、しもべとなって一生をともにする。雌犬は一度子供を産むと二度と出産することはない。ホーレン種の犬は天竺の野生に潜む人喰い虎さえも恐れる強さを持っていた。

「腹が減ったな、ジュピター」ユージンがジュピターを見てそう言った。「森の中に行って何か食べ物を探しにいこう」そう言ってユージンが玄関に向かって歩き出した。ジュピターは尾を振ると、すぐ彼の横についた。

ユージンは背中に剣を背負って家を出た。外はすっかり明るくなっていた。

森にむかう途中の道のあちこちには昨日の盗賊達の襲撃の跡が生々しく残っていた。深い傷を負った村の男達がまだあちこちでうめいていた。村人達が懸命に彼らの傷の手当をしていた。盗賊達に連れていかれずに済んだ女達は、傷ついた夫や男たちの傍で彼らの傷の手当をしていた。

帰らぬ人となった父親の上で泣き伏せる子供達など家族の姿があった。火を放たれ燃え落ちてしまった多くの家からは一日経った今も煙がくすぶり、焦げた臭いが漂っていた。村全体がまるで餓えた狼に食い散らかされたように見えた。「平和な村のすべてをめちゃくちゃにして去って行った蛮族の仕業を許すまい」ユージンは深い怒りを覚えながら決意し、村人達を気遣った。

村の集落を抜けると何もなかったかのように静かな野原が広がっていた。昇ったばかりの朝の太陽が輝いていた。ユージンとジュピターは野原の真ん中をまっすぐ伸びていた道を進んだ。歩いて行くと、やがて鬱蒼《うっそう》とした森の入り口にやって来た。

森の中は朝靄がかかり視界を遮ってよく見えない。少し湿ったような冷気が支配し静まり返っている。時々小鳥の囀りや獣の遠吠えが聞こえた。その中を彼らはゆっくりと進んだ。

彼の背にある剣はずっしりと重い。

青銅色の鞘に長い金色の柄、そして丸い鍔がついた剣だ。母が盗賊の襲撃で連れ去られる数日前、彼女は偶然この剣を長男であるユージンに渡した。

その時、「いつかはお前もこの剣が使えるようになるはずだ。この剣は父上の血をひく者だけが使う事のできる不思議な剣なのよ。でもお前が勇敢な男となり正義の心を持たなければ、この剣を使うことができない」と、母が語っていた。

そして「お前も勇敢で正義の心をもつ立派な男になりなさい。そうすれば、この剣は本当にお前のものになる。その時が来るまで、大切に持っていなさい」こう言って、母は剣を与えた。

歩きながら、ユージンはその時言った母の言葉を思い出していた。

母から剣をもらったユージンは興味本位で鞘から剣を抜こうとしたが、母が言ったようにびくともしなかった。母はユージンを優しい眼差しで見つめこんなことを言った。

「この剣をおまえが使えるようになった時、はるか西方の国で不思議な出会いがあるだろう。そう お父様が言っていた」

「ふーん。そうなんだ。どんなことが起こるのだろう。本当に僕がこの剣を使えるようになるのだろうか」剣をまじまじと眺めながらユージンは呟いた。

その剣が今は母の形見となり父の形見となってしまった。
「父が言ったことは一体どんな意味があるのだろう」そう思いながら、昨日起こったことを思い出していた。
恐ろしかったに違いない。村が盗賊の集団に襲われ、多くの村人が殺され、略奪された。一瞬のうちに平和な村が破壊され、多くの子供や女が連れて行かれた。

その時、ジュピターとユージンは小舟に乗って近くの湖で漁をしていた。家に残された弟と妹は、母に言われ屋根裏で息を殺し、潜む以外なかった。子犬のタイガーとフレイジャーを抱かかえたまま震えていた。幼い彼らは盗賊が去るのをじっと恐怖に耐えながら待った。

しばらくして湖上にいたユージンとジュピターが村の異変に気づき、湖から急いで戻ってきた時、村のあちこちの家が燃やされて燻《くすぶ》っていた。道はおどろくほど静まりかえって人影がない。

家に着いて中を見ると幼い弟と妹は泣きじゃくっていた。

「お兄ちゃん、ママが…恐ろしい男達が来てママを連れて行った」ユージンに二人は泣きじゃくりながら言った。

彼らの足元にいた子犬のタイガーとフレイジャーが、ユージンとジュピターのほうに駆け寄ってきた。

あまりの出来事にユージンは言葉を失った。

ジュピターもすぐさまことの重大さを察知したのか目を凝らし、じっとあたりを見回した。タイガーとフレイジャーはジュピターの足元で震えながらうずくまった。

村の様子が気になったユージンは、しばらくして弟と妹にしばらく家で待つように言い聞かせ、ジュピターを連れて家を出た。

「まだ傷ついた誰かがいるかもしれない」と思いながら、村のあちこちを見て歩いた。村は焼き払われた家が煤ぶっていて焦げ臭く、盗賊達と戦って殺された男達があちこちに遺体となって転がっていた。

それらの死体を引き車に乗せ、村人達が村の中心にある古い寺の境内に集めていた。境内にはすでに多くの遺体が並べられていた。どの遺体も血で染まっていた。生き残った兄弟や親族が泣きながら遺体に伏せていた。中には小さな子供達の姿もあった。

## （その二）

ユージンは幼馴染の仲間の安否が心配になっていた。まず最初に思ったのは親友のトムの家族だった。彼は急いでトムの家に向かった。

彼の家は村を流れる川に沿った小高い丘の上にある。丘の上には三軒の住居があったが、そのうちの一軒は火が燻っていた。盗賊達が火を放ったようだ。トムの家は火の気はなかったが静まりかえっている。

人気のない家のなかに飛び込んで目を凝らすと、めちゃくちゃに荒らされた母屋の様子が目に飛び込んできた。家具は壊され、陶器の破片が割れて散らばっている。

消えそうになっている暖炉の火が辺りを照らして揺らいでいる。その先の薄暗くなった家の隅に目を凝らすとトムが伏せていた。トムはどうやら無事であったが、彼は冷たくなった血だらけの両親を抱かかえるように泣いていた。

「まさか」と目を疑ったが、トムの両親が殺されていた。ユージンは唖然《あぜん》として言葉を失った。その場に立ち尽くしたまま友人と冷たくなった彼の両親を見つめる以外になかった。彼は泣き伏せる友に近づき、彼の背中に手をあてて沈黙した。「トム」とだけ言うのが精いっぱいだった。

ジュピターは殺されたトムの両親のそばで悲しそうな鳴き声をあげた。彼らはいつも優しく、家族のように子犬の頃からジュピターを迎えてくれた。ジュピターの鳴き声が山間の村に悲しそうに響きわたった。

ユージンはトムに自分の家で今夜は休むようにすすめたが、トムは今夜は両親と一緒にいてやりたいと言って動こうとしなかった。彼はその夜、そのまま自分の実家に留まった。

「お前の母上や弟妹は大丈夫か」頬の涙を拭いながらトムが顔を少し上げながらユージンに尋ねた。

「母上が連れ去られた」

歯を食いしばり、不安そうな表情でユージンが応えた。

「弟と妹は無事だ。タイガーとフレイジャーも助かった」

「そうか、よかった」と言ってトムはうなずいた。彼は、すぐにまた両親を見て泣き崩れた。

ユージンは、ハッとして他の仲間のことが気になった。

「トム、ライアンとタイラーのところに行ってくる」

悲しみで肩を落とすトムの背中に向かってユージンはそう言うと、すぐにトムの家を飛び出して丘を走り下った。ジュピターも一緒に彼に続き飛び出した。すぐにジュピターはもうユージンの少し前を走り出していた。どこに行くかをジュピターはすでに心得ていた。

「ジュピター先に行って見てきて！」

ユージンがそう言ってジュピターの後ろで叫んだ。ジュピターはぐんぐん加速し、飛ぶように先を走っていった。ユージンは先を駆けるジュピターの後を追うように懸命に走った。

ライアンとタイラーはユージンの遊び仲間達だ。兄弟で老いた祖母と三人暮らしをしていた。父親は二人が幼い時に重い病を患って他界した。そして、父親の看病で疲れ切った母親も、父親を追うようにして数ヵ月後息を引き取った。まだ幼かった兄弟を母親代わりになって育てたのは母方の祖母ヨランダであった。

祖母は少しばかりの農地を耕し、数頭の牛と鶏を育てながら生計を立てていた。ライアンとタイラーはいつも牛のミルクと鶏の卵を集め、祖母を助けた。そんな兄弟と仲良しだったユージンはいつも二人を温かく家族のように彼の家に迎え、一緒に夕飯をともにした。ジュピターにとっても彼らは幼い頃から馴染みの家族だ。

彼らの家はユージンの家から一キロほど離れたところにあった。こんもりとした林に囲まれた低地にあって天気の良い日には林の中からあがる夕餉《ゆうげ》の煙が見えた。

その谷間の小さな林を目指してユージンとジュピターは駆け降りた。先を駈けていたジュピターの姿が見えなくなっていたので、「ジュピターはもう着いているに違いない」と思いながら走った。

ユージンがトムの家に着いたとき、ジュピターの姿がそこにはなかった。

しばらくするとジュピターは裏の雑木林の中から戻ってきた。何か見つけたらしく、ユージンを見るとジュピターはまたすぐに裏の雑木林のほうに戻っていった。ユージンもジュピターの後を追って雑木林の中に入った。

雑木林の中をしばらく行くと皆でよく遊んだ岩山がある。

その岩山には洞窟があった。そこは彼らの絶好の隠れ家であり遊び場だった。

ジュピターはどうやらその隠れ家で彼らを見つけたようだ。そこで祖母と二人の兄弟は無事に身を潜めていた。

盗賊達が村を襲ったとき、二人の兄弟は祖母の手をひいて裏の雑木林に逃げ込んだ。そしてこの洞窟で身を潜めていたのだ。三人とも無事だった。

ユージンとジュピターを見ると三人は恐怖と緊張から解放され安堵した。貧しそうな彼らの家の様子を一見した盗賊達はすぐに立ち去ったらしい。

その夜、トムも加わってみんなでユージンの家で身体を休めた。疲れ切った子供達を癒すようにヨランダは彼らに温かい鶏のスープと米線（米粉のヌードル）、そして近くの森で採れたキノコを使って食事を準備した。それらを口にすると、ユージンとジュピターの帰りを不安そうに待っていたラニーとリチャードにも少しばかりの笑顔がもどった。

暖かい暖炉の火でみんなの顔が照らされると、安らぎと安堵が広がった。ジュピターがタイガーとフレイジャーを抱えてなめてやっている。じっと薪の火を見ていたトムがゆっくり顔を起こし、ユージンのほうを見て言った。

「ユージン、父上と母上の仕返しを必ずしてやる。あいつらは多くの女、子供たちをさらっていった。みんなをカビラエに奴隷として売り飛ばすつもりなんだ。村の長老がそう言っていた」

ユージンがトムに、「でも僕たちだけじゃ歯が立たない。大人の力が必要だ。それもただの大人じゃダメだ。戦える強い大人が必要だ。とにかく、明日はお前の父上と母上のお墓をみんなで作ろう」

ユージンがそう言うと、トムはうなずき、こみ上げてくる悲しさをこらえて肩を震わせた。溢れる涙が頬をつたって流れ落ちた。

ユージンはトムの肩に手をかけて言った。

「村の男達は村を守ろうとして勇敢に戦った。でも急に襲われた彼らはほとんどが十分戦うこともできずに殺されてしまった。あとに残ったのはけが人と老人達だけだ。今僕たちだけで戦っても盗賊団を打ち負かすのは難しい。返り討ちにならないよう準備をするんだ。山賊達の退治は僕とお前で必ずやるんだ。必ず…」と言ってユージンは友を見た。

トムが言った。

「どうやれば強くなれるのか？　ユージン。何十人もの残虐極まりない山賊の大男達に捕らわれれば僕達も奴らの奴隷になってしまう」

「…でも村の長老が言っていた」

トムがユージンを見ながら呟いた。

「『おまえの父上が残した剣で奴らを倒すことができる…』と。『それを使えるのはお前しかいない。でも、お前は未熟でまだまだ強くなるための修行が必要だ』と。そして、長老は言っていた。『お前と一緒に西の雪深い山脈を越えた天竺という国へ行くがよい。そこに不思議な力を持つ偉い悟達者がいて、二人でその悟達者の弟子になって修行するのだ。そうすれば、僕とお前とでかならず奴らを倒すことができる』と」

「それはどういうことだ。長老は僕達に出家僧になれと言っているのか？」ユージンが聞いた。

「それはわからない」トムが答えた。

ユージンは目を輝かせてトムを見つめた。

母が言っていたように、この剣にはやはり何か秘密が隠されているのかもしれない。きっと不思議な力を持った特別な剣に違いない…。そう思いながら、はるか西の彼方の世界へ思いを馳せた。そこには天空に聳え一年中雪を戴く山々が雲海を突き抜けて青白く輝いている。その向うにいったいどんな国があり、誰がいるのだろう…。

そういえば、ユージンがまだ幼い頃、シルクロードという道を歩いてきた西方の商人が村に宿泊したことがあった。その商人は彫り深い顔立ちで長い顎鬚、青い大きな瞳を持った大男であった。数人のお供に牛車を引かせ、これまで見たことのなかったさまざまなものを積んでいた。商人一行が村を発つ朝、世話になった村人への礼として西方から持ってきた珍しい薬味や香辛料を村人に分け与えたことがあった。商人一行が村に到着した夜、村長は宴を開き彼らをもてなした。その時、その商人は村長などにゴータマの話を聞かせたらしい。同席していた父もゴータマのことを聞き、尊敬し、いつか会いたいとユージンに言っていた。

そして、隣の国の武官になった父はいつしかその機会を得、天竺を旅しゴータマに会ったと聞いた。ユージンの記憶に鮮明に残っているのは、その時の父の表情だった。ゴータマのことを語る父の表情には歓喜が溢れ、とても高揚しているようだった。生き生きとした父の目にはその姿が焼きついているように思われた。

「きっとその人物はすごい力と人々を感動させる特別な何かを持っているに違いない。いったいどんなお方なのだろうか…」父の話を聞きながら、ユージンは思った。

「村の長老がトムに語っていた覚者というのはゴータマ仏陀のことかもしれない…」

辛く悲しい長い一日が終わった。

疲れ果てたリチャードとラニーはヨランダの作った夕食を平らげるとすぐに眠りに落ちた。

母のいない家は寂しかったが、囲炉裏に集まった仲間達と一緒にいると寂しさを忘れさせてくれた。暖炉の火が優しく音を立てながら皆に暖を与えた。揺らめく火が彼らの頬を優しく照らした。

ジュピターはなにやら思いつめて考え込んでいるユージンの顔をしげしげとうかがった。すべてを察したようにジュピターの蒼い目が輝いた。何かが始まるに違いない…ジュピターはそう思っていた。

「旅に出なければならない…。しかし、弟と妹を家に置いていくわけにはいかない。旅にはトムと自分達三人兄妹、それにジュピターとタイガー、フレイジャーの三匹の犬。タイラーとライアンは祖母のヨランダを一人置いてくる訳にはいかない…」そんなことを思いながら、ユージンは心に覚悟を決めたように真剣な表情になった。彼は心の中で大きな胸さわぎを覚えていた。

「西方の雪深い山脈にたどりつくには数多くの森と谷や渓谷を越えねばならない。途中には恐ろしい魔物や獣が出没するという国も多い。山脈を越えきるには何か月もかかるらしい。そんな危険いっぱいの国々を無事に旅することができるのだろうか…。明日はトムのために、彼の家族の墓を作ってやらないといけない」ユージンはずっとそんなことを考えていた。

「とにかく旅のことは後でゆっくりと考えよう…」そう思いながらユージンも眠りについた。

## （その三）

次の朝、ジュピターをつれてトムとユージンは近くの森に入った。森はいつものように霧でおおわれている。そこに朝日が反射して微かに光って見える。彼らが歩き進むと、彼らの後を追うように霧も微かに動いた。道の両端には鬱蒼とした熊笹が生い茂っている。

「森のお婆《ばあ》はいるだろうか？」ユージンはそう思いながらジュピターに続いて前へ進んだ。

お婆は、昨日ユージン達が湖から村に戻った時、彼らにブレッドを分けてくれた。ユージンとトムが森の中に入ったのは、そのお婆のところに行くためだ。昨日、ユージンとジュピターが盗賊に襲われたと知って村に引き返した時、村の焼け跡で白髪のお婆がさまよっていた。

森に住んでいるお婆には村で暮らす息子夫婦がいて、そこにかわいい玉のような小さな女の子がいた。お婆はその孫娘に会いによく村を訪れていた。

ところが、その息子夫婦の家は盗賊に襲われ無残にも焼き払われていた。そこには息子夫婦の姿も孫の姿も消えていたのだ。どこかに逃げて無事でいてくれることを願いながら、お婆は焼き払われた村のあちこちを必死で探し回っていた。

森の中のお婆のところに行っている間、ヨランダと二人の兄弟はラニーとリチャードと一緒に家に残り、荒らされた家の後片付けを手伝った。

ユージンがそのお婆を見た時、お婆はちょうどトムの家の近くで呆然と立ち尽くしていた。どうやらお婆はトムの両親が盗賊達に殺されたことを悟ったらしく、ユージンとジュピターを見ると、彼らに近づいてきた。そして、お婆の背中に背負っていた大きな袋をおろしてブレッドを取り出すと、力のない声で「お腹がすいたらいつでもお婆のところにおいで。お前達の食べるものくらいはあるからな…」

そう言って少し微笑むと、お婆は肩を落として立ち去った。

お婆はよく森の中で取れた食べ物を持って、村にやって来ては村人に売っていた。時々村の子供達においしいクッキーなどを焼いてくれた。お婆の孫娘は、お婆が来るたびに嬉しそうに甘えた。お婆は村の子供達にもいろいろなものを分けてやった。子供たちの嬉しそうな笑顔を目を細め眺めることでお婆の心は癒されたのだろう。間違いなくお婆は孫娘やその家族のことを気に懸けているに違いなかった。

ユージンはお婆の言ったことを思い出して、食べ物をもらいにいこうと思った。それだけではない。お婆も自分の家族を救いたいといろいろ考えているに違いないと思ったからだ。お婆なら何かいい考えがあるかもしれない…。

お婆のいる森は何百年にもなる大きな木が茂り、昼間でも太陽の光が地面に届くことのないほど薄暗く静かで、あまり村人も近づこうとしなかった。昔から村では、その森には精が宿るといわれ、森に住んでいるお婆を村人は気持ち悪がって、特異な目と畏怖の思いで見ていた。

小さい頃、ユージンは両親からよく聞かされた…「その森は嘘つきが森に入ると、いつのまにか道に迷ってしまい二度と村に戻れなくなってしまう」と。だから、どの子も森の近くまで行っても中に入るには勇気が必要だった。どの村の子もふざけて森に足を踏み入れても気持ち悪がって、すぐに引き返して戻ってきたものだ。誰も肝だめしを最後までする勇気はなかった。

「確か、お婆は森の中にある湖のそばの小屋に住んでいると言っていた」

ジュピターにそう言うと、ユージンは森に向かって歩き出した。その湖ならそれほど遠くはないはずだ。その森には、ジュピターと同じホウレン種の犬達も棲んでいると言われてきた。ホウレン種のジュピターが一緒なら必ず森から無事に戻ってこられるはずだ。ジュピターにとっては、森の中はそれほど見知らぬ土地でもないはずだ。そう思いながら、ジュピターを先に歩かせて彼は森の中に入っていった。

森の中に入ったジュピターは青い目を輝かせ、まるで自分の棲家に戻るかのように、なんの迷いもなく薄暗い森の中を駈けるように進んでいった。森はうっそうとしていて人を簡単に近づけるようなところではなかった。生い茂る木や背の高い草木を掻き分けながら進んでいくと、一体どこに自分達がいるのかわからなくなった。

そんな森の中をしばらく歩いていくと、ジュピターとユージンの周りに何かが歩を合わせて進んでいるのに気がついた。何かをひそひそと話しているようなざわつくような気配が一緒についてくる。目を凝らして見ても、それが何なのかよくわからない。しかし間違いなく複数の何者かがずうっと後をつけているようだ。警戒しながらあたりをよく見ても、それらしきものは見当たらない。

「何だろう。もしかすると、これが森の精かもしれない」そう思いながら、ユージンはジュピターの後に続いた。

ジュピターは別に警戒する様子も意に介することもなくふだんのように前に進んでいった。森の精もジュピターは気にならないようだ。蒼く輝く目と、とき折みせる鋭い牙、その精悍な相貌はまるで森を支配する王者のようだ。

「ジュピターは不思議な犬だ」改めてユージンはそう思った。

森の中は薄暗い闇に閉じ込められているようで気味が悪い。

無数に分かれた道は深い緑に覆われていて、その先に何があるのかまったく見当がつかなかった。来た跡を振り返るとまったく見たことのない別の景色が広がるようで、本当にそこを通ってきたのかどうかもわかり難かった。確かに、戻る道を誤ると二度と森の中から出ることはできないと思われた。そればかりか森のどの位置に自分がいるかを、知る術もないように思えた。

彼らの行く手には薄い靄がかかっており、数歩歩くごとに靄は濃くなっていく。

その中をジュピターは迷うことなく進んでいく。ジュピターは自分がどこにいるのかよくわかっているようだ。不思議なことにジュピターの進む道だけが、歩調に合わせて靄が消え、視界が明るくなっていった。やはりジュピターは普通の犬ではないのだろう。

「ホウレン犬とこの森とはいったいどんな関係があるのだろう」そんなことを考えながらユージンが歩を進め、その後をトムが続いた。

しばらくすると、少しずつ廻りが明るくなり目の前に小さな湖が広がってきた。

深い緑色をした湖面には薄い霧がかかり不気味なほど静かで神秘さを漂わせている。よく見ると、小さな明かりの漏れた小屋が奥まった湖面の畔にひっそりとして建っていた。小屋の周りには小さな野原があって真ん中に井戸のようなものが見える。

「あれがお婆の小屋に違いない」そう思いながら彼らは小屋の方に近づいていった。

よく見ると小屋には水車らしきものがついている。

奥の森からは、小さな音を立てて流れる小川が流れて、その水車をゆっくりと動かしていた。透き通った水は冷たそうで水車には氷がついている。

水車を回した水はそのまま水飛沫を飛ばしながら湖に流れ込んでいた。そこは湖というよりも小さな池に近かった。

お婆の小屋からさらに奥に広がる水面の向こうをみると滝が流れ落ちているのが見えた。

池の周りは鬱蒼として薄暗く、濃い緑と高く伸びた木々に覆われていた。滝の落ちる水面だけが白いしぶきを上げて異様に目立っている。滝の奥はもっと奥深いどこかの世界へつながっているように見えた。

## （その四）

時々この池に棲んでいる魚が跳ねる。

その度、付近の静寂を破るようにポチャンという音が響いた。

「白髪のお婆は小屋にいるのだろうか…」ユージンとジュピターが廻りの様子を伺うようにして

小屋の扉の方に近づいた。

　大木から切り出したと思われる分厚くて頑丈な板の扉を恐る恐る叩くとしばらくしてドアを押し開け、お婆が顔を出した。お婆の横で虎のような山猫が用心深い目でこちらを威嚇している。そしてかすかな唸り声を出していた。

　ジュピターがその山猫のほうを睨むとネコは静かに山小屋の片隅にゆっくりと引き下がった。ジュピターの蒼く輝く眼光は威力があり、山猫を不思議な力でねじ伏せていた。

　白髪のお婆は、笑顔で迎えてくれた。

「よく来たね。さあ、お入り。あの猫はお前達には何もしないよ。

　さあて、お前の仲間達はどうしている？　大丈夫だったかい。わしの孫娘も山賊達にどこかに連れ去られたらしい。あの夜盗どもが隣国に売り飛ばそうとするに違いない。そうする前に助け出さねばならない」

　お婆は続けた。

「でもお婆一人では到底無理だ。村の生き残った男どもにも、それができる者はいないだろう…」

　ユージンがお婆の言葉をさえぎって言った。

「お婆、僕とトムが皆を必ず救ってみせる」

「……」お婆は黙って何も言わずユージンと背中の剣をしげしげと見つめた。

「おまえの名前はなんという？」お婆が聞いた。

「ユージンだ」

「それはおまえの剣か？」お婆が訪ねた。

「そうだ」

「どこでその剣を手に入れた？」剣を見ながらお婆が聞いた。

ユージンが黙っていると、お婆がさらに聞いた。

「もしかすると、お前の持っている剣はお前の父が持っていたものか？」

「そうだ。母がそう言っていた。この剣は父上の血をひく僕だけが使える不思議な剣だと言っていた。でも僕はまだこの剣を使うことができない。この剣は重くて鞘から抜こうとしてもびくともしない」

ユージンは剣を母からもらった時の母の言葉を思い浮かべながらお婆に言った。

それを聞くとお婆は言った。

「そりゃそうだろう。お前が強く立派になるまではその剣を抜くことはできないだろう。もしお婆が間違っていなければ、その剣は天竺の国からやってきた剣だ。お前の父が、ゴータマからもらってきたものに違いない」

ユージンが怪訝な顔で聞き返した。

「ゴータマ？　それは誰だ？」

お婆はしばらく沈黙していたが、どこか遠くを眺めるように呟いた。

「もしその剣があの四天王の剣なら、おまえの父は天竺の国に行き、不思議な縁でゴータマに会ったのだろう。そして、その剣をおまえに届ける宿命を負う事になったのだ」

お婆は、そう言うと何か深い思いに耽っているように見えた。

思いがけないお婆の話にユージンは我を忘れて、さらにお婆に尋ねた。

「それはどういうことだ。四天王の剣とは一体どんな剣だ？」

ユージンが興味深そうに聞くと、白髪のお婆が語彙を強めるように言った。

「それは持国《じこく》、増頂《ぞうちょう》、多聞《たもん》、そして毘沙門《びしゃもん》の四つの守護神の力をあわせ持つという剣の事だ」

お婆は続けた。

「おまえの村に小さな古寺がある。わかるか？　その寺の中に天竺から来たという苦行の修行僧が伝えた曼荼羅（マンダーラ）が祀ってある。その曼荼羅に記されているのがこの四天王じゃ」

確かに古寺の中にある曼荼羅らしきものをユージンは見たことがあるが、それに何が記されているのかなどと今迄考えたこともない。

「持国とは国を治める神。増長とは国を豊かにする神。多聞とは世間の民の心を見抜く神。毘沙門とは国を攻める者から民を守る神のことだ。その四つの力をこの剣は呼び起こすことができると言われてきた。ゴータマはこの宇宙を貫く不変の法を悟った。その結果、自らアバターの力を備えた覚者となった。四天王はゴータマが自らの力で呼び起こすことのできる宇宙に存在する神通力だと言われておる」

お婆は思い出すように続けた。

「仏陀はそのアバターの力をこの剣の中に吹き込んだと言われている。アバターとよばれる者は千年に一人この世に現れるらしい。それも世の中が乱れ、不幸な世が続く時にアバターが降臨し、世の中を正すと聞いている」

お婆はユージンの剣の鍔《つば》を目を細め丹念に見入りながら、少々驚いたような表情で声を強めて言った。

「間違いなくお前の剣の鍔には四天王が彫られておる。四天王の剣に違いない」

そう言われてユージンも鍔をじっと見つめた。初めて耳にする不思議な剣の由来にユージンは驚くばかりだったが、なるほど確かに鍔には四天王と思われる四人の彫刻があった。

「自分の父はいったいどんな人物と天竺で会ってきたのだろう？　ゴータマというのは人間なのか、神なのか、そうでなければ一体何者なのだ。覚者というのは神とどう違うのか。普通の人間ではなくて、その人物は神になったということなのか？」いろんな疑問が彼の頭の中を巡った。

そんなユージンを白髪のお婆はまじまじと見つめた。

まだ少年のようなこの青年がこの剣の使い手なのかと思いながら、「この子はどういう宿命をもった若者なのか？　人の縁というものは不思議なものだ。自分の力を超えた不思議な因果の作用で動くことがある」と感じていた。

お婆はユージンに見ながら、微笑んで言った。

「もしお前が四天王の剣の使い手だとすると、お婆もこの森に長く住んできた甲斐があったというもんじゃ」

そう言うと思い出すかのように呟いた。

「お婆が森の精から聞いた話はやっぱり本当だったのかもしれぬな」

そう言ってお婆はもう一度、まじまじとユージンを眺めた。

しばらくすると、お婆は「みやげだ。持っていけ」と言って、ユージン達に小屋で焼いた大きなサワードウ・ブレッドを五個持たせた。彼女はブレッドを丈夫そうな麻袋に入れると袋の先を縄で締めくくり、それをジュピターの背中に結びつけた。

「さあ、これでいいだろう」そう言ってお婆は彼らを玄関先で見送った。

小屋の外に出ると水車がゆっくりとまわる「ギーギー」という音が耳に入ってきた。元来た道のほうには、かすかに朝日が差し込んでいた。

「来た道を戻ればいいのじゃが、そう簡単に戻れる道じゃない。道案内をつけてやろう」

お婆はそう言って、山猫のほうを向いて「モーリン」と呼びかけた。

すると、小屋の隅に潜んでいた山猫が耳を立てて起き上がると、のそりのそりとお婆の足元にやってきた。

彼女はその「モーリン」という山猫を自分の前に呼び寄せて言った。

「モーリン、この客人を村に戻れる道まで案内してやってくれ」

そう言われると、モーリンは恐る恐るジュピターの様子をうかがいながら、村に戻る道のほうへゆっくりと歩き出した。

鬱蒼とした森の中をモーリンの後についてしばらく歩くと、やがて道が三つに分かれた地点に着いた。すると山猫の「モーリン」は一番右の細い道の方向を示して止まった。

どうやら、この道を行けば村に戻れるようだ。村からお婆の小屋に来た時は、逆方向から来たせいか、ユージン達は道がこんなところで三つに分かれているとは思ってもみなかった。

道案内を終えるとモーリンは素早く飛ぶように走り去り、森の中に消えていった。モーリンが立ち去るとざわめいていた森の精達の気配も同時に消えてなくなった。

ユージンは、分かれ道に立っていた一本の木の枝を折り、「これは次からの道しるべだ」と言ってジュピターに目配せをした。おそらくジュピターは道しるべなど要らぬだろうが、ユージンとトムにとってはそういうわけにはいかない。

山猫に案内された道をしばらく歩いていると次第に霧が晴れて明るくなってきた。そして少しすると、森の外に出ることが出来た。そこから元来た道を辿っていくと簡単に村にたどり着くことが出来た。村を襲った夜盗達も、さすがにこの森に入ってきたような気配はなかった。

## （その五）

ユージンとジュピターが家に戻ると、朝の太陽がだいぶ高くなって天空に輝いていた。家の中はシンとしていて、リチャードとラニーがまだぐっすりと寝ていた。

ユージンがジュピターの背中に背負わせた袋を降ろしてブレッドを食卓の木のテーブルの上に並べると、タイガーとフレイジャーが尻尾を振って駆け寄ってきた。

ユージンは裏庭に出ると、小屋の壁に沿って積んであった薪を持って入ってきた。そして薪を囲炉裏の残り火の上に重ねた。

しばらくすると囲炉裏の火は勢いを増し、炉にかけてあった鍋から湯気が立ちはじめた。

鍋には昨夜のスープが残っていた。

鶏肉と野菜を入れたスープはヨランダが作り置きしておいたスープだ。いつも飲んでいた母のスープとは違った味がしたが、おいしかった。

「母は無事でいるのだろうか…」

スープをすすりながら、祈るような気持ちでユージンは母を想った。

「ミルクを用意しよう」

ユージンは今度は小さなバケツを持って小屋続きに建っている納屋に向かった。納屋で飼っている山羊から乳を搾りとるためだ。いつも母はユージンに山羊の乳搾り役をさせていたので、彼が一番なれていた仕事で要領もいい。ユージンの後にタイガーとフレイジャーが尾を振ってついてきた。

手際よく三匹の山羊から乳を搾り取り、それをバケツに入れた。タイガーとフレイジャーは山羊の乳房をぺろぺろと舐めた。

彼は搾りたてのミルクを家のテーブルの真ん中に置いた。これで朝食の準備が出来た。

食卓に並んだ朝食。ここまではいつもの朝と同じだ。

しかし、今日は何かが違う。いつもの朝のように温かい母親の笑顔と優しい声がないからだ。

「これからどうなるのだろう?」

母の作ったスープやブレッドはもう食べられないかも…とユージンは思った。

今まで朝食の心配などしたことがなかった。

朝寝床から起きると、食卓には母が用意してくれた朝食が待っていた。食卓を準備する母親の気配は家を明るくし、いつも温かく優しかった。

その母がいない。まるで、家の中から生気がなくなったみたいな気がした。朝起きると、いつも笑顔で母が迎えてくれた。そして楽しい朝餉が待っていた。

子犬のタイガーもフレイジャーも元気よく、母の用意した餌をテーブルの横で食べた。

今日の朝はそういう朝とは違っていた。二人の兄妹とジュピター、そしてタイガーもフレイジャーも、誰もがそう感じていた。

いつも母はユージンに言っていた。

「お前の弟と妹のことは、お兄ちゃんであるお前が見てやるんだよ」と。その言葉どおりに、今日は自分が朝食を準備した。彼の頬に涙がこぼれ落ちた。

「これからは自分が弟と妹のことをしてやらねばならない…」母のいない椅子を見ながら、そう思っていた。

ジュピターがユージンの流す涙を見つめて、察したのか足元に身体をこすり付けてきた。

やがてリチャードとラニーが目をこすりながら起きてきた。

「母上は」と言いかけて口を噤んだ。食卓には大好きな母はいない。

「心配するな。皆で母上を探しに行こう」

ユージンがそう言って先にテーブルについた。

弟と妹も椅子によじ登って座った。三人だけの食事だ。いや、ジュピター、タイガー、フレイジャーの三匹も一緒だ。

テーブルの上にある大きなサワードウ・ブレッドを見て、ラニーが聞いた。

「お兄ちゃん、このブレッドはどうしたの」

「ジュピターとお兄ちゃんが朝、森の中に入ってお婆からもらってきた」

ユージンがジュピターを見ながら答えた。

「森のお婆？」ラニーが目をこすりながら怪訝そうに聞いた。

「二人ともよく聞くんだ」

ユージンがラニーとリチャードの瞳を覗き込むように語りかけた。

「これからわがままを言わず、我慢してお兄ちゃんの言うことを聞けるかい」そう言って、二人を見つめ、少し考えながら二人を諭すように続けた。

「お前たちも知っているように、母上が村を襲った山賊達に連れていかれた。だからこれから食事は自分たちで準備しなければいけない。山羊の乳搾りも、畑仕事も、みんなで力をあわせてやらないといけないんだ」

二人はうつむいたまま、頷いている。

そして、リチャードが顔をあげ、口を開いた。

「ずうっと、母上はいないの？　戻って来ないの？」

それを聞くと、ラニーは昨夜の恐怖の出来事を思い出したのか、下を向いて涙をこらえ小さな肩を震わせていた。それにつられてリチャードも今にも泣きそうな顔になった。

二人の肩に優しく手をかけると、ユージンが静かに語りかけた。

「大丈夫。きっと戻ってくるさ…。というより僕たちが母上を探して必ず救い出すんだ。いいかい、母上は必ず生きている。今日の朝、森のお婆のところに行ってそう確信した。心配しなくても大丈夫だ」

そう言うと二人は顔をあげてユージンを見つめた。ラニーの目には大きな涙が一杯たまっていた。

「トムは両親を殺されたのだよ…。彼の気持ちがわかるかい？　それでも僕たちと一緒に母上を探しに行ってくれるんだ。お前たちが悲しんでいてどうするんだ。なあ、そうだろ。ジュピター」

ユージンはジュピターの目をみてそう語りかけた。

彼の語る表情をじっと見ていたジュピターは、ユージンの呼びかけに応じるかのように、二人に近づいていくと、彼等の気落ちに寄り添うように身体を寄せて、優しく小さな二人の弟妹の頬を舐めた。

そうすると、今度はタイガーはリチャードに、そして、フレイジャーはラニーにすり寄ってきて尾を振った。ラニーがフレイジャーを抱き上げるとフレイジャーはラニーの頬を流れる涙をペロペロと舐めた。

「さあ、今日はみんなでトムを助けてあげよう」

ユージンがそう言うと、ラニーとリチャードが頷いた。

「今日、トムは父上と母上のためのお墓をつくると言っていた。皆で手伝ってあげよう」

ユージンは台所に掛けてあった大皿を取り、二人にスープを優しく入れてやった。

そしてユージンは搾《しぼ》りたての山羊のミルクの入ったバケツにコップを入れ、一杯、二杯と汲み上げて小さな二つの容器にいれると、それをタイガー

とフレイジャーの頭を撫ぜながら、口元に置いてやった。
タイガーとフレイジャーは小さな尾を振りながら体を震わせてぺちゃぺちゃと容器の中のミルクを無心に飲んだ。ジュピターの前にもミルクがいっぱい入った大きな容器を置いた。するとすぐにタイガーとフレイジャーがジュピターの容器にも頭を突っ込んできた。二匹は育ちざかりの子犬達だ。その様子をユージンは笑顔で眺めた。

## （その六）

想像もできない旅がトムと三人の兄妹を待っている。母を救い出すための旅立ちだ。ユージンは旅先で起こるいろいろなことを考えながら、朝お婆の家でもらってきたブレッドを口にした。

以前、西方の方角にある山岳地帯に盗賊の集団が立てこもっていると村人から聞いたことがあった。盗賊は付近の峠を越える旅人を待ち受けて襲ってくる。時には周りの集落に出没して住人達を襲うこともあった。

盗賊の集落は周囲が防壁で囲まれた要塞になっており、王国の軍隊も容易に近づくことはない。さらに、彼らの要塞に行く迄にも山賊達の砦がいくつも点在しており、何重にも要塞の防御を固めていた。盗賊達の本拠に到達するためには、これらの砦をすべて打ち破って越えて行かねばならないのだ。

「野宿をしながら盗賊達の居所を見つけることができるのだろうか？　そしてたとえ、彼らの居場所を見つけても自分たちの力だけで母や連れ去られた村の女・子供達を救えるのだろうか…」

考えるだけでも、その使命をうまくやり遂げるのは容易ではなかった。たとえ王国の訓練された軍隊であっても山賊達を降伏させるのは一筋縄ではいかないだろう…。

「母は無事だろうか。他にさらわれた子供達はどうしているのだろう…」彼の脳裏にいろいろな不安が襲ってきた。

「旅に出るまでに、弟と妹にもしっかりと心構えを教えておかねばならない…」

そんなことを考えながら、彼は無邪気に朝食をとる二人を見つめた。タイガーとフレイジャーがジュピターに甘えてじゃれていた。そんな時にもジュピターはユージンのただならない決意を感じ取っていた。台所をユージンはゆっくりと歩きながら思案し考え続けていた。

行く手に待ち構える大きな試練を感じながら、彼は誰も頼らず進まねばならない緊張と真剣勝負から絶対に後退り出来ない事を自覚せねばならなかった。

自分はもう子供ではないのだ。全責任を背負って厳しい現実の世界に入っていかねばならぬ…と感じていた。ジュピターは、まるで彼の心の動きを細かく読み取るように耳をそばだてていた。

「きっといろいろな困難が待ち受ける辛い旅になるだろう。果たしてまだ幼い弟や妹がそんな長い旅に耐えてくれるだろうか…」次々と疑問が浮かび、彼の頭の中は心配事でいっぱいになった。

すると静かにジュピターがタイガーとフレイジャーを引き連れてユージンの足元にすり寄ってきた。そして、ジュピターはユージンを澄んだ青色の鋭い目で見つめた。

「そうだなジュピター。おまえが一緒だったたな」そう言ってジュピターに微笑んだ。

ジュピターの澄んだ蒼い目の奥には神秘的な深い輝きがあった。その輝きはユージンの心に矢を射るかのような強い一撃と勇気を与え、彼の不安や迷いを吹っ飛ばすかのように、力強いそれも感情や一時的な抑揚ではない圧倒的で溢れ出るような力を引き出してくれた。ユージンは自分の中に深い覚悟が芽生えるのを感じていた。

「どんなことがあっても、絶対に皆を救ってみせる…」心の中で彼の不安はいつの間にか自分でもこれまで経験したことのないような強い決意に変わっていた。

しばらくするとトムがやってきた。トムは筋骨隆々とした白馬に乗って走ってきた。白馬はトムが日頃から可愛がっていた「流星《りゅうせい》」という雄の駿馬だ。

流星から飛び降りると、トムが三人に笑顔で言った。

「父上と母上のための最適な墓場を見つけた。村を一望できる小さな丘の上だ。父上も母上もきっと喜んでくれるはずだ」

トムは一人で朝早く起きて、両親を埋葬する為の墓場探しをするためにその丘に登ってきたらしい。

「父上も母上もあの黄色い花の丘が大好きだった。そこに墓を作ってやりたい。きっと心安らかに眠ってくれるだろう」

そう言うと、リチャードとラニーの肩に手をかけて、二人を見ながら彼らの心の中を察するように話しかけた。

「心配するな。お前たちの母上はきっと無事だ。俺達が必ず助けてやるからな」

流星は子犬だったジュピターが隣国からもらわれてきた時から知っている。その時からジュピターは流星を見ると、いつもその周りをくるくると走り、かわいい声で吠えながら流星と遊ぼうとした。

流星は最初はジュピターを気にもかけていなかったが、やがて流星もジュピターを見ると家族のように親しく時間を過ごすようになった。

この駿馬とジュピターには何か通ずるものがあるらしい。トムとユージンは彼らを見るとそう感じるようになった。そして、いつしかジュピターを見ると流星は力強く前足を上げて喜びを現すようになった。そんな時、ジュピターは蒼い目を光らせ、独特の遠吠えをして応えた。

遠吠えするジュピターを見ると、流星の勇ましい身体からは湯気が立ち、それが強い朝日を受けると七色の虹のように輝いて見えた。その流星の姿を見てジュピターは全身に燃えるようなエネルギーを感じ、呼応するのだ。

黄色い花の咲く丘で皆と真昼に会うことを伝えたトムは、流星に飛び乗り手綱をとった。

「近所の村人が父と母の遺体を清め棺（ひつぎ）造りを手伝ってくれた。その棺をこの丘まで運んでくる。この丘に両親を埋めてやりたいのだ」そう言うと、手綱を引き、馬を走らせて去った。トムの後ろ姿を見ながら、彼に「わかった」とユージンが応えた。

外にはすでに太陽が上空に昇り、すっかり明るくなっていた。

遠のいていくトムの姿を見た後、黄色い花の丘の方角を眺めながらユージン達も丘にむかって歩き始めた。

ユージンの家族も馬を飼っていたが、馬達は盗賊集団の襲撃に驚いて逃げてしまった。どこに逃げていったのか行く先がわからないまま、しばらく時間が経った。村が落ち着けば戻ってくるかもしれない…そう思ってユージンは馬達が戻ってくるのを忍耐強く待っていた。

ユージンと幼い二人が村を抜けて進んでいくと、行く手一面に黄色い花でいっぱいの丘が見えてきた。雲一つない晴天の空は青く、黄色い花畑のような丘との対比が鮮やかで美しかった。

そして、青空のさらに彼方に目を凝らすと白い雪で覆われた雄大な山脈が見えた。丘が近づくにつれて黄色い花の香りが一面に漂い始め、彼らを迎えてくれた。額に汗をかきながら、そのまま坂を上り、歩みを進めていくとやがて三人は村全体が見下ろせる丘にやってきた。

その黄色い花の丘はゆったりとした傾斜になって壮大な景色が広がっていた。空気が澄んでいて、一面の黄色い花に太陽の光が跳ね返りキラキラとまぶしく輝いていた。一つひとつの花が彼らに微笑んでいるように迎えてくれた。爽やかな風がみんなの頬を撫でると、一面に広がる草花の絨毯の上を揺らめくように吹き抜けていった。

丘の上に広がる黄色い花園のずっと先には真っ白な連峰が聳え、その奥には真っ青な青空がどこまでも続いていた。この丘を歩き続けて行けば、やがてその青空にたどり着けるように見えた。

眼下には谷間に広がる村が見えた。

村の多くの家が盗賊達の襲撃に遭い火をつけられた。それらの焼け跡がこげ茶色に見える。襲われた家はどうやら湖から少し離れた一帯に集中していた。それは森の精が棲むあの深い薄暗い森に近い一帯であることが一望できた。

その森は、黄色の花の丘とはまったく別世界のように霞がかかり、うす暗い闇が広がっているように見える。

その丘の一番眺めのよいところに着いた。するとそこにはすでに二つの穴が掘られていた。

「これはトムが掘った穴だ。ここにお墓を作るつもりだ。トムが今日の朝、流星に乗っていい場所を見つけたと言っていたのはこの場所のようだ…」

なるほど、ここは彼が言っていたように、この丘の中でも一番最高の場所だ…そう思いながら、ユージンはトムが優しく親孝行の息子であることを改めて知った。

この穴を掘っていたトムの心には悲しさがいっぱいだったに違いない。にもかかわらず、この黄色い花の丘で悲しみを堪えながら彼は一人墓を掘っていたのだ…。辛い彼の気持ちを思うと、ユージンの目に涙が溢れた。

ジュピターは穴を見て、それが何のためなのかをすぐに察したようだ。そして、彼の横に座ると静かに構えた。タイガーとフレイジャーは黄色い花の香りを楽しんでいるかのように、尾っぽをふりながら地面に咲く花から花へと鼻をくっつけて嗅ぎまわっている。

「お兄ちゃん、ここがお墓になるの？」リチャードとラニーがその穴を見ながら尋ねた。

「そうだよ。これはトムが朝、ここにやって来て一人で掘ったものだ。ここでトムの父上と母上が永眠の眠りにつかれるのだよ」

二人は棺を入れるのに十分な深さと幅をもったその穴を無言で見つめた。トムが今日の朝掘り起こしたばかりの茶色い土が穴の周りに積まれていた。傍には畑で使用するクワが置いてある。

耳を澄ましていると、草原を吹き抜ける風の音が聞こえた。しばらくすると、丘のすぐ下のほうから「ユージン」と呼ぶ声が聞こえた。トムが丘に着いたらしい。

ユージンがその方角を見ると、流星に乗ったトムと別の馬二頭に村人が乗って丘を上がってきた。村人が乗ってきた馬は棺を載せた二台の木の車を引いていた。木の車は馬が前に進むとギイーギイーという音を立てた。

流星に乗っているトムの肩には、何やら重そうな袋が掛けられている。流星の首にも、もう一つ袋が掛けられ何かを運んできたようだ。

やがて、トムが、ユージン達の前に着き流星から降りると、無言のまましばらく穴の側で膝を立てて静かに祈りを捧げた。

それを見たユージン達もトムの後ろで同じように膝をついて祈りを捧げた。静かな丘の上の彼らの祈りに囁くように、遠くで囀《さえず》る小鳥達の声が風に乗ってかすかに耳に入ってきた。

静かな丘の上の彼らの祈りに囁くように、遠くで囀る小鳥達の声が風に乗ってかすかに耳に入ってきた。


（その七）

トムが二頭の馬で運んできたのは父と母が入った棺であった。一緒に棺をはこんできた二人の男が二つの棺を一つひとつ下ろし、それを穴の前に置いた。一つは大きな棺で、もう一つは小さな棺だった。

二つの棺はトムが裏庭にある一本の杉の木を倒して、隣人の大工の男が徹夜で作り上げてくれたようだ。切り出したばかりの杉の匂いがするその棺にトムは冷たくなった父と母を抱きかかえて入れた。大工の男の女房が朱塗りの櫛で二人の頭髪を丁寧に整え、傷ついた顔をきれいに洗ってくれた。そして、顔に化粧をしてくれた。

その様子を見ていたトムは、安らかに眠る両親に向かって身体を近づけて静かに語りかけ、これまでの両親への感謝の意を伝えた。両親とのいろいろな思い出がトムの脳裏に蘇った。そして、これから両親の望んでいたような立派な男になることを心に誓った。そっと彼は自分の頬を両親の顔に触れて別れを告げた。そして、トムは首飾りを手にとると、「これは母が湖の岸辺で集めてきた石で作ったもので、彼女がとても気に入っていたものだ」と言って、しばらくそれを見ていた。

黄色い花の丘に着いたトムは自分の肩にかけてあった袋を地面に下ろして、その中から小さな像のようなものを取り出した。

それは石を彫ってつくられた「笛を吹く少年と馬」の像だった。その像を見つめながら、トムは「これは笛吹童子。父が大好きだった石像だ」と皆に説明した。

「この笛吹童子は仏陀に仕え、多くの人の心を癒す力を持っていた。それを見た仏陀は童子に妙音菩薩《みょうおんぼさつ》という位を与えた。小さい頃、父はそう僕に言って笛吹童子の物語を話してくれたんだ」

トムの父はこの像をいつも大切に飾り、その前で目を閉じると笛吹童子の笛の美しい音が聞こえるようだと言って瞑想したという。トムはそんな父との思い出を大切にし、この美しい丘にいつまでもしまっておきたいと考えたのだ。

「この笛吹き童子を側に置けば父も母も癒されるだろう」そう言って、トムが微笑んだ。

すると、今度はトムは次に流星の首に手をのばした。流星の首には何やら肩に丈夫そうな麻袋が掛けてある。それをつかむと大切そうに、おもむろに地面に下ろした。ユージン達もトムと同じように静かに祈りを捧げた後、黄色い花の丘を後にした。トムは二頭の馬にリチャードとラニーを乗せてやり、「この馬は母と父が乗っていた馬だ。これからはお前達が乗るといい」と言って馬を二人に与えた。

そして、袋の中に両手を入れて、何やら重そうな物を一つと首飾りらしきものを取り出した。重そうなものは別の石像らしかった。

首飾りはいろいろな形と色の石を組み合わせてできていた。

もう一つの石像は楽器を抱えた天女のように見える。高さは笛吹童子と同じくらいだった。「これはいつも美しい音楽を奏でてくれる弁財天という天女だ」そう言って、トムは首飾りと弁財天をもう一つの棺の前に置いた。

手助けの男二人とユージンは、棺の中に笛吹童子と弁財天女の石像を横に一緒に並べるように置いた。そして笛吹童子と弁財天の二つを一緒に入れて首飾りを掛けた。するとまるで二人の天使が楽しく棺の傍で音楽を奏でているかのように見えた。その様子をみると、トムの表情は和らぎ、ほっとしたかのように優しくなった。そして、二つの像がきちっと棺の傍に置かれたのを確かめると掘り起こしてあった土を少しずつ被せるように注ぎ始めた。

しばらくすると棺が見えなくなり、黄色い花の咲く丘に黒い小さな盛り土の山ができ上がった。それを見ると、盛り土の上にトムは大きな石を置いた。そして、その周りに小さな石や土を詰めながら大きな石が動かぬよう何度も何度も確かめた。

盛り土の上に置かれた墓石の表面は綺麗に削られていて、文字が彫り込まれていた。

「僕の大好きな父上と母上に捧ぐ…トム・クラビン。始《シ》二百十年」と記されている。

始とあるのは当時の王の最初の文字だ。当時いろいろな小国が争いを繰り返していた時代で、始皇帝という王がそれらを平定しつつあったらしい。ある日、集落に王から送られたという役人が村長を訪ね「今は始王の時代だ」と告げたという。村長は使者の一行を厚くもてなして迎え、それ以降、時の称号年を始王の時代・何年と呼ぶようになった。その経緯を村長に確かめたトムが彫り込んだものだった。

その周りにリチャードとラニーが摘んできた黄色い花束を飾るように置いた。

トムの父母の墓はこうして完成した。

トムはそこに跪き、手を墓の上に静かにおいてしばらく頭を垂れた。無言の時間が過ぎ、彼の頬にいっぱいになった涙が墓石の上に零れ落ちた。

周りの黄色い花が風に揺れて、かすかな音を運んだ。彼らを囲む黄色い花の丘全体が、まるで、彼らと一緒に祈りを捧げているように思えた。

ユージンもトムの後ろで跪き、静かに祈りを捧げた。皆もおなじように手を合わせて跪いた。

一行はトムの両親の墓に祈りを捧げ、黄色い花の丘を後にした。

丘を去る時、トムが二頭の馬にリチャードとラニーを乗せてやった。

「この馬はこれからお前たちが乗るといい。母と父が乗っていた馬だ。ちょうどいい」そう言って馬を二人の兄妹に与えた。

リチャードに与えた馬は黒い毛をした馬で、ユージンはこの馬を「黒毛」と名づけた。

ラニーの馬は赤毛の馬で、同じようにその馬を「赤毛」と名付けた。

「黒毛」と「赤毛」の上で二人はそれぞれタイガーとフレイジャーを抱え、おおはしゃぎした。

美しい丘にトムの両親の墓が出来上がった。美しい黄色い花に囲まれた墓の周りには悲しみは消え、若者達一行の明るい未来の祝福があった。墓には笛吹童子と首飾り、そして天女の像が彼らを守っている。

一行が黄色い花の丘を下り始めた頃、彼らの頭上には力強く天空を照らす輝く太陽があった。

## 第二話　満月と花嫁

### （その一）

黄色い花の丘から村に戻ってくると、村の広場に村人達が集まっていた。

昨夜の盗賊の襲撃と何か関係があるのかもしれない。そう思いながら、トムとユージンは村人の方に目を凝らした。やはり何やらただならぬ雰囲気が漂っていた。

近づいてみると、村の長老が村人達の中に見える。その横で見なれない一人の若者が立っている。どうやら別の村から来たらしい。その若者が何か思いつめたように村人に語っている。村人達は真剣な眼差しで若者を見ながら耳を傾けていた。

その若者は歩いて丸一日かかる隣の村からやって来た。槍を持ち兵士のようにも見える。彼の真剣な話し方から何かとても重大なことを伝えに来たとわかった。

彼の話によるとこうだ。

彼の村に三日前、武装した馬賊が十人ほどの集団でやって来た。どうやらこの村を襲った山賊の一味が若者の村を襲ったらしい。

その中で大きな斧を持った髭だらけの男が大声でその場にいた数人の村人に言い放った。

「村長にこの箱の中にある書状を渡しておけ。村を救いたければ書いてあるとおりにすることだ！」

そう言い放つと木箱らしき物を居合わせた村人の前に投げつけた。

武装した男達を警戒しながら村人の一人がこれを拾おうとすると、髭の大男は彼を睨みつけて言った。

「いいか必ず村長に渡すのだぞ。でなければお前達の命はないぞ」

おどろいた村の男は怖気づいたように男を見上げた。髭だらけの大男は自分の髭を右手で触れながら、その男の目を覗くように睨み直した。大男の左手は馬の手綱を強く持ち、暴れようとする馬を引き留めていた。そして、大男が手綱を引くと馬は引かれた方向に向きを変え歩きだした。その合図を待っていたかのように、ほかの馬上の男達も大男の馬に続いて駒を進めはじめた。

山賊の一味が去っていくのを見届けると、大男に睨みつけられた村の男は木箱を拾い上げて、中身を確かめた。木箱の中には大男が言ったとおり、何やら文らしきものが入っていた。

男は急いで村の長老に木箱を届けた。

長老は受け取った木箱が、山賊の一味からのものだと知ると、また何やら厄介なことになることを覚悟せねばならなかった。毎年のように山賊の一味は、村に脅迫状を届けて困らせていた。

やがて長老は木箱に入っていた脅迫状を取り出し目を通すと、いつもとは違う表情を見せた。眉間にしわを寄せ、その表情を曇らせた。

「村に火をつけられたくなければ、次の満月の夜までに村で一番美しい娘を差し出せ」という意味のことが書かれていた。村長の顔色を窺っていた男達の表情にも不吉な予感が漂った。

この村では近くの山中に住む馬賊たちに長年苦しまされてきた。何かが欲しくなると山賊たちは村を襲撃し略奪を繰り返してきた。

いつしか村人達は山賊たちに略奪され襲撃される前に食べ物や酒などを山賊の集落に送り届けるようになっていた。そのため、襲撃はなくなったが、村は彼らの支配下に入ってしまった。

「今度は一体何が欲しいというのだ。このまま奴らの言うとおりにしていていいのか?」誰もがそう思っていたが、どうしようもなかった。戦えば多くの男が命を落とし村は破壊されるだけだ。

少しの貢物《みつぎもの》で村が平穏ならば、大きな犠牲者を出して戦うのは賢明ではない…そう思っていた。

しかし、今度は誰かの娘が犠牲になってしまう。すぐに村は大騒ぎとなった。さあ、どうすればいいのか。山賊達がこんなことを言ってきたのは初めてだ。村長は主な村の男達を村の寺院の本堂に集めた。

隣村には昔、天竺から来た修行僧によって建てられたという寺院があった。村長はその寺の本堂に皆を集めて会議をもつことにした。

この寺は唯一この地方では大きな仏教寺院であったので、あちこちの付近の集落から参拝の者が訪れた。ユージンも父母に連れられてこの本堂に来たことがある。七歳になったのを祝う儀式だと聞かされた。その時、同じように七歳になったトムも父母に連れられて来ていた。

彼らの村から一日がかりの旅であったが、トムの家族とユージンの家族が一緒になって一泊二日の旅を楽しんだ思い出がある。

村と村の中間には葡萄《ぶどう》の果樹園が広がっていた。

葡萄や野菜を育てる農家は旅人のために休息所を設け、その地方でできる野菜スープや葡萄入りのブレッドでもてなした。隣村の寺院に着くと本堂での儀式が待っていた。他の村からも同い年の子供達とその家族達が服装を正して並び、茶褐色の袈裟を纏った僧侶が合掌しながらそれらの家族を祝福してくれた。

祭壇の前には白緑色の大きな蓮を形取った線香立てが置いてあって、真ん中に一本の線香が供えられていた。その時漂っていた線香の匂いが、十七歳になった今でも記憶に残っていた。

その村からやって来たという若者は、思い詰めたように何があったのかを話した。重たい雰囲気の中で村長が口を開いた。

「村全体のことを考えて娘を一人、馬賊の一味に嫁がせよう」

村長の言葉に対して誰も応えようと

せず沈黙が続いた。
男達はみんな下を向いていた。誰もがお互いの様子をうかがっているようだった。
「娘を嫁がせる」との村長の言葉は聞こえはいいが、それは山賊のいうとおりに娘を生贄に出すことだ。村長は「村の平和のために嫁がせるのだ」と説明したが、村の誰もが村長の提案に戸惑った。
「いったい、どの娘を山賊達に差し出そうと言うのだ…」誰もがそう思っていた。

しかし、村長の提案に反対するということは同時に山賊の一味と戦うことを意味した。皆それを知っているが故に、誰も反対の意見を言う者はいなかった。誰もそんな勇気はなかった。

山賊の一味は、十年程前にも村を襲ったことがあった。そして村には多くの犠牲者が出た。それ以来、山賊達の野蛮で残忍な振舞いは村人達に恐怖を与え、皆の脳裏に焼き付いていた。その野獣のような残忍さは、恐怖以外のなにものでもなかったのだ。

「娘一人で村全体が救われるのなら、仕方がないかもしれない…」誰もがそう思ったが、バツが悪い。平気で自分の娘を差し出すようなことをする親はどこにもいない。どんなことがあっても自分達の娘を守ろうとするのは当たり前のことだ。もし、他の誰かがそうしてくれるのなら、それは不幸中の幸いだ。無力感からそう思わざるを得なかった。

集まっていた男の一人が言った。

「どうすればよいのか…」そう言うと皆を見渡した。

村人達の顔色を見ていた村長が口を開いた。

「実は、村の孤児院に年頃の娘がいる」

皆が村長の次の言葉を待った。

「親のいない孤児の娘はいずれどこかに嫁に出さねばならない。こういう形で山の集落に嫁がせるのは心の痛むことであるが、そこに娘が行ってくれるのであれば、村としても大いに助かる…」と。

「嫁がせるのと人質として娘を差し出すというのは話が違うのではないか。これは恐喝《きょうかつ》されて娘を生贄《いけにえ》に出すようなものではないか」誰かが思ったままを叫ぶように言った。

確かにそうだった。誰もが同じことを思ったが、重い沈黙が続いた。村長は鎮痛な表情を隠しきれないでいたが、声を絞り出すように一人の娘の名を挙げた。

「紫陽姫《しようひ》が良いだろう」

紫陽姫は孤児院にいた娘であったが、村長が幼い頃からわが子のように大切に育ててきた娘であった。その娘を村長は差し出すことを決意したのである。孤児院には年頃の娘が数人いたが、紫陽姫はその中でも特に美しく、気立てがよく、村でも評判の娘であった。

紫陽姫の名を聞いて驚きの反応を示す者もあった。彼女のことを幼い時から知る者であろう。

紫陽姫は幼い頃、両親を亡くし、叔母に育てられた。しかし七歳になった頃、自分を育ててくれた叔母も亡くなってしまった。そのため、当時親戚のいなかった娘は村の孤児院に入れられた。それ以来、村長はこの娘に特別な愛情を注ぎ、本当の娘のように可愛がってきた。やがて大きくなっていった紫陽姫は頭も聡明で美しい娘となった。村の多くの男達も皆この娘の美しさに惹かれた。

ところが、その娘は将来を約束していた好きな若者がいた。ユージンの村にやって来た若者が、実は紫陽姫の許婚《いいなずけ》だったのだ。

その若者の名前はトービンと言った。

トービンは、紫陽姫を助けようと必死になって村長に頼んだが、聞いてもらえなかった。村の家を一軒一軒回って村人にも助けを乞うた。

しかし、だれも彼を助けようと言ってくれる者はいなかった。それでも恋人を救おうとトービンは悲壮な思いで村中を走り回った。将来の妻になる紫陽姫が村の生贄になって山賊の集落に行ってしまう…誰よりも彼女を愛していた彼は気が狂ったように自分の仲間や知人を訪ね、助けを請うた。

しかし、誰も彼と一緒に戦おうと言ってくれる者はいなかった。トービンに嫉妬《しっと》していた多くの男達は彼の不幸に同情したが、それもやむを得ない…と冷たく黙り込むだけだった。悩み考えた挙句、トービンは隣村の長老に助けを求めることにしたのである。

事の経緯を話し終えたトービンは、すっかり憔悴していた。必死だった。三日三晩食事をとることも忘れて駆け回った。彼の目には、絶望感が漂い始めていた。

それも仕方なかった。彼が村に着いた時、この村が数日前に同じ山賊の一味に襲われたことを知ったからだ。村の民家の多くが焼き払われ無残な姿となっていた。もはやこの村に救いを求めることは無理だと悟らざるを得なかった。ああ何ということか…彼はそう思い力を落とした。

半ば諦めたような気持ちで長老に気持ちを訴える以外になかった。

それでも村の長老は彼のために村の人達を集めてくれた。集まってくれた村人達には強そうな男もいたが、誰もが昨日の襲撃で疲れ果てていた。どう見ても多くの野蛮で非情極まりない山賊達を相手に戦えそうな状態ではない。彼らはただ諦めに似た無力な同情をトービンに示すことが精一杯であった。

この様子をうかがっていたトムとユージンは、お互いを見つめて頷いた。そして村人の間を抜けるとトービンの前に立った。

「僕達が力になろう。我らは山賊の一味から、連れ去られた村の女、子供を救うつもりでいる。お前の許嫁も助けに行こう」トムが声に力を込めてトービンに向かって言った。

それを聞いたトービンの頬がみるみる高揚した色に染まった。同時に彼の目から溢れる涙がこぼれ落ちた。彼はトムとユージンの二人に駆け寄ると、二人の手を強く握り締めて言った。

「ありがとう。感謝する。俺もお前達と一緒に連れて行ってくれ」

「俺はこう見えても自分の村では一番の槍使いだ。お前達と一緒に戦うことができる」

そう言って自分の右手に抱えていた一本の槍を見せた。

彼の背丈ほどある重そうな槍がキラリと光った。トービンは「この村にやって来た甲斐があった」と思ったに違いない。藁にもすがる思いだった彼にとっては、一条の光明が差した瞬間であった。

## （その二）

トムとユージンは十七歳になる。どうみても隣村からきたトービンは彼らよりも年上だ。トムとユージンは同じ歳の仲間達よりも身体が大きく力も強いが、顔にまだ少年の面影が残っている。

そんな二人をみたトービンは、心配そうな目で彼らを見つめて言った。

「お前たちは武器を持って戦ったことがあるのか？」

彼らの助太刀は嬉しかったが、それにしても相手は戦いに慣れた山賊達。命を懸ける覚悟がなければ話にならない。戦場は道場の練習とは違う。トービンはよく知っていた。

戦場では一瞬の隙に命をおとしてしまう。綺麗ごとではない。心も身も鬼のようにならねば戦うことはできない。そうでなければ自分を守ることはできないのだ。

確かめるように二人に向かって言った。

横にはホーレン犬のジュピター、白馬の流星、ユージンの背中には鈍く青銅色に輝く長い剣。

そしてトムは頑丈そうな鉄の斧を担いでる。なんとも不思議な格好をした若者達だ。

そう言うとしばらく黙り込んでしまった。周りの村人達もうなずいて黙り込んだ。村人達にとって、目の前にいるユージンとトムはあまりにも若くまだ未熟な青年にしか見えない。

その時、村の長老がトービンに言った。

「確かに彼らはまだ若い…」そう言うと、しばらく何かを考えるように黙っていたが、「じゃがのう、もしかすると彼らにはそれができるかもしれぬ…」と言った。

長老がそう言うと、周りに集まっていた村人達はどよめき、「まさか」という目でトムとユージンを見た。なるほど二人の顔つきは精悍で体格は堂々としている。しかし、まだ成人になったとは言い難い。まだまだ若さが残っている。彼らは二人をまじまじと疑いの目で見た。

「長老様。なぜ彼らにそんなことができるというのか」

村人の一人が長老にむかって言った。

「彼らがあれほど狂暴で野蛮な山賊達とどう戦えるというんだ。そりゃ、無理というもんだ」

男の一人がそう言うと、村人達は、その男の言うことは「もっともだ」と頷いた。

その時、皆を遮って長老が言った。

「昔、わしが森の中で修行していた時、女神のような森の精に出会ったことがあった。その者の姿はぼんやりとしていて最初よく分からなかったが、目を凝らしてよく見ると、白色の長いローブを身にまとい金色の髪をした女性であった。表情は透き通るようで、瞳は水晶のように輝き、優しさと慈悲に溢れていた。額には十字架のような宝石の装飾品が掛けられており、不思議な光を放っていた。彼女の両脇には、背中に白い羽を持った天使のような可愛い女の子が二人従っておった。わしは何か夢でも見ているのかと思ったが、間違いなくその女神のような女性はわしに話しかけていた。その時、彼女は『実は貴方に頼み事があるので、是非聞いて欲しいのです』とわしに言ったのだ。それで、わしは彼女に『一体どんな頼み事があるのか？』と恐る恐る聞き返したのだ。すると彼女は『おまえの村に天竺から何者かによって四天王の力を持つ剣が持ち込まれたようです。その者は不思議な宿命を持ち、四天王の剣を使いこなすことの出来る者です。私がおまえに頼みたいのは、是非その者を守り天竺のゴータマ仏陀に会わせて欲しいのです』とわしに言ったのだ。わしは『それは一体どういうことか？　四天王の力を持つ剣というのは、どんな剣なのか？　それに天竺のゴータマ仏陀というのは誰の事を言っているのか？　何故、その者はゴータマ仏陀とやらに会わなければならないのか？』と聞き返した。その問いに対して、彼女はわしに次のように言った。

『四天王というのは、東西南北を守る持国天、広目天、毘沙門天、増長天の四人の守護神のことです。持国天は国を平穏に維持し治安維持を司る神、広目天は目を大きく開き、常に国に悪しきことが起こらぬよう見守る司法の神、毘沙門天というのは常に耳を澄まして仏の教えを聞こうとする神、そして、増長天というのは経済力をつけ豊かさを増やす神の力です。四天王の剣を持つ者は、これらの四つの力を自分自身に具備していくことができるのです』と。

　そして次のように彼女は付け加えた。

『人は眠りにおいて、深い眠りにおいて、自己の内奥に立ち返り、真我の中に住む。その真我の中にある純粋にして燃えるような情熱と慈悲の心が目覚める時、無限のエネルギーが内奥から湧きい出るものだ。そして、その時に迷いが無くなる時、その剣は燦然と輝くであろう。ゴータマとは覚者であるゴータマ仏陀のことだ。ゴータマ仏陀の力は剣を持つ者の内奥と一心同体となり、逆らわず、繕わず、有りのままにして、その者の中に宇宙大の力を湧き出ださせるであろう』と。

そして最後に、『ゴータマ仏陀は剣の使い手を静かに迎えるであろう』と言った。

　そのものが背中に背負っている剣、それが森の女神がわしに語った剣だとすれば、その者は、普通の若者ではない。森の精が予言していた事が本当なら、この者は何か不思議な力と使命をもった者かもしれぬ…」

村長がそう言うと、村人達の視線が一斉にユージンと彼の背中の剣に集まった。女神が言った話の内容は難解であったが、誰もがその重要性を直観した。邪気のある魔法でもなく、何か真実に満ちた清々しさがあった。長老の頬は紅潮し、驚きと期待で満たされていた。誰もが長老の言葉を何故か信じることができた。

## （その三）

その時、広場の隅のほうでトービンの話を聞いた後、長老の話に耳を傾けていた一人の若い女が前に出た。女は戦士の格好をしていた。長い黒髪を持ち、額にくくりつけた茶色の紐の先端には青白色の石の飾りがついていた。北方の国の者なのか、村では見たことのない衣と陣羽織のようなものを身にまとっていた。

右手には長い槍。腰には短刀を下げていた。女が着けている甲冑は簡単なもので、どこかの国に仕えている兵士のようにも見える。

女が言った。

「私は盛華という東方の小国のから来た者で法如《ほうにょ》と言う。シルクロードを伝ってきた噂を聞いてバラモンの修行僧になろうと思って出家してきた」

「私の国に多くの避難の民が南から流れてきている。どうやら原因はあちこちの村を襲っているこれらの盗賊の群れが勢力を増していることにあるようだ。わが国王に私がバラモンの修行をするために天竺に行きたいと直訴したとき、ならばその前に密使として、それらの盗賊の群れがどこにいるのかをつきとめるように命じられた。今私はそのための旅をしている」とその女は伝えた。

法如によると盛華の国王は密使を南方の諸国に放った。彼女はそのうちの一人で、今朝この村に着いたばかりらしい。彼女は「盛華の王は、盗賊の在処がわかれば王の軍隊を差し向けて盗賊退治を行うつもりだ」と付け加えた。

法如は広場でのトービンの話に静かに耳を傾けて聞いていた。彼が許婚の娘を救おうと助けを請いに来たこと。そして、森の女神が現われ、長老に伝えた話。四天王の剣の話。

そして法如が着いたこの村に昨夜盗賊の群れが襲って来たこと。これらの出来事のすべてに何か急に意味があり、自分の周りで動き出したことを肌で感じていた。

法如は突然何を思ったのかトムとユージンの側に立ち、トービンと長老に向かって「私はこの者達と一緒になって、その盗賊の群れと戦ってもよい」と伝えた。

その様子をうかがっていた村人達からはざわめきが起こった。

法如の出現はトムとユージンにとっては思いがけない出来事だった。自分たちと一緒に戦ってくれるものがいるのだ…二人はそう思った。

法如は女性の兵士であったが、一人でも味方が増えることは助けになる。それに女がいることは、幼い弟と妹の面倒を少しでも見てくれるかもしれない。そんなことをユージンは思った。

その時、集まっていた村人の中で、昨夜山賊が村を襲撃した時、勇敢に戦い生き残った大男が前に出て法如に言った。

「お前このわしの槍と勝負してみるか。もしこの俺の槍さばきに持ちこたえることができなければお前は、かえって邪魔になるだけだ」と。

法如は「よかろう。かかって来なさい」と冷静な声で受け答えた。

彼女は自分の槍を大地に立てると大男を睨みつけた。

こんなときに決闘をする気か…。だれもが突然の決闘場面に驚き、緊張が走った。この大男は別に法如を本気で殺す気ではなく試すだけだろうと思って、誰も止めるものはいなかった。

二人は向き合った。

　どうみても大男の槍の力と対等にこの女が戦えるようには見えない。トムとユージンも固唾をのんで成り行きをみた。村人達は二人を囲んで大きな円形を作った。
　大男の持つ槍は太く、鉄で作られており、槍というよりも鉄棒のように見える。大男が振り回すと「ブーン」というすさまじい音を立てた。一方、法如は静かに立ったままで、槍を右腕に抱え大男の攻撃を静かに待った。その姿はびくともせず堂々としている。
　大男は最初の一撃を真上から法如めがけて振り下ろした。次の瞬間、その鉄棒槍は「ガーン」という鈍い音を立て地面を揺るがした。
　次の瞬間、法如はするりとその槍を避け、大男のわき腹に自分の尖った槍の先端を突き刺していた。よくみるとこぶし一個分くらいの空間で槍先を止めていた。

一瞬の出来事だった。

大男はすぐに自分の槍を今度は真横に振り、法如の上半身を狙った。最初の一撃は少し力加減をしていたかのようだったが、今度は本気の鉄棒槍が空を切った。

しかし、法如は今度は瞬きする速さで低くしゃがみ込み、大男の鉄槍を頭上でかわすと自分の槍で大男の喉仏を突き刺した。否、槍先はその寸前のところでピタッと止まっていた。

大男は法如との闘いで二度命を奪われた。

大男は顔面蒼白になってそう思った。戦場では確実に法如の槍先が突き抜けていた。そう悟ったのか、彼は静かに地面に跪いて「まいった」と大きな声で叫び頭を垂れた。完敗である。見事な槍さばきと身の軽さ、村人は茫然として法如の強さに唖然とした。しばらくすると、村人達の中から拍手が起こり、法如の勝利を褒め称えた。

「これが武術というものか」とユージン達は思った。法如は盛華国で鍛えた武術を無駄のない見事な動きと優雅さで見せつけた。「武術とは力のないものでも強い相手に対して、打ち勝つことのできる技だ」と父が彼に教えたことがあった。そして「武術の『武』とは争いを止めるという意」だとも教えられた。

目の前で見た法如のそれはまさに父の言った通りの技であった。だから鉄棒槍を楽々と振り回すことのできる怪力を持った大男であっても武術の前に簡単に倒されてしまったのだ。

## （その四）

法如は決闘を征した後、静かにユージンの前に跪いた。

「私はお前に従って、その盗賊達と戦おう。家来として使ってくだされ」そう言うと深々と頭を下げた。

トムとトービンはその言葉を聞き、最初はどう応えていいのか戸惑った。法如の礼儀正しく、勇敢な姿、所作に心を動かされた。二人は感情ではなく研ぎ澄まされた理性と、思慮深さの満ちた儀式のような不思議な空気を感じた。

法如のあまりの予期せぬ申し出と出来事にユージンは正直驚きを隠せなかった。大変なことになった。仲間にとっても予想外の出来事であったが、彼ら以上に彼自身が驚いていた。そして正直に法如に向かって言った。

「私は家来など持てる身ではないし、貴女は私よりもはるかに強い。私が村の大男を相手に戦っていれば無傷では済まなかった。私の武術は修行中で、まだまだ未熟だ。そしてまだ戦場で戦ったこともない。貴女のような武術を心得た達人を家来などにするような資格はない」と打ち明けた。

するど、法如はおおまじめな顔で言い返した。

「今は確かにそうかもしれぬ。しかし、そのようなことはどうでもよいのです。あなたはいずれ私よりも比較にならぬくらい強くなる。知恵を持って悪を制し、先見の明と徳のいたせるところを持って世の秩序を整える。人々が必ずあなたを必要とする時が来る」と。

ユージンはますます戸惑いを隠せなかった。何か勘違いされているのではないかと思った。

ただ、法如の言葉は確かに自分の内なる志を言い当てている。ユージンは自分の中に秘めた獅子の魂のほんの僅かな萌芽の存在を感じていた。しかし、その膨らみはいまだ微かな感触でしかない。自分に与えられた試練を経なければ永遠に現れることはないかもしれない…。そう感じていた。

今の自分には何もない。果たして彼女にどう応えていいのだろう…わからないまま、ユージンは黙っていた。

戸惑いの中で彼の脳裏にこの前森の中で会った白髪のお婆が言っていたことが思い浮かんだ。

「お婆の言っていたことは何か深い意味があるようだ。父上はどういう訳で、自分にこの剣を残したのだろう…ますます謎が深まった。もしかして、法如はこの剣の由来を知っているのかもしれない」とひそかに期待を抱いた。

その時、ユージンの戸惑いを察し、トムが笑顔で明るくユージンを見て言った。

「そうさ、きっとおまえは何か大きな使命をその剣とともに託されているに違いない。ますますこれからが楽しみだな」

「トム、もしそうだとすれば、お前の使命も大きいぞ」ユージンが本気で言い返し、法如に向かって口を開いた。

「私はあなたのような方が味方になってくれるだけで本当に心強い。自分のほうからあなたの好意に感謝したい」と言い、頭を下げた。

法如は静かにユージンに深々と頭を下げ、おもむろに腰に下げていた短刀を抜いた。周りにピンと緊張した空気が走った。皆固唾をのんで彼女の所作に目を凝らしている。すると法如は、持っていた短刀を胸のところで横に掲げて宣誓した。

「この法如、命に代えてお誓い申す」

その様子を見ていた村の大男は、自分を打ち負かした法如の横に駆け寄って膝をつき、「わしも家来にしてくだされ」と言い放った。

トムとユージンはお互いに顔を見合わせ、驚いたように二人を見た。そしてお互いの顔を見ると、思わず笑顔になった。

「俺達、ついているぜ」

トムがつぶやいた。

すると、この様子を見ていたトービンが二人のもとに駆け寄ってきて、自分も仲間にしてくれるよう頼み込んできた。

三人の勇敢な戦士が自分達に忠誠を誓ったのだ。それは思いがけない出来事だった。一度に三人の仲間が加わった。いや、仲間というよりもユージンに家来ができてしまった。

盛華の国の法如、村の大男で鉄槍の使い手「鉄蔵」、そして隣村からやって来た若者トービン。

それだけではない。実は法如には二人の従者がいた。結局この二人を加えると五人になった。

二人の従者は、馬の綱を引き、多くの食糧や薬など旅に必要な物資を運んでいた。どちらも屈強な武官で、法如の命令を忠実に実行する勇敢な男達であった。

盛華の王のもと、学問と兵学を学んだ男達だという。どちらも真っ黒な髭をのばし、見るからに豪傑だとわかった。彼らを盛華の王は特別に選び、法如につけたのである。

後に法如が二人のことをこう話してくれた。

名前は風悟空《かぜごくう》と海悟空《うみごくう》。少し細い顔で髭の量が少ないほうが風悟空、太い顔で太い眉を持ち、大きな髭を持ったほうが海悟空。風は軽い。見た目も軽く速く動ける。それが風悟空。そして、海は重く動かしにくい。それが海悟空。このようにユージン達は最初、彼ら二人を見分けた。

この二人を見ていると一人で十人力の強さを秘めているような気がした。真っ黒い髪の毛を頭の真上で丸め、紐で括っていた。身体全体を鎧兜で覆い、風悟空はいつも長刀、海悟空は大きな斧《おの》のような武器を持っていた。

法如の二人の従者は確かに十人力の屈強な武芸者であったが、単なる護衛を司る男達ではなかった。彼らは武術を学び心身を鍛え、人格を練り上げたエリート将校達で将来地方の小国を任されても民を導くことのできる指導者としての風格を持っていた。それにしても彼らを従わせる法如とはいったいどんな高貴な生まれなのかとますます興味を抱かせた。

## （その五）

家来ができた。いや仲間が増えた。

その日から五人の戦士は、トムの家を宿舎に生活をともにすることになった。戦いの準備をするために一行は村人から情報を集め、作戦を練った。そして午後は必ず家の前の小さな野原を使って武道に汗を流した。その師範の役を法如が引き受けた。武器の使い方、身のこなし方、一対一で戦う場合の間合の取り方、複数の敵を相手にする場合の戦い方、厳しい訓練を通してユージンとトムは法如が如何に武術に優れているかを思い知らされた。

大男も法如の前では子供のように吹き飛ばされた。法如が休んでいる時は従者の風悟空と海悟空が彼らを指南した。彼らの長刀と斧捌《さば》きは見事でことごとく相手の動きに合わせ、流れるような技で先手を取った。

武術の時間になると近所から子供達や住人がその様子を見るために集まった。特に村の男の子達は初めて見る武術の妙技に目を食い入るようにして時間を忘れた。法如の技は群を抜いて強く、人間技とは思えない優雅さに溢れていた。子供達の誰もが武術を学びたいと思った。

法如はユージンとトムの特訓をするために、自ら盛華国から運んできた木刀と槍を使わせた。彼らは武術を磨き、精神を研ぎ澄まし、瞑想の時間を持った。身体と心の隅々まで英気が養われていくのを実感した。法如は密かにユージンの集中力の尋常でないことに気づいていた。

村の長老は、彼らのために村の食糧庫から米や芋、そのほかの食べ物を持ってよこした。山賊の攻撃を逃れ、無事であった村の女達が彼らの食事の面倒をみてくれた。急にあわただしくなったトムの家は活気を取り戻した。彼らの周りに集まっていた子供達にも賄いを分けてやった。子供達の中に入ってタイガーとフレイジャーがはしゃぎ、すっかり子供達の人気者になっていた。

武道の心得のあったトムの父は、生前、村の子供達に剣の使い方や、槍の使い方を教えていたことがあった。そのための道場が納屋の隣にあったが、今、その道場が彼らの滞在宿舎となり、子供達も集うにぎやかな大食堂となった。その様子を見ていたトムは、生前の父が今、近くで皆を見守ってくれているように感じていた。

法如はユージンとトムの二人を特に厳しく訓練した。一日一日の訓練はまるで実践さながらの気迫が漂っていた。彼女は彼らを容赦なくしごいた。二人とも法如のしごきに耐え、歯を食いしばって向かっていった。

残された時間はあまりない。一日一日をひとときも無駄にすることはできないからだ。

道場での法如の形相は鬼のような恐ろしい顔になった。目は炎のような赤色になり、二人はその気迫に圧倒された。

鉄槍の鉄蔵と決闘した時の彼女は、見事な女戦士。道場で剣を教える時はまるで鬼神のようであったが、幼いリチャードとラニーに接する時は、これが同じ人物かと思うほど美しく優しい娘の表情に戻っていた。二人は法如を「お姉ちゃん」と呼んだ。法如の信じられないような不思議な豹変ぶりに、トムとユージンはすっかり魅せられてしまった。

ある夕方、法如が幼いラニーとリチャードを黒毛と赤毛に乗せて湖畔へ出かけた。幼い二人は馬上ではしゃぎ大喜びだ。黒毛と赤毛の足元にはタイガーとフレイジャーが続いた。タイガーとフレイジャーはともにジュピターの子、不思議な能力を持ち、次第に人間の言葉を理解するようになっていた。

馬上ではしゃぐ二人の様子は二匹にもそのまま伝わり、尻尾を振って黒毛と赤毛の周りを駆け回った。

湖畔に着くと、湖上にはすでに美しい三日月が浮かんでいた。湖面に映った三日月は漣にゆっくりと揺られている。よく見るとその様を眺めたままじっと動かず、何やら物思いにふけっているトービンがいた。法如達はすぐに彼の思いつめた表情と姿を見て彼の思いを理解した。

そういえば彼が村に来てもう十日以上になる。満月の日はすこしずつ近づいている。彼の村に山賊の使者が脅迫状を置いていった時、天空には確か満月が不気味に輝いていた。

やがてまた月が満ちる夜がもうすぐやって来る。そうすれば、紫陽姫は村を救うために山賊の花嫁として送られてしまう…。彼女を救うためには満月までに何とかせねばならない。トービンは毎日、月の形をみながら心穏やかではなかったのだ。

彼は今、一緒に戦ってくれる貴重な仲間を得ることができた。とはいえ、味方はまだわずか七人足らずの戦士達だけだ。山賊達は何十人もの徒党を組んで襲ってくる。わずかな仲間たちだけで、凶暴で野獣のような奴らを迎え撃つことができるのか…。恋人の無事を願うトービンの心には不安と恐怖が日に日に大きくなっていった。

「戦って彼女を救い出せなければ自分は戻ることなどできぬ」そう彼は思っていた。彼にとっては死を覚悟せねばならぬ救出劇となるのは明らかだった。日が迫るにつれてトービンの覚悟はでき上がりつつあった。

仲間の全員が彼の心のうちをよく知っていた。

法如は戦いの準備に余念なく動き、夜ごと深い瞑想に入って思索を重ねていた。彼女の思索は単なる思いを巡らすことではなく、常に具体的な行動を準備するために緻密な計画を立てた。楽観は決してせず、徹底した作戦を基本とすることが戦さを制する者の鉄則であることを熟知していた。そのために正確な情報を集めた。あくまでも「知ること」から始まることを彼女は心得ていた。

彼女はすでに家来の風悟空に命じて早馬を走らせ、隣の村に密使を使わせていた。同じ盛華の使者と連絡をとるためであった。使者達は山賊の一団がどこを住処にしているのかを懸命に探っていた。

その使者からの知らせが、法如が湖畔に出かけた夜、すでに彼女に届いた。使者は山賊の一団がどこにいるかを突き止めることができていた。

使者の報告によると、武装した一団はパミル台地に要塞を構えており、その勢力は日ごとに増しているという。法如は使者の報告を基に、パミル台地の地形をつぶさに調べ作戦を練っていた。

その要塞の北東にはキジ国という王国が位置しているが、最近キジ国の名僧「クマラジバ」が説法で近くを旅している最中に一団に捕らわれ大騒ぎになっているという。山賊達はその混乱に乗じてキジ国を攻めようと様子をうかがっているという知らせであった。

クマラジバといえば、ゴータマの教えを布教する名僧として知られていた。その名は遠く東の盛華国にも届いている。

これはただごとではない。武装した山賊たちの要塞に出入りする商人によると、そこには多くの女、子供たちが奴隷となって働かされ、これに少しでも逆らうものは皆牢獄に入れられているという。

女、子供たちは、この村からさらっていった村人達に違いない…。城のような要塞には、見張り櫓があり、誰も容易に近づくことはできないとのことであった。クマラジバの話を耳にした法如は、すでにキジ国との連携を頭に入れた作戦と動きを考えていた。

要塞はシルクロードを行き交う商人から富を得、いろいろな武器を東西から集めていた。どうやら要塞の中にいる山賊兵士の数は約百人程度らしかった。

要塞の中には田畑があり、捕虜で囚われた農夫達が農作物を育て、各地の村から奪ってきた牛や羊の乳搾りを子供達にさせていた。体格のいい子供達は兵士になるために鍛え、戦士として育てようとしているらしい。

この知らせを受けた法如は次の日、ある作戦をユージンとトムに持ちかけた。

その作戦を聞いたユージンは驚いた。トムもその耳を疑った。

それは、娘の代わりに法如が村を救うために花嫁となるというものだ。

法如の作戦はこうだ。

まず、満月の夜がくる前に山賊の要塞へ使者を送り、約束どおり村で一番美しい娘を花嫁として献上することを山賊の首領に伝える。そのとき、花嫁には村からお供が五人付き添い、献上の品として祝いの酒や肴を花嫁とともに届けることを約束するというものだ。

献上物の運び人夫はトービン、トム、風悟空、海悟空、鉄蔵の五人だ。祝いの酒は山賊達が泥酔するに充分な量を村中から集め持参する。彼らは村人に変装し、花嫁とともに要塞の中に入り込む。

花嫁姿の法如はトムが手綱を引く白馬「流星」に乗り、彼らの武器はすべて荷車の中の献上の品々の下に隠してある。トービンと鉄蔵が荷車の前方を引き、風悟空と海悟空が後方を押す。

その一方で、ユージンは先にキジ国に赴いて国王に会い、あらかじめ法如が盛華国の勅使として認めた親書を渡し、キジ国からの援軍を要請しようとしていた。囚われの身となっている同国の名僧クマラジバはキジ国としてもほうっておけない存在であった。法如は、クマラジバと共に捕虜となっている村人達を同時に救出しようと考えた。そして、その作戦をキジ国王に親書として認めた。それはキジ国王への国軍出動要請であったが、彼女の親書で必ず国王は動いてくれると確信していた。

法如はキジ国の兵達を要塞の近くに待機させておき、やがて城内に入った花嫁隊が正門を城内から開錠するのを待って、城の中に侵入するという作戦だ。

要塞の中に先に入った花嫁隊の風悟空と海悟空は、宴会で山賊達に酒をたらふく飲ませることに全力を注いだ。酒宴の雰囲気の中で油断する山賊達の様子をうかがいながら牢獄に向かい、牢獄の衛兵には、あらかじめ眠り薬の入った酒を飲ませて眠らせる。そして牢獄を開錠し、捕虜となっている村人達を導いて裏の門から逃亡させる。

裏門にはキジ国の兵を待機させ、村民を救出する。その一方で、村民の中で戦える男達は城内に残り山賊達の兵器庫に火を放ち、山賊達が武器を使用できないようにする。

正門開錠の役目はトービンが引き受ける。彼は宴の様子を伺いながら、隙を見て正門を開け、ユージンと一緒に待機のキジ国の兵士を城内に入れるというものだ。

まるで絵に描いたような作戦の一言一句に耳を傾けながら、仲間達は血が踊るのを全身で感じていた。法如の抜け目のない作戦と準備こそ実戦の中で学んだ兵学であると実感したのである。

「いよいよ始まるぞ」ユージンは戦いがすぐそこに迫っていることを知った。トービンは興奮で身体の震えが止まらなかった。それにしても法如の作戦は緻密であった。誰もが固唾《かたず》を呑んで、作戦の流れを頭に入れた。

作戦が伝えられた日から、トムとユージンの道場での稽古は一段と激しくなった。トービンもそこに加わった。全身汗だくになりながら一人一人の表情はすでに勇壮で逞しい戦士のものになっていた。そして、彼らは夜空の月を眺めながら、満月の夜が次第に近づいてきたことを感じていた。

キジ国に赴く準備をユージンは任された。

「もしキジ国が援軍を出さなければ、事態は全然違ってくる。確実に王の助けをもらわねばならない。法如が親書を準備したとはいえ、楽観は禁物だ…」

毎日このことを考え、万が一計画どおり行かなかった場合を想定しながら、彼は作戦を練った。その時は「キジ国の民兵を募ろう…」と腹を決めていた。そのために彼はクマラジバを慕う仏教徒を説得しようと考えていた。

夜空の月が四分の三近くの大きさになった時、ユージンはもう一度あの森の白髪のお婆に会ってみようと思い立った。お婆は彼の剣を四天王の剣と呼び、剣の由来についていろいろ話してくれた。彼は剣のことをもっと知っておきたい…と思っていた。

自分の家来が五人も出来た今、彼自身の自覚と決意は誰よりも強く不動でなくてはならないと彼は思っていた。

森の中へは今度はトービンを連れていくことにした。

## （その六）

森の中はいつものように薄暗く、気味が悪かった。

でも今日は前のように霞がかかっておらず、足元は良く見えた。

ユージンの背負う青銅色の剣が青白く輝いて、足元を照らしてくれた。トービンとユージンはその中を進んでいった。今度もまた、森の中を進む彼らと同じように何やらざわめいたものが並行して前に進んでいるのを感じた。トービンはその気配に身構えながら槍先を構えて進んだ。ジュピターは相変わらず全然気にも留めない様子で進んでいく。その蒼い目が輝きを増し、その輝きに森のざわめきは委縮しているかのようだった。二人は沈黙したままジュピターの後に続いた。

やがて白髪のお婆が住む池にやってきた。

その辺りは急に野原が広がっていて明るかった。

お婆の小屋の廻りの様子がはっきり見えた。前に来た時は小屋がもっと小さく感じたが近づいて周りをよく見ると、小屋は古い石がきめ細かく積まれて頑丈にできている。

その横で大きな水車がゆっくりとまわっている。

小屋の屋根にある小さな煙突から煙りがかすかに出ている。小屋の後ろにはなにやら黄色い花などが見える。

近づくにつれて、小さな人影が小屋の前で動いていた。お婆の真っ白い髪があたりと対照的に目立っていた。彼らはそれがお婆だとすぐにわかった。

お婆の横には例の山猫のモーリンが目を光らせて用心深く見ている。ジュピターの様子を恐れながらうかがっているようだ。

ユージンとジュピターの姿を見たお婆は「よく来たね」と言って少し前かがみの腰を伸ばし、微笑みながら迎えてくれた。まるで、ユージンが来ることを知っていたかのようだった。

そして、彼らを小屋の中に入れると、テーブルの前に座るように示し、温かいティーを出してくれた。お婆がテーブルの反対側の椅子に腰を下ろすと、「いよいよ何かが起こりそうな気配じゃな」と言って二人を見つめた。

お婆はユージンの様子を見ながら「お前はこの前ここに来たときよりも逞しくなったのう」と言って目を細めてうなずいた。

そういえば、この前お婆に会って以来、彼は道場で剣の修業に明け暮れていた。法如の実践さながらの殺気を帯びた修業で彼の武術は数段上達していた。自分でも心と身体が今までとは違う何かを感じていた。その奥底から湧いてくるような力が日々強くなっているような妙な気分を味わっていた。お婆はそういう彼の様子を感じ取るように満足そうに少し微笑んだ。そして、コップを木のテーブルに置いた。そして、彼女はユージンがなぜ来たのかを知っているかのように、彼の父のことについて話し始めた。

「お前の父上はゴータマのもとで修行を積み、深い縁があって大きな使命を授かったのじゃ。そして、彼は天竺からいったん西方の国を回り、シルクロード沿いに東方の国を目指して旅しておった。その時じゃ、わしがお前の父に偶然に会ったのは…」

そう言って一服すると、コップのティーから出る湯気をしばらく眺めていた。そして、遠い昔を思い出すかのように語り始めた。ユージンにとっては、何もかもが偶然であったが、すべてが偶然ではなく起こるべきして起きているような感覚になり、不思議な絵画の中に入って辺りを見回しているような神妙な気持ちになっていた。

「お婆は父が天竺から戻る途中の旅路で会ったと言ったが、それは彼女もどこかに旅していたということだ…」そう思った彼は「お婆は私の父にどこで会ったのですか。天竺の方角にお婆も旅していたということか？」と尋ねた。

すると、お婆は「わしは西方の雪山に棲んでいた仙人・アシタが亡くなったことを聞き、家族に会うために向かっておった。アシタ仙人はわしの兄にあたるのだ」と答えた。

それはあまり樹木もなく周りが茶褐色のなだらかな山に囲まれ、近くに川が流れる小さな集落だったとお婆は語った。遠くには白く輝いて聳える雪山が見えていた。いよいよその集落を過ぎると険しい山岳地帯に入ろうとする麓にその村はあった。日が暮れ始めていたので、火の明かりが漏れるある農家に泊めてもらおうとその家を訪れた時、同じように父がその農家で身体を休めていた。その夜、お婆と父は、暖炉の火を囲みながら農家が準備した心づくしの夕食をともにした。お互いに初めて会ったとは思えないくらい話が弾み、思い出深いひと時となった。お婆がアシタ仙人の妹と知った父は、より親しみを感じ、天竺で一緒に学んだ弟子達の話や思い出話に花が咲いた。

「ゴータマには優れた弟子が十人おったのじゃが、実はこれらの僧侶のほかに世俗民の中に入っていった数人の弟子がいた。このことを知っている者は主な弟子以外にはあまりいない。そのこともおまえの父が教えてくれた」

遠くを眺めるかのように、お婆は続けた。

「お前の父はそのうちの一人じゃ。自分の村に戻る前に東の国々の民に伝えんとしておった。その時、道案内役に彼は一人の若者を連れておった」

お婆の話では、ユージンの父はその村でしばらく滞在していた。村を流れる近くの川からは美しい翡翠のような石が取れるので住民は石細工のようなものを作ってそれを旅人に売っていたらしい。彼は村の子供達と一緒にその石をとって手伝ってやっていたようだ。やがて村の子供達に慕われ、小さな道場のような小寺に寝起きするうち、彼らに学問と剣術などを教えるようになっていた。

彼は元々武官をしていたので武芸にも優れていた。そこにある時、一人の若い旅人がやってきて宿泊を願い出た。その若者はたいへん求道心が強く、自分を高めんとして各地の学者に会い学問を求めて旅していた。彼はユージンの父が天竺で修行してきたことを知り、彼の弟子として彼の学んだ仏陀の教えを乞うた。若者は名前をクマラジバといい、キジ国から来た王族の息子だった。彼は学問に優れ、キジ国王からも大いに期待されていた。クマラジバの母は彼の幼い頃から天竺の話をよく聞かせてやったらしい。そのこともあって二人の邂逅は運命的な出会いになったようだ。

「やがて彼がその村を発って故郷に戻ろうとした時、彼の弟子となったクマラジバがその前にぜひキジ国に来てほしいと強く頼み、道案内を申し出た。こうしてお前の父はクマラジバとともにキジ国に行くことになった。その道中でわしは彼らに出会ったのじゃ」

## （その七）

「そうだったのか。クマラジバ、聞いたことのある名前だ」

ユージンが呟いた。

「そうだ、今山賊に捕られわれの身となっているキジ国の僧のことではないか」

すぐに法如が語っていた話を思い出した。

「お前の父はキジ国では『明智』という名で知られていた」

お婆が話を続けた。「クマラジバは天竺の国からキジ国に渡ってきた『クマラヤナ』という僧侶とキジ国王の娘・ジバとの間に生まれた子供だ」

二人がキジ国に着くと王子であったクマラジバはすぐに両親に経緯を話した。

山間の小さな村で彼と巡り合ったこと。彼から仏陀の教えの多くを学び、武術を教わったことなどを目を輝かせて話した。その話を聞いたクマラジバの母、ジバは特に明智の天竺での修行や生活に興味を持ち、キジ国の学問所でそのすべてを記録に残すよう請願した。もちろん、その学問所の学頭には彼の弟子となったクマラジバを任じた。

ジバは天竺で修行をしてきた明智の優れた素質を見抜き、我が子クマラジバに将軍学を学ばせたいと思っていた。そして同時に明智に国の将来を担う若者達の教育を委ねようと考えた。

こうして明智はキジ国で多くの若者に武術を教えながら学問を教えたという。

ユージンは初めて知る父親の足跡に目を輝かせた。トービンもお婆の話に我を忘れていた。

「明智の給仕をしながらクマラジバは学頭として才能を開花させた。彼は東方の文化を深く理解し、天竺の教えをわかりやすくするために東の国の言葉にも訳し、羅什三蔵《らじゅうさんぞう》ともいわれた。武術にも優れておったが彼はむしろ学問に関心が高かったのじゃ。多くの弟子が彼を慕っていた。その数三千とも聞いている」とお婆が語った。

「ということは父上はクマラジバにとっては恩師のような存在か?」とユージンはお婆に尋ねた。

「そのとおりじゃ。まさにお前の父との出会いがクマラジバを大きくしたのじゃ」

お婆がそう答えると、「父上はキジ国ではそのような存在であったのか」とユージンは呟いた。

お婆が続けた。

「クマラジバの恩師であった明智が亡くなったとき、国王は国をあげて篤く葬り供養したと聞いた。父上が亡くなる前、キジ国の王に彼は遺言を頼んだ。それは今お前が背中に背負っている剣のことじゃ。どうしてもその剣を息子に届けてほしいと言って亡くなったのだ」

お婆から聞いた父の話にユージンは感激した。そして遠く故郷を離れ、帰らぬ人となった父への想いからか彼の頬に涙がこぼれ落ちた。思いがけない話の展開に我を忘れて父の姿を重ね合わせた。父は名僧クマラジバの師匠として、生涯でも一番重要な時期を送っていたに違いない。そんな父を持つ誇りと父への敬愛の熱い思いが、彼の心に込み上げてきた。

お婆はそんなユージンの表情を見ながら、続けた。

「ある時、明智の遺言のとおり、キジ国の使者がお前の村にやってきて母上に会うと、その剣を父上の形見として渡したのじゃ」

「そうだったのか…」彼はつぶやいた。

今、偶然にもこの剣を自分が携えて父親の想いに接することができた。そして近くキジ国を旅し、そこで父を知る多くの人々にも会える。

「クマラジバの事もゴータマとの出会いについても、人々からもっといろいろ聞けるかもしれない…」そう思うと一刻も早くキジ国へ行ってみたいとの想いにかられた。父の想いは今こうして自分に伝わったのだ。何と不思議なことであろう…ユージンは呟いた。

## （その八）

村に戻ったユージンとトービンは早速、お婆から聞いたことを法如に伝えた。

法如は、「いよいよ時が熟してきました」と言ってユージンの目を見た。

ユージンは「明日の朝、キジ国へ旅立ちます」と法如に言うと、法如はそれを聞いて深くうなずいた。

「ユージン頼んだぞ。援軍が来なければ勝てない相手だ」とトムが言った。

「弟と妹も連れていく。キジ国で彼らを預かってもらい。俺は要塞に向かう」とユージンが言うと、法如は「それがいい」とうなずいた。

クマラジバは明智が伝えた明快な仏陀の教えを理解し、天才的な言語力を活かして数々の教えをキジ国の人々にわかりやすく翻訳し整理して書物と残していった。しかし、一語一語の解釈には明智の助けが不可欠であったに違いなかった。

長く家族を村に置いたままの生活をしてきた明智がやがてキジ国を去ろうとしたとき、不運にも病に倒れ帰らぬ人となった。

彼はその時、天竺での修行時代にゴータマから与えられた四天王の剣を、肌身離さず持っていた。それはゴータマから「四天王のごとく世を治めよ」と言われ、授かったものだった。知恵第一と敬われた舎利弗も明智の文武優れた素養を認め、東国の兄者と呼び、親しく交流を深めていた。白髪のお婆が教えてくれた父の話を聞き、はじめて知った父の軌跡と姿を知り、ユージンは彼の血が流れている自分を改めて誇りに思った。

ユージンとジュピター、二人の弟妹と二匹の子犬が村を出発したのは、まだ薄暗い次の朝であった。三人は村人から与えられた三頭の馬に乗り、ジュピターがその横について走った。

「さあ、いよいよキジ国へ向かって出発だ」

「さあ、みんな行くぞ！」

ユージンが声をあげると、小さな二人の弟と妹も「おうー」という精一杯の声をあげて応えた。

彼らの出発を仲間全員が見送った。

彼らは、だんだんと小さくなっていくユージンの隊列がやがて峠の先に消えてゆくまで見送っていた。その峠の先の空に美しい虹がかかり、彼らの行く先を飾った。

いよいよ満月の夜まであと十日足らずとなった。

首尾よくユージンがキジ国の兵を引き連れて山賊の要塞に戻ってくることを願いながら、仲間達は次の準備に取りかかっていた。

法如はトービンを呼び「お前の村にすぐ行って、お前の許婚に会ってわれらの作戦を伝えよ。村の者には決して焦らず、我々が要塞でどうなっても騒ぐではない、と伝えよ。キジ国の兵士が村を守ってくれると言えばわかってくれるだろう」と語った。

そして「村からできる限りの酒と肴を集めてこちらに戻れ」とトービンに命じた。

彼はユージンが出発したその朝、自分の村に向かって発っていった。

## （その九）

キジ国は天山から流れてくる水を利用してできたオアシスの町だ。

周りを城壁で囲まれた城塞都市国家として知られていた。国王は仏陀を崇拝し、そのため、多くの僧侶がキジに住んでいた…そうユージンは聞かされていた。

その規模は長安という東の都につぐ大きなものだった。

早くキジに至るまでには、砂漠のような乾燥した地域を横切って、まる一日かけて越えねばならなかった。

初めて旅する壮大に広がる荒涼とした大地を見て、世界の広きことを彼は知らされた気がした。

一日中荒れた山地を休む事なく進み続けた。そして太陽が地平線にようやく傾き始めた頃、次第に綿花らしきものを栽培をする農家が現れはじめた。

キジ国は綿の産地としても知られ、多くの商人が西方の国から訪れる場所でもあった。

そろそろキジ国が近い…とユージンは思った。

だんだんとキジに近くなるにつれて、綿畑が増え農家の数も多くなった。

そして野菜を作ったり、放牧をする農家もあちこちで見られるようになった。

周りもすっかり暗くなってきたころ、一軒の大きな農家から明かりが漏れるのが見えてきた。

旅で疲れていたリチャードとラニーはすでに馬上で眠り初めている。

「今夜はあの農家に頼んで休ませてもらおう…」

そう思って、ユージンは一番近くの農家に立ち寄った。農家に近づくと、農家の軒先で小さな子供達の遊ぶ声が聞こえてきた。

三頭の馬に乗った旅人が近づいてくるのを見た子供達は家の中に入って両親に来客を告げたらしかった。

すぐに家の中から、彼らの母親らしき女が姿を現した。

最初は少し警戒したような様子であったが、ユージン達を見てすぐに旅をする子供たちと若者だと知って安心したようで、彼等に声をかけてくれた。

「どこからこられたのじゃ？」

農家の女が聞いた。そして、リチャードとラニーを見ると、「子供達は相当疲れているな。馬をそこに休ませて、家の中にお入りなさい」そう言って、明るい声でその母親は彼らを迎えてくれた。

母親と一緒に出てきた二人の子供達は、すぐにタイガーとフレイジャーに気がつき、馬から落ちそうになっている子犬達を下ろしてくれた。

「まあ、かわいい子犬じゃ」

子供達はタイガーとフレイジャーを抱きかかえてはしゃいだ。タイガーもフレイジャーも尻尾を振って喜んだ。

子供達にはユージンの横にいるジュピターは大きくて怖そうに見えたのかさすがに近寄ろうとしなかった。ジュピターは賢い犬だ。タイガーとフレイジャーとはしゃぐ子供達を怖がらすようなことのないように、ゆっくりと農家の軒先の溜め井戸のほうに向かっていくと、井戸水でのどを潤した。

ユージンは三頭の馬をその家の横にある大きな岩に手綱をくくりつけ、案内されるまま家の中に入った。二人の弟妹も眠たそうな目をこすりながらユージンに続いた。

家の中には大きな暖炉に火が入り、明々と燃えていた。暖炉には薪がパチパチと音をたてて燃えていた。その火は部屋中を温かくし心地よかった。暖炉の前には茶褐色の敷物が敷かれていて、その上にリチャードとラニーが座ると二匹の子犬を抱えた農家の子供達が彼らに加わった。

部屋の真ん中には大きなテーブルがあり、その上にはたくさんの食べ物が置かれていた。ちょうど夕食の直前だったようだ。大きなお皿には温められたばかりのいろいろな野菜が盛り付けられ、新鮮な香りを部屋中に漂わせていた。すると、家の主人らしき男が丸焼きにした鳥のようなものを乗せた大きな皿を抱えて入ってきた。

男は、子供達の方を向いて「それはラクダという動物の皮だよ」と笑顔で話しかけ、大皿をテーブルの上に置いた。そして、今度は暖炉横の壁にかけてある飾りものを指して「あれがラクダだよ。見たことがあるかい?」と幼い妹弟に尋ねると、二人は首を横に振った。

農家の夫婦は夫が「ケレス」、妻を「マルカ」と言った。

どちらも髪の毛は少し巻き毛の茶色で、肌の色は白くもともと西方から来た民族のように見える。この辺りは、天竺や、西方の国や東方の国からの血が交じり合ったいろいろな出身地の人々が住んでいるようだ。

人のよさそうな夫婦は、キジの町で自分たちの野菜を売って生活しているようだ。その夜、彼らは自慢の野菜と鶏肉料理を彼らにふるまってくれた。その家族にとっても子供達や子犬を囲んでの夕食は楽しい宴となった。

夫婦はユージンに旅の行き先を聞いた。

「キジ国王の城」と彼が答えると「王に会いに行くのか。なぜ会いにいくのか」とケレスが聞きなおした。

村が山賊に襲われたこと。別の村の若者が助けを求めにきたこと。満月に嫁がせなければならぬ娘のこと。そして、自分の父がキジの国と縁深く、それを頼ってキジ国王に援軍を頼みに行く途中であることなどを話した。

じっと話を聞いていた夫のケレスが口を開いた。

「王に会いたいと急に言っても衛兵が城内にすぐ入れてくれないだろう。逆に怪しまれては困るな」そう言って、キジの町にいるある人物を先に訪ねるようにと教えてくれた。

ケレスが紹介してくれた男は、キジの野菜市場を仕切っている役人だった。どうやらケレスとは親しく、城内の高官にも自由に話のできる立場にあるらしい。

「事情を話せば城内に入れてくれるはずだ」こう思ったケレスは、その役人に手紙を書いてくれるというのだ。

それにユージンが驚いたのは、このケレスは父・明智のことを聞いたことがあるというのだ。「こんな農家の主が自分の父のことを知っている。なんと偉大な父であろう」

胸が熱くなった。その夜、興奮してしばらく彼は眠ることができなかった。

リチャードとラニーは疲れ果てたのか、スヤスヤとタイガーとフレイジャーを抱いたまま寝ている。彼らの横で農家の子供達も一緒に横になっていた。

眠れずにしばらく目を開けていたユージンの横でジュピターは床に伏せたように身体を休めていた。やがて暖炉の火が消えかける頃、彼は深い眠りに落ちた。

# 第三話　神龍（シェンロン）の子

## （その一）

翌朝、農家を発つ時、家族全員がユージン達を見送ってくれた。キジ城に近づくにつれて多くの民家や寺院が目立つようになった。道を往来する人々の中には西国から来たと思われる白い肌をした金髪の女性や、顔を隠すように布を被っている者などさまざまな民族の人々が目についた。一人ひとりの見かけぬ服装や皮膚の色などを珍しそうに見ながら、やがて一行は昼前にキジ国の城の見える丘に着いた。

丘の先への伸びる道をゆっくりと進んでいくと、城門の前に続く広場にたどりついた。ケレスが書いてくれた手紙を城門の前に立つ衛兵に渡すと、しばらくして衛兵が宮中からの使者をつれて戻ってきた。

宮中の役人を驚かせたのは、何よりも山賊一味の討伐に援軍を頼みに来たのが明智の子であったことだ。キジでは明智は今でも偉大な将軍として尊敬されており、偉大な学師としても崇められていた。

名僧クマラジバが山賊達に囚われた事件は、キジ国で大問題となっていた。国民の関心は、国軍が乗り出すのか、あるいは面倒を避けて、国王は見て見ぬふりをし放っておくのかということに向けられていた。訓練された国軍が乗り出せば、もちろん山賊達はただでは済まされない。必死になって抵抗することが予想された。しかし、結果的には国軍にも多くの犠牲者やけが人がでることになる。どちらにしても、国王は決断を迫られていた。

そうした状況の真っ只中に、クマラジバの恩師・明智の子が現れたという知らせが入ってきたのだ。城門護衛を取り仕切る役人は、知らせを持ってきた衛兵隊長に問いかけた。

「本当に明智様の子がやってきたというのか。にわかには信じられぬ…」

「私も最初は疑いましたが、その者の背中には明智様の『四天王の剣』を背負っておりました」

「なんと、あの剣を持っていたというのか！　見間違えではないのか？」

「私も最初、目を疑いました。しかし、自分も昔、明智様に四天王の剣を見せてもらったことがあります。今もそれをしっかりと覚えております。私の記憶からも決して間違いではないかと思います」

「ううむ。よし、この目ですぐに確かめる」

役人は大急ぎで現場に向かい、城内で兵士に囲まれながら待機していたユージンの様子を凝視した。確かに彼には明智の面影が見てとれた。そして彼の背中には見覚えのある大きな剣が輝いていた。

「おお、あれはまさに明智様の剣じゃ！」

役人は思わず声を上げていた。

彼はユージンが持っていた剣がまさしく四天王の剣であることに気づき、ユージンが間違いなく明智の子であると即座に理解した。そして、役人はすぐに一行を城内に導いた。

城内に入ったユージン一行はやがて朱塗りの柱や、建物全体が青や緑で美しく塗られた屋敷に通された。どうやら僧侶らが教典を学ぶための書院のように見えた。その場所はバーンニャと呼ばれていた。

中に入ると、三十人ほどの黄土色の僧衣に身を包んだ僧侶が合掌して彼らを迎えた。彼らの中心人物らしき一人がユージン達に近づき、「バーンニャの尊師のご子息」と言って深く頭を下げて礼をした。

明智はこの国ではバーンニャと呼ばれていたらしかった。彼らが通されたこの小さな書院こそ晩年の父がここを本拠とし、多くの若者を弟子として学問と武術を教えていた場所ということだ。

そう思ったユージンは父の面影を追うように、興味深く書院の中を隅々まで眺めた。

僧衣姿の使者がユージンに向かって言った。

「我らはキジ国王の親衛隊三百人の兵士を援軍としてあなた様の指揮の下、クマラジバ尊師を救済せよとの命令を王から受けております。国王の親衛隊があなた様をお待ちし待機しています。私についてこられよ…」

そう言うと、一行を導きながら彼等の先を歩き出した。

館の回廊を抜けると、そこは石畳で覆われた広い広場に続いていた。

僧侶に続いてユージンがその広場に姿を現すと、「ジャジャジャジャーンン」とまるで雷のような金属音と太鼓の音が鳴り響いた。

彼の目の前に飛び込んできたのは、勇壮な騎馬姿で整列した三百名の国王親衛隊であった。最前列には馬に乗った指揮官が、ユージンを見ると彼の剣を一回転させ雄々しく突き上げた。すると、馬上の指揮官の合図に続いて親衛隊はいっせいに槍を天高く掲げ、「オー」という勝どきを上げてユージン達を迎えた。

それは単に儀仗兵を閲兵する示威目的の式ではなかった。まさしくユージン達の下で戦うことを誓う精鋭部隊の出陣式であった。

国王親衛隊は、ふだんは国王の近辺警護を主な任務としていた特殊部隊であった。国王の指揮のみで動く最強の近衛兵とも呼ばれていた。彼等は国王の指示次第で戦地に赴くこともあったが、その時は、彼らは儀仗兵ではなく、強力な精鋭部隊として動く戦士であった。そして、どのような任務であれ、必ず完遂することを至上命令としていた。

親衛隊の敬礼を受け、稲妻のような力がユージンの身体の中に沸き起こった。そして、兵士達に応えて彼は無意識に背中の剣に腕を回し、抜き上げた。その剣は、青銅色の鞘から閃光を発し、天に向かって掲げられた。

四天王の剣が抜かれた！

無意識に剣を抜いたユージンはそれに初めて気がついた。

同時に彼の頬から大粒の涙が落ちた。「父上…」心で彼はそう叫んでいだ。

彼の横についていたジュピターが蒼い目を輝かせ大きく吼えた。いよいよ戦う時が来たのだ。

剣の先から発した閃光は明るさを増し、天空に真っ直ぐ向かって伸びていった。まるで稲妻が彼の剣から発しているようで、閃光は何やら輝く龍のように天空に向かってぐんぐんと昇っていくようだった。

三百騎の親衛隊はその巨大な光と明るさに全員目がくらんだが、次の瞬間、どこからともなく親衛隊の「オー」という凄まじい勝どきが何度も繰り返された。

キジ国王はこの親衛隊の指揮をユージンに任せることにし、彼を特別親衛隊長とした。クマラジバ尊師の救済と山賊要塞攻撃の命令を下し、その任務を特別親衛隊に任せたのである。

ユージンは三百人の親衛隊を三隊に分け、各隊ごとに中心的立場にあった者を部隊長として任命した。そして、これらの部隊から二名ずつを選び、作戦会議を開いた。その会議で彼は村を出る前、法如とすでに練っていた作戦を彼らに細かく説明し、それぞれの部隊が山賊達の要塞でどう動くべきかを徹底した。

その夜、あと三日～四日で満月を迎えようとしていた。

ユージンの幼い妹弟はキジ国王妃の親族の家に預かってもらった。彼はいよいよ戦いのための準備に余念がなかった。

「もうそろそろ法如の一行は村を発ち要塞に近づいている頃だ…。果たして娘の代わりに花嫁に扮装した法如の準備はうまくいっているのだろうか。そして、トービンは充分な酒と肴《さかな》を確保してくれたのだろうか…」

彼は作戦の進行状況について、その一つひとつが気になった。すべての作戦が寸分の狂いもなく遂行されねばならないのだ。もしどこかで何かがうまくいかなくとも、決して焦らず次の手を打つ必要があった。そして、大将は不屈の魂で堂々として全軍の指揮をとらねばならないのだ。

## （その二）

キジの国で四天王の剣が抜かれた！

その剣をユージンは真っ直ぐ天に向けて突き上げた。

その先からでた閃光はゴーという音を立てながら、周りの雲を押し上げるように昇って行った。上昇する雲は輝きを増し、下方からやがてゆっくりと回転を始めた。そして、その閃光は山岳地帯を行く法如たちの目にも届いていた。

「キジの方角だ…」法如はすぐにそう思った。その閃光に沿って雲が上昇していく。それを見て法如が叫んだ。「おお、あれは。見よ。まさに龍門の滝のシェンロンが昇っていくかのよう！」だと。

花嫁に扮した法如は、いよいよ不思議な使命と力を持つユージンが表舞台に躍り出た瞬間だと受け止めていた。

武芸者・法如の花嫁姿は誰が見ても、まったく別人のようだった。どう見ても美しい年頃の娘の姿にしか見えなかった。誰もが法如の姿に目を疑った。

トービンの村で法如が花嫁姿になって姿を現した時、誰もが息を呑んだ。信じられないほどの彼女の変貌ぶりに驚いた。その美しさは群を抜いていた。

村人達は誰も自分達の娘を差し出そうとは考えていなかったが、もし村の娘に代わって本当に美しい花嫁を山賊達に献上できるのなら、それはそれでいいかもしれないと思っていた。そして、実際に法如に花嫁の衣装を着せてみることになり、やがて衣装をまとって現れた法如の花嫁姿に、村の年寄り達は「美しい…。これなら山賊達も疑うまい」と呟き、彼女の花嫁姿に息を飲んだ。誰もがそう思った。

出発の準備をしながら、一行は先にキジ国に発ったユージンからの知らせが気になっていた。一つひとつの作戦は計画通り実行されなければならないゆえ、キジの軍隊が本当に来てくれるのかどうか…はすべての鍵となっていた。花嫁に扮した法如の頭の中はそのことでいっぱいであった。

どちらにしても、これで村は救われる…。村人達は皆、そう思った。

とにかく彼らの言うように花嫁と一緒に献上する酒と肴を村中から集めよう…。村の会議で年寄り達は、そう決めて荷車一杯に祝いの品を積ませた。

トムの白馬「流星」には美しい衣が掛けられた。彼らはどう見ても花嫁を送り届ける使者の一行にしか見えなかった。山賊達に祝いの品として献上される馬車とともにいよいよ準備が整った。


（その三）


花嫁一行の行列はいよいよ山賊達の要塞に近づいていた。すると、要塞の方向から山賊兵士と思われる二頭の騎馬が近づいてきた。馬上には鉄兜をまとった勇壮な姿の二人の戦士が見えた。やがて一行の前で止まると、無言のまま白馬に乗って顔を隠す花嫁の側に馬を進め、花嫁のベールを持ち上げて顔を見せるように命じた。

手綱を引いていたお供役のトムが花嫁に近づきそのベールを開けて見せた。

二人の兵士はその姿と顔を確認すると、一行に「我らに続け」と言って馬を城に向けて手綱を取った。

しばらく兵士に続いて馬を進めて行くと少し登った丘に着いた。そこにはりっぱな城郭の山賊の要塞があった。まるで一国を治める王の居城のようで、その大きさと威容に一行は目を見張った。城の城壁には赤い色の旗がなびいていた。その周りでは忙しそうに動く多くの兵士の姿が見てとれた。

そして、一行の到着を知らせるためなのか、見張り櫓と思われる屋根の上から合図の白い煙が上がった。すると、正門がゆっくりと開き、城内から数十名の兜を被った兵士が縦列を組んで行進してきた。そして兵士達は正門の両側に二列縦隊となり、かけ声とともに整列して向かい合った。正門の真ん中に隊長とみられる兵士が現れ、手に持っていた槍で地面をたたきつけた。それを合図として、二列に向かい合った兵士達も手に持っていた槍で一斉に地面をたたき始めた。

「ドン、ドン、ドン…」と地面が響き、砂埃が舞った。その音が花嫁一行にも鈍い響きで伝わってくる。どうやら彼ら一行を迎える儀式らしい。兵士達の顔は鉄兜に覆われて無表情だ。不気味な迎賓の隊列が彼らを迎えた。

一行に緊張が走った。手綱を引いて歩くトムの手は汗でじっとりとしている。

トービンの身体は緊張なのか震えが止まらない。武器を荷車の下に隠し、丸腰で歩く彼らは無防備そのものだ。「今襲われればひとたまりもない…」誰もがそう感じた。しかし、迎賓の兵士達はそれなりに規律を守り統制がとれていた。それはどこか一国の軍隊を見ているようだった。

兵士達が持つ赤い旗には金色の獅子らしきものが描かれていた。

城内を進んで行くと、別の城壁が幾重にも現れた。それらの城壁を一つひとつ潜り抜けて進んでいくと、やがて城内に朱塗りの宮殿のような建物と、その前に広場が現れた。そこは緑豊かな木々が茂り、外の荒涼とした台地の様子とは別世界だった。

その広場で一行は、しばらく待機させられた。道案内の兵士は荷物を降ろし一行をその場で待機させた後、門の扉を閉めて出て行った。中はシンと静まりかえっていたが、やがて三人の従者とともに女兵士が現れた。

彼女は一行が持ってきた献上品の品定めに来たことを伝え、従者に中身を調べさせた。

従者が武器に気づかないかどうか、一行は緊張していた。武器は荷台の底板を厚くして、その中に隠してあった。底板は村の大工がどうみてもわからぬように作り上げた箱になっていた。普通の荷台より少しだけ厚くなっているだけで、わかりにくくなっている。そうはわかっていても従者達の調べる様子が気になった。

「もしここでバレれば、一挙に彼らを襲うしかない。相手は四人、こちらは六人だ。女兵士の剣さえ抑えれば難しくはない…」トムはそう思っていた。風悟空と海悟空もトムを見てお互いに頷いた。彼らも同じことを考えていた。

しばらく用心しながらの緊張が続いたが、従者は気づかなかった。

女兵士が風悟空と海悟空のほうを見て「宴会の案内役が知らせにくる。その者に続いてこの荷物を持ち入れよ」と言ってその場を去った。どうやら従者達は気づかなかったようだ。少し彼らの緊張がほぐれてほっとした。

日が暮れるまではまだ時間は充分あった。

とはいえ、安堵のまま休んでいるわけにはいかない。次に何をすべきかを頭の中にたたき込んでおかねばならない…。失敗は許されないのだ。失敗すれば、後でどんな被害が村人や監禁されている人達に及ぶかわからない。彼らは次の作戦を確認し合った。呼吸を合わせ、次の動きを全員で徹底した。

## （その四）

夕暮れが訪れた。そして夜空に満月が昇り始めた。

宴会を知らせる従者が現れ、花嫁の一行は宮殿のような建物の中にある大広間に通された。

そこには、ほとんどの兵士が集まっているようだ。そして、すでに宴の酒や食べ物が次々と運び込まれていた。

宴席の真ん中に首領の席と思われる高座があった。すると、二人の召使いと思われる女達が花嫁の手をとり、彼女を席の真ん前に導いた。そして、その場に用意されていた金色の椅子に座らせた。お供として大広間に入ったトムと三人の仲間は荷台から酒壷を下ろすと、それを一つひとつ抱え、会場に集っていた兵士達に振舞った。

彼らは「村自慢の地酒でございます。ぜひご賞味あれ…」そういって兵士達に酒を振る舞うと、山賊の男達は大声で笑いながら、喜んで一挙に飲み干していった。皆、かなりの酒豪のように見える。しばらくすると、次々と「もう一杯だ」という者が続出した。

「どんどん飲め…」心の中でそう思いながら、一行は宴会の酒盛り役に徹していた。彼らは小さな地酒樽を抱え大広間を回りながら、どこに牢獄があるのかを密かに探っていた。そうしているうちに、牢獄番と思われる男達が酒と食べ物を取りに来て、次々と両腕一杯に抱えたかと思うと元来た方へ戻っていった。

風悟空はそれを見逃さなかった。

「牢獄はあの方角だ…」心の中で呟いた。

宴会は盛り上がっていた。兵士の中には相当酔い始めている者もいた。

風悟空は、他の兵士に酒を盛っている海悟空に近づきこっそりと牢獄の方角を伝えた。

海悟空は、彼に頷きながらそのほうを見て確認した。

「広間の山賊どもを泥酔させ、牢獄に向かって捕虜を救い出す」これが彼らの作戦だ。場所がわかれば、後は時が来るまで、酒を盛り続けるまでだ。彼等は首領の様子をうかがっていた。首領はまじまじと花嫁をながめながら、至極満足な様子で酒を飲んでいた。

荷台の酒壷が一つ、また一つと空になり、荷台の横に積まれていく。荷台の上から物が減っていったほうが武器は取りやすい。三十個以上もあった酒壷があと四壺ほどになっていた。

「相当量の酒を山賊達はすでに飲んでいる…」トービンも壷の数を数えながらいつ行動に移せるのかをうかがっていた。

広間の中央には少し小高い舞台のような場があって、女達が聞きなれぬ音に合わせて踊りを舞っている。

その間、トービンは城壁の門の留め金棒を内側から外し、開門すべき機会をうかがっていた。怪しい動きがすぐ城壁の内側にあると気づかれてしまえば、そのチャンスを逃してしまう。盛り上がる宴会の中で、じっと彼はその時を待った。

「どうやら誰も自分を見ている者もいないようだ…」

「今だ！」

そう判断すると、彼は誰にも気づかれないように密かに宴会場を離れた。そしてもと来た廊下を戻り、正門を目指した。「もし山賊の誰かに会えばすぐに兵士に酒を勧められるよう、念のため左脇に酒壷をかかえ盃を右手に持って…」と思いながら慎重に足を運んだ。

うまいことにめでたい宴の席で兵士達は完全に油断し、広間で酒に興じていた。やがて一番外側にある城壁の影が見えてきた。

番兵は城の外を眺めていて、トービンの動きには気づいていない。外気は冷たく、夜空はシーンとしていて満月が煌々と輝いていた。

トービンは番兵に気づかれないよう、正門の真横に着くと身を低くして身を隠した。そこは月影になっていて番兵からはよく見えない。

正門の内側には、太い鉄の棒が横に架けられている。

「あの鉄の棒を横に動かし、施錠止めを外せば門は開く…」彼はそれを確認すると、静かにその機会を待った。城の外の台地には何もなく真っ暗な荒地が広がっている。

その台地から少し傾斜した谷にはキジ国の親衛隊・三百騎がすでに待機して息を潜めていた。

彼らを指揮する馬上には、四天王の剣を背中に背負った隊長・ユージンの姿があった。

城の番兵から見えない台地の石影には偵察の隊士が正門の動きをじっと探りながら見つめていた。

正門の上の櫓には番兵が一人、別の櫓にはもう一人いるだけで城内を警戒している様子はない…。

その時、静かに正門の施錠がトービンによって外された。そして、門がゆっくりと開き、少し開かれたままとなって静止した。櫓の上の番兵は気づいてはいないようだ…。偵察隊はその様子を確認すると谷間に駆け下りて隊長に報告した。

「正門が開きました！　遠くからは開錠されているようには見えませぬが、まちがいなく開門された状態にあります」

「そうかトービンが作戦どおり実行してくれた…」心でユージンは思った。隊長の側にいた三人の部隊長にそれを伝えると静かに全軍を台地へと進めた。騎馬隊の馬もよく訓練されており、音を立てず静かに前に進んだ。

二つの部隊は台地の下の廻道で馬から降りて待機した。そして最後の部隊は城の後ろ側に馬に乗ったまま静かに移動を始めた。親衛隊全員が突撃前の態勢に静かに入っていった。

## （その五）

時がきた。

攻撃が静かに開始された。

ユージンと五騎の戦士が台地に姿を現すと、城の正門に向かって同時に静かに進んでいった。

番兵はまだ異常に気づいていない。

そして、騎馬の戦士に続いて台地の闇の中から次々と親衛隊が姿を現した。

その時、衛兵は初めて黒くうごめく大群が城に向かいつつあることに気がついた。非常事態に驚いた衛兵は動転して櫓の鐘を激しく打ち鳴らした。

「ジャーン、ジャーン」という金属音が要塞に響き渡った。

「行けー」

大将のユージンが背中の剣を抜刀し大号令を発した。剣は青白く閃光を発して輝き、辺り一帯を照らしだした。くっきりと城が浮かび上がると、それをめがけてキジ軍の親衛隊は大音声とともに正門めがけていっせいに駆け出した。

「ウォー」その音は大地を揺るがした。

大将隊の五騎は開錠された門に達すると、鐘を打ち鳴らしていた衛兵を一人が弓で打ち落とした。そして正門を押し開いた。

姿を見せていなかった衛兵がもう一人現れたが、鋭い弓矢が命中し櫓から転げ落ちた。

みるみるうちにキジ軍は正門を突破して城内になだれ込んでいった。

攻撃に気がついた山賊兵士達が次の城門から姿を現し、キジ軍を迎え撃った。猛烈な勢いで雪崩込んだ先方隊は彼らを蹴散らしてさらに奥へと進んでいった。彼らに続くキジ軍は山賊兵士を圧倒し、押しつぶして先方隊に続いた。

槍を持った衛兵が大将のユージンをめがけて飛びかかってきた。次の瞬間、彼の剣はその敵を一撃でたたきつけた。櫓のあちこちに篝火がつけられ、城内の山賊達はやっとキジ軍の攻撃を知った。

宴会で盛り上がっていた大広間に、兵士が大声で叫びながら入ってきた。

「敵だ。城内にキジ軍が攻めてきている。武具をつけよ！」

会場は騒然となった。中央にいた山賊の首領は跳ね起きると「第三の門を閉じよ」と部下に命じ、その場から姿を消した。広間は大混乱となり、山賊達は慌てて自分達の武具を求めた。すぐに戦の仕度を始めるものもいたが半分以上の兵士達は泥酔していて戦える状態ではない。

広間にいた法如と五人は広間の召使などと同じように混乱に紛れて逃げ惑うような仕草をしな

がら、荷台の近くに身を隠すようにして集まった。宴会はたちまち混然とした状態となり、踊り子や召使いも広間から逃げ口を探し求めて走り回った。

五人はこの様子を静かに伺っていた。

風悟空が、この時とばかりに荷台の仕かけを素早く外すと底板が開き、隠していた彼らの武器が荷台下に転げ落ちた。四人はその周りを囲み、外から誰もそれに気づかないようにした。隙をみて、風悟空は自分の長刀を取り上げると、素早くそのまま牢獄への渡り廊下へと急いだ。

牢獄の前の番兵は攻撃を受け騒然とした城内の様子を知り、すでにうろたえていた。風悟空がものすごい形相で近づくと、番兵は自ら鍵を投げ捨て逃げていった。風悟空はすばやく鍵を拾い上げ、鉄の格子扉を開錠した。

牢獄の中は、場内で最初いったい何が起きているのかわかりかねていた。しばらく様子をうかがい誰も出てこようとはしなかった。

風悟空は大声で「我らはキジ国からの使者である。王の命令によりクマラジバ大師と、捕虜に囚われておられる方々を救いにまいった！」と叫んだ。

「このまま裏門から場外へ出るので、我らについてこられよ！」と言うと、牢獄の奥にかたまって潜んでいた人達が一斉に歓声を上げて姿を見せた。

「助かったぞ！」

そう叫びながら彼らは先を争った。先に出てきた一人の男が「裏門への道を教える」と言って、風悟空の前に立ち裏門へ通じる道を案内した。

風悟空は、「女、子供が先じゃ、あの男に続け！」と言って牢獄の前にとどまり、広間から山賊兵士が来ないか目を光らせた。

次々と裏門から捕虜となっていた村人達が出てきた。その中には、もちろんユージンの母も混じっていた。静かだった裏門が騒然となって人で溢れた。

門の外にはすでにキジ国の兵士百騎が待機し、脱出してきた女、子供を手際よく次々と馬に乗せ、城から離れた谷間の安全な場所へと連れていった。

城の櫓にはキジ軍により火が放たれ、燃え始めていた。

城内では第三の門が破られ、キジ軍が広間になだれ込んできた。甲冑を身につけた山賊達もその頃には五十人くらいになり、広間に集結し応戦した。しかし、もとより戦闘態勢にあったキジ軍は彼らに次々と切り込み、山賊達を押し倒して進んでいった。

荷台に伏せて隠れていた法如と仲間達も荷台から飛び降りると、武器をとり山賊達を次々に倒していった。

その時、キジ軍総大将として現れたユージンの雄姿をみて法如は感極まった。目の前の総大将は村の道場で修行をしていたユージンではない。生まれ変わった別人のような彼の姿がそこにあった。仲間たちも彼の見事な指揮ぶりと動きにあっけにとられ圧倒された。

「四天王の剣を自由に振り回せるのは龍門の滝を昇るシェンロンの姿のようだ…」法如は呟いた。

山賊達は総崩れになっていた。殺されまいとして裏門から多くの者が逃げていった。そして。逃げてきた残党達を門の外で待ち受けるキジ軍が容赦なく討ち倒していった。

山賊の首領は屈強の手下を従え、総大将であるユージンめがけて飛び掛ってきた。その彼らを見事な剣裁きと力でなぎ倒すと、彼は目にもとまらぬ速さで首領の首を一刀のもとに跳ね上げた。その瞬間、首は天井まで吹っ飛んで鈍い音を立て床に落ちた。首領の目はまだ何が起きたか解せぬまま己の胴体を見ていた。

生き残っていた山賊達は、それを見ると皆武器を投げ捨てその場に座り込んだ。首領を失った彼らにもう戦意は消え失せていた。

戦いはほんの一時間も経たぬうちに終った。

大勝利を知ったユージンと仲間達は抱き合ってお互いの無事と勝利を喜んだ。

親友のトムが、「おまえいつの間に剣が使えるようになったのだ?」と笑いながら聞くと、「気がつけば抜いていたのだ」とユージンが笑いながら応えた。

そこへ、風悟空が一人の僧侶を連れてきた。クマラジバである。それを見るとユージンはクマラジバの前にひざまづいて、叫ぶように伝えた。

「クマラジバ様、ご無事で何よりでございます。明智の息子ユージンでございます」と。

「なんと私の恩師のご子息であるか！」と言うと、クマラジバはユージンの肩に両手をかけ彼の顔をまじまじと見入った。

「恩師の面影とそっくりだ」

そう言うとクマラジバはユージンを抱きかかえ大粒の涙をながした。そして、あたかも恩師・明智に話しかけるように、「お懐かしい」と言って深深と彼に頭を垂れた。

突撃隊の全員が城郭の外に出た。大勝利であった。

大将を囲んで円陣ができた。そのまわりを仲間が囲んだ。そこへ台地の陰に隠れていた村人達も加わると、「ウォー」という歓喜と勝利の雄たけびが響きわたった。

そこへ村人達と母がユージンに向かって駆け寄ってきた。

母に気付いたユージンは馬からおりると彼女を抱きしめた。「母上、ご無事でよかった」

母は驚いて息子を見ると、「なんと、お前が大将だったのか」と言い、感極まって涙を流した。

息子の顔は涙と泥でグシャグシャになっていた。

「父上の剣をお前は使えるのか?」目を疑うように母は息子に尋ねた。

笑顔になったユージンは「ええ、母上、実は要塞を襲撃した時に使えるようになったのです」と言って笑った。

息子の顔立ちも身体も、彼女が最後にみた息子とは別人のように逞しくなっていた。その様は亡き夫を彷彿とさせる風貌だった。逞しく成長した息子の雄姿に、言い尽くせぬ歓びと感謝の思いが母の心に広がった。

「母上、弟と妹は無事です。キジの国で元気にしています」彼がそういうと、母は何度もうなずいた。

「さあ家に帰りましょう」息子が母の肩を抱きしめて言った。

## (その六)

キジ国に親衛隊は凱旋《がいせん》した。国王夫妻は彼らの凱旋を迎えんと城門で彼らを待ち受けた。

その中にはリチャードとラニー、それに彼らに抱かれた子犬達が目を輝かせて親衛隊を迎えた。母の姿を見ると彼らは彼女に駆け寄り、大粒の涙を流して抱きついた。

人々はクマラジバを救い出したユージンとその仲間達を英雄として迎え、熱狂的な歓迎で国中が沸いた。国師であったクマラジバを救ったこと以上に彼らの話題となったのは、親衛隊を指揮したクマラジバの亡き恩師の息子のことであった。そのことがキジ国の人々の嬉しい驚きとなった。不思議な縁《えにし》に人々は心を打たれた。その大将の姿を一目見ようと多くの人々が凱旋の親衛隊の行く先々に集まった。

もちろん子犬達はジュピターのもとに駆け寄った。王は彼らの勇気と功を称え、名誉と多くの恩賞を与えた。大将として勝利したユージンには「キジ王国親衛隊・隊長」の称号が贈られた。そして仲間全員に副隊長の称号が与えられた。法如は盛華国の官吏であることからキジ国の国賓として迎えられ、しばらくキジに留まることとなった。

ユージンはそのままキジに留まり、家族で生活を望むこともできたが、故郷の村に戻り、村の再興を手伝いたいと王に伝えた。国王夫妻は彼の意思を理解し、必要があれば復興のために救援隊を送ってもよいと申し出た。トムやその他の仲間もキジ国に残りたければ仕官することができたが、ユージンとともに村に戻ることを選んだ。

別の村からやって来たトービンだけは許婚《いいなずけ》が待つ村へと帰っていった。出発にあたって彼は涙で顔をくしゃくしゃにしながら、ともに戦ってくれた仲間達に感謝を述べた。紫陽姫とトービンのロマンスに心打たれた王女は二人の将来を祝って、国の名産の品である絹の布を多く持たせた。

山賊の捕虜として捕らえられていた村民のほとんどは女や子供達であった。多くの者が家を焼かれ、夫を殺されていた。捕虜から救われても悲しい思いが表情に滲んでいた。

ユージンはそういう村人を気遣った。

「不幸に耐え忍んで生きようとする庶民の味方になってあげたい」と彼は思っていた。

英雄気取りでいられる訳がなかった。「彼らが安穏に暮らせる世の中、それが一番大切だ…」そう思っていた。

彼らと一緒にユージン達が故郷の村にむかって旅立ったのは、それから三日後であった。

ユージンはキジ国に踏み入れた時、初めて泊めてもらった農家に立ち寄った。彼らに報告と礼を伝えるためであった。

すでに国王軍大勝利の噂を聞いていたマルカとケレスは大喜びで迎えてくれた。

二人は心づくしの料理で仲間達を祝った。その噂を聞いた近くの農家の人達も多く集まってきた。その夜はまるでお祭り騒ぎのような一夜となった。

何の飾り気もない農家の人々。彼らとの純粋にして温かな心の触れ合いが、ユージンにとっては最高に幸せな時間であるように思えた。特に立派な着物を着ている訳でもなく、贅沢な生活をしているわけでもない。

家族を愛し、懸命に生きる人々の心と生命力に触れると彼は心の底からの歓びを感じた。剣を持ち、勇敢に戦うその姿よりも平凡で穏やかな自分自身を彼は大切にしたいと思った。マルカとケレス、そして二人の子供達。ラニーとリチャードもすっかり彼らに懐いていた。まるで兄弟になったかのようにはしゃいでいた。

子犬たちも庭で彼らと跳ね回っていた。すっかり家族のように家の中を駆け回る二人を見たマルカとケレスは、笑顔一杯で「これからいつでも遊びにおいで」と言ってくれた。二人は頷いていた。すっかりその気でいるようだ。

そんな二人を見ながら、ユージンが母に話しかけた。

「母上、マルカとケレスの祖先はもともと西方にある国から来た人達だそうです。金色の混ざった髪の毛を持ち、肌の色も違います」

「彼らは、この地方を開拓しながら、我々の知らない野菜を植え、育て、種を蓄えてきました。僕たちの村で育てられるものがあれば、種をもらって一度試して育ててみましょう」

以前と変わらぬ息子の優しさと純朴さに母は、頷きながら微笑んだ。

そして「そうだね」と言い、涙を流した。そういう息子の心遣いがたまらなく嬉しかった。母を思い、いつも気遣ってくれる息子こそ彼女の生き甲斐となっていた。

しかし一方で、母は心に一抹の不安を隠せなかった。

それは、これほどの名声を得、英雄となってしまった息子を天下はそのままにしておかないのではないか…。そういう心配を母は抱いていた。

「夫と同じようにどこか遠くへ行ってしまうのでは…」

彼女の中の予感が少しずつ大きくなっていった。

「息子の名前は遠くは天竺に届いているかもしれない。また、東方の国々にも…」息子をながめる母の胸にはそれが気がかりであった。

四天王の剣を持つことになってしまった息子が小さな村で一生を過ごすとは、到底考えられなかったのだ。ゴータマ仏陀と深く縁した剣を背負い、彼は一体どんな使命を持って生まれたのであろうか…。彼女はそんなことを考えていた。

彼女の脳裏には、かって夫の遺言を届けに来た使者が携えた一通の書状が思い浮かんでいた。

それは明智の親友、舎利弗が書留めたものでゴータマの言葉を記録し、認めたものであった。

書状には、明智を含めた数人の弟子は僧侶とならず、民の中で生きていくことを使命とし、それを生涯の本懐とすべきであることが記されていた。そして、そこに「如意・真意あり」と書かれていた。

そのゴータマの第一の弟子が夫・明智であるとも記してあった。ゴータマは夫に剣を授け、そして息子がそれを引き継いでいたのだ。

なんという宿命であろうか…母は、一体それは何を意味しているのだろうかと考えていた。

「どうしても、世の中が息子を放ってはおかないのではないか…」

母はその日が来るのは仕方がないかもしれないと思い始めていた。少なくとも、覚悟をしておかねばならぬと言い聞かせていた。

## （その七）

村の再建が始まった。

焼けた家をみんなで片付けた。森から材木を伐採してくる者、柱や梁をそれらの木から作るもの、石を集める者、そして皆の食べ物をつくる者。失意と悲しみに伏せていた村人達にも笑みが戻っていた。村が一つになって働いた。

ユージン達がキジ国王からもらった恩賞の金が再建のために役立った。

村再建の中心になって頑張ったのはユージンの仲間達だ。そして、キジ国からも多くの職人が助けに来てくれた。国王が送ってくれた救援隊の人々だ。大工や石職人などを王が選んでくれていた。多くの人々が力を合わせ、村の再建は進んでいった。村の長老も急に若返ったように生き生きと働いた。今までに見たことのない村の活気と姿だ。

その頃、ユージンはキジ国にいる法如に書簡を書いて送っていた。

彼は、村の子供達に世界の様子を伝えさまざまな技術を学ばせた。将来、世のために活躍できる人材に育てたいと考えていたのだ。

そのために、どうすればよいか…それは彼がキジ国で、シルクロードを伝ってきた商品や文化、職人の技術などに触れて強く思っていたことであった。そして、ゴータマの教えを真剣に学びたいと思い、はるか西方の神の教えや文化にも触れてみたいと思うようになっていた。

「子供達は学問で広い視野を持たせ、それを役立たせていく智慧をつけさせねばならない。そして、何よりも夢を与えてやることが大切だ。武道だけでは十分ではない。知識がなければ行き詰まってしまう。文武の二道を究めさせるのは当然であるが、さらにそれらを活かしていくための智慧と根源となる正しい教えと法を持たなければならない…」彼はそう感じていた。

「文武はどこまでも知識であり技だ。しかし、それらを究めた人間に智慧がなければ、技術や知識は目的を失ってしまう…」

彼自身は冒険心が強く、知識欲旺盛な若者だった。そして、向上心の強い彼はキジ国を見聞し、さらに「学び、自分自身を大きく高めたい」と思っていた。

「広い世界のどこかに自分と同じことを考えている若者が多くいるはずだ」と彼は強く感じていた。そういう若者に会って切磋琢磨し、いろいろな指導者にも会ってみたい。彼は、自分の命に流れる血が騒ぐのを感じていた。

村の再建にあたって、多くの人々の意欲溢れる姿で働くのが見られた。生き生きとして働き、生活する人々…。そういう景色がふだんの日常であるような理想郷を目指したい…そんな思いが心に秘められていた。

…尊大ぶっているだけで中身のない役人、そんな役人達の目を恐れ、いつもびくびくして生きねばならぬ人々、なんと愚かなことであろうか。誰もがふつうの生活をする日常に、お互いを思いやり、助け合い、笑顔と笑い声がいつも溢れる村にしていきたい…。

彼は法如への書簡にその思いを記した。そして、そのための力を彼女に貸して欲しいとも頼んでいた。「法如は自分に何かヒントになるような事を教えてくれるに違いない…」そう思っていた。法如は彼の武道の師匠であったが、実は彼女のもっと深い精神性やそれを支えている思想的な部分に惹かれていた。彼女の透き通った瞳と輝きには、誰にもない深く秘めた魂と智慧の力を感じていた。

法如がよく一人きりになって静かに座し、瞑想するのを彼は見ていた。

その姿には威厳があり、宇宙のどこかに存在する誰かと対話をしているようで、その姿は誰も近寄り難い神聖なものを感じた。彼女の瞑想の集中力は研ぎ澄まされた精神と強力な求道心がなければなせる業ではないはずだ。こうして、彼女の内面の深奥に存在するものにますます彼は興味を持った。

「いったい彼女は何を知っているのか…」その姿を見るたびに彼は知りたいと思っていた。

法如から返事の書簡が彼のもとに届いたのは、キジから戻って六ヶ月が過ぎた頃であった。実は法如のほうでもユージンからの連絡を待っていた。彼女には彼がただの武勇に優れた若者だとは思えなかったのだ。

法如は「彼は必ずまた、旅に出る」と確信していた。

「彼は武道に並外れたものを持っているが、彼の命には武道とは比較にならぬもっと優れた資質が秘められている。その才能と力は特別なものだ。それらは将来、尊い使命感となって彼の秘めた可能性を引き出し、結実して時代を動かしていくはずだ。彼の生命そのものが発する独自の宝珠のような輝きがある…」と思っていた。

法如がユージンの手紙を受け取った時、「やっぱりそうだ」と思わず微笑んだ。

実は、法如には気になっていた「遺言」があった。この十年間、その遺言は頭から離れることがなかった。それは彼女がキジ国の寺院で修行していた時、天竺から戻った法如の叔父から彼女に伝えた遺言であった。

叔父は頭のいい法如を相手によくいろいろな話をしてくれた。その中でも叔父は天竺のガンダーラの僧院でゴータマの教えを毎日欠かさず実践し、舎利弗から仏説の真髄を学べたことにひどく感銘を受けていた。

その叔父がある日、遥かかなたの西方からやってきた若者についての話をしたことがあった。その若者は聡明で智慧が優れゴータマの教えをすぐに理解した。周りの修行者にも優しく思慮深く思いやりがあった。そのため、日頃から接する仲間から非常に慕われ、尊敬されるようになったという。

叔父の話はこうだ。

若者の父親は故郷で大工をして生計を立てていたらしく、その若者もよく父親を手伝って両親を助けたという。そのためか、古い寺院が雨漏りなどで壊れかけたようになった時には進んで山野から木材を集め、器用に建物を普請した。

その若者に叔父の師匠であった舎利弗が説法した時、難解中の難解であると思われた仏の教えを誰よりも早く理解し、さらにそれをどう実践すべきかに心砕いていたという。

彼の心は常に彼の故郷やそのさらに西の世界にあった。西方の地域は、いろいろな君主国家間の戦争や、横暴な政治家のせいで多くの農民や一般庶民は苦しい生活をし、悲しみに満ちていたらしい。そんな人々の苦悩をどうすれば救済できるのかを彼は常に考えていた。そして時が熟せば、彼は故郷に戻り、人々とともに生きたいと考えていた。

そんな彼がある日、叔父に語った。

「私と同じように仏陀の教えを求め修行する勇敢な東方の若者がいます。この若者と自分はいつか会う宿命にあるようです。私は、彼に会うのを楽しみにして待ちたいと思います。私は東方の若者が持つ大きな心と勇気がほしい…」と。

その話が法如の脳裡のどこかに残っていた。

その若者とはユージンの事ではないか…そう思えてならなかったのだ。

法如は筆を執った。

法如はユージンに語りかけるように書き始めた。

あなたは旅にでなくてはいけない。天竺はもとより、西方世界の国々を広く見聞しなければいけません。

国には多くの悪者や盗賊が溢れ人々を苦しめています。しかし、彼らとの闘いをしていればあなたの一生を使い果たしても闘いを終えることはできないでしょう。

彼らの略奪や心ない為政者のもとで苦しむ良心の民を救うには、より根本的な救いの道を究めそれを指導していかなければなりません。そのために小戦を捨て、大戦の将となることが重要です。しかし、武力のみで世を治めようとすれば武力により滅ぼされてしまうのです。…武力ではなく心の中に正しい法を植え付けることで、民の心に豊かな智慧と何にもまけない求道心を自覚させる事ができ、世の中を根本的に平和な豊かなものにすることができるのです。

そのために、あなたは仏陀の教えをよく学び、その本質を会得せねばなりません。

そうすれば、あなたの持つ剣は、悪を切り正義と英知の刃となって使命を果たすでしょう…。そう思うのは、私自身がキジに滞在するうち、そのことを日々強く感じ取っていたからです。シルクロードの西方のその先には、ゴータマの影響を受けた新たな文明の兆しがあると聞きます。それを私たちは、よく知らねばならないと思っています。

そのために、まず天竺のゴータマの弟子達に会って、仏陀の教えを学ばねばなりません。そうすれば、私たちの周りのすべての現象がより鮮明に見えてくるはずです。そして、西方の国には新しい教えを求める民が溢れ指導者の出現を待ち焦がれています…。

まさに、ユージンと同じ思いを法如も肌で感じ取っていたのだ。

彼女は「四天王の剣は、そのためにあるのではないか」と彼に問いかけた。その剣は、けっして流血の醜い戦いをするためではなく、もっと崇高な使命を果たすための剣ではないかと思っていた。そして、書簡の最後に法如は認《したた》めた。

…あなたは神龍の子でなくてはなりません。神龍は、最強のアバターと言われ、龍門の滝を昇りつめる使命を持っています。それは、知勇兼備の指導者として自分を高めることではないかと思います…と。

すさまじい彼女の気迫がその書簡に現れていた。

書面に目をとおしたユージンは法如の崇高な精神と見識の広さに改めて心を動かされた。そして、何よりも武術や学問の根底にあらねばならない智慧の重要性を説く法如の思いが彼の心を揺さぶった。

そういえばキジ国から戻って以来、ユージンは未だ森のお婆に会っていなかった。彼はそれを思い出すと、次の朝、早速お婆を訪ねていくことにした。この前はトービンを同行させたが、今度は親友のトムを連れていくことにした。

## (その八)

森の中は最初に訪れた時のように、深い霧がかかっていた。

ジュピターが、一歩先も見えない森の中で二人を先導した。ジュピターの蒼く光る鋭い目が彼らの行方を阻む霧の中を射抜くように見つめ、ぐんぐんと進んでいった。初めて入る森の様相にトムは驚いた。同じ村に住むトムは、幼少の頃からこの森はいったん入れば誰も戻れないと聞かされていたからだ。深まって密林のようになった森の中を進むにつれて「なるほど、これではどこをどう歩いているのかまったく見当がつかない」と思った。

今回も前と同じように、彼らの進む歩調に合わせてなにかが、ざわざわと道の両側を進んでいた。森の中を初めて歩くトムはそれが気になって何度も周りを見回したが、何も見ることができなかった。ユージンは「それは森の精だ。気にするな」と言ってひたすらジュピターの後を追った。やがて周りが少しずつ明るくなり、開けた場所に出た。お婆が住む小さな湖畔に着いたようだ。

湖の奥のほうで流れ落ちる滝の音が、かすかに聞こえてきた。目を透かして見ると、お婆の小屋の上にある煙突から煙が上り、湖上にむかって静かに流れていた。彼らは、そのままお婆の小屋に向かって歩を進めていった。

するとジュピターが急に立ち止まって小屋の扉のほうをじっと見つめた。

「どうしたんだ?」ユージンはジュピターに問いかけた。そしてジュピターが見つめている小屋の扉に目を凝らした。彼はすぐにいつもと違う雰囲気に気がついた。小屋の中から眩しいばかりの光が漏れているのだ。それは暖炉の火ではないとすぐにわかった。何か特別な今まで見たことのない明るさだった。

「小屋の中で何が光っているのだろう?」と彼は思った。二人は恐《おそ》る恐《おそ》る小屋のすぐ前まで近づいて、扉の前に立ち扉を開けようかどうか躊躇していた。

ジュピターは彼らの少し後ろで低く構えたまま扉を見つめていた。もし悪しき何かを感ずればジュピターは攻撃の態勢をとり低く唸り声をあげる。しかしジュピターの反応はそうではなさそうだ。警戒しながら、中にいるものを推し測れずにいるようだった。

その時、トムがユージンの背中を見て思わず声を上げた。

「おまえの剣が青白く光っている！」

「小屋の中の何か得体の知れないものに剣が反応しているに違いない」そう言って、ユージンは剣を持って身構えた。

すると扉が「ギー」と少しきしみながら静かに開いた。中から眩しい光線が彼らの目に飛び込んで来た。眩しさのあまり、二人は思わず手の平で目を覆った。

すると、お婆が扉のところで「ユージンよく来たね。驚いたであろう。でも心配しなくてもよい」と言って、彼らの手をとるようにして小屋の中に招き入れた。

ジュピターはしばらくじっとしたままで、小屋の中に入ろうとしなかった。それを見たお婆は

「ジュピター、お前も怖がることはない。さあ、お入り」と言って笑顔になった。

お婆の言葉でジュピターは安心したのか、ゆっくりと立ち上がり小屋の前まで来ると、いったん小屋の中の匂いを嗅ぐように鼻で確かめながら中に入った。

お婆がいつも座るテーブルの横に、その光を放つ何者かが立っていた。透き通ったような白い顔が彼らを見て優しく微笑んでいる。金髪の頭上には蓮華の花のような冠が燦然と輝いていた…。その女性は、この世のものとは思えないような美しい天女の姿に見えた。慈愛に満ちた彼女の瞳の奥には豊かな知性と愛情が溢れていた。

お婆が「この方はインドラの夫人でシャチーというバラモンの女神《めがみ》だ。以前、わしの兄であるアシタ仙人が雪山で亡くなった時にお婆の前に現れ兄の死を知らせてくれた方だ」

「バラモンの女神？」とトムは自分の目を疑うようにシャチーを見つめた。

すると、シャチーは微笑みながら「驚いたであろう。私は時空間を超えてこのようにあらゆる場所と国々を旅することができるのだ。お前達がクマラジバを救い出したとき、四天王の剣によって知らされていた。お前がその剣の使い手となったことは、すでにお婆に伝えてある」と言った。

「するとお婆は我々がキジ国の親衛隊となって凱旋したことを知っていたのか？」ユージンが聞くと、「知っていた。シャチーが教えてくれた。お前はこれからその剣の意味する真実を求めて進まねばならないだろう。それはお前が持つ宿命だ。おまえの宿命は誰も変えることの出来ないものだ」とお婆が言った。

「おれの宿命とは何だ。最初からすでに決まっているものなのか？」とユージンがお婆に問うた。するとシャチーが、「決まっているとも言えるし、決まっていないとも言える。そのすべてはお前自身が決めていくものだ。お前が積み上げてきた因果の連鎖と行いの積み重ねが、宿命を意味あるものにも意味なきものにもしていく」と言った。

お婆の目は思慮深く不思議な優しさに溢れていた。しかも感情に支配されない深い悟りと理性が満ちていた。彼女の助言はいつも正しいものだったし、彼自身が真剣に求めれば深遠な真理の世界に導いてくれるような気持ちを持つ事が出来た。それは時空間を超えて存在する普遍的なもののような気がした。

「シャチーの夫のインドラは天竺では帝釈天《たいしゃくてん》とも呼ばれておる。インドラの前世の名前はキョウシカと言い、シャチーはキョウシカ夫人とも呼ばれておった」お婆が言うと、それを聞いていたシャチーは、微笑みをたたえながらユージン達を見つめていた。

バラモンの女神がなぜ自分の前に現れ自分に何を伝えようとしているのか…。すべてが彼の理解を超えた不思議な出来事に思えたが、ユージンは、何かとてつもなく尊く正しく善なるものに対面していると確信できた。

すると、暖炉の上に置いてあるケトルから出る湯気を見て、お婆が「おいしい茶を入れよう」と言って立ち上がった。彼女は大きな銅製のカップを四つテーブルの上に並べると、ジュピターに目をやり、もう一つ大きな容器を食器棚から取り出して床の上に置いた。そして、ジュピターの容器の中に山羊のミルクを注いでやった。ジュピターも空腹だったのか、おいしそうにそれをペロペロと音をたてて飲みはじめた。

お婆は天竺で手に入れたという古い壺をおもむろに食器棚の奥から取り出すと、テーブルの上のカップに茶葉を少しずつ分け入れ湯を注いだ。カップの中の茶葉は大きく膨らんで香ばしい香りが小屋一杯に広がった。

「みんなお腹が空いているだろう」今度はそう言って、お婆は朝焼いたというサワードウ・ブレッドの塊と、森の中で採ってきた果物類を並べた。そして、暖炉にかけてあった大きな別の鍋を鉄製の棒で器用に引っ掛けると、それをテーブルに置いた。

お婆がその鍋の蓋をとると野菜と肉を炊き込んだ出来立てのシチューの香りが広がった。

お婆は「ジュピターが食べられるように少し分けて冷ましておこう」と言いながら、ジュピターが羊乳を飲み干したばかりの容器を指して「トム、あれをテーブルの上に置いてくれないか」と彼の顔を覗き込んで頼んだ。

お婆の小屋に初めて入ったトムは、深い霧に包まれた森や、その中で現れた天女のようなバラモンの女神シャチー、そして、まるで魔法使いのような風貌の老婆から時空間を飛び越えたような話を聞き、不思議な異次元に放り込まれたようだった。目にするものすべてが彼の理解を超えていた。

お婆に話しかけられたトムは、ハッと我に返り、ジュピターの前の容器を手にとってテーブルの上に置いた。ジュピターはお婆のほうを見上げたまま尾を振って応えた。お婆もジュピターに微笑んで目を細め、木のしゃもじでシチューを汲み上げると「ジュピターや、少しこれが冷めるまでの辛抱じゃ」と言いながら大きな容器に入れてやった。

ユージン、トム、それにシャチーとお婆はテーブルを囲んで座り、昼食の食卓が整った。テーブルの端に、お婆は樽のようなものを置くと、ジュピターのほうを向いて「さあお前もここにお座り」と言ってユージンの隣にジュピターの席を設けた。

ジュピターはお婆の言葉をすぐに理解し、その上に飛び乗って食卓に加わると、容器の中に冷ましてあったシチューの様子をしばらく見つめた後、ゆっくりと熱さを確かめながら食べ始めた。

その様子を見ていたバラモンの女神は「この者と同じホウレン種の仲間達を、イエティが棲む雪深い高原の近くで見かけたことがある。ホウレン犬は寒さに強く不思議な能力を持つ犬で、マンダーラを理解すると言われている」と言うと、親しみを込めてジュピターの頭を数回手で撫ぜて語りかけた。「お前は覚えているか？」と。

ジュピターはシャチーの目を見つめると青白く鋭い眼光を放って応えた。トムもユージンもジュピターの反応を改めてまじまじと見つめた。それが何を意味するのかはわからなかったが、四天王の剣と同じように、ジュピターもまた何かの宿命と使命を持って、生まれてきた犬なのかもしれない…ユージンはそう感じていた。

別れ際、バラモンの女神は次のようにユージン一行に告げた。

「遥か西方の国から来た若者がゴータマの近くで修行に励んでいる。その者は智慧に優れ聡明で並ならぬ勇気と忍耐力を持ち、どのような苦行であっても平気で耐え、ゴータマの十大弟子達が驚くほどの速さで仏陀の教えを理解できるようだ。その者も不思議な因果律を宿命として持っているようだ。いずれお前達も西方の国々を旅するとき、この若者に会うがよい。お前達の友情と信頼の絆がやがて人々の心に留まるときが来るであろう」と。

シャチーの言葉の意味するところは彼らには理解できなかったが、その言葉はしっかりと脳裡に刻み込まれた。

お婆の小屋での不思議な時間を過ごした後、ユージン達はお婆とシャチーに別れを告げた。その頃には小屋の外はもう薄暗くなり始めていた。湖上には深い霧がかかり、森の中はすっかり神秘の世界に包まれていた。

トムとユージンはジュピターを先頭に立たせて帰り道を急いだ。そして、いつものように彼らが進むのと同じ速度で何者かがピッタリとついて並走しているようだった。その気配を感じてトムは薄気味悪く思ったが、ジュピターはまったく意に介せず彼らの前を迷いなく進んでいった。

# 第四話　西方からの修行者

## （その一）

ゴータマ仏陀の教えは遠く天竺を越えて西方地域にも伝わっていた。

砂漠と荒野が広がる西方地域は、ローマ帝国と天竺の間にあってそこに住む人々は常に厳しい自然と向き合いながら生きていた。

仏陀は西方浄土を説き、その名の通りジョードという地域があった。

ジョードは西方ではジョーダン（Jordan）とも呼ばれていた。

その地方にベツレヘムという集落があり、その町からその大工の息子はやってきたという。

その地域一帯はさらに西方を統治するローマ帝国の支配下にあり民衆は高い税の取り立てに苦しんでいた。

そんな中で人々は貧しい生活を虐げられていた。

彼らはいつのまにか、自分達を苦しみから解放し、安らぎを与えてくれるリーダーの台頭を望んでいた。

それがいつの間にか人々の心の中で救世主となって現れてくれる願望となっていた。

ヨハネというラクダの皮で身を包んだ男がこの地域を流れる川で地域の住民に、

「自分の言うとおりに体を水で清め、ユダヤの律法に従い慎ましくして生きていくならばメシアがそれに応えてかならず現れるであろう」

と預言し住民達に洗礼という儀式を行っていたのはその頃だ。

ヨハネが儀式を行っていた川はヨルダン川と呼ばれ北方の湖からその地域を縦断して流れ、死の海と呼ばれる過塩水を湛《たた》える海に注いでいた。

「死海」に合流した後、その川はまた南の地域に川となって流れ出ていた。

水の中に含まれる塩濃度が高く生物が棲むことができないことから「死海」と呼ばれる所以だ。

「死を境にその川は天国に通ずる」と法如の叔父は語っていたことがある。叔父によれば仏陀はこの川を「深く泳いで渡ることもできず、体は金縛りのように静止し浮いてしまうことから「三途の川」と名付けたらしい。

三途とは三つの道を意味し三通りの渡り方があるという。

一つは浅瀬を渡る行き方、二つ目は深い部分を行くこと、三つ目は川の上を飛んでいく行き方だ。罪浅き者は浅瀬を渡ることが出来、罪深き者は水深きところで鬼神の金縛りに遭い、善業を積んだ者は水の上を歩いて渡れる。

死を迎えた人間はやがてこの三途の川（死海）に至り、そのとき鬼神が出現し在世の所業について詰問するという。

生前の人間が卑しく虚偽に満ちたものであれば地獄が待っており、彼らは鋸で身を切り裂かれ粉々にされ、ある者は漬物のように塩漬けにされ鬼神に食される。その苦しみは想像を絶する長い年月の間続くというものだ。

ヨルダン川に沿った地域は乾燥していて、その辺りの低い丘陵には大きな岩石が転々としており、比較的緑の豊かなところには小さな村落が散らばっていた。川の東と西側でそれぞれ異なった種族が居を構え住民は農作物を育て主食としていた。

ヨルダン川の西方にある丘陵地域にベツレヘムという町があった。

法如は仏陀の説いた西方浄土は実はベツレヘムの方角ではないかと考えたことがあった。

仏陀が偉大な宇宙の法を説き、人々に西方浄土の尊さを教えたのは何か特別な意義があるのかもしれない…。

とすればその西方の地域で起きているさまざまな事象に意味があり、人々の心の中をつぶさに垣間見ることができるかもしれない。そういう世界が存在するのかもしれない…。法如は自分なりに西方浄土の意味する地域について、それが架空の場所を意味するのか、あるいは実際に存在する場所なのかを考えていた。

法如は、叔父から教わった漠然《ばくぜん》とした仏陀の教えと予言、そして西方からの特別な修行者の存在が脳裡から離れずにいた。西方から来たというその大工の若者は仏陀の教えを学ぶために修行僧となって天竺にいる。法如はぜひその若者にユージンを会わせてみたいと考えていた。

歳にして二十歳を過ぎたころのその若者は精悍で東の民とは異なる容貌を持っていた。筋力は隆々としてたくましくその名をジーザスといった。

頭脳明晰にして思いやり深く、明るい笑顔の若者はすでに多くの友を得て仏陀の教えを真剣に学ぶ日々を送っていた。

この若者こそヨハネが当時ヨルダン川で予言していた救世主ジーザス・クライストだ。

(このことは二十一世紀の今に至っても理解している人々は少なく一部の学者のみが知る)

二十歳になったばかりのジーザスは自分を育てそして快く送ってくれた故郷の父母の気持ちを想い、父母が元気で過ごしていることを祈った。そして少しでも時間を見つけては真剣に仏道修行に励んでいた。智慧ある先輩の修行僧がいれば、貪欲に仏の教えを乞うた。

そして出来るだけ早く、故郷の人々にその偉大な教えを伝えたいと考えていた。彼の求道心は群を抜き、難解な仏陀の教えを誰よりも早く理解した。バラモンの女神が伝えようとした若者こそこのジーザスを意味していた。

## （その二）

法如は筆を走らせた。

「ユージン様、お母上や村の人々は如何されていますか。私のキジ国での滞在もすっかり長くなっていまいました。山賊と勇敢に戦った仲間がとてもなつかしくしのばれます。さて、私もそろそろキジ国を発って天竺への旅路につかねばならないと思っています。民を苦しめてきた山賊達を成敗できた事で、我が王からいよいよ天竺への旅を許すとの勅使がまいりました…」

法如はしばらく筆を止め深く物思いに耽った後、また、筆を走らせた。

「天竺へは、ぜひユージン様とともに行きたいと願っています。あなたはもともと天竺に行かねばならぬ使命をお持ちです。キジに戻ってきたクマラジバ尊師からお父上の話を聞いたりするうちに、そのことがますます明確になってまいりました。お父上はなぜ四天王の剣をあなたに残したのか…それはあなた自身が自ら天竺に行き、見つけ出さねばなりません」

そして、法如は手紙の最後に、

「私もぜひ、あなたのお供にさせていただきたい」

と書き添えた。

法如からの手紙がユージンのもとに届いたのは、それから十日あまり経ってからのことだ。

ユージン達は毎日仲間達と村の再興をするために村人達と一緒に汗を流していた。毎日、日が昇る頃には道場で武術の修行を行い、それが終わると母が作ってくれた朝餉《あさげ》が土間に用意されていた。

いつも道場にはジュピターが彼とともに一番乗りして駆けつけた。そして、それに気づくとタイガーとフレイジャーが飛び起きて全身をブルブル震わせてから、いつも決まったようにラニーとリチャードの顔に近づきぺろぺろとなめた。それで二人が目を覚ますと元気よく道場にやってきた。タイガーとフレイジャーはジュピターの横に座り、ユージン達の修行の様子を尻尾を振りながら興味深そうに見つめた。朝が完全に明けた頃にはトムが流星に乗って道場に駆けつけた。

流星はトムを乗せたまま後ろ足で立ち上がり、前足を大きく上げて空を描いて、「ヒヒーン」といななないた。その声に呼応するかのようにいつもジュピターが道場の玄関に姿を現し流星を迎えた。

朝の武術に一汗かいてユージンとトムが土間に戻ってくると、囲炉裏にかけた鉄鍋から朝餉の匂いと湯気が漂っている。ユージンの母・ミーシャが用意した楽しい朝食だ。もちろん、ジュピター親子と流星にも母は愛情いっぱいの食べものを準備した。流星にはエン麦やトウモロコシの穀物、それに野原で採れたアルファァルファァやクローバーの牧草を与えた。ジュピター親子にはユージン達の食事とほとんど同じものを分け与えた。

これが彼らのいつもの楽しい朝のひと時だ。育ち盛りの彼らの食欲は旺盛で、次々にお代わりを与える母は忙しく微笑みながら彼らを優しく見守った。母の目には日々逞しく成長する息子と、その仲間達が本当に頼もしく映っていた。朝の宴を終えてトムと談笑するユージンに、母は昨晩届けられたキジからの手紙だと伝え手渡した。彼はそれが法如からだと知るとすぐに書を開き、目をとおした。

彼の横に座っていたトムはユージンの様子を敏感に感じ取っっていた。何か重要なことが書かれている書簡に違いない…トムは即座にそう思っていた。

ユージンが手紙に目をとおすと、しばらく何かを考えているようだった。そして静かに手紙を食卓台の上に置いて思いを巡らせているようだった。

「何が書いてあるんだ？」トムが心配そうに尋ねると、「キジ国にいる法如からだ」と一言呟いた。トムがその手紙をユージンの手からゆっくりと取り、同じように手紙に目をとおした。トムもまたユージンと同じように、しばらく物思いにふけるように息を止めて呟いた。「天竺か…」と。

二人の様子をうかがっていた母は、彼らの周りで起きている出来事にただならぬ気配と覚悟のようなものを感じ取っていた。

「法如というのは、あの美しい娘のことかい？」母が二人に尋ねた。母の記憶には、あの満月の夜に花嫁として砦に送られて来た娘の姿が浮かんでいた。

「彼女の身に何かあったのかい？」

母がそう聞くと、トムがユージンの顔を見ながら母に伝えた。「法如は美しい娘だが、実は盛華という北方の国からきた武術の達人で、今はユージンの大切な部下の一人です」と。それを聞いた母は驚きを込めて、「そうだったの」と応えた。

トムが続けた。

「もともと法如は天竺へ行こうとしていました。そこでゴータマの教えを乞い、修行を深めようとしていたのです。ところが、この周辺一帯で民を苦しめる山賊の一味の話を聞いた盛華の国王が、彼女に山賊達の居場所を探すように命令したのです。法如は国王から一味の征伐をするための準備を託されたのです。そして、山賊に襲撃されたばかりのこの村に通りかかった時、法如は僕達に出会ったのです」

母は青銅製の取っ手のついた容器をトムとユージンの前に置いて、ケトルからティーを注ぎながら、興味深くトムの話を聞いていた。ジュピターはその様子を見ながら、彼らの会話に耳をすましていた。どうやら家族の仲間が何を話しているのかをしっかりと理解しているようだった。トムは村に助けを求めにやってきたトービンがきっかけで法如が名乗りをあげたことや、法如を小娘だと決め込んでなめてかかった屈強の男達がいとも簡単に彼女の武術に敗れたことなどを話した。

それを聞いていた母は、ますます法如に興味を持った。そして興味深く聞いていた話の展開に驚きを隠せなかった。それほどの武芸者・法如が花嫁に扮して山賊の砦に運ばれて来たことを知り、留守中の村で起こった出来事や続いて起ころうとしている物語の行方が気が気ではなかった。そして、彼女自身がユージンに父の形見として持たせた四天王の剣が、奇しくもすべての出来事の始まりであったことを知った。

「不思議な時のなせる業なのか、それとも人知の及ばぬ宿命がこの子には備わっているのだろうか…」母はふとそんなことを思いながら、夫が息子に残した天竺との不思議な縁を感じていた。

　母を見ながら、ユージンが口を開いた。

「母上、法如は王から天竺での修行の許しを得たようです。そして法如は、天竺へはトムと私、そしてジュピターと一緒に行くべきだと考えているようです。その思いはクマラジバ大師からの話を聞くたびに、強く思うようになったのだと思います。それは、クマラジバが師匠と仰いでいたのが父上だったからでしょう。そんな父上を私は心から誇りに思っています」

「今、その父上が、私に四天王の剣を残し、自分の意志を継げよとおっしゃっているような気がします。その父上が私に伝えようとしたことが何だったのか私はそれをしっかりと見つけ出さねばならない気がしてなりません」

　母にとって、立派に成長した自分の息子がこれほど眩く見えたのは初めてのことだ。彼女は驚きとも喜びとも言えない気持ちを抑えながら言った。

「お前がそう感ずるのであれば、それは正しいことだと思います。母もあなたが父上の意志を継いで天竺に赴きゴータマ仏陀の弟子達と一緒に求道心逞しく学び、人々のために尽くしてくれるのならこれ以上の喜びはありません。ただ、リチャードとラニーを連れて行くのはまだ早いのではないかと思います。彼らは母のもとで一緒に暮らして欲しいし、やがてお前達が戻ってくる頃には彼らも大きくなっていると思います」そう言うと、母は小さな姉弟と彼らに寄り添うタイガーとフレイジャーに目をやった。

## （その三）

次の朝、トムとユージンはジュピターとともに森の中のお婆の小屋に向かっていた。法如からの手紙をお婆に報告するためであった。

少なくともお婆は四天王の剣についてよく知っていた。それも父がゴータマから授かり、ユージンの手に渡ったということまで話していた。とすれば、自分が天竺に行こうとしているのは何か意味があるのかもしれない。

「お婆からもっといろいろなことを聞いておきたい…」彼はそう思っていた。

この前、お婆に会った時には、バラモンの女神シャチーがいた。彼の脳裏には、シャチーの透き通るような輝きと笑みをたたえたその姿が今も焼き付いていた。キジ国の法如にシャチーについて手紙で伝えたところ、シャチーは怒りの神である阿修羅の娘であると法如は教えてくれた。

彼女はインドラーニとも呼ばれ、後に帝釈天の妻となったと。シャチーは時空間を超越して姿を現し求道者を守護する善神であるらしかった。

「しかし、そのシャチーがなぜお婆を知っているのだろうか。森に住むお婆も何か特別で不思議な存在に違いない…」ユージンがそんなことを考えながら進んでいくうち、やがて水車の見える湖畔にやってきた。

「シャチーは今度も現れるのだろうか…」漠然とそんな期待を持ちながら道を急いだ。いつものように何かざわざわする目にみえない者達が彼らに歩を合わせてうかがっている。しかし、ジュピターの蒼く光る鋭い眼光を恐れ、姿を現そうとはしない。

やがて朝日が昇るにつれ、湖の周りの霧が晴れてきた。お婆の小屋がくっきりと水面に映し出されてきた。時々、水中から小魚が水面に跳ね飛沫をあげた。そのたびに水面に映った小屋が揺れた。

ギーギーとゆっくり回る水車の音が次第に大きくなって聞こえてくる。やがてお婆の小屋の前で立ち止まった二人は、おもむろにその分厚い木の扉を叩き彼らの到着を知らせた。小屋の周りはシーンとして静まり返っていた。小屋の前で、ユージン達はしばらく中の様子をうかがっていたが中からは何の気配もなかった。

「お婆はいないようだ。しばらく待ってみよう」

二人はお婆が戻るのを小屋の前で少し待つことにした。

小屋の煙突からは白い煙が上がっている。おそらくお婆は近くに出かけているのだろう。

水車に流れ込む小川の先のほうに目を追ってみると、白い水しぶきを上げて落下する滝が見えた。さらにその上に広がる奥深い緑の丘には濃い霧がかかっている。何か神秘的な別の世界が存在しているように思えた。

すると、湖の上を一匹の大きな鷲が旋回をはじめ、ゆっくりと水面を伺っていた。最初はかなりの高さで旋回していたが、次第にゆっくりと下降しながら旋回し、やがて水面すれすれのところで滑走をはじめた。すると、急にその両足を水面に接触させ、水しぶきを上げて何かを捕獲した。何かが鷲の足元で暴れているようだが、なかなかその姿を現そうとしなかった。鷲は羽を大きく羽ばたかせてそのものを引き上げようとしている。抵抗する何かが鷲の両足をぐいっと水中に引き込むかのように引っ張っているようだ。

鷲はさらに激しく羽を羽ばたかせるとその強力な浮揚力で獲物がついに水面上に姿を現した。

大蛇だ。それも十メートルはあろうかと思われる大きな蛇だ。鷲はその大蛇を持ち上げた。大鷲の両足は大蛇の頭部に近い首の辺りを見事に押さえつけて、空中で大蛇は身をくねらせてなんとか逃げようともがいていた。大蛇はますます激しくもがき、そのたびに鷲の身体全体がその重みで左右に揺れ、水しぶきを空中にまき散らした。大鷲は羽ばたきを続けながらその大蛇を湖の岸辺の上空まで持っていくと、その大蛇を草むらの上に落下させた。

大蛇は己の重量で勢いよく急降下し、草むらに叩きつけられ下腹部を上にひっくり返ったが、身体を回転させると急いで身体をくねらせて逃げようとした。次の瞬間、大鷲は少し空に上昇したかと思うとすぐに急降下し、その大蛇の頭上めがけて突進、筋肉隆々とした逞しい脚で大蛇の頭部に一撃を与えた。

そして二メートルはあろうかと思われる大きな翼を広げ、大蛇を押さえつけながら数メートル羽ばたいて、今度は鋭い黄金色の嘴で大蛇の後頭部に数回攻撃を与えた。よく見ると真っ白な羽毛で包まれた足の先から伸びた鋭い爪が大蛇の目に食い入っていた。そして、蛇の目から真っ赤な血が溢れ出た。

大蛇の負けだ。目をやられた大蛇は何も見えず暴れ続けたが、大鷲の黄金の嘴が頭部の上を叩き割り皮と肉をむきとった。

しばらくすると、大蛇の抵抗は次第に弱くなり、動かなくなった。その大鷲の頭には美しい真っ赤な羽の飾りがあり、獰猛な大蛇を仕留めた後、その飾り羽《ばね》を左右に大きく開き勝ち誇ったように鳴き声をあげた。その鳴き声は甲高い音を出してちょうど笑っているような「ケケケケ」という気味の悪い音だった。その音が静かな森と湖面の上に響き渡り、なんとも言えない不気味な空気が辺りを支配した。

その様子を見ていたトムとユージンは、思わぬ出来事に出くわし、呆気《あっけ》にとられたように大鷲の鳴くさまを見ていた。

「どうだ。驚いたかい」彼らの後ろで声がした。はっとして振り向くと白髪のお婆がいつのまにか小屋に戻ってきていた。彼女の後ろには山猫のモーリンとその横に一人のまだ幼い少女が立っていた。

「この森ではこういうことがよく起きるのだ。だから村人も怖がって、この森に入ろうとはしないのだ」お婆が言った。

「あの大鷲は森の主として知られる鷲でな。ふだんは森に棲む狼や山猫を餌にして生きておる。モーリンの母親も数年前、あの大鷲の餌食となってな。そういうわけでわしがモーリンを育て面倒を見てきたのだ」

そう言うとお婆は幼い少女に目をやった。

「この娘は、数日前村を訪れた時に隣村の寺院にいる僧侶が連れてきた。例の山賊の一味が村を襲った時、両親を殺されてしまったのだ。一人残されたこの娘は隣村の寺院にある孤児院に預けられたのじゃが、彼女は『自分の村に戻る』といって聞かず泣きやまぬので、僧侶が娘を連れて村にやってきた。ところが、お婆を見かけた娘が急に泣きやんでお婆のところに駆けてきた。そんなわけでこの娘をお婆が引き取ることになったのじゃ。娘の名はハナ（華）という」

ハナと山猫のモーリンは仲がよく、いつも一緒に遊んでいるらしい。どちらも親を失った者同士、何か通ずるものがあるのかもしれない。

「さあ中に入れ。よく来たな」

そう言ってお婆は小屋の頑丈な扉を開錠し、ユージン達を招き入れた。いつものようにジュピターを恐る恐る見ながらモーリンがお婆に続いた。娘のハナは親しげな笑顔で彼らを見ながらモーリンに続いた。彼らが小屋に入る時、大鷲との戦いに敗れた大蛇の屍の上に何十羽もの鷹や烏が群がっていた。獲物の肉を奪い合う騒がしい鳴き声がしばらく聞こえた。

「あっ」

彼らが小屋の中に入ると、暖かい空気が頬に触れた。暖炉には薪が時々はじけるような音を立て、火がゆっくりと揺れていた。かすかに木漏れ日が差し込む窓際に、作業台のような大きな木箱があった。その傍には井戸水や山羊の乳を入れるバケツのような容器が数個置いてある。作業台にはかすかに粉が薄く覆いかぶさって白く見える。多分、この台を使ってお婆が小麦粉をこね、ブレッドのドウを作るのだろう。部屋の中央にある食卓用のテーブルの上にはいくつかの木べラ、のし棒、こね板のような道具が並べてあった。

その食卓テーブルに娘のハナがはしゃぐように座った。すると彼女の横の床にモーリンが侍った。お婆はそんなハナの様子を目を細めながら微笑んで、さきほど森で採ってきたばかりのような木の実を数個彼女の前に置いてやった。すぐにハナはおいしそうに木の実を口に入れ、もぐもぐしながら何やら歌のようなものを口ずさんだ。

「何か大切な事を知らせに来てくれたのかい」とお婆がユージンとトムのほうをむいて尋ねた。ハナの座っている反対側を指して、「まあまあ、そこへお座り」と優しく招いた。

## （その四）

ユージンは、背中に背負った四天王の剣を食卓の横に立てて置き、彼は法如からの手紙についてお婆に語り始めた。お婆は食卓の上に目を落としながら、ゆっくりと頷きながら耳を傾けた。

ユージンがことの顚末《てんまつ》を伝えたところで、お婆は独り言をいうように口を開いた。

「どうやら時がきたようだな。お前たちが天竺に向けて旅立つ時がな…」そう言いながらお婆は顔を上げ、二人を見つめた。

「その法如とやらも一緒に行くのか？」お婆が聞いた。

「はい。彼女の国の王がそのように命じ、ゴータマの弟子たちに加わって修行をするように伝えたそうです」

　頷きながらお婆が言った。

「天竺への道中には厳しくそびえ立つ山々や渓谷が多くある。そこには、いろんな魔物が旅人の行方を遮るといわれておる。

　お前達がさっき見た蛇食い大鷲や雪山に棲む虎は、時には人を襲い、人肉を食すために村落を襲う。そして食い捨てた後の人骨を求めて、鷹や黒い鳥がどこからかやってきて群がり、どこかに持っていく。山中では頭の良い狼たちが集団で棲み、智慧を働かせて旅人や山賊を罠にかけ、襲ってくる。よくよく気をつけなければなるまい。

　また、山中で出会う旅人の中には、悪鬼が人間に変装し姿を変えて妖人《ようにん》として現れる。これらの悪鬼は死の世界から人界に通ずる鬼界道を渡って現れる鬼神たちで、彼らを見破るのは容易ではない。油断した旅人は生贄《いけにえ》にされて吸血された後、死人のような姿で山中を彷徨《さまよ》い最後は身体中に蛭《ヒル》が寄生し、死に至る。それはまるで地獄を見るような様相だ」

トムとユージンは息を飲んでお婆の話を聞いていた。

すると、お婆はゆっくりと立ち上がり、小屋の隅にある木箱のところに行くと、蓋を開けて何かを取り出して食卓テーブルの上に置いた。槍の先端部分を切り取ったような鉄の塊のようなものだった。

「これはバジュラと呼ばれるものだ。金剛杵《こんごうしょ》とも言われておる。これを持って行け。必ず役に立つ時があろう」

彼らはそれを見ながら、お婆に尋ねた。「これは一体何をするものですか?」

「これはこの前お前がここで会ったバラモンの女神・シャチーが置いていったものだ」

お婆はそういうとユージンを見て続けた。

「バジュラはシャチーの夫・帝釈天が持っていたものだ。見てのとおり、杵《きね》に似て中央がくびれ、両端に刃(鈷《こ》)がある。天竺にある武器の一種だが、ゴータマの弟子達はこれを修行に用いている。己の煩悩を叩き破るために使うものだ。ここにあるものは金銅で作られているものだが、お前の父親・明智が天竺を去る時にゴータマからバジュラを授かった。

但しそのバジュラは木製のものだとシャチーが言っておった。そのシャチーが今度はお婆にこの金銅で作ったバジュラを置いていった。シャチーはその時、いつか訪れるであろう四天王の剣を持つ者とその従者に手渡すように…と言い残していったのだ」

「このバジュラは、天竺への道中で何があろうともお前達が、小我と煩悩に惑わされることなく、大我の使命を自覚し、不屈で強靭な精神を持ち続けるためのものだ」そう言ってお婆はずっしりと重いバジュラをトムに手渡した。

トムはそのバジュラを両手で受けると、神妙な面持ちでそれをまじまじと見つめた。

「さあ、皆腹が空いているだろう」そう言ってお婆は食卓に昼食用の食器を置き始めた。

それに気づいたモーリンはのっそり床から立ち上がって前足をテーブルにかけ、何が出てくるのか興味深く見つめた。

ハナはモーリンの頭に手を伸ばして、「モーリン、お行儀が悪いよ」と無邪気に微笑んだ。小屋の外にはすでに真上に上がった太陽がお婆の小屋と湖を明るく照らしていた。

お婆が昼食に用意したのは、山羊の肉とジャガイモ、森の野菜をじっくりと煮込んだシチューと、今朝焼いたばかりのきつね色のサワードウ・ブレッドだ。

森の中の小さな小屋に明るい笑い声が響き、思いがけない楽しい団欒《だんらん》のひと時となった。ジュピターの様子をいつも警戒しながらうかがっていたモーリンもすっかりジュピターに気を許したように、ハナの横でリッラクスしていた。ハナはユージンとトムが気に入ったらしく、先にお婆からもらって食べていた木の実を「お兄ちゃん、おいしいよ」と言いながら彼らに分け与えた。そして急に思い出したように、「ハナの宝物を見せてあげる」と言って、小屋の奥にある自分の部屋から、布の袋に入った何かを持ち出してきた。

布袋をテーブルに置くと、ハナは袋の紐を解き、その中からガラス玉のようなものを取り出した。するとその透き通った玉は次第に濃い緑色に変色をはじめたかと思うと青色になり、さらにそれが光のようなものを出し始めて部屋中を明るく照らし輝いた。

トムとユージンはその様子を見て驚いていると、お婆は「その不思議な玉はバラモンの女神・シャチーが置いていったものだ。『宝珠《ほうじゅ》』と呼ばれている。今はこのハナの宝物だ」と言った。

直ぐにユージンは、その光は以前トービンと一緒に小屋を訪れた時、シャチーの身体から発していたものと同じ光彩だと気がついた。

ハナは誇らしげに目を大きく開いて今度は剣の隣に座っていたジュピターのほうを向き、「ジュピター、見てごらん」と言ってそれをジュピターにも見せた。宝珠の光を受けたジュピターの目は蒼く光彩を放った。そしてゆっくりとハナに近づくと優しく彼女の頬を舐めてやった。

ハナは嬉しそうに「くすぐったいよ」と言いながら目を閉じてケラケラと笑った。幼いハナがはしゃぐ様子を見て、お婆も嬉しそうに目を細めて微笑んだ。

お婆に引き取られて以来、これほど楽しそうにはしゃぐハナをお婆は見たことがなかった。明るくなった養女に、希望の未来があると彼女は思った。

食事が終わるとお婆は「おいしいお茶をいれよう」と言って立ち上がった。

小屋の梁にぶら下がった銅製のカップを四つ、テーブルの上に置いた。そして「今日の朝採ってきた森の蜜を持ってきてくれるかい？」とハナに台所のほうを目で合図した。

森の蜜というのは針葉樹の幹からとれる蜜だ。遠くの山々の雪が解け始める頃、針葉樹の森は雪解け水と一緒に運ばれてくる栄養分を幹いっぱいに吸い始める。そして木々は新緑の葉っぱを一斉に芽吹かせる。その時、幹に切れ目を入れておくとその切れ目から甘い樹液が溢れ出るのだ。

朝、お婆が小屋にいなかったのはハナとモーリンを連れて幹に取り付けた容器から甘い樹液を採りに行っていたのだ。その樹液の蜜がいっぱい入った木製の鍋をハナは両手で抱えながら、蜜が漏れないように食卓に置いた。

お婆がカップに森の茶を注ぐと、ハナは楽しそうに自分のカップに山羊の乳を入れて、そこにたっぷり蜜を加えると、スプーンでかき混ぜた。ハナを見習って皆も同じようにミルクティーを作り、スプーンでかき混ぜた。すると、カップから甘い樹液とジャスミンに似た香りの森のミルクティーができ上がった。新鮮な香りが皆のテーブルいっぱいに漂った。

楽しそうにミルクティーを飲むハナを見て、「今日は森で蜜がいっぱい採れたので、明日、村に出かけて春野菜と交換してこようね」とお婆が言った。ハナは大きく「うん」と頷いてミルクティーを飲み続けた。

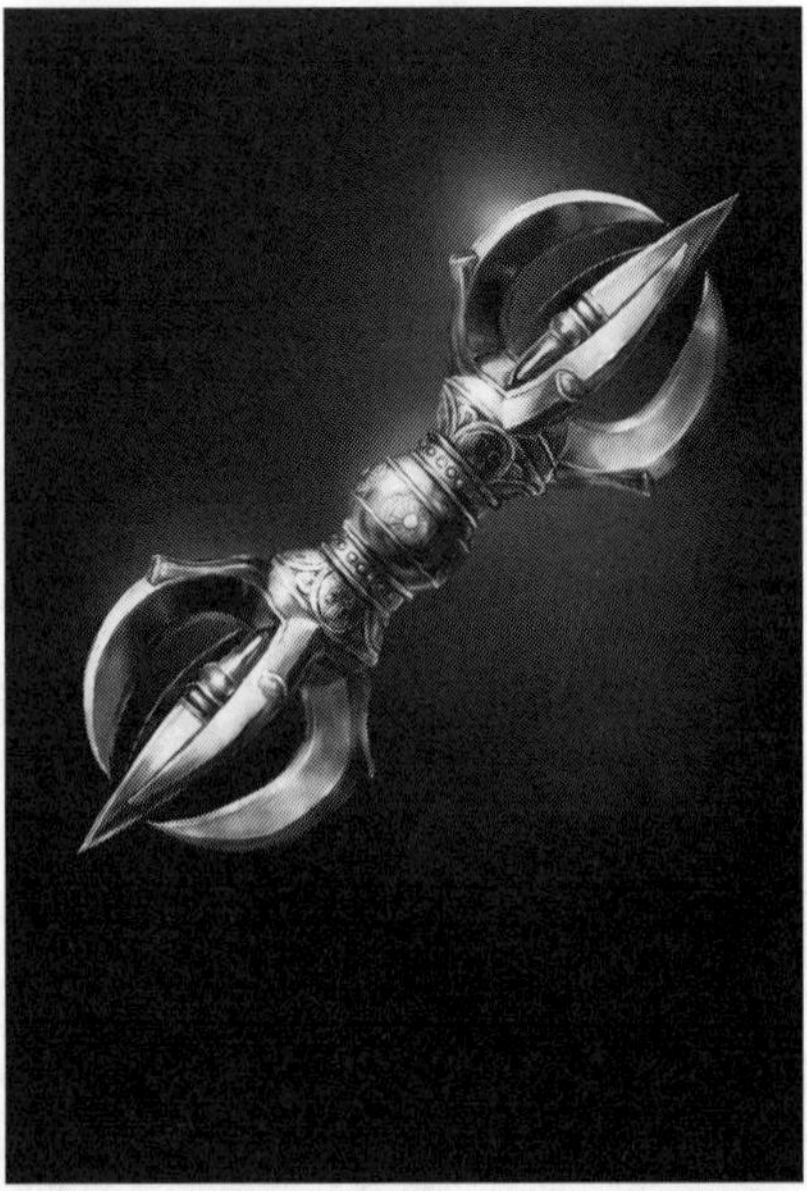

「この辺りには春になるとあちこちに雪解けの水たまりができるのじゃ。その水たまりの淵にはふきのとうや山菜が芽生えておる。そして水たまりには冬を地中で越したザリガニが姿を現すのじゃ。ふきのとうや山菜、そして、ザリガニを採って村に持っていくと皆が喜んでいろいろなものと交換してくれる。

村人からはヤクのミルクで作ったバターや小麦を分けてもらっておる。小麦は水車小屋の臼に置いておくと一日で小麦粉が出来るのじゃ」

お婆はユージンとトムを見ながら楽しそうに話を続けた。

「おおそうじゃ、カプセを作ってやろう。きっとお前たちも食べたことがあるだろう。カプセというのは高原に住む者たちのお菓子じゃ」

そう言うとお婆は、台所から大きな木製のボウルを出してテーブルの上に置き、自家製のバターと小麦粉を練り始めた。ハナは座っていた椅子の上に載って身を乗り出してお婆の作業を興味深そうに覗き込んだ。

「美味しくするために蜜を少々入れてくれ」お婆がそう言うと、ハナは樹液の蜜をコップですくい上げてボウルの中に流し落とした。お婆がこねるうち、だんだんと生地ができ上がっていき、生地からは甘くおいしそうな匂いが漂いはじめた。お婆はその生地を少しずつ小分けに細長めに握り形を整えてまな板のようなものの上に並べた。それを熱して沸騰させた油が入った鍋の中に一つひとつ落として揚げた。生地はパチパチという音を立ててみるみるキツネ色に変わっていった。やがて、出来上がったカプセを一個ずつ、つまみ上げて大きな木皿の上に積み上げた。「さあ食べてごらん」お婆がそう言うと、できたての菓子を皆一つ一つ手にとって食べはじめた。

人里離れた森の小屋の中でこれほどおいしい菓子が目の前でできるのを見て、ユージンもトムも驚いた。幼少の頃、母がこれに似た菓子を作ってくれたことがあったが、お婆の作ったカプセは本当に美味しいと思った。お婆は、ジュピターとモーリンにも少し冷ましたカプセを分けてやった。ジュピターはペロリと一口でカプセを飲み込んだ。

「キジから戻った法如が、『天竺へ旅立つ時には必ずもう一度、必ずお婆のところに行くように』と私に言いました」

ユージンがそう言うと、お婆は「その時にはたくさんのカプセを作ってやるから、旅に持っていくがよい」と言った。

そして、「これを持っていけ」と言って竹筒一杯にに樹液の蜜を入れて彼らに持たせた。

楽しい、そして思いがけないお婆の小屋での昼食を終えて、一行は村に戻るため小屋の外に出た。するとそこには多くの色鮮やかな孔雀蝶《くじゃくちょう》が舞っていた。たぶん、カプセの甘い香りに誘われて森の中から集まってきたのだろう。そしてその周りにはリス達も小屋の匂いに吸いつけられたように集まってきてユージン達に、物乞いするように彼らを見上げていた。

## （その五）

小屋を出て湖畔に沿って歩き始めると、ちょうど大鷲が大蛇を襲い、捕食していた場所近くに差しかかった。あれほど大きな蛇は、ほんの二時間程度の間に、ほとんど元の形を留めていなかった。大蛇の少し黄味を帯びた骨格を残しただけの凄まじい姿を見て彼らは驚きを隠せなかった。その廻りには鷹や烏の他に、コヨーテのような腐肉を食べる猛禽類の小動物が群がりむさぼっていた。ジュピターがこれらの動物に「ウー」という唸り声をあげ、鋭い牙を見せると群がっていた動物達たちは身をびくっとさせ、恐れをなして獲物から離れ、森の中に走って逃げていった。ジュピターは何か大きな威圧感と恐怖を動物達に与えるらしい。

トムとユージンは弱肉強食の畜生界を改めて思い知った。隙あらば、これらの動物は弱い者を餌食にして命をつなぐ。そしていつも誰が餌食になるのかを抜け目のない目を光らせて密かにうかがっているのだ。そこには明るい希望はなく、暗く恐ろしい餓鬼の息遣いが満ちている。チャンス到来と見れば血走った眼で餓鬼の形相で襲ってくる。

湖を過ぎるとまた深い霧に包まれた森が迫ってきた。「この森には悪鬼たちが息を潜めてあちこちに隠れているのかもしれない。今日お婆に会ったことを法如にも伝えよう…」そんなことを思いながらユージンたちは村への道を急いだ。

森を抜けて後を振り返ると、霧のかかった森は薄暗く微かに背丈の低い植物の輪郭がいくつか重なって見えるだけで、その先に何があるのかまったくわからない。ずっと闇の空間が続いているように見えた。霧のかかった森の遠くには少し薄《うっす》らと日の射したぼやけた場所が広がり、森の入り口手前にある野草を照らしていた。

村の方角を見ると陽はかなり山稜に傾きはじめている。遠くに聳え青白く輝く山脈の奥に広がる濃紫の空はゆっくりと暗くなりつつあった。

村のあちこちには農作業をする村人が見える。道端には大きな石が無雑作に転がる野原が広がって、そこには野草を食している数十頭のヤクがいた。点在する村人の住居の周りには壁一面にヤク糞が積まれ、民家の入り口の小さな門の上には魔除けの角が掛けてあった。畑では農夫がジャガイモを掘り起こしたり、冬蒔いた小麦に追肥しているようだ。手伝っている多くの女性や子供達の姿もあった。

農村の道をしばらく行くと、やがてユージンの家が見えてきた。ジュピターが少し先に駆けて家の中に入っていくとラニーとリチャードが家から顔を見せた。そして、タイガーとフレイジャーが後に続いて出てきた。

「お兄ちゃん、お帰り」元気な声が彼らを迎えた。そしてそのすぐ後からユージンの母・ミーシャの笑顔があった。彼女はユージンの腰にぶら下がっていた竹筒に気がつくと、「まあ、何か良いおみやげでも貰ってきたのかい？」と微笑みながら尋ねた。

「母上、これは森のお婆が樹液を集めて作った甘い蜜です。お婆の小屋で僕達もごちそうになりました。とても甘くておいしい蜜です」

　竹筒を腰から外して彼女に手渡すとリチャードとラニーが飛んできて、ミーシャが受け取った竹筒を興味深そうに覗き込んだ。そして、ラニーは自分の人差し指を竹筒に入れて蜜をつけ、それを舌で舐めた。

「わーい。おいしい。とても甘いよ」と言って嬉しそうに燥いだ。それを見たリチャードも同じように指に蜜をつけて舐めた。二人が指先をもう一度竹筒に入れようとしたので、ミーシャは「二人ともだめですよ。後でこの蜜で何かを作ってあげよう」と言って二人をたしなめた。

「お婆の小屋ではカプセというお菓子を彼女が作ってくれました」トムがミーシャに言うと、彼女は「カプセか。懐かしいね。そういえばお前たちが小さいころ作ってやったことがあったね。覚えているかい？」微笑みを浮かべながらユージンに聞いた。

「母上、よく覚えていません。でも何かすごく甘くおいしいものを食べた記憶があります。もしかしてそれがカプセなのかな」

「おそらくそうだよ。父上と一緒に用意した事があった。お前は小さかったけれど、おいしそうに食べていたよ」母は目を細めて遠くをみるように懐かしそうな表情をして言った。

「それから母上、お婆の小屋でハナという幼い女の子に会いました。この村を山賊たちが襲ってきた時、その娘の両親が殺されてしまって、しばらく隣村の僧侶のところに引き取られていたようです。でも娘がこの村に帰ると言って泣き止まなかったので、寺の僧侶がもう一度村に連れてきた時、お婆の目に留まり、彼女が預かることになったと聞かされました」

それを聞いたミーシャは、「どこの娘だろうね」と呟いた。そして、「そんな娘がお婆のところにいるのなら、お婆も寂しくはないだろう」と言って微笑んだ。

「それにお婆のところにいる山猫が、ハナをえらく気に入っているようで大変仲良くしていました」ユージンが付け加えると、「そうかい。その山猫も嬉しかったのだね。トムもご苦労様でした。さあ皆おはいりなさい」と言って、ミーシャはみんなを家に招きいれた。

質素な家の入り口を入ると、すぐ土間があった。その真ん中に大きな木で作ったテーブルが置いてあった。土間の壁には石を積み上げて作った暖炉に火が燃えていて部屋を暖かく照らしていた。ユージン達は身の周りの荷物を土間の隅の方に置き、食卓を囲むように座った。

ミーシャは、土窯が並んだ台所のほうに行くと、土窯の上に置いてある一番小さな真っ黒の鍋に山羊の乳を入れた。そして暖炉から火をとると土窯に入れ、鍋を温めはじめた。さらに土釜の横にぶら下がったいくつかの銅製のコップを取り、テーブルの上に置いた。

彼女は「温かい山羊乳に蜜を入れて飲むとおいしいよ」と言いながら、同じテーブルに腰をかけた。

「ところで、お婆には法如からの手紙の事を伝えたのかい？」ミーシャがユージンに尋ねた。

「はい、伝えました」

「それで、お婆はどう言っていたのですか？」

「いよいよ僕たちが天竺へ旅立たねばならない時が来たのかもしれない、と言っていました。その時にはこれを持って行くようにと言って僕達に渡しました」

ユージンがそう言うと、トムがバジュラを袋から取り出して両手に持ち、ミーシャに差し出して見せた。

「これは金銅で作られているバジュラで金剛杵と呼ばれているものです。ユージンのお父上の明智様が天竺から戻られた時、明智様は木製のバジュラをお持ちであったとお婆は言っていました」

そのバジュラを手にとると、ミーシャは「なるほどこれは金銅製のものだ。なぜこのようなものをお婆は小屋に持っていたのだ？」と尋ねた。

「以前、お婆のところへ行った時、私はそこでバラモンの女神シャチーに会いました。身体中が何か透きとおるようで光を放っており、その姿はどこか別世界から時空間を超えてお婆の小屋に現れたように見えました。お婆は、シャチーの夫は天竺の帝釈天であるとも言っていました。そしてこのバジュラをシャチーがお婆の小屋に置いて行ったと…」

ユージンの言葉を遮《さえぎ》るようにミーシャは、「それをなぜお前達にお婆は与えたのですか？」

トムが「それはよくわからないのですが、なぜか僕達がお婆のところに来る事を知っていたようで、その時にこのバジュラを渡すようにとお婆に言い残していったらしいのです」と付け加えた。

ミーシャは「あなた達はそのバジュラは何のためにあるのか知っていますか？」とユージンとトムに尋ねた。

そして、「父上が天竺から戻ってきた時、父上はご自分のバジュラについて、己の弱さと闘い、煩悩を克服するための修行の道具であると申されていました。ゴータマが父上にそのように言って、渡されたのだとおっしゃっていました。いずれにしても、そのバジュラをお前達が持っているというのは、何か重要な遺言を父上も伝えたかったのかもしれませんね。

お婆の小屋に帝釈天夫人・シャチーが現れるなど想像もできないことだし、何かとても大切なことをするためにお前たちが天竺に行くのかもしれませんね」と言った。

皆の話を聞きながら、リチャードとラニーもテーブルの上に置かれたバジュラをもの珍しそうにまじまじと見つめた。

「母上、とっても綺麗な飾りがついた宝物ですね」とラニーは母に向かって言った。

「でもこれはどうやって身につけるの？」

ミーシャは微笑みながら、「小さなバジュラだったら首飾りのようにして身につけておくこともできるのでしょうが、このバジュラはかなり重く大きいので、強い紐をとおし、肩にかけて持ち歩くのだと父上はおっしゃっていましたよ」

そう言ってバジュラを自分の手の平に置いて見つめ直した。

「何か恐ろしい鬼神や強敵が現れた時にバジュラを掲げて、その矛先を敵にむけると不思議な光を発し、敵を倒す事ができると父上から聞きました。お前は剣を背負い、トムはこのバジュラを肩にかけて進めば、どんな恐ろしい鬼神がお前達の前に現れてもきっとお守りくださるのに違いない」

そう言ってミーシャは頼もしく成長しつつある二人を見つめた。「父上もきっとお喜びになっているでしょう」

そう言って、母は「四天王の剣やバジュラ、彼らの持つ宿命とは一体何だろう…」と考えていた。

ちょうどその時、土窯《どがま》に置いてあった小さな黒い鍋から山羊の乳が沸騰して溢れ出す音がした。

それに気づいたミーシャはすぐに鍋のほうに行き、鍋を取り上げテーブルの上に置いた。

その横にユージンたちはお婆の小屋から持ち帰った竹筒を置き、それを手に取ると一人ひとりのカップに蜜を注いだ。

「さあ、これをよく混ぜて飲んでごらん」

ミーシャがそう言うと、彼らは木の小さなスプーンでコップの中を混ぜ、ゆっくりと口元に持っていった。

「おいしい！」そう言ってラニーは大きく目を開けてミーシャを見た。ラニーの嬉しそうな様子を見ていたユージンは、お婆の小屋で樹液の蜜を指先で舐めていた養女・ハナを思い出していた。

皆もラニーを見て頷いて微笑んだ。

お婆の作ってくれたカプセとは違った蜜入りミルクの風味は、皆の身体の中を満たして広がった。すぐに飲み干したリチャードは黒い鍋に残っていた山羊の乳を自分のコップの中に注いで、母に向かって「もう少し蜜をください」と言って差し出した。母が「それをお前がまた飲むのかい？」と尋ねると、リチャードは横に座って尻尾を振りながら欲しそうにしていたタイガーとフレイジャーに気がつき、子犬達の小さな容器に分けてやった。二匹の子犬は容器の中に顔を突っ込むと一気にペロペロと音を立てて飲み干した。舌が容器を舐めて動くたびに、容器が動きもとの位置からずれ始めた。飲み干す頃には容器はテーブルからかなり離れたところに移動してしまった。

それを見ていた皆は、思わずゲラゲラと吹き出した。

トムが「リチャード、残念だったな」と言うとまた大きな笑い声が起きた。

「それで法如には知らせたのかい?」母がユージンに向かって聞いた。

「まだ何も知らせていません。後で彼女に手紙をしたためようと思っています。おそらくキジ国で私の知らせを待っていることでしょう。僕たちも心の準備と覚悟を決めて、いつでも法如と一緒に出立できるようにしたいと思います」

ユージンがそう言いながらトムの表情をうかがうと､トムも彼の言葉に頷いて応えた。その時、裏庭のほうからかすかに流星の鳴き声が聞こえた。流星の様子が気になったトムは裏庭の馬小屋の様子を見に外に出た。

外はすでに太陽が傾き夕暮れの気配が広がっていた。彼の後を追ってユージンとジュピターも続いた。

馬小屋で皆の帰りを待っていた流星は、トムが現れるとヒヒーンと嬉しそうに迎えた。そしてその後に続いて現れたジュピターを見て周りに響くように長くいなないた。ジュピターもまた、甲高い声を上げ二足で立ち上がって応えた。流星の全身から湯気が立ち力がみなぎってくる。そんな流星を見て、トムは「お前もジュピターと一緒に我々と天竺に行くのだ」と流星に伝えてやった。

その夜、ユージンは遅くまでローソクの灯の横で法如への手紙を認めた。森の中のお婆の小屋に行ったこと、そして、彼女に法如からの知らせを伝えたこと、そこで聞いたお婆からのさまざまな話、バジュラのこと、シャチーの話、父・明智のことをお婆が知っていたこと、そして法如と一緒に天竺に旅立つ時には必ずお婆の小屋に寄るように言っていたこと…などを書いた。天竺へは友人のトム、そして流星とジュピターも一緒に行くことを伝えた。

## （その六）

翌朝、彼はその手紙を持って村長の家を訪れた。村長は五十羽以上のカワラバトと呼ばれる帰《き》趨《すう》本能に優れた伝書鳩を飼っていた。

カワラバトは飛翔能力が優れ千キロも離れた地点から戻るとされ、村長の鳩の中にはキジ国との通信手段として飼っている鳩が数羽いた。鳩の足に小さな竹筒を付けて放ってやると、数日でキジ国のカワラバト飼いのところに到達する。カワラバトはキジ国の軍隊が他国と戦争したりすると、戦場で負傷した兵士に漢方薬を運ぶために使われていた。そうするうちに通信文を受け取ったり送ったりする手段としてもカワラバトは、重要な役割を担うようになった。少し重いものは鳩の背中に背負わせることもあった。

村長は以前、村が山賊達に襲われた時、ユージン達が法如たちと見事に山賊を退治し戻ってきたことを覚えていた。それ以来、ユージンは村民から英雄視されていた。

彼の手紙がキジにいる法如に届けるためだと知って、村長は念のためにもう一通同じ書簡をしたためるよう促した。それは長い距離を飛ぶ鳩が、たまに目的地に着くまでに途中で猛禽類に襲われ、命を落とすことがあるためだった。その可能性を避けるため、必ず目的地に届くよう同じ内容をしたためた書簡を二通用意し、二羽の鳩に別々に運ばせたほうが良いという理由からだ。

ユージンが法如からの書簡を受け取った時にも、キジ国から同じような伝書鳩が飛ばされ村長のところに飛来したのであろうか。そう思った彼は村長にそのことを聞いてみた。すると村長は、「いやそれはわしのところには来なかった。たぶん法如が自ら飼っている鷹に持たせたのではないか」と答えた。そういえば、法如は時々自分の国の王に書簡を送ったり、同じように国王からの書簡を受け取ったりしていた。その通信手段に一羽の鷹を飼っていたことに気がついた。

ユージンの家にある道場で法如はユージンたちに武術を毎日教えていた事を思い出した。たぶん、その時に法如の鷹はその方位をしっかりと記憶したのに違いない。その鷹は忠実に法如に仕え、その役割を果たしていたのだ。鳩は一つの目的にしか使えないが、鷹は主人の言うことを聞いていろいろなところへと飛ぶことができるらしい。そんな話を村長はしてくれた。

ユージンは村長に言われたとおり、法如への手紙をもう一通書き写すことにした。家に戻らず村長の家の居間で書写を行った。その一通の手紙を完成させた頃、村長が二羽の伝書鳩を抱えて部屋に入ってきた。一羽は灰色の鳩、もう一羽は少し茶色がかった色の鳩だった。

「どちらの鳩もキジ国との間を行き来している鳩だ」と村長は言って、手紙を一通ずつそれぞれの鳩の足につけてある小さな竹筒に入れ放鳩した。二羽の鳩は勢いよく飛び発つと、村長の家の空を大きく旋回した後、北の空を目指して飛んでいった。彼は二羽の鳩が遠く小さな点になって見えなくなるまでその行方を見送った。

鳩が飛び去った後、ユージンは村長の飼っているカワラバトの小屋を見せてもらった。

「村長、この鳩たちの中で天竺に連れて行っても、ここに間違いなく戻ってくる鳩はいるだろうか？」と尋ねた。

村長は鳩小屋の中にいる鳩たちをしばらく見つめ、その中から一羽の白鳩を取り出してユージンに見せた。

「これは雉鳩《キジバト》と呼ばれている種類の鳩だ。見た目がちょうど雉のような羽模様を持っているのでそう呼ばれているのだろう。この鳩なら天竺に連れて行っても必ずここに戻ってくることができるだろう」と言った。

その鳩は村長の手の中でデデーポッポと鳴きながらユージンの顔をまじまじと眺めている様子だった。他のカワラバトよりも幾分嘴も長く尖っており、身体全体は白鳩のように見えるが実際は薄い灰褐色をしており、鳩の首は薄茶色の鱗模様になっている。

「雉鳩は特に他の鳩と比べてどう優れているのですか？」

「どの種類の鳩がどうだということはないと思うが、この鳩は特に賢い。どうやら人間の言葉をよく理解できるようだ。いままで多くの鳩を飼っているが、この鳩に限って特に頭の良い鳥だと思う。

この鳩はいつの間にか裏庭に毎日飛来するようになり、鳥小屋の鳩たちの傍で餌を食べるようになった。そこである日、小屋の扉を開いてやったら自分で中に入ってきた。どうもわしの言うことが理解できるようで、いつもわしに何やら話しかけてくる」

手の中に鳩を抱えたまま村長はユージンに言った。

「この鳩を持って行きなさい。いまからしっかりと世話をし、家族のように育ててやればきっと忠誠を尽くして働いてくれるだろう」

そう言って小さな籠の中にその鳩を入れると、ユージンに手渡した。

「村長、この鳩をもらっても良いのですか？」

彼がそう聞くと、村長は「もちろんだ。お前のおかげで山賊にさらわれた多くの村人が無事村に戻ることが出来た。誰もあの野蛮で強力な盗賊達を攻め滅ぼすことができるとは思っていなかった。しかし、見事お前たち仲間がそれをやってのけた。本当に驚いた。そして、心から感謝している」満面の笑みを浮かべて村長はユージンを讃えた。

ユージンは村長に、キジ国から法如とともに天竺目指して旅立とうとしていることを告げると、村長は「それなら、この雉鳩は必ずいろいろなときにお前達の連絡係として、なくてはならぬ仲間となるはずだ。この村にいる母上や村人に伝えたいことがあれば、その役目をりっぱに果たすだろう」村長はそう言うと籠の中のキジ鳩を覗き、頼もしそうに眺めた。

「そうだ。この雉鳩に名前をつけよう。さてどんな名前が良いだろうか」そう言いながら村長は自分の額に手をあてててしばらく思い巡らした。

「この鳩は雌、雄どちらですか?」とユージンが聞くと、村長は「雄鳩で頭の良いメッセンジャーだ…。ああ、そうだメッセンジャーがよい。ピッタリだ。お前の名前はメッセンジャーだ」村長が笑ってそう言った。

「そうか。お前は今日からメッセンジャーだ」

そう言ってユージンは籠の中の雉鳩に声をかけた。すると鳩は「デデデー」と言って数回羽ばたいて彼を見ると籠の中でジャンプするように彼のほうに近づこうとした。メッセンジャーは彼の言葉を理解して応えようとしているように見えた。ユージンもメッセンジャーを見ながら頷いた。

彼らに仲間が加わった。彼らがどこにいようともメッセンジャーはその居所を記憶し、遠く離れた故郷と自分たちを結んでくれるのだ。なんと心強い仲間なんだろう…ユージンは思った。

トムと自分、流星とジュピター、法如、そしてメッセンジャー。これらの仲間が一緒だと思うと心強く、頼もしく思った。これから皆で旅すると思えば何かわくわくとした思いで楽しくなった。

そういえば、ユージンがまだ幼児の頃、父・明智から「不思議な鳩」の物語を聞いたことがあった。彼はその時父が語っていた物語を懐かしく思い出していた。それは確かどこか遠い西方の国からやってきた白い鳩の話だった。微かに記憶に残っていた物語…。確かその白い鳩は恐ろしいサタンの誘惑に勇者が負けないかどうかを試すために聖霊が姿を変えて現れた姿だと父上は言っていた。

「もしかすれば、このメッセンジャーも我々を守ってくれるかもしれない」

彼は漠然とそう思った。

メッセンジャーを入れた小さな鳥かごを抱えてユージンは家に戻った。すぐにリチャードとラニーが彼を迎えた。そしてその後にタイガーとフレイジャーが飛び出してきた。

「兄上、それは何ですか?」

すぐにユージンが抱えていた小さな籠を見て、リチャードが聞いてきた。

「ああこれかい。新しいお友達だ」そう言って、二人に籠の中を見せた。

「小鳥さんだ」ラニーが言うと、リチャードは「これは鳩だよ」と妹に教えた。

「そうだこれは雉鳩という種類の鳩で、名前はメッセンジャーというんだ」

そう言ってユージンは籠を小さな台の上に載せ、二人に見せた。

二人が目を大きく開いて中を覗き込むと、メッセンジャーが二人の顔の近くにやってきて一人ずつまじまじと顔を眺め、それぞれにポッポと鳴いて挨拶を交わした。

二人は笑顔になって「はいメッセンジャー、こんにちわ」と言ってその小さな目を見た。

その様子を見て、ユージンが籠の扉を開けると、メッセンジャーは籠からピョンと飛び出して、一度その白い羽をばたつかせた後、二人の近くにヒョコヒョコと歩いて近づき、もう一度ポッポと鳴いた。

ラニーは「メッセンジャーは言葉がわかるみたい。おりこうさんだね」と言って褒めた。

「そうなんだ。メッセンジャーはとても賢い鳩なんだ。村長がそう言ってわざわざ僕にくれたのだ」

「村長さんからもらったの？　どうしてお兄ちゃんにこの鳩をくれたの？」

「今日の朝、昨夜準備した法如への手紙を伝書鳩でキジ国に届けてもらおうと思って村長の所に行ったんだ。そうしたら、村長は伝書鳩がいっぱい入っている鳩小屋に行って、キジ国へ行くことのできる強い鳩を二羽選んでくれた。キジへは遠いのでそこまで飛んでいける鳩が必要だと言っていた。なぜなら、途中で鳩の天敵である鷹や鳥に遭って攻撃されることがよくあるそうだ。そこで、それに耐えて飛び抜けられるように、同じ手紙をもう一通用意し、それぞれ一羽ずつに持たせるためだ。そうすれば万が一、一羽がキジに行けなくても、もう一羽が飛んで行ければ安心だと言っていた」

「じゃ、そのうちの一羽がこのメッセンジャーということ？」リチャードが聞いた。

「そうじゃない。メッセンジャーは村長が二羽を選んだ後で、特別に選んでくれた鳩だ。実はお兄ちゃんは、もうすぐ法如とトムと一緒に天竺の国にしばらく旅することになる。そのことを村長が知って、わざわざメッセンジャーを選んでくれたのだ。メッセンジャーも伝書鳩だが、とても賢くてどんな遠いところに行っても迷子にならず、間違いなく場所を覚えていて手紙を届けてくれる鳩なんだ」

ユージンがそう言うと、二人は怪訝そうな顔をして言った。

「お兄ちゃんは旅に出るの？　その天竺というところは遠いところにあるの？　どうして三人でそこに行くの？」立て続けに尋ねた。

どう答えようかと少しユージンは思案していると、裏庭のほうから母のミーシャが入ってきた。

「みんな何を話しているの？　あら、その白鳩はどうしたの？　かわいい白鳩だね」

白鳩は、小さな台の上で逃げる様子もなく、一人ひとりの顔を見ながらて小さな声でポッポと鳴いていた。その白鳩のメッセンジャーを見て母が尋ねた。

「母上、これはメッセンジャーという名前の雉鳩で、今朝村長の家に行ったと時に村長からもらってきました」

「ああそうか。夕べお前が書いていた手紙を届けるために村長のところに行っていたのだね」

「そうです。村長は法如やトムと一緒に天竺に行くかもしれないことを知って、この鳩を一緒に持って行くようにと言ってくれました」

するとは母はその意味がすぐにわかったらしく、「それは良い考えです。お前達がどこにいようとこの鳩がいつも母に便りを運んでくれるのですね」

そう言うと、明るい笑顔で、メッセンジャーに手を伸ばし両手で優しく抱え上げて見つめた。

「とても賢そうで元気そうな雉鳩だね。メッセンジャー、よろしくね」

そうミーシャが語りかけると、メッセンジャーはポッポーと鳴いて嘴をミーシャの手に摺り寄せた。

「あら、私の言うことがわかるようだわ」

そう言って、彼女は嬉しそうにメッセンジャーに微笑んだ。

「村長はメッセンジャーは人間の言葉を理解すると言っていました」と言いながら、ユージンはメッセンジャーの頭を撫でた。

「じゃ、お前たちが天竺に旅立つまでこんな小さな鳥籠じゃなくて、もっと大きなお家を作ってあげなくちゃね」

ミーシャがそう言うと、リチャードとラニーが「わあ、よかったね。メッセンジャー」と言って話しかけた。するとメッセンジャーはデデーポッポと鳴きながら小さな台の上をくるくると数回歩いて応えた。

「母上、それでは材料にするための木を集めてきます」

ユージンがそう言うと、小さな弟は「兄上、僕も手伝います」と間髪を入れずに応え、ラニーも一緒に大きく頷いた。

「どこにお家を作るのがよいだろうかね」

母がそう言うと、ラニーは「メッセンジャーが寂しくないように、お家の近くがいいよ」と言って、裏口のほうに小走りで行き、その外側の右側を指して「ここがいいよ」と言った。

そこからは裏庭の緑がすぐ傍にあり家の中も見えるので、いつも皆の気配を感じることのできる場所だ。皆もラニーの提案に賛成して頷いた。するとメッセンジャーが小さな台からぱっと羽ばたいて裏口のほうに飛んでいき、ラニーの肩に止まった。そして皆のほうをみて嬉しそうにポッポと鳴いた。すると、ジュピターとタイガー、そしてフレイジャーもメッセンジャーのほうに近づいて、嬉しそうに尾を振った。

メッセンジャーはジュピターを見ると、もう一度羽ばたきをしたかと思うとすぐに飛び降りてきて、ジュピターのちょうど首の上に乗ってとまった。そして皆のほうを向いた。

それを見たミーシャは、「まあ、メッセンジャーはジュピターが気に入ったようね」と微笑んだ。

ジュピターもメッセンジャーが新しい仲間に加わった事をすでに理解しているようだ。メッセンジャーとジュピターはお互いに意思疎通ができるようだ…ユージンはそう思った。

ミーシャは「じゃ、皆でメッセンジャーのお家を作るための木を探しに行ってらっしゃい。それまでに夕食の用意をしておこうね」と言って送り出そうとした。するとラニーが「メッセンジャーを一緒に連れて行っていい？　ジュピターの上に乗ってくればいいんじゃない？」と言うと、

「それは良いアイデアだ。メッセンジャーは空からいろんなものがある場所を皆に知らせてくれるかもしれないな」

ユージンがジュピターの上にとまっているメッセンジャーを見ながら言った。

「まあ、それは良いアイデアだわ」そう言ってミーシャも微笑んだ。

## （その七）

昼食の後、ユージンと弟妹、そしてジュピターとメッセンジャーは近くの野山に出かけることにした。野山に落ちている倒木や木の枝を探すためだ。

弟妹はそれぞれトムからもらった黒毛と赤毛に乗っていくことにした。野山で集めた倒木や木の枝を運ぶために黒毛と赤毛が必要になると考えたからだ。黒毛も赤毛もすっかり、リチャードとラニーになついている。トムからもらわれてきた時には、最初はなかなかなつこうとしなかった。トムの両親が山賊の襲撃で殺されてしまった出来事は、二頭にとっても余程ショックだったのに違いない。でもその後、流星がトムと一緒に何度も彼らの家を訪れ，二頭の馬と時間を過ごすうち、黒毛も赤毛もだんだんと落ち着き、ユージン兄妹と親しくなっていった。今はすっかり家族のメンバーとなって元気を取り戻していた。それに黒毛と赤毛はなによりもジュピターになついていた。二頭がショックで最初は餌も口にしようとしなかった時期があったが、そのたびにジュピターは馬小屋に二頭を訪れた。そして彼らを慰めた。

ジュピターは彼らの前で静かに座り、じっと彼らを見つめる事が何度もあった。二頭はそういうジュピターを見てゆっくりと前に進み餌を口にするようになった。やがてジュピターが馬小屋に入ってくると、耳を横に向け目を細めて喜びを表現するようになった。

最初の頃はリチャードもラニーもなかなか一人で黒毛と赤毛に乗馬することができなかった。それでもジュピターが馬小屋に兄妹と一緒に訪れるようになり、外に出て乗馬の練習をするようになってからは、前足を曲げ低い姿勢になって彼らを迎えるようになった。

そして二人が落馬せぬよう細心の注意を払いながら野原を闊歩した。兄妹は大喜びで黒毛と赤毛と遊ぶようになった。ジュピターも彼らと一緒に野原を駆けた。するといつの日からか、タイガーとフレイジャーもジュピターに伴走するようになり、ジャンプしながら喜びを表現した。こうして彼らは強い家族の絆で結ばれていった。そしていつも野原を駆けた後、近くの小さな丘から流れ落ちる滝で水浴びをして身体をブルブル震わせて水を切った。

家を出てしばらく行くと、やがて彼らは村はずれにある小さな丘にやってきた。すると、メッセンジャーがジュピターの頭の上から羽ばたきしたかと思うと上空へと飛び発って、空中で数回旋回した。そして、小山の間にある小さな谷間の方角を指すかのように彼らにデデー・ポポポーと鳴いた。それを見た一行は、メッセンジャーに誘われるように、その方向に歩いて行くと枯れ木や灌木が多くある谷間の林にやってきた。なるほど、その谷間は少し日陰になっていたが、多くの枯れ木が地面に横たわっていて。鳩小屋を作るのに役立ちそうな枝や木が豊富にあった。

それを見て、ユージンが二人の兄妹に彼の両腕を広げ長さをしめすようにして言った。

「リチャードはこれくらいの長さの丈夫な木を六本、集めてほしい。ラニーはこれくらいの丈夫な木を六本だ。集めた木はそれをまとめて家から持ってきたこの縄で縛り、この場所に置くんだ。わかったかい？」

二人は「わかった」と言うと、すぐに周りの林の中を探し始めた。ユージンもジュピターを連れて、近くの林で多くの枯れ木を拾い始めた。

辺りを探し始めてから小一時間ほどで、たくさんの灌木が集まった。そしてそれらを縄で巻きまとめると、全部で四つの大きな束ができ上がった。ユージンはその束の一つひとつを黒毛と赤毛の両側に掛けバランスをとった。黒毛と赤毛に着けた手綱をリチャードとラニーがそれぞれ手に取って家に向けて歩き出した。気がつくと、メッセンジャーは上空からジュピターの背中の上に戻っていた。

「メッセンジャーの鳩小屋は、特に施錠する必要はないだろう。とても利発なこの雄鳩はすっかり家族の一員となって一緒に作業を楽しんでいるようだ。彼がいつでも好きなときに外に出たり、家の中に入ってこれるように、小屋の出入り口をいつも開いておいてやろう」そんなことを考えながらユージンはジュピターと一緒に家路を急いだ。

翌朝、裏口のすぐ右側にメッセンジャーの鳩小屋ができ上がった。三坪ほどの空間を拾い集めた森の灌木で囲んだ簡単な小屋だ。特に施錠しているわけではなかったが、裏口に接した一番上の部分からメッセンジャーは自由に出入りできるようになっていた。出入り口は鷹や鳥が入り込むには小さすぎる穴で、十分外敵から防げるものだった。そして、メッセンジャーが自由に家の中に出入りできるようにしてやった。いつも皆で食事する時にはメッセンジャーが小屋から抜け出して皆と一緒に加わった。ラニーとリチャードはそんなメッセンジャーに米や豆、木の実などを分けてやった。そして、食卓で交わされる楽しい家族の会話にメッセンジャーは耳を傾けた。メッセンジャーは村長が言ったように、確かに人間の話す言葉を理解するようにみえた。

そんなメッセンジャーが家族に加わって十日ばかり経ったある朝、村長が放った例の伝書鳩の一羽が法如からの返事を持って戻って来た。

法如はキジ国で武芸の指南役として迎えられていた。キジの勇敢な武士達を相手に連日厳しい稽古の指導をしていると記されていた。法如の武芸者としての実力は同国の勇猛な兵士達の間でもよく知られ、国王から彼女の身の周りを世話するよう二人の召使が与えられていた。

また、彼女はゴータマ仏陀の教えについて深い理解と知識を持っていることから、クマラジバからも一目置かれ、彼の訳書の整理を任される塾頭のような立場を与えられていた。貴族の子供達からもよく慕われ、充実した毎日を送っていると記されていた。

しかし、そうした中で法如は何か胸騒ぎを感じているようだった。それは、いよいよユージン一行と天竺に旅しなければならないという直感であった。その準備のため、近くキジ国を発ってユージンたちに合流したいと法如は伝えてきた。

法如が滞在していたキジ国の大地は古来、乾燥した地域だ。砂丘のような荒涼たる風景が広がっていたが、荒漠たる大地のあちこちにはオアシスが点在した。それぞれのオアシスは東方世界と西方世界が交わって行き来する旅人たちの重要拠点となって栄えていた。往来する旅人はさまざまな風貌をもち、耳慣れぬ言語を交わしていた。そんなオアシスがキジ国には多くあった。

キジ国の王は法如の身の周りの世話をする若い女性を二人付けた。二人の女性は、ただの世話役ではなく、共に学問に優れ武道を究めた秀才者達であった。二人の生まれ故郷はそれぞれ異なっていたが、二人共、両親は他国からキジにやってきたという。一人は名前をルビアといった。青い瞳と白い肌を持った女性で祖先ははるか西方の貧しい農家の出身だ。彼女の両親は争いの絶えない故郷が嫌になり、安穏で平和な場所を求めてキジにやって来た。その時、両親に連れてこられたのがまだ五歳にもならない彼女であった。ルビアはキジ国で弓矢の名手として知られていた。

もう一人は両親が東方の遊牧民の小さな国からやって来たらしく、女性の名を秀陳《しゅうちん》といった。秀陳は乗馬が得意で、幼い頃から両親や兄弟と共に常に広大な牧草地帯を移動しながら、荒野を馬で駈け、鷹狩に明け暮れていたという。鷹狩をさせれば、キジ国の誰よりも腕が優れていた。

二人は法如が荒くれ者の大男たちを、恐れることなく見事な太刀裁きで瞬く間に倒していく姿を見て、彼女にすっかり心酔した。そして、武芸のみならず、法如はゴータマの教えを深く理解し、誰よりもわかりやすく人々に説く事が出来たため、二人は法如のもとで文武の二道を修行したいと思うようになり、いつしか法如を師と仰ぐようになっていた。

　そして、彼女達は法如の身の廻りを任されて毎日接するうち、法如には畏敬をもって慕っている人物がいることを知った。

「その方は一体どんな御仁なのだろう?」

　二人はますます法如や彼女の友人関係や仲間に興味を抱くようになり、お互いにそのことを話すことがよくあった。

　ある日、法如が手紙を認めた後、伝書鳩を使って南の国へ届けようとした。ルビアが「どなたにお手紙をお届けになるのですか?」と法如に尋ねた。

　その時、法如はルビアに微笑んで、「いずれ私の師匠となる方だ」と答えた。「法如様の師匠?でも今はそうではないのですか?」

　ルビアがそう聞くと、法如は「実はすでに私の師匠であることに間違いないのだが、その方はまだ気づいておられないだけなのだ」と応えた。

　ルビアは怪訝な顔をして法如をまじまじと見つめた。そして、何か自分ではわからない秘密を法如は語っているように思えた。

秀陳の家族は鷹狩の為に大きな雌のイヌワシを飼っていた。鷹も飼っていたが、大きな獲物をしとめるには鷹よりもイヌワシを使う事が多かった。雌のイヌワシは雄よりも体がひと回り大きい。これはヒナに餌を与えなければならないため、自然に進化したものだ。家族はイヌワシが持ち帰った獲物から毛皮を剥ぎ厳しい冬を凌ぐための防寒衣として利用することができた。

ある時、秀陳が父と狩りに出かけた時、大きな岩山の頂上に結跏趺坐《けっかふざ》した状態で瞑想している一人の女性を見かけた。それが法如との出会いであった。彼女は見事に姿勢を整え微動だにせず大自然に溶け込み、自分の意のままに従わせているかに見えた。その姿に秀陳は見入った。

その時、秀陳の肩にいたイヌワシが急に羽ばたきして瞑想者に向かっていった。「まさかイヌワシが獲物を捕らえようと飛び立ったのか」と一瞬驚いて呼びもどそうとしたが、イヌワシはその瞑想者の上で旋回しながら羽を大きく広げてゆっくりと、その人の前に舞い降りた。

そしてイヌワシは子犬が鳴くような声をあげて彼女の前で静止し、じっと彼女を見つめた。瞑想していた法如は少しも動かずしばらくは何の反応も見せなかったが、静かに目を開けるとイヌワシを見つめ優しく微笑んだ。そして、結跏していた右手でイヌワシの頭を撫ぜた。イヌワシは満足そうに咽喉をクルクルと鳴らして法如を見つめた。

そしてイヌワシは、翼を大きく開けるとサッと舞い上がり法如の廻りを旋回し、秀陳親子のほうを目指してスーッと舞い戻った。

イヌワシが戻った先に親子がいるのを見て、法如は静かに立ち上がり丁寧に頭を下げた。

イヌワシがこのような行動をとったのは初めてのことだった。秀陳は驚きながら法如に向かって一礼した。それにつられたように秀陳の父親も深々と頭を下げて法如に敬意を表した。

大きな岩場から降りた法如は岩の陰に休ませてあった白馬に飛び乗り、衣を風になびかせながら、その場を去っていった。

ルビアが初めて法如を知ったのは、キジ国で開催された弓術大会だった。キジで行われる伝統行事で各地から特に腕に自信のある弓引き達が集まり技を競うものだ。的を狙って矢を射て撃ち落とすというものだ。ルビアもこの大会に父とともに参加した。ルビアの家族が使用する弓矢は特に大きく、飛行距離は最大で百メートルを超えて的を打ち抜くものだった。

そのため、ルビアの腕も太くたくましい。それにこの大会では参加者全員、馬上から弓引をして競争せねばならなかった。キジ国の学頭の地位にあった法如はこの大会の開催を任されていた。どの参加者も日頃の訓練の成果を競い合い大いに沸いた。国王は大会で優勝した者に自らの剣を与える約束をしていた。弓引きの強者たちが互いの技を競った後、国王はキジ国・学頭の法如に模範演技を観衆に見せるようにと命じた。

法如の弓術は参加者を圧倒した。

国王の命を受け、白馬に騎乗して現れた法如は、国王に一礼すると白馬の耳元でなにやら囁き、手綱を引いた。白馬はどんどん加速し、やがて的の前に差しかかろうとした時、法如は素早く背中の矢袋から一本の矢に続いて二本目、さらに三本目の矢を次々に放った。三本の矢はすべて的をとらえほとんど同じ場所を射抜いていた。それを見た観衆からは「ウオー」という大きな歓声が鳴り響いた。

これを見ていたルビアと彼女の父も同じように感嘆の声をあげた。キジには多くの弓矢の名手がいたが、これほどの速さで三本の矢を馬上から射ることのできる者はいなかった。二本の矢を射る者はいたが、三本矢を射られる者はどこをみてもいなかった。しかもすべてが的に命中する正確さだ。

それは、まるで白馬に乗った天女が矢を射るような美しい絵を見ているかのようであった。

ルビアはこの時以来、法如に憧れ、彼女のことをもっと知りたいと思うようになった。

この大会でルビアは見事に優勝することができた。そして国王はその印として彼女に勝者の剣を与えた。その剣の鞘は重厚で真っ青な光沢を持ち、刀柄《つか》は白い瑪瑙《めのう》で装飾されていた。

ルビアと秀陳は最初に法如に出会った頃を思い出しながら、次第に法如が「師」と慕う人物にどうしても会いたいと思うようになっていた。

## （その八）

「四天王の剣」にはどんな秘密が隠されているのだろうか…。日を重ねるにつれてユージンは、その剣の由来や天竺国から渡って来た歴史について知りたいと思うようになっていた。そして、何よりもどういう理由で父が天竺に行き、ゴータマから剣を授かる事になったのかを知りたいと思った。天竺に行き、自分自身でその軌跡を追うことは父・明智の事を知る上で欠かせぬと思うようになっていた。仏陀と称されるゴータマは一体どんな人物で、そこで修行していた父・明智の事をどう思っていたのだろう…。次々と疑問が彼の心に浮かんでいた。

ますます強くなるその思いとは裏腹に、しばらく彼はその思いを母に言い出せなかった。母思いの彼は、それまで山賊達に捕らえられていた彼女をやっと救い出すことができたのに、今度は彼が母を置いて旅するというのは心が痛んだ。たとえ兄妹達が母親と一緒にいるとはいえ、彼らはまだ幼いため、母の強い味方となり家を守っていくには無理があった。

「どうしたものか…」と悩んでいた。

そんなユージンの様子を母親は見逃さなかった。息子にとって父・明智のことを知りたがるのはごく自然であったし、しっかりと記憶に留め置きたいと思うのは、父親への敬意と誇り、深い愛情の現れなのだ。頼もしく成長した息子を見ながら母はそう思っていた。

母親は、そんなユージンの様子を見ながら、明智が天竺国でゴータマのもと修行したい…と彼女に打ち明けたときのことを思い出していた。明智は学問に優れ、バラモンの教えという教えを究め、周りの人々からは広く尊敬を集めていた。そして、将来の指導者としても注目され、嘱望されていた。にもかかわらず、明智は悶々としてその気持ちが晴れることはなかった。

そんなある日、明智の様子が気になった彼女は彼に何故そのように晴れない表情をして悩んでいるのかと話しかけた。

「何か心に悩めることがあるのでしょうか？　あなたを見ているとそんな風に見えるのですが、私に何かできることがあれば遠慮なくおっしゃってください。私はあなたの苦悩に満ちた心が少しでも晴れて軽やかになるよう最善を尽くすつもりでいます」と。

優しい夫想いの妻を見ると、明智は涙を浮かべて心から感謝の気持ちを伝えた。そして、「心配させてすまない。これは私のわがまま以外の何ものでもないのだ。ただ、いままで学んできたバラモンの教えは、その中身を学べば学ぶ程、空虚な思いをどうすることもできないのだ。それは何故なのかを、実はずっと自分なりに考えてきた。思うに、バラモンの教えには私が納得できる具体的な実践論としての方法が示されていないのです。だから、いくらバラモンの教えを学んでも人生の無常たるを学ぶばかりで迷路に入っていくだけなのです。そんな教えを果たして自分は追究し学んでいっても、人々に教えていく価値があるのだろうかと思い悩んでいるのです。自分はバラモンの修行僧ではないので、彼らが行っている布施業について云々したり批判する訳にもいかない。しかし、果たして人々の日常の生活感のない修行者達が、一人ひとり本当に納得してバラモンの教えを信じ満足しているのだろうかと疑問に思うのです。

そのような修行者達が人々に的確な人生の助言を与えられるか…ということについて考えれば、それは到底無理であると思うのです。どこまでも彼らの学問は観念論でしかないのではないかと…」

彼女に語った夫・明智の想いは、いつまでも彼女の脳裏に刻み込まれていた。苦悩に満ちた夫の気持ちを察した彼女は、こうして夫に優しく伝えた。

「あなたの気持ちに素直に従って、恐れず天竺への求道の旅をしてください。留守中のことはご心配なさらず、私が子供達を守り、教育もしっかりとしてまいります。そして、貴方が戻ってこられるのを皆でお待ちしております」と。

当時の明智とのやりとりを思い出しながら、今こうして長男であるユージンが同じように志を立てて飛び立とうとしている姿は、まさに、夫・明智あってこの子ありという気がした。息子の求道心は父親譲りのものだと感じていた。

ユージンが母に尋ねた。

「母上はバラモンの教えをどう思っていますか？　バラモンの教えでは「六道輪廻《ろくどうりんね》」の思想を説いています。六道とは「地獄道《じごく》」「餓鬼道《がき》」「畜生道《ちくしょう》」「修羅道《しゅら》」「人界道《にんかい》」、そして「天界道《てんかい》」の六つの人生の姿です。要するに、人間というのはこれらの六つの世界を行ったり来たり、経験を繰り返しながら一生を終えるという訳です。しかも、これらの一番高い位である「天界」の境地を得ても、何かの縁で再び「人界」に戻ったり、あるいは地獄や餓鬼のような姿になると言っているのです。

この教えは一体、だから何をせよと言っているのでしょうか？　私にはよくわからないのです。我々の経験する人生のさまざまな姿を説明しているのでしょうが、私には結論がまったく不明瞭なのです。バラモンの修行僧達と同じことをせよという事なのでしょうか？　それとも、善行のバラモンの修行僧を供養せよ、という事なのでしょうか？　それは言い換えれば、バラモンの修行僧の生活を支えることで我々は苦しみを解脱して幸福になれると言っているのでしょうか？修行僧にとっては都合よく聞こえますが、そうすることが人々を幸福にする根本的な道だとは到底思えないのです。

確かに修行僧を敬う心は大切だと思いますが、それをすることで人生の中で経験する全ての苦しみや悩みを克服していく方法だとはとても思えないのです。

こんなことを考え始めると、一体自分は何をすれば良いのだろうかと思うのです。こんな曖昧な教えを受け入れながら、漠然とした生き方に甘んじている自分自身に耐えられないのです…」と。

ユージンの話を聞きながら、母は明智が天竺に行く前、彼と交わした会話を思い出していた。

当時、明智はバラモンの教えを習得し、難解な内容であっても人々にもそれをわかり易く噛み砕いて説くことができた。そして彼は誠意と善意に満ちた指導者として誰からも慕われていた。母はそういう明智を誇りに思い、彼女自身も彼を深く尊敬していた。

しかし、日が経つにつれて明智自身の苦悩は深まるばかりたった。彼は人生の根本的な解決法とは何かを真剣に考えるようになっていった。

ユージンは続けた。

「必要なのは、果たして修行僧への布施・供養等なのだろうか…。いや、そんな外面的な行為ではなく、もっと自分自身の内面に目を向けて自身の本質の姿を詳《つまび》らかに捉えることではないか。そうすることで、自分自身をさらに高めていくことではないか…」と。

当時、悶々として苦悩する夫の姿を見ていた彼女の記憶が、息子を前にして蘇ったかのようだった。息子はまるでその時の夫のように、何か遠くを見つめて一人で考えているように見えた。彼女は心の中で「ユージンには夫・明智と同じような運命の血が流れているのではないか…」と次第に思うようになっていた。

彼女にとって、それはいつの日か息子を天竺への旅路へと見送らねばならないことを意味していた。

ユージンには常に自分をより高めたいという意欲が溢れていた。苦しんでいる人々のために何かをしたいという気持ちが強かった。そのために自分をその道に導き、高めてくれる師匠を彼は必要としていた。そんな息子の純粋な気持ちと求道の姿勢を彼女は頼もしく思っていたが、息子と離れたくない母の気持ちと、旅立ちを祝福してやらねばという思いが交錯していた。

思えば夫・明智もバラモンの教えについては「無常の雲を掴むような教えだ…」と言って一人悩んでいた。まさに、同じ悩みを息子も抱えるようになっていたのだ。夫がそうであったように、息子も正義感が強く、大きな志を持ち、人々のために未来を切り開きたいという強い意志を持っている。立派に育ってくれた息子を見るのは母としては無上の歓びであったが、一方で「いよいよ息子は母の下を離れて、広くそしてより多くの人々のために働かねばならないのだ…」と自分に言い聞かせなくてはならなかった。

それにしても、母には一つ気がかりな事があった。それはユージンを慕っている一人の娘のことだった。気立てが優しく美しい娘で、その名をリサ（理沙）と言った。リサはユージンの母親がいつも親しく付き合っていた近所の夫人の娘で、母親同士は幼馴染みの仲だった。

親思いのリサは家事をよく手伝い、蚕から糸を紡いだ糸でよく両親の衣服を作ったりした。

リサの母親は、ある時、リサが明らかに両親のためではない誰かに特別なものを少しずつ編んでいるのに気がついた。「リサは何を編んでいるのだろう…」と思いながら、その時はあまり気に留めなかったが、それから十日ほど経ってリサの編み物を見ると今度は妹の衣服を作り始めていた。

既に彼女が編んでいたものは出来上がっているはずなのに、リサはどこかにそれを大切にしまっているようだった。そこで「この前、お前が編んでいたものは、もう出来上がったのかい？」と聞いてみた。

するとリサは急に顔を赤らめて恥ずかしそうに、母親に小さな声で「うん」と答えた。

その時、母親はリサの編み物が誰か特別な人にあげようと思っているのだと初めて気がついた。

「リサ、母さんに出来上がった物を見せてくれるかい？」

「母さん、実は未だ完全ではないので、少し編み直しが残っているの…」

「そうなの。お前が一生懸命編んでいたので、どんなものに仕上がったのか見てみたいと思ったのよ」

母親が微笑んでそう言うと、リサはますます顔を赤らめて戸惑いを見せた。

その時、母親はハッとして娘は誰かに編み物をあげようとしているのだ…と気がついた。果たして、もしそうだとしたら誰なのだろうと思いながら、心当たりを考えてみた。

少なくともリサとそれほど、歳の差がない誰かに違いない…。そう思いながら、近所にいる若者達の一人ひとりの顔を思い浮かべてみた。そして、ハッと思ったのは「ユージン」だった。まさかユージンにリサは好意を抱いているのだろうかと思いながら、確かに二人は幼い頃から家族ぐるみの付き合いがあったので自然と親しくなっても不思議ではなかった。いつも良き遊び仲間のように一緒に過ごしてきた仲であった。ふだんからそんな付き合いだったので、二人の気持ちに何か特別な変化があったのかどうか、それまではほとんど気が付かなかった。

そのうちに、リサは知らず知らずユージンに仲良し以上の感情を抱くようになっていたということか…。母親は気がつくと同時に娘がいつのまにか年頃の娘になったことを知らされた。

ある日、母親同士の話の中でユージンが天竺国に旅するかもしれない、と話題に上った。それも天竺のゴータマのところに行き、ほかの修行者達と一緒に仏説を学び修行をするためだと言う。もしそうなれば、少なくとも一年間は祇園精舎に彼は滞在するかもしれない…と。

天竺までの旅は決して安全な道程ではない。多くの修行者が途中で山賊などに襲われて命を落とすこともあった。ユージンの母親もついこの前、山賊が村を襲撃した時に捕らわれ、彼等の牢獄に閉じ込められたことがあった。そして、ユージンと仲間達が救い出してくれたばかりだった。

それに天竺への旅となると、そこに行くためにいくつもの険しい山々や峠を越えて行かねばならない。途中で橋のかかっていない川を渡ったり、いろいろな肉食獣のいる草原や森を抜けていかねばならなかった。今までにも天竺へ向かう旅人の中には途中で病にかかったり、獣に襲われたりして命を落とす者も少なくなかった。

そのことをよく知っているリサの母親が訊いた。

「天竺への旅路はそう簡単ではない。途中でいろいろな事が起こっても不思議ではない。なのにどうしてユージンはゴータマの教えをそれほどまでに熱心に求めようとしているの？」

「あの子は、最近になって父・明智がゴータマからもらったという剣のことについて、とても興味を抱くようになっていました。そして、もっと詳しいことを知るために、自らが一度天竺国に行ってゴータマに会ってみたいと思うようになったのです」

ユージンの母親は、そう言うと少し黙って夫・明智が天竺に行った時のことを思い出していた。

「よくわからないけれど、親子だから同じ血が流れているのでは…」と呟いた。

それを聞いたリサの母親は、娘が一年もユージンに会えなくなってしまうと、とても寂しく思うに違いないと密かに心配した。ユージンが出発する前に、娘の編み物ができ上がることを願いながら、彼にその編み物を必ず身に着けさせて旅に出さねばならぬと思った。険しい山々を越える所には万年雪があって真昼でも寒くなる。ところどころに氷河があり、夜になると一帯はかなり冷え込んでくる。彼が身体を冷やさず病に罹らぬように、娘の編み物はきっと役に立ってくれるはずだ…そんなことを考えていた。

「娘がちょうどユージンのために何か編み物を編んでいるようなので、天竺への旅には役に立つかもしれないね」

リサの母親がそう言うと、ユージンの母は微笑みながら、「まあ、リサはなんて優しいのでしょう。きっとユージンが喜ぶわ」と明るい表情で応えた。

気心知れた二人の母親は、将来彼らが一緒になってくれれば、どんなに楽しいだろうとお互いいに思っていたようだった。

## （その九）

近くにある寺院の娘がリサのところにやって来た。彼女はリサの友人でマリ（茉莉）といった。マリと大の仲良しであったリサは、すでにマリに自分のユージンへの想いを打ち明けているようだった。そのマリが、リサのために何やら親指程の小さな辟邪《へきじゃ》と呼ばれる絵画を持ってきた。絵は四つ折りになって折りたたんであった。リサはそれを受け取ると、編み物を自分の小さな裁縫机の上に置き、何度も襟《えり》ぐりや袖《そで》に合わせながら何やら考えていた。

「マリ、この辟邪は雨に濡れても大丈夫なのかしら…」

「少しぐらいは大丈夫だと思うけど、びっしょり水に濡れてしまうと絵が滲んでしまうと思うのだけど…」

「じゃあ、襟かどこかにしっかりと糸で縫い付けて、水が浸み込んでこないようにかためてしまえば、大丈夫ね…」

リサはそう言いながら、縫い付ける場所を考えていた。

「辟邪」とはお守りのようなもので、絵に描かれたその姿は、二本の角を持つ鹿に似ていた。古くから、この辺りでは、邪悪や疫鬼を懲らしめ退散させる守護神として伝わり敬われていた。寺の娘であったマリは僧侶の父親に頼んで、リサのために特別に小さな「辟邪絵」を用意してもらった。リサはその辟邪絵を編み物に縫い付けることでユージンがいつも無事に守護されるよう願ったのだ。

「リサ、縫い付けるのは前襟のところがよいのではないかしら…」

「そうね。私もそう思う…。よし、そうしよう。マリ、ありがとう」

そう言うと、リサは前襟を掴むと、四つ折りにした小さな辟邪絵をあてながら何重にも糸を縫い付けて固めていった。

この時、リサは未だユージンが天竺国に向けて旅することを知らなかったが、彼の身がいつも守られ、無事であってくれるようにとの優しい想いは変わらなかった。

リサの母親はリサの編み物を見ながら、リサに話しかけた。

「リサ、その衣服を洗濯する時には水の中に浸して、洗い棒で叩いたりするけれど、そんな時でも襟に縫い付けた辟邪絵は大丈夫なのかしら…」と。

「お母さん、私もそのことが気になったので、辟邪絵を包む紙には蝋引《ろうびき》したものを使ったの。そうすれば、水に触れても決して包み紙に浸み込むことは無いはずです」

「では、蝋引紙の部分は洗い棒であまり叩かないほうが良いのかしら…。ユージンにそのことを言っておかないといけないね」

母親に指摘されて、リサは「そうだね」と頷き、しばらく何やら考えていたが、母に向かって、

「多分、絵が水に滲むことがあってもこの紙に備わった辟邪の力は消えないと思います」と付け加えた。

「実は、マリのお父さんにそのことを聞いてもらったのです。そしたら、お父さんは『絵が滲《にじ》んだり、少し消えたりしたぐらいで、その力は消えたりはしない』とおっしゃったそうです」

リサの母親は、それを聞いて「それはよかった。安心したわ」と言って微笑んだ。

そして、リサに徐《おもむろ》に伝えた。

「ユージンのお母さんからお聞きして驚いたのだけれど…。おそらくお前は多分まだ知らないと思ったから、ちょっと心配していたのよ。あなたにそれをいつ話そうかと思って…」

「お母さん、それって一体なんのこと?」

「ユージンが天竺国に旅するそうだよ。天竺へ行って、彼がゴータマ仏陀のおられる祇園精舎で

教典を学び、修行するのが目的だとおっしゃっていた」

「それって、ユージンのお母さんが本当におっしゃってたの？　彼が本当に考えていることなの？　彼一人で天竺へ旅するの？　天竺に行ったらどのくらいの間、そこで修行しなければいけないの？」

矢継ぎ早に、リサは驚いて母に質問した。

「リサ、私もユージンのお母さんに尋ねたのだけど、どうやらユージンが天竺国へ行こうと決めたのは、彼が持っている剣の由来と関係があるらしいよ。彼のお母さんによると、あの剣は亡くなったご主人が天竺国でゴータマから授与されたものなんだって。そのことをある日、ユージンにお話しになったところ、彼は自分の父親の生前の軌跡を知りたいと思うようになったと…。ユージンも亡きお父上がどういう理由で天竺国に行ったのか。そして天竺の国とはどんなところなのかいろいろ知りたくなって、自らゴータマに会って確かめようと決心した…とおっしゃっていた」

母親から耳にしたユージンの天竺国行きの話は彼女にとっては寝耳に水だった。リサは驚きを隠せず、母親のほうを向くと真剣な眼差しになって聞いた。

「お母さん、ユージンが天竺へ行くというのは本当なの？　彼はいつ天竺へ出発するの？」

リサは母親に問いながら、動揺が隠せなかった。もし彼が天竺へ行くとなると、何よりもその旅路が気がかりだった。天竺への旅路はとても危険で、それまで多くの旅人が山賊に襲われたりして命を落とす者もあったからだ。たとえ、ユージンが四天王の剣の使い手であり、どんな敵が現れても負けないと思いつつも、やはり心配を隠せなかった。

「お母さん、ユージンは一人で天竺に行かないほうが良いと思います。途中で山賊達に襲われたら、彼が四天王の剣の使い手であっても大勢を相手に戦うには無理があります。少なくとも四、五人の従者を連れて行くべきです。それも武芸に優れた腕っぷしの強い者達を選んだほうがよいと思います」

リサがそう言うと、母親は「私も心配だったので、同じような事を言ったのです。すると彼のお母さんがおっしゃるには、四天王の剣には不思議な力があって必ず彼は守られると…。それが何を意味するのか私にはわからなかったが、次のようなことをおっしゃったのです。

『四天王というのは、持国天《じこく》、増長天《ぞうちょう》、広目天《こうもく》、毘沙門天《びしゃもん》の四人の守護神のことを指しています。それぞれの守護神は重要な役目を果たす事をゴータマ仏陀に誓っているのです。この四天王の持っている神通力を具備しているのが四天王の剣と呼ばれているものです。釈尊（仏陀）は後世に自分の経典を広めていく在世の者にこれを授けたのです。在世の者とは、出家した僧侶のことではなく普通の庶民のことを指しています。自分の夫・明智は僧侶ではなく、普通の生活をする一般人でした。また、息子・ユージンも父と同じように、毎日を懸命に生きる若者です。

持国天というのは国を守護する神のことで、悪を懲らしめて正義を守る力。増長天とは富を増やして豊かにしていく神です。広目天とは各地で起きているいろいろな出来事に目をしっかり開いて見つめ、平和な秩序を守っていく神。そして毘沙門天とは多聞天とも呼ばれ、これも世の中のいろいろな情報に耳を研ぎ澄まして把握し、間違いのない判断をしていく力です。

これらの神通力を具備している剣が四天王の剣なのです。そして、四天王の剣を持つ者は、やがて神通力を自らの命の中に宿らせ、次第にそれらを具現していくようになる筈です』と」

夫・明智が彼女に話した四天王の剣の由来をミーシャは詳細に記憶していた。当時、天竺国から戻ってきたばかりの明智は生き生きとした表情と使命感に溢れていた。その時、明智から聞いた話は彼女にとっても忘れることのできない思い出になっていた。夫への敬慕の念と共に、彼の血が流れる息子への深い愛情が四天王の剣と一体になっていた。

「お母さん、四天王の剣の使い手となったユージンが、剣に伝わる神通力を彼自身が具備し、やがてその力を発揮していくというのは素晴らしいことだと思います。でも、だからこそ彼は心を引き締めて油断すべきではないかと思うのです」

リサの言葉を聞いて、母は「確かにそうだね…」と言って微笑んだ。

リサがユージンを慕うが故にいろいろなことが気になり、不安そうに彼のことを心配する様子が母にはいじらしく思えた。

「リサ、ユージンは絶対大丈夫だと思うわ。だってお前の祈りは必ず彼の心にも届くと思うわ。もともと彼はとても謙虚で誠実な青年だし、天竺で修行を積んで帰ってくれば、いろいろなことを学んで、もっと立派な男になって戻ってくると思う。そして、お前を迎えにくると思うわ。それまでにお前も心の準備をしておかないといけないね」

母がそう言って、リサを見るとリサは嬉しそうに「はい、そうします」と言って微笑んだ。

しかし、ユージンの天竺行を聞いて以来、リサは自分なりに何かできる事はないかと、懸命に考えるようになった。

ある日、リサは仲良しのマリにそのことで相談を持ちかけた。

リサからユージンの天竺での修行について聞かされていたマリも、やはり天竺までの旅路に潜むいろいろな危険が気になっていた。

そのマリが、僧侶である父親に意見を聞いてくれた。

その父親は、マリが考えてもいなかった意外な事を口にした。

「天竺への旅路は確かに危険がいっぱいだ。しかし、一つ興味深いことがある。それは、今まで旅した者達の中で、山賊達がけっして襲わなかった人達がいるという事だ。それは袈裟を身に着けた僧侶達だ。山賊は今まで一度も僧侶には手をかけなかった。もし、彼の事が心配なら彼に僧侶の袈裟を身に着けるように言えばよいのではないか。それも白の袈裟がよい」と。

そこで、マリが父親に尋ねた。

「僧侶の旅人ということは、その人達は袈裟を身に着けて丸坊主の頭をしていたのですか?」

「そのとおりだ。僧侶達は皆頭を坊主にしておった」

「ということは、ユージン達も天竺での修行が目的だから、頭を刈って旅をしても決して不思議ではないし、山賊達を避ける為にはすごくよい方法かもしれないね」

マリがそう言うと、父親も「そうかもしれない」と言って頷いた。

しかし、マリはユージンが僧侶の姿をしているのにもかかわらず、四天王の剣を持っているのは不自然ではないかと思い、父親に聞いてみた。

「一つ疑問に思うことがあります。僧侶の袈裟を身に着けた人が大きな剣を持って旅しているのは少し不自然に見えます。山賊達はその剣に気付くと彼のことを怪しむのではないかと思うのですが…。それに剣を隠すといっても、どこにも隠せるようなところはありません…」

するとと父は次のような事を言った。

「確かに僧侶が剣を持っているのは不自然に見えるのだが、仏教を修行する者の装束姿《しょうぞくすがた》に腰に死出紐《しでひも》と降魔の剣を持つ姿というものがある。何故そのような姿をするのかと言えば、もし修行する者が厳しい修行の途中で諦めたり、半ばで挫折する時はその紐で首を絞め、その剣で自らの生命を断たねばならないという厳しい戒律を示すものだ。だからその姿は死装束《ししょうぞく》とも呼ばれている。もし山賊がユージンの白い装束《しょうぞく》姿と彼の持つ四天王の剣をみつけて不審に思い、問うてくるなら『これは修行の為の死装束だ』と答えれば良い。そして『死装束は、厳しい修行に臨む者の命を懸けた装束である。いつ死んでもよいように袈裟の色は白になっている』と応じれば良いだろう。山賊達がなるほどと思うように、わしが死装束についての文をつけてやろう」

そう言って父親は、「死装束掟文《ししょうぞくおきてぶん》」と名付けた一通の手紙を用意した。それには、修行中の僧侶が途中で厳しい修行を投げ出さぬよう、白装束と剣でその覚悟を表したものである事が記してあった。

マリは父親の機転のきいたアイデアと抜かり無い準備に感心した。そしてその事をリサに伝えた。

## （その十）

リサはマリから彼女の父親が語った坊主頭で白装束姿になったユージンを想像して、クスクスと笑い出した。

「それって、とても滑稽な姿だね。ユージンが白装束の僧侶になって四天王の剣を担いでいる姿なんて想像出来ないわ」リサは笑いをこらえ切れずにいた。

するとマリもリサにつられて一緒に笑い出した。

「それに、丸坊主になった後、髪が生えて元のようになるのに少なくとも三・四か月はかかると思うわ。その間、彼の頭はバサバサの状態って事ね」

リサがそう言うと、二人は又、ゲラゲラと笑い出した。

「でも髪の毛がバサバサになるだけで、山賊達の襲撃から身を守ることが出来ればありがたいことだと思うわ」そう言ってマリはさらに笑いが止まらなくなった。

そして、今度はリサが「これこそ仏様のご利益かもしれないね」と冗談を言うと、二人は笑いが止まらなくなった。

「でも山賊達は死装束の事など知っているのかしら…」

笑いを堪えながらリサがそう言うと、マリは「もちろん知っているると思うわ。いままでにも天竺へ修行にいく旅人には何人も会っているはずだし、その中には死装束を着ていた人達もいたと思う。一度父に聞いてみる」と言った。

リサはそれでも四天王の剣が気がかりだった。それは普通の剣とは全然違っているものだ。たとえそれを降魔の剣だと言っても、剣全体の装飾や豪華さは比べ物にならない。気品に溢れ工芸品としても群を抜いていたからだ。そんな剣を見て、山賊達が欲しいと思わない訳はない…と心配になった。今までも山賊達は峠を旅する者から武器として役に立ちそうなものはことごとく没収してきたと聞かされていた。まして四天王の剣は特別な剣だとすぐにわかるものだ。彼らは自然と欲しくなってもおかしくはない。

「マリ、四天王の剣は死装束の修行者が使う降魔の剣だと言っても、剣の姿を見れば何か特別な剣だとすぐにわかるわ。山賊達も四天王の剣を普通の降魔の剣だとは思わないでしょう。だからやっぱり、どこかに隠して持っていくのが一番いいと思うわ」

「どこかに隠すと言っても、隠す場所はどうするの？」とマリ。

「そうね。剣を隠すと言っても、隠す場所がないからそういう場所を作る以外にないと思う」

リサはそう言って、興味深いアイデアを持ち出した。

「天竺国までの道程は長い旅路となるわ。途中でのどが乾く時もあります。そういう時にすぐに水が飲めるように、荷車に水瓶を載せて運んでいても不自然ではないと思う。そのために水瓶を四つほど載せられる荷車を引いていけばどうかしら。そうすれば、荷車の底板に誰もわからないように剣を隠せるようにしておけるかも知れない…」と。

マリはそれを聞いて、「確かにそれはよいかもしれない」と思い、「問題は、誰がうまくそんな荷台を作るか…だね」と呟いた。

しばらくマリは黙っていたが、何か思いついたように口を開いた。

「そうだ、父が誰か適当な人を知っているかもしれない。父がいつも仕事を頼んでいる仏具を作る大工がいて、彼がもしかすると荷台を作る事が出来るかもしれない…。父に聞いてみる」と。

マリは、僧侶である父親が寺院の修理等が必要になる度、知合いの大工に頼んで仕事を任せていたことを思い出した。その大工は父親と同じ位の歳の男で寺の近くに住んでいた。

建物の修理のほか、寺院内の建具や色々な道具に至るまで器用に仕事をこなすので父親がたいそう気に入っていた。大工の仕事の合間には、マリの母親が食事を振る舞うなどしてマリの家族とも気心の知れた間柄だ。彼らは寺の近くに住んでいることもあり家族ぐるみの付き合いをしていた。

その大工には息子がいて、父親から寺の鐘や金具の修理を任されていた。息子はどこかで鋳造技術を学んでいたらしく、青銅などを鋳造してローソク立て等を造っていた。

四天王の剣は荷台の底に隠すとしても、山賊達がおそらく奪っていくと思われる代わりの剣を用意しておかねばならない。その剣はもしかして大工の息子が造れるかもしれないとマリは思った。少なくとも、それは戦いにも使える強度と武器としての鋭利さを兼ねる必要があった。

それでマリは父親に聞いてみた。

「大工の息子は、金属製の仏具等を造ることが出来るようだけど、彼は本物の剣も造ることは出来るの？」

「もちろん、鋳造することはできる。以前、彼は大きな燭台《しょくだい》を鋳造したことがあったが、それは見事な出来栄えだった。あれほどのものを造れるのなら、剣を造ることもできるだろう。但し、剣の場合は刀身に強度と鋭利さを持たさねばならないので、鋳造だけでは無理だ。材料も青銅とは違って玉鋼《たまはがね》を使う必要がある。玉鋼に何度も焼きを入れ、不純物を飛ばすために槌で叩きを繰り返さねばならない。それを高温で沸かし、刀身となるものを何度も忍耐強く折り返して叩き熱するのだ。その回数が多ければ多いほど、刀身に強度と粘りを持たせることができる。刀剣造りの工程は燭台作りとはまったく異なるものだ。その経験があるかどうか一度、息子に聞いてみる必要があるだろう」

父親はそう言うと、彼の仕事場の隅に置いてあった縦長の木箱を持ち出した。そしてその箱を開けると中から、何やら金属製の鋼棒《はがね》のようなものを取り出した。

「随分前になるが、これはわしが寺に奉納する為の刀剣を造ろうと思って置いておいた鋼棒だ。大工の息子に頼んで造らせていたものだが、その時、剣の強度を高めるための玉鋼が十分手に入らなかったので、そのままにしておいた鋼棒だ。すでに何度も焼きが入っているので、これを使えば剣を早く作る事ができるだろう」

父親が見せたのは、確かに未完成の剣を思わせる鋼棒だった。

そして「玉鋼をもっと入れて焼きを入れたいところだが、どうせ山賊達に取られてしまう刀剣なら、そこまでする必要はないだろう」と呟いて、鋼棒を見つめた。

マリは父親を見ながら「その偽物の剣は、山賊達が見ても本物のように見えるのですか？」と訊いた。

「もちろんだ。四天王の剣の代わりに造ろうとする偽物の剣だが、これは玩具ではなく本当に使える刀剣だ。戦いにも十分に使用できるものだ。山賊達が見ても間違いなく刀剣と思うだろう。ただ、戦場で使うとなれば、おそらく刃こぼれがしやすいかもしれない」と言ってケラケラと笑った。そして「大工の息子に早速頼んでみよう」と言って、鋼棒を縦長の木箱に戻した。

父親によれば、大工の息子は武芸の盛んな盛華の国で鋳造技術の修行を積んできたという。息子は仏具造りの修行をするため、鋳造職人に弟子入りし燭台などの仏具造りを学んでいたが、ある時、親方が燭台ではなく刀剣造りをしているところを見たことがあった。その時、刀剣が幾度となく焼きを入れながら大槌や小槌で叩きを繰り返して完成していくさまを見たという。

親方はその時、「剣の造り方は、燭台とはまったく異なっているものだ。玉鋼《たまはがね》の純度を上げるには、こうして何度も高温で沸かしを繰り返して叩くのだ。その度に水で冷やし、又高温で沸かして鉄を鍛えていくのだ。鍛錬し叩けば叩くほど、強度は増し鋭くなっていく」と教えてくれた。息子はその事をよく覚えていた。

マリの父親がその息子の所を訪れたのは、マリと話した翌日の事だ。

息子の名前は、改真《かいしん》と言った。改真はマリの父親から刀剣造りを頼まれ、最初はちょっと戸惑っているようだった。確かに彼は刀剣造りをどうすればよいかを知っていたが、実際にそれを親方から教わったのは随分前の事で、実際に彼自身が刀剣を造ったのは数回しかなかった。その上、出来栄えについて親方から褒められるということはなかったので、彼は刀剣造りにあまり自信を持っていなかった。

親方から「おまえは鉱滓《こうさい》の飛ばし方が不十分だ。良い刀剣を造ろうと思えば、徹底的に鉱滓を飛ばす為に鉄を鍛錬せねばならない。それが全く成っていない！」と叱られた。その後、彼は何度も親方の仕事を見ながら繰り返し鍛錬の仕方を学んでいった。

マリの父親から依頼された時、改真はしばらく考えていたが、死装束を身に着けた旅人が天竺に行くために持っていくものだと知って引き受けてくれた。死装束の旅人ならば刀剣が戦いに使われることは、おそらくないだろうと思ったからだ。つまり、実戦用の刀身でなくとも、ある程度の強度で造り上げれば充分であろうと考えたからだった。

改真はマリの父親に会った後、早速刀剣造りの準備にとりかかった。

まず鉄を高温で熱するための火床を造り、それから原料として使う上質の木炭を準備する必要があった。彼は盛華での修行時代に記しておいた刀剣造りの自らの筆記帳を書庫から取り出すと、注意深くその内容に目を通した。彼の筆記帳には詳細に刀剣が出来上がるまでの工程と注意点が細かく記されていた。

彼が一番気になったのは、上質の木炭を手に入れることが出来るか…だった。辺りの山々の谷間には炭造りをする職人が多くいたが、職人が造る炭の品質はそれぞれ異なっていた。粗悪な木炭では刀剣造りに不可欠となる十分な火力を作り出すことが難しい。刀剣を焼き入れできる炭を探し始めた。そのために近くの炭商人の所を訪れ、木炭探しを始めることにした。

その炭商人は「炭の良し悪しは使用される灌木の状態によって決まる」と言いながら、いろいろな炭を改真に見せてくれた。そこには、細い枝木を炭にしたようなものから、丈夫そうで太さが均一の上質のものまでさまざまな炭が並べてあった。どの炭も白い灰が覆っていて炭そのものはよく見えなかったが、炭商人の男は炭の良し悪しがよくわかっているようだった。

炭商人の男によると、炭を買い入れる前に、彼は近くの山々を必ず自分で歩きながら灌木の状態を確かめるという。灌木が含む水分の量や山の土を見ると灌木の状態がわかるという。

改真が「刀剣造り用の炭は、普通の炭と違って火力が強いものでなくてはならないのだ」と言うと、炭屋の男は店の奥に置いてあった木箱を持ってきて開けてくれた。その中に入っていた炭を覗いて見てみると、一本一本が太く、しっかりしていて如何にも強い火力を造りだしてくれそうな炭が丁寧に並べてあった。

その炭を一つ取り上げて、炭商人の男は「刀剣造りの炭は火力が強い上に、その火力を一定に保てるものが必要になる。この炭はそういう目的のために造られたものだ。今まで、多くの鍛冶屋がこの炭を使ってきた。きっとあなたも気に入ってくださるでしょう」と言って、その炭を炭鉢の火の中に差し込んだ。

しばらくすると、中に差し込まれた炭に火がついた。炭からはほとんど煙が出なかったが、真っ赤な火が強さを増して輝き始めた。

「この火であれば、鉄の中にある鉱滓《こうさい》を十分に飛ばしてくれるでしょう。鍛冶屋の中にはそれほど強度が必要でない刃物を造る者が多く、炭の品質にこだわる者はあまりいないが、刀剣となるとやはり最高のものを使わねばならない」と改真に勧めた。

職人気質が強かった改真は、炭に転火する様を見ながら頷くと、「よし、この炭をもらおう」と言って炭屋から俵一つを持ち帰った。

火床造りは寺大工が手伝って造り上げた。

火床造りは、それほど難しくはなかった。息子が鋳造する様子を今まで近くで見てきたので、どのようなものが必要になるかをよく理解していた。火床造りが終わると、次に寺大工は水瓶を載せて運ぶための荷車造りに取りかかった。

荷車造りで一番注意をしなければならないのは、四天王の剣を隠すための仕かけをどうするかということだった。あまり大きな仕かけであれば、山賊達は何かが隠されているのかもしれないと怪しむだろう。そのために、荷車の底は特に目立たないようにする必要があった。

「荷台に隠すとすれば、底板を細工する以外にないだろう。さてどうするか…」

寺大工は筆記帳を取り出して、いろいろ思案をしながら底板の仕組みを描き始めた。

## （その十一）

とはいえ、彼はあくまでも寺大工であり、荷車などを作る荷大工ではなかった。そのため、荷大工のところを訪れて基本的な知識と技を教えてもらう必要があった。中でも荷車の車輪は熟練の技を要した。それは車輪に十分な強度を持たせる木材を使わねばならなかった。彼は荷大工のところでいろいろ教えてもらったが、結局、荷大工に荷車の車輪を作ってもらうことにした。形を見て作ることはできたが、実際に車輪が回転し、地面と接触を繰り返し前進する動作の負荷や摩耗の具合などはすぐに習得できるものではなかったからだ。

寺大工は荷車の底板部分の中央を支える梁《はり》に注目した。梁の横幅は何とかすれば中を抉《えぐ》って物が入れられる空間を作れるかもしれない…。彼は梁に使う材木を眺めながら、その寸法を測り筆記帳に記していった。底板を支える梁は四天王の剣の刀身よりもかなり長く、剣をしまい込んでおくには十分な大きさがあった。ここに隠せば山賊達にも気づかれることはない。あとは荷台に載せる水瓶と荷台自体の重さを支える強さをもたせることだ…。

寺大工は早速、材木の加工を始めた。鉋《かんな》の刃を調整しながら材木を削り梁《はり》の表面を整えた。あまり削り過ぎると梁の強度に影響が出る。削り過ぎは禁物だ。梁の表面が、ほぼ整うと今度は木材の中を少しずつ抉《えぐ》っていった。四天王の剣と同じ大きさに用意した棒を何度もあてながら、やがて梁の中に十分な空間が出来上がった。そして、その表面に板をあててみて呟いた。

「これで、どう見ても梁の中に別の空間があるようには見えないはずだ。これなら誰がみてもわからないだろう…」大工は出来栄えに満足な様子だった。

そして、その中に四天王の剣は隠された。どうみても水瓶を運ぶ荷車の底にそんな仕かけがあるようには見えなかった。

荷車を引く人夫には、僧侶であったマリの父親が四人の男を選んでくれた。皆、寺の周囲に住む男達で、寺の力仕事を任されている若者達だ。屈強な男達であったが誰も武器は持たず自分の背丈と同じくらいの棒を持った。荷車の四箇所に縄がつながれていて、その男達が縄を肩にかけて少し前傾姿勢でそれを引きながら進んだ。水瓶に水がいっぱい入っている時には荷車はかなり重くなり、全身に力を込めて進んだ。特に坂道を上らねばならぬ時には男達の全身が汗でびっしょりになった。

山間では峠のような場所を何度も越え、冷たい水が流れる小川に出合うと彼らはその水で汗ばんだ身体を洗いのどを癒した。昼には彼らは、マリとリサが準備してくれた赤米と白米を唐辛子と一緒に混ぜて丸く固めたようなものを食した。唐辛子はそれほど、刺激のあるものではなかったが、この地方では一種の野菜のように多用され好まれているようだった。ピリッとした少しの辛さが食欲を刺激し、しばらくして慣れてくると、この独特の辛さなしでは口を物寂しく感じさせた。

峠道《とうげみち》では、時々珍しい動物を見かけることがあった。最初は山羊かと思ったが身体全体は牛のようにも見えた。どうやらその動物はターキンと呼ばれる動物で顔は山羊のようだが、身体は黄金色の毛で覆われた子牛に見えた。ユージンが今までに見たことのない動物だったので、行き交う旅人で農家の者らしい家族に聞いてみた。彼等からこの辺りでは広く飼われている家畜だと聞かされた。

身体全体の大きさは牛よりもかなり小さいので、農家もターキンを扱いやすいのが長所らしい。一方、野生のターキンは普通は高山で群れをつくって生息し多くが長い角を持っている。山草や、野生の人参、芋類を食しているらしい。ターキンの寿命は平均十七年ぐらいで、雄のターキンは死期が近づくと、群れから外れて単独行動をとるようだ。

行き来する子連れの旅人の中には、ターキンの背中を利用して子供を運んでいる者も多く見かけた。子供をターキンに載せて運んでも、背丈がそれほど高くないので子供の面倒を見やすいのだろう。時々農家の主婦と思われる女性が小さな子をあやしながら歩くのを見た。

ユージンも彼らと共に汗を流しながら荷車を押し、昼食を共にした。

口の中に入れた唐辛子は殆ど刺激らしきものを感じなかったが、時々舌先が麻痺するほど、刺激の強いものにあたることがあった。そんな時には、さすがに水瓶の水なしでは痛く痺れた舌先を元に戻すことは出来なかった。それでも完全に舌の感覚が元通りになるには二時間近くかかった。その間、身体全体が火照り続け、汗が猛烈に噴き出した。

こうしてユージン達の天竺への旅が続いていった。

ある時、小高い丘を越えて日あたりのよい野原に来ると、反対側から旅してきたと思われる商人らしき一行が休息をとっていた。彼等の荷車には多くの黒塗りの壺が並べられていて、壺には丈夫そうな木の蓋《ふた》が被せてあり丁寧になわじめされていた。ユージンが商人の一人に「それは何が入っているのですか?」と尋ねると、年長者の商人が「この壺には酒が入っている。赤米と白米の混ざったものを発酵させて造ったものだ」と応えてくれた。

ユージンは、この地方で収穫される赤米はよく知っていたが、それを使って酒造りが行われていることは初めて耳にした。

「赤米で造った酒は、やはり少し赤味を帯びているのですか？」

ユージンがそう訊くと、商人は「その通り、酒の色は少し赤味を帯びていて白米酒よりもかなり強く酒豪に好まれている酒だ。ところで、お前さん達は、これからまだ旅を続けるつもりなのか？」とユージンの一行を見ながら尋ねた。

「ええ、そうです。これから天竺の国へまいります」とユージン。

「天竺まで行きなさるのか。それは大変だ。この先には山賊達が多くいてよく旅人が襲われることがある。山賊達に出くわした時のために、彼らに与えられる何かを準備しておいたほうがよい。そうすれば、山賊達は何もせずに見逃してくれるだろう。反対に奴らに逆らえば、奴らは本気で何をしてくるかわからない…」

商人はそう言うと、自分達が荷台に積んである酒壺のほうを見て「山賊達を満足させるのは、あの酒だ。お前さん達も奴らに与える酒壺を用意しておいたほうが良いだろう」と教えてくれた。「念のために、酒壺を運びやすくするよう、長めの縄で縛り男達が背負いやすくしておけばよい」とも言ってくれた。

ユージンは山賊が出ると聞いて、荷車の底に隠した四天王の剣が少し心配になったが、巧妙に細工した荷車は山賊達に気づかれる事はないだろうと思った。それよりも、商人が言うように山賊達に与えられる酒壺を準備しておこうと思い、その準備に取りかかった。

しかし、急に酒壺を用意するといっても、どうすれば用意出来るのか…。とにかく同行している男達と手分けして付近の農家や住民にあたることにした。

近くの農家の一つを訪れて、ユージンは「酒壺を用意したいのだが、そういうものはありますか？」と尋ねてみた。

するとその家の主人らしき男が「どんな酒が欲しいのか知らないが、この辺の農家であればアラと呼ばれているものなら皆持っているだろう」と言った。

「アラというのはどういう酒だ？」

「アラというのは農家で採れた米や麦を使って造った地酒だ」

「どんな地酒なのか、よかったら見せてくれませんか？」

ユージンがそう頼むと男は茶色の壺を持って来て、中に入っている地酒を小さなコップに注いでくれた。それは白く濁っていて強い香りがした。

「この酒は麦を使って造ったものだが、芋を使って造る事もある。それぞれの農家で酒の強さも異なりさまざまな味を楽しめる。好きな種類の酒はあるのか？」

「いや特にないのですが、峠を越える時に必要であれば山賊達に与えても良い酒を用意しておきたいと思っています」

ユージンがそう言うと、農家の男は、「山賊達にくれてやる酒であれば、アラで十分だろう。今年は麦が豊作だったので、どの農家もアラを造り置きしている筈だ。壺酒にはアラを用意するのが良い」と奨めてくれた。

「では、そのアラ酒を少し分けていただきたいのですが…」

「心得た。しかし、山賊達は酒豪が多いと聞く。出来れば荷車に載せられるだけ壺酒を持っていくほうが良い。そうすれば、彼等は他の物に興味を持たず、酒壺だけを持っていこうとするだろう」

そう言うと農家の男は、ユージン達を家の酒蔵のほうに案内した。

厚い土壁で造られた酒蔵の中は石床になっていて、所狭しと酒壺が並べてあった。

「この壺にはすべてアラ酒が入っているのですか？」同行の一人が農家の男に尋ねた。

「全てアラ酒の壺というわけではない。中には味噌が入っているものもある。また、他の壺には話梅《わうむい》にして貯えているものもある。お前さん達も話梅を少し持っていくとよい。口に含んで旅をすれば疲れをあまり感じないだろう。話梅は梅を干したもので旅人の多くが好んで持っていくものだ」

一行は荷車に幾つくらいの壺酒を載せられるだろうかと思案した後、結局大きな甕の一つを降ろして、合わせて四個の壺酒と小さな壺に入った話梅を荷車に載せた。

「しかし、これから先の水はこれで十分なのかどうか少し心配だな…」とユージンが呟くと、すかさず農家の男は「今迄運んできた大きな甕を空のまま誰かが背中に負って運ぶのがよいでしょう。そうすれば壺酒が無くなった後、どこかの小川で水を入れる事が出来ます」と言った。

「成る程…」

ユージンはそう言いながら、一番身体の大きな若者を見て「背負う事は出来るか?」と尋ねた。

その大きな甕は、かなりの重さがあり背中に背負って運ぶのは大変だと思ったが、その若者は甕のまわりを素早く縄で縛ると、それを身体に巻き付け軽々と甕を持ち上げた。

「どうだ?」とその若者にユージンが訊くと、彼は笑顔で「全然大丈夫です。毎日の畑仕事ではもっと大きくて重い物を一杯背負っていましたから」と笑顔で応えてくれた。

## （その十二）

農家の男に厚く礼をした後、旅を続けて進んでいった。そしてユージン達はいよいよ天竺国に足を踏み入れた。幸いなことに天竺への途中で彼らが山賊に出遭うことはなかった。壺酒も荷車に載せたままであった。目指す祇園精舎まではあと少しの距離だ。天竺国に入ると、進路を西にとって進んだ。右手には白雪に覆われた雄大な山々が続いていた。進む途中の道には多くの修行僧と見られる者達が行き来していた。どうやらゴータマのところで修行を終えてきた僧侶達のようだ。一様に彼らは茶色の袈裟を纏っていて若き僧侶が目立った。

ユージンは彼らを見て、皆どのような修行をしてきたのだろうか…と考えていた。心静かに座禅を組んで何を瞑想するのか。大変興味を覚えた。

やがて、辺りの景色が深い緑に包まれた静寂な場所にやって来た。従者の一人が「どうやら祇園精舎に近づいているようです」と教えてくれた。よく見るとあちこちに大きな菩提樹の木があり、その周りには修行僧と思われる者達が座禅を組み瞑想に耽っているのが見えた。ある修行僧の肩には小鳥が止まってさえずっていたが、その僧は身動きもせず座禅の姿勢を崩さず不動であった。

これらの修行僧達は皆、今何を思っているのだろう…と思いながら一人ひとりの表情を覗き込んだ。どの表情にも感情は見えず、ただ平然として無表情に見えた。彼等はこれをする事で一体どんな境涯が得られるのだろうか…彼には未知の不思議な世界を見る思いがした。そして昔、父・明智はこの場所でゴータマと会い、何を話し、何を仏陀から説かれて会得したのだろうかと考えていた。

そうするうちにとりわけ大きな菩提樹が前に見えてきた。その近くにいた一人の僧侶がユージン達に気づいて話しかけてきた。

「今、ゴータマ釈尊の近くでお給仕をなさっている阿難陀（アーナンダ）様がおいでになっておりますので、おそらくもう少しすれば仏陀がおいでになると思います。アーナンダ様は弟子の中でも常に仏陀の近くにいて仏の説法を漏れなくお聞きになっている方です」と伝えてくれた。

そのアーナンダは、ユージンと歳はあまり変わらない若き僧侶だった。常に釈迦の身の回りの世話を任されているせいか、周りへの配慮は細かくその物腰は丁寧であった。アーナンダはユージン一行に気付くと親しみを込めた笑顔で語りかけてきた。

「遠方からおいでになったのでしょうか？」

「ええ、そうです。北の山々の向こうにある国から旅してまいりました」

「それはご苦労様です。ここまでの旅路は大変だったでしょう。師匠もお喜びになると思います」

そう言うと、アーナンダはユージン一行をゴータマが説法を行うガンダクティ（香堂）と呼ばれる場所のすぐ近くまで案内してくれた。そこはゴータマの弟子達が並ぶ場所でもあったが、ユージン達は彼等と一緒にそこに席をとることができた。

アーナンダは釈迦十大弟子の一人で、常に釈迦と行動を共にしていた為に釈迦の説法のすべてを聞くことが出来た。それに彼は大変記憶力が優れていたために、頭陀《ずだ》第一と称されていた。

釈尊の説いた経文の最初には必ず「如是我聞《にょぜがもん》」という語句で始まっていることに気づくが、釈尊の死後、仏典の結集が弟子達によって行われた時、これはアーナンダが「かくの如く我は聞いた」と言って伝えたことを意味している。つまりアーナンダの記憶に留めた仏陀の教えが教典として記述され、まとめられたことを意味している。

アーナンダの計らいでガンダクティで待っていると、周りの気配が急に張り詰めた空気になった。すると、その直後にゴータマ釈尊が数名の弟子を従えて姿を現した。釈尊は座禅を組むと一同を見回して一礼した。ゴータマ釈尊は確信と威厳に満ち溢れており、ユージン達は彼から発するエネルギーのような力に圧倒された。そして、同時に釈尊から不思議な程、自由で自然な気を感じた。

ユージンは心で「この方がゴータマ釈尊か…」と呟き、彼を見つめた。歳にすると五十近くに見えたが肌の血色は良く、生き生きとした躍動感があり包まれるような大きさがあった。

座禅を組んでいたゴータマ釈尊はユージンと目が合うと、「貴方は何処かで会った事があるような気がしますが…」と彼に語りかけた。ユージンはハッとして、「私は初めてお会いしますが、実は私の父が貴方にお会いした事があります」と応えた。そして、「その時、父は貴方から四天王の剣とよばれる剣を授かりました。父はすでに亡くなりましたが、その四天王の剣を今度は私が背負ってこの天竺にまいりました」と告げた。

それを聞いたゴータマ釈尊は、しばらく何かを思い出すかのように「四天王の剣…」と呟いて、ユージンを見ると、「おお、それではあなたは明智様の御子息であられるか」と驚きに似た表情で彼に語りかけた。

「はい、そうです。明智は私の父です。父はバラモンの教えを学び、国で人々にもそれを教えていましたが、それでは本当の意味で人々を六道輪廻の苦しみから救う事は出来ないと悩んでおりました。そうして心が晴れない日々を過ごしているうちに、貴方の教えを求めたいと意を決して旅に出たと母から聞きました。

そして、私も父が求めたものは何だったのかを知りたくて、父の生前の軌跡を辿ってみたいと思い天竺にまいりました」

「貴方の名前はなんとおっしゃるのか？」

「ユージンと申します。ここにいる四人はそれぞれ、妙仁《みょうじん》、法顕《ほうけん》、達蔵《たつぞう》、建徳《けんとく》と申します。彼らも皆、同じ故郷から参りました」

　四人は一斉にゴータマ釈尊に一礼して敬意を表した。

　ゴータマ釈尊は彼等を見ると、微笑みを浮かべて「皆様、遠方からよくおいでになりました」と丁寧に挨拶をし、阿難陀を近くに呼ぶと何やら用事を伝えた。

「明智様は、私の説法を実に深く理解しておられた。それは彼がふだんの生活の中で常に謙虚で利他の心を持って生きて来られたことを示しています。その彼の血が流れるご子息と今、こうしてお会いできることは私の無常の歓びです。私が明智様に四天王の剣を託したのは実は深い理由があったからです。明智様は私が民衆に説かんとする本当の目的と真髄を正確に理解しておられました。そのようにできるのは私の主な弟子の中でも限られています。そういう明智様に私は布教の尊い使命を持って国に戻っていただきたかったのです。

　バラモンの教えは、それを実践する僧侶達と為政者達が特別階級の人間として君臨するための都合の良い手段になっていました。彼等はそれを利用するだけで、実際は堕落した生活をしておりました。自分を利することを願うのは、自然であり決して悪い事ではありませんが、その欲望のみに囚われて生きるのは餓鬼・畜生の姿と言えます。そんな生き方を克服して少しでも境涯を高めようと努力することが肝要なのです。そういう謙虚な姿勢の中に人が本来持っている内奥の輝きを引き出すことができるのです。

明智様はしばらく祇園精舎で私の弟子達と共に生活されました。その時、私の弟子達は常に座禅を組み、町に出て托鉢行を行っていましたが、明智様はそういう僧侶の生活のあり方に疑問を持たれておりました。そしてある日、明智様はとても素直で率直な質問を私にされました。

『このような托鉢行は、何のために行うのでしょうか？　現実の生活から離れ、托鉢のために町を歩いても悟りが開けるとは到底思えないのですが…』と。

私の弟子達はそれを聞き驚いて彼を諌めようとしましたが、私はその質問を受けて実に的を射た鋭い問いかけだと思いました。明智様の短刀直入な視点は、実は誰もが心がけねばならない大切なものです。他人の目を気にしたり、よく見せようと繕おうとするのは修行においてはあってはならぬことです。明智様は実に正直な方でした。あくまでも自分自身で物事の本質を解明したいという求道の心をお持ちでした。

明智様は私の在家第一の弟子だと言っても過言ではありません。その意味を込めて私は、お父様に四天王の剣を差し上げたのです。四天王の剣は決して争うための普通の武器ではありません。それは自分の中に潜む弱さや、邪気の心を打ち払って仏の境涯を得る為の剣なのです」

ゴータマ釈尊が語る父・明智の様子は、ユージンに亡き父の姿と面影を彷彿とさせた。そして、なんと誇らしき父を自分は持ったのだろうと思うと彼の頬に歓びの涙が伝わった。ゴータマ釈尊みずからの言葉で、ユージンは何故父が四天王の剣をゴータマ釈尊から授かったのかを初めて理解する事が出来たのだった。

父が修行をした祇園精舎に清々しい風が流れた。これで心おきなく故郷に戻る事ができる…と彼は思うことが出来た。そして、彼の心には父の遺志を継いで釈尊の教えを故郷の人々に伝えたいという使命感のようなものが芽生えていた。祇園精舎での滞在中に、そのために釈尊の教えの真理を自分でしっかりと学ぶことを心に誓った。

次の日から、ユージンはゴータマ釈尊の弟子達と共に積極的に托鉢行を行い、座禅を組み、己の弱さを意識しながら瞑想の日々を過ごした。彼等の宿泊所となった場所は阿難陀が釈尊に命じられて用意してくれた。そこは、美しい菩提樹に囲まれた場所で心静寂にしていつまでも座禅を組むことができた。こうして祇園精舎で一生忘れることのない日々を送った後、ユージンは故郷への旅路についた。

# 第五話　砂漠の勇者

## （その一）

ムハンマドは六歳の時両親がなくなり、しばらく祖父が彼の面倒をみていたが、やがて祖父もなくなると父方の叔父アブ・ターリブに養育されるようになった。叔父はクライッシュ族の部族長でもあり、有力な商人であったことから、彼も叔父の影響を受けて砂漠に生きる隊商の貿易について学び経験を得ることができた。幼い頃から家畜と一緒に育ち、家畜の世話をし、祖父は彼に砂漠で羊飼いはどう生きるかを教えた。商人であった祖父は砂漠に点在する小さな都市を隊商として行き来し生計をたてていた。ムハンマドは文字を読むことができなかったが、祖父から商売のコツを学び、隊商の中で育ち、大きくなった。そんな生活の中で世間の喜怒哀楽を経験し、いつしか悟りのような達観した境地を自覚するようになった。

正直でまっすぐな性格と勇気に溢れたこの青年は、周りの年頃の娘達のあこがれの存在となり、多くの年配者からも際立っていた彼の徳を称賛されていた。その噂を伝え聞いた大金持ちのハディージャという中年の未亡人が彼を雇い接するうち、ムハンマドを自分の夫として迎えたいと申し入れをしてきた。

年齢は彼と一まわりほど違っていたが、熟考の末ムハンマドはこの申し出を受け入れることにした。ムハンマドはその時、彼女に「自分はあなたの夫となるかわりに、その富をできるだけ多くの恵まれない人々に分け与え、彼らが生きがいを感じるような人生を歩めるよう尽くしたい」と伝えた。未亡人は「富は無限にあるものではありません。それを分け与え満足しても、やがてそれは、はかない自己満足と気がつく時がきます。あなたはそのような限りある奉仕に人生を捧げるよりも、無限の力を貧しき人々に与えられる崇高な使命と神の啓示を得ることに取り組むべきです」と言った。

ハディージャの言葉に改めて自らの思いの浅はかさに気がついた彼は、自ら修行に励む求道者としての生き方を真剣に考えるようになった。

ある時、薬売りの年配の行商がムハンマドの家に立ち寄り、飲み水を乞うた。日々悩んでいたムハンマドは、この行商なら自分の知らない国々やそこに住むいろいろな人間についてもよく知っているかもしれないと思い、その男に水を与えた。そして彼が飲み干すのを見ながら話しかけた。

かなり年配のその行商はムハンマドをしげしげと見つめ、しばらく何か考えているようであったが、徐に口を開いてムハンマドに言った。

「遠く雪に覆われた天竺という国へ旅をするのがよかろう。そこにはガンジスという広大で悠然と流れる川があり、その流れにのって多くの修行者が托鉢行をしていると聞く。その中でゴータマというまだ若いが多くの人々から覚者として敬われている者がいるそうだ。あなたもその覚者に会ってみてはどうか」と。

ムハンマドはその時はじめて「ゴータマ」という名前を耳にしたが、月日が経つにつれて、そのゴータマにぜひ会ってみたいと強く思うようになっていった。

そんな思いに耽るムハンマドの様子を気にかけて見ていたハディージャは、夫に向かって優しく話しかけた。

「あなたはご自分の心に正直に従えばよいのです。それはきっと何か深い意味のある神の啓示に違いありません。あなたが旅に出るのは、私にとってはとても寂しいことですが、悩みながら日々悶々として過ごされるあなたを見ることはもっと耐え難いのです。あなたの心の中に感じる正しい生き方を求めて歩まれるあなたを見るほうが私は、幸せを感じることができます。そして、それは妻としての務めです」

ハディージャの夫を思う深い愛情を感じた彼は、涙を流して感謝の意を伝え、天竺への旅路を決意したのだった。

こうしてムハンマドの東方への旅の準備が始まった。

ムハンマドの東方への旅は、乾燥した砂漠地帯を進まなくてはならない。ハディージャは彼のために選り抜きのラクダの騎乗兵五人を従者としてつけ、夫のために自らのラクダを用意した。そしてさらに物資を運搬させるためのラクダを五頭、さらにラクダの隣の厩舎で育てられた五頭の馬を一隊に従わせた。馬は本来ラクダの強い体臭を好まないが、これらの馬はその臭いに馴らしておくためにわざと隣同士で育ててきた。砂漠地帯では馬よりもラクダのほうが役に立つが、やがて砂漠地帯を通り抜ければ、馬がラクダに代わり夫の一行を乗せて天竺に向かうのに役に立つからだ。

ラクダに騎乗した一行の後に続く馬達は、ラクダと比較するとかなり背丈が低く見えた。ラクダはなんといっても灼熱の砂漠地帯での移動が早く、積載能力も馬よりもまさっている。

天竺へは先ず北へ向かって進み地中海を目指し、それから東へ方向を転換し、天竺を目指すというものだ。その道中には略奪を目的にした盗賊もよく出没する。

五人の騎乗兵は皆屈強の者たちばかりが選ばれていた。彼らはラクダから攻撃できる長い槍と剣で武装していた。これなら盗賊達もそう簡単に一行を襲うことはできないからだ。すべてハディージャの細かな配慮で準備したものだった。

やがて出発の朝がきた。その時、ハディージャは夫のムハンマドに一羽の伝書鳩を預けた。

「大切なことがあったらこの鳩を飛ばして私に知らせてくださいね。楽しみに待っています。悪い知らせでも心配せず知らせてください。こちらから何かしてあげられるかもしれないので…」と伝えた。ムハンマドはハディージャを見つめて、「ありがとう。この旅に発たせてくれてありがとう。感謝している。必ず良い結果を持って帰ってくる」と言い、ハディージャを抱きしめ、旅路に向かった。

こうしてムハンマドの一行は十頭のラクダと五頭の馬、そして一羽の伝書鳩を連れて旅路へと出発した。

もともと幼い頃から隊商の中で育ち、商売を学びながら砂漠地帯での生活に慣れていた彼は、行く先々の小さなオアシスや町にも知人や商売仲間がいた。順調な旅を続けるうち、およそ三週間が経ち、真っ青で爽やかな風の吹く地中海の見える丘に到着した。そこから見えるあちこちの丘にはこの地域で生活する人々の住居が建っていた。真っ白か青色に壁を塗った住居は彼の目に清々しく心地よいものに見えた。

ある日、小さな集落の近くにある広場で一行が休んでいると、一人の乞食のような老人が近づいてきた。ボロボロになった麻布をまとい、顔は灰色の髭で覆われていた。右手には杖を持ち裸足を引きずっていた。異様に目だけがギラギラとしていて気味が悪い。その男がムハンマドの前に来て、何も言わず左手を彼の前に差し出した。

「何かほしいのだろう…」そう思って彼は、その男の目をのぞき込んで様子を窺った。この男が近づいてくる前、集落で店を出していた家族から山羊のミルクを発酵させて煮込んだスープと小麦粉で焼いたブレッドの塊を食べたので、その食べ残しが革袋の中に少しあった。彼はその革袋をその男に差し出して、何も言わずに見せた。するとその男は無言のままムハンマドを見た。

そして、「それがほしい」と言いたげに男は彼の前に膝まずくと、両手を頭の上に挙げて感謝の意を表した。そして、ムハンマドからそれを受け取るとむさぼるように口に運んだ。

その男は食べ終わると、ムハンマドを見て口を開いた。

「あなたはどこに行かれるのか?」と訊いた。ムハンマドの従者の一人が「どうして知りたいのだ」と聞くと、「およそ三か月ぐらい前になるが、自分がベツレヘムを旅していた時、ジーザスと名乗る若い男に会った。精悍で筋肉隆々としたその若者は、天竺でゴータマ釈尊の教えを学びたいと言って従者を連れて旅をしていた。もしかして、お前さんたちも天竺とやらに行くのかもしれないと思ったのさ」と答えた。

それを聞いていた一行はお互いの顔を見合わせた。別の従者が「そのとおりだ」と男をにらみながら言うと、男は「天竺とやらには、何か面白いものでもあるのか？　それなら、俺もそこへ行ってみるのは良いかもしれんな」と呟くように言った。

「お前は毎日何をしているのだ？」従者が聞くと、その男は、「何もしておらん。ただ自然の流れのまま生きておる。もともと俺は自分が望んでこの世に生まれてきたわけではない。気がつけばこの世に生を受けていた。そして気がつけば俺の両親はこの世からいなくなっていた。生まれてから今まで、周りの大人達や人間を見てきたが、あくせく働くだけでそんなに幸せな人間を見たことがない。そして気がつけばやがて老いて病を患って死んでいく。そうさ、人間は誰でも皆いつかはこの世から消えてなくなるのさ。それなのに、皆なぜ悩むのか自分にはわからん。自分の意思で生まれてきたわけではないから、自分の意志でこの人生をどうこうしようとしても無駄なことだ。そう思って自分は生きてきた」

「お前は怠惰なだけなのだ。そうではないか？」とムハンマドの従者が言った。

「お前は自分が怠惰でいる罪悪感をどうしようもなく恐れている。そのためになんとかしようともがいてきたのだろう。そのために自分の人生を自分の都合のいいように正当化しようとしているだけにしか見えぬ」と。

その時、ムハンマドがその男に語りかけた。

「確かにお前の言うとおりかもしれぬ。

それでも私は、人生の喜怒哀楽の中に懸命に生きる人間の美しさを大切にしたいのだ。何も特別な存在になる必要はない。なろうとも思っていない。ただただ平凡に親を思い、妻や子を愛し、少しでも健康で平凡な日常を過ごせるよう汗を流していたい。そして笑顔でお互いを労りあい、生きてゆけばそれでよい。そう思っている。

ただ、そのためにはとても勇気と忍耐が必要だと思う。

勇気というのは、兵士のように勇ましく戦って相手を倒していくというようなものばかりではない。本当の勇気は、もっと心の中の世界に向けられるものだ。自分の弱さや怠惰に負けないで、自分の人生を豊かに悔いないものにしていこうとする真摯な自覚と決意のようなものだ。

そういう決意で平凡に生きていける人間ほど、強いものはないと私は思っている。そして、そういう強い決意で懸命に生活している人達を私はただ守ってあげたいと思うのだ。

お前も勇気をもって生きることだ。どう生きるかはお前の自由だ。それを忘れず生きることだ。

そうすれば、周りにいる不幸な人達にも寄り添ってあげられるようになる。そして人々の心の中に力を呼び起こしていけるかもしれない」

男はじっとムハンマドの言葉に耳を澄ませて聞いていた。そして髭で覆われた顔を紅潮させて何やらひどく頷いていた。ムハンマドの言葉は透き通るようでしかも力強く男を温かく包むような力をもっていた。男の目には涙が溢れて潤んでいた。自分の息子のような年齢の若者から説教されている…まったく年齢が逆転したかのような気持ちになった。

休息を終えるとムハンマドの一行は身支度を整え広場を出発した。ボロボロの麻布をまとった男は一行の姿が見えなくなるまで、身動きせずじっと彼らを見送った。

毎日、真っ青な地中海を左手に見ながらいくつもの小高い丘を越えた。夜になると夜空には無数の星が輝き満天の空を埋め尽くした。

やがて一行はベツレヘムの近くに差しかかっていた。道すがらいろいろな羊飼いの群れにもすれ違うようになった。彼らは羊が食べられる牧草地を探しながら生活する遊牧の民たちだ。特にどこかの町の法に縛られているわけでもなく、気ままで自由な生活をしているようだ。

この辺りから彼らは次第に地中海沿岸を離れ、内陸にむかって再び乾燥した荒涼とした陸地を東へと進んでいった。目指すはメソポタミアと呼ばれる地帯だ。チグリス川とユーフラテス川にはさまれた広大な流域だ。
この二つの大河に挟まれた場所はときどき大きな洪水が起こり、肥沃な沖積地帯となっていた。そのため農業が発達し、豊かな生活様式が見られた。このメソポタミア平野の下流にバスラという港町があり、二つの長大な川は合流してペルシャ湾に流れ込んでいた。

農民たちは自ら作った穀物やナツメヤシなどをバスラに集め、ここから各地に運んでいた。このバスラをさらに東に進んでいけばいよいよ西アジアへ足を入れることになる。

ムハンマドの一行が、メソポタミアの流域に入ってからは、米、トウモロコシ、大麦、小麦など豊かな穀物や水ですっかり元気を取り戻した。バスラに到着したのは、あの広場を出発してから五十日近くが過ぎてからだ。バスラには農耕や家畜をする民や、遊牧をしながら生活をする民たちが混ざり合っていた。廻りには草原や岩山、乾燥した砂山や荒れた土地などがあちこちに点在している。

一行はバスラの町外れで少し緑の濃い低地に大きな農家を見つけると、その農家の主に頼み、十分な休息をとらせてもらった。アレクシスというその農家の主は、ムハンマド達がはるか西方のメディナから天竺に向かうことを知り、快く迎えてくれた。一行の統領であったムハンマドがまだ若く、礼儀正しく好感のもてる若者であったことを主人は大いに気に入ってくれた。

農家は羊や豚、馬などの家畜を多く飼っており、ラクダの世話にも慣れていた。農民達は家畜を世話する事で近くを訪れる遊牧民を相手に商売をしていた。

ムハンマドは、この農家の主人にいよいよ西アジアの旅を始めるにあたり、どのような準備をすればよいかをいろいろ尋ね教えてもらった。そして、今まで騎乗してきたラクダをこの農家に預ける事にした。バスラを過ぎればまだしばらくはまた荒涼とした地域を行くため、荷運び用のラクダはそのまま随行させることにした。そして農家に預けたラクダの代わりに新たに五頭の馬を譲り受けた。西アジアへはこれらの馬に騎乗して行かねばならない。

## （その二）

バスラの町外れにあるその農家で一行は休んでいた。ちょうど昼を過ぎた頃、近くにある別の農家から若者がラクダに騎乗して訪れた。

その若者はラクダの上で腕や肩に傷を負い、血がついた衣服を着たままぐったりとしていた。その若者の到着を知ると、イビアという農家の美しい娘が驚いた様子で「アサドどうしたの？」

と叫び、父親を家の中から呼び寄せた。二人は若者をラクダからおろし家の中に入れると入口近くにある木のテーブルの上に彼を横たわらせ、傷口を確かめ水で洗い落とし真っ白な布で包帯をした。

「どうしたのだ。一体何が起こったのだ？」とムハンマドが聞くと、父親は「家が襲われたらしい」と答えた。父親の名前はアレクシスと言った。彼の言うには、その農家をラクダに騎乗した五、六人の略奪集団が襲い、穀物や家畜を盗んで行ったらしかった。その若者は抵抗して戦おうとしたが、相手の力が勝っていた。一家を襲った後、その盗賊たちは南の方角に逃げ去ったという。

その話を聞いてムハンマドは、一番年長の従者の一人に他の四名を連れてその盗賊達をすぐに追うように命じた。彼らは長年砂漠で隊商を護衛してきた勇敢な戦士達だ。皆よく訓練され、砂漠地帯について詳しく知り慣れていた。一番年長の従者は護衛隊長の役割をハディージャから与えられ天竺まで彼女の夫を守護するよう使命を与えられていた。彼はムハンマドの指示を受けるとすぐに部下たちに命令を与えた。そして、彼らの準備が整うと一行を率いて農家を発った。砂埃をたてながら男たちは南方へと向かった。彼らの勘は鋭く、盗賊たちがどのようなところに潜んでいるのかをすでに察しているようだった。

「すぐにその盗賊達を見つけ懲らしめてやりましょう」と言って立ち去った。

一行がラクダに騎乗して去っていくのを見送ると、ムハンマドは自分が持ってきた木箱から傷薬を取り出して娘に与えた。懸命に介抱するイビアは若者の傷をとても心配し、その労わり方は特別なもののように見えた。すぐに二人は農家が決めた許婚同士だとすぐに分かった。傷を負いながらも若者は自分の家に残してきた両親が気がかりらしく、アレクシスに「両親が心配です。盗賊たちが襲ってきた時、中にいた両親がどうなっているか…様子を見るためにすぐに戻って確かめたい」と言った。

隣の農家はラクダに乗って五、六分ばかりの道のりにあった。ムハンマドは、アレクシスとイビア、そして彼女の許婚の若者と一緒にその隣人の住居に向かった。農家の住居は乾燥し、赤味を帯びた砂をチグリス川の水で練り固めて作ったレンガのようなものを積み上げてできている。練った土の中にはナツメヤシの葉っぱや繊維を混ぜて強度を増してある。

農家の横には家畜を飼う為の小屋がある。その小屋の柵が無造作に開いたままになっていた。その前で数匹の鶏が地面に落ちた餌をつついていた。

家の中は静まり返っていて、彼の両親の状態がわからない。一行は家の前にあるナツメヤシの木にラクダ達をつなぐと家の中に入った。

「父さん、母さん、大丈夫ですか。アサドです」と言いながら、息子は家のあちこちを見て回った。家の中は薄暗くて様子がわかりにくい。息子にイビアとアレクシスも続いた。ムハンマドは、目を慣らすためにしばらく中をゆっくりと見回した。

するとと奥の物置小屋と思われる場所から、「アサド！」という呼び声が聞こえ、やがて両親が現れた。母親はすごく怯えている様子で父親に抱きかかえられてまわりの様子を伺っていたが、息子の無事がわかると「よかった。よかった」と言って息子の手を取った。そして、イビアとアレクシスを見ると、「来てくれてありがとう」と喜んだ。父親は家畜小屋に入ると、すぐに家畜の被害の状況を確かめた。しばらくして小屋から出てくると、「ラクダが一頭、羊を数頭もって行かれたようだ」と息子に悔しそうに伝えた。

隣の農家から戻ったムハンマドは、従者の護衛隊一行が帰ってくるのを待った。

「もうそろそろ戻って来る頃だ」と思っていると、外でラクダの群れが到着した。

ラクダの足音が止まる気配があり、護衛隊長が姿を現した。流石に最強の戦士たちだ…と思いながら彼は隊長を迎えた。

「少し探すのに手間取りましたが、奴らを見つけ、懲らしめてやりました」ムハンマドを見ると隊長はこう言って微笑みながら戦闘用の外套を脱ぎ、長い槍を入り口近くの土壁に立て置いた。

そうするうちにほかの四人の従者も次々に入ってきて、「あの連中はどうやらこの辺りで、弱そうな農家を物色し、略奪しながらあちこちを転々としているらしい。奴らが農家を襲って盗んできた家畜を取り返してきました」とムハンマドに告げた。

「ラクダが一頭、羊が三頭だったと言っていましたが」と言いながらムハンマドを見た。

ムハンマドは「やはりそうか。そのとおりのようだ。私も今日の午後、襲われた農家を訪れた時、家族からそれを聞いていた。それで間違いなさそうだ」と応えた。

「しかし、連中が隣の農家を訪れて仕返しすることはないのか？」とムハンマドが隊長に向かって聞いた。

隊長は「それは大丈夫です。我々もそのことが気がかりだったので、もし二度と同じことをすれば今度はお前達の命はないぞと脅し、彼らの部族の長に誓約させました。それに奴らは小さな隊商を組み、砂漠に点在するいろいろな集落をまわって商売をしているらしく、すでに我々のことを知っていました」と告げた。

「そうか。それなら大丈夫だな。さっそく奪い返した家畜を隣の農家に届けよう」

ムハンマドはそう言って、隊長のほうを見た。

もうすでに日は暮れて辺りは暗闇になっていたが、ムハンマドと従者の一行は家畜を連れてアサドの家を訪れた。

農家にはまだイビアとアレクシスがアサドの家族と一緒にいた。どうやら母親は皆に夕飯の支度をしているらしかった。ムハンマドの一行が奪われた家畜をもって来たのを知った家族は思いがけない出来事を知り大喜びで彼らを迎えた。そして一行に是非とも夕食を一緒にとってほしいと誘った。傷を負って身を休めていたアサドも起き上がり、喜んで従者達を迎えると感謝の意を伝えた。従者たちはそれぞれ家族に対して「よかった。よかった」と言いながらその日の出来事を笑いながら彼らに伝えた。

その夜、彼らの食卓には家族が準備した精いっぱいのご馳走があった。そして食卓を囲んで皆、安堵に溢れた笑顔が絶えなかった。深夜、ムハンマドは従者の一人にバスラでの出来事を手紙に認めさせ伝書鳩を妻のハディージャ宛に飛ばした。

この事件があってムハンマドはアレクシス宅での滞在を数日延ばし、いよいよ本格的な天竺への旅立ちに備えることにした。一行は今までの旅の疲れを癒し、これから始まる天竺への旅に思いを馳せながら小さな村でのひと時を楽しんだ。彼らが滞在した間、イビアは毎日いろいろな料理を一行に振舞ってくれた。中でも鶏料理が一番得意らしく丸焼きにした鶏にトマト、ピーマン、胡瓜の薄切りを盛りつけ、粘り気がある食感を持つナンを食卓に揃えてくれた。

一行にとってこの地域のナンの食べ方は初めてであったが、実に美味でいつも胃袋が一杯になる迄ナンを楽しんだ。このナンは天竺から伝わってきたものらしく、この地域では大豆とピーナッツをすり潰しバター状にしオリーブ油を混ぜたものに独特の香辛料をつけて食した。香辛料はこの地域の自慢らしく、アレクシスとイビアから「これをつければもっと美味しくなります」と勧められた。

一行はイビアの料理を心ゆくまで楽しんだ。独特の風味を持つ香辛料は彼らの身体の芯から火照るような熱を感じさせ額から汗が滲み出た。食卓のある部屋の隅には暖炉があり、暖炉の中の薪は音を立てて燃え部屋中を暖めてくれた。暖炉の横には小さな窯が並べてあり、イビアがその窯の中を覗いては、次から次と彼らのためにナンを焼いてくれた。それを見ていたアサドが、「この窯は天竺から来た商人が作ってくれたものだ」と教えてくれた。

この辺りの粘土はこの窯を造るのに適しているらしく、その商人は、アサドの家のキッチンに鶏や羊料理ができる竈も作ってくれたようだ。その夜の暖かな宴からは笑い声が絶えなかった。

次の朝、従者の一人がムハンマドのところに来て伝えた。

「家の外に隊商らしき数人の男たちが馬に乗ってきたようです。どうやらこの前の盗賊の一味のようです」

「仕返しにやってきたというのか？」とムハンマドが聞くと、従者は「いや、それがそうではなさそうです」と答えた。

「では何の用事があってやってきたのだ?」

「ムハンマド様に会ってご挨拶がしたいと言うのです」

土間の方では護衛の従者たちが念のためにすでに待機していた。

護衛隊長のほうを見て、ムハンマドは「かまわないから、その隊商たちを通してくれ」

そう言って、彼は土間の真ん中にある大きなテーブルの正面に置いてある椅子にかけた。

しばらくすると外から足音が聞こえてきて三人の男たちが土間に入ってきた。どの男も親しみのある笑顔を浮かべながら、少し緊張した面持ちで横一列に並びムハンマドを見つめた。そして、真ん中の一番年長者らしき男が胸に手をあてて彼にお辞儀をすると、「ムハンマド様、このたびはお目にかかれて光栄です」と挨拶した。

護衛隊長とその従者たちは、男達を見て一体何をしてきたのだろうかと少し怪訝な様子でいた。護衛隊長はそのとき、年長者の男はこの前盗賊たちを近くの村まで追いかけて行ったときに会った隊商部族の長、マハールであると気がついた。

そしてマハールの右側の男がムハンマドに挨拶した。名はアッシャーといった。部族の長はムハンマドに「彼は部族の占星術師です」と紹介した。歳は六十以上の老人に見えた。左側の一番若い男はどうやら部族の長の付き人のようだった。

「お前たちは隊商をしながら、ときには弱い村人を狙って略奪してきたと聞いている。そんな事をしていれば、いずれどこかで命を誰かに狙われ落とす事になるぞ」ムハンマドは部族の長を見ながらそう言うとマハールは、「肝に銘じて二度とせぬ事をお誓い致します。実はあなた様がこの辺りに来られるという事を我々は知っておりました。数ヵ月前から、このアッシャーが予言しておりました。私はそれがどうしたのかと彼に尋ねたところ、彼は『天空に輝くある二つの星が二十年に一度重なって見える時があり、そのときに重要な出来事が起こる』というのです。今月はその月にあたり、西方から東方に向かう不思議な使命をもった旅人がこの辺りに宿泊し、やがて旅立った後、また東方から西方に戻ってくると言うのです」

「それがなぜ、私だというのだ」ムハンマドがアッシャーのほうを見ながら口を開いた。

「私は何も特別な人間ではない。これまで文字もろくに書けず育ってきた。特に金持ちの家に生まれたわけでもない。幼いときに両親を失い、砂漠で羊飼いをしていた祖父に育てられた。できること言えば砂漠の中でどうすれば商いができるのかというくらいなものだ」と言って笑った。

「ただ私の取得と言えば正直で真面目なことと、生まれながらにして楽天的なことくらいだ」

そう言うとマハールを見てケラケラと微笑んだ。

マハールは、ムハンマドと話していると何か大きく包まれ吸い込まれるような不思議な感覚になった。

「一体何だろう。彼は何か特別のものを持っている」心で彼は呟いた。

ムハンマドの目はどこまでも澄んでいて嘘のない真実を見抜いており、まっすぐな視線は部族長の心を突き抜けるようだった。

その時、アッシャーがムハンマドに尋ねた。

「あなたは今、何をしようとして旅をなされているのですか?」

「私は東方の天竺の国にどうしても会いたい方がおられるのです。その方は人々からゴータマと呼ばれ尊敬を集めている若い覚者で、私もその方のもとで修行を積んでみたいと思っていたのです。そうするうちに天竺の覚者に会いたいという気持ちが日に日に強くなり、こうして旅立つことになったのです。故郷には妻とまだ幼い子供達を置いてきました」

こう言いながら、ムハンマドは妻のハディージャや子供達に思いを馳せた。

アッシャーはそれを聞くとムハンマドに伝えた。

「この宇宙は千年に一度、大きな時間の節を迎えます。今は次の新しい千年が始まったばかりです。我々の住むこの世界に新しい歴史の主役たちが一同に会するとても不思議な節にあたります。

あなたの運命は、その大きな流れに沿って動いているかもしれぬ」と。

話に耳を澄ませて聞いていたムハンマドの顔に朝の陽射しがキラキラと輝いた。

## （その三）

アレクシスの家をムハンマド一行が出発したのは、マハール達が彼らを訪れてから三時間あまり過ぎた頃だ。マハールたちは彼ら一行の姿が遠く消え去るまで見送った。

一行は右に広がる真っ青な海を見ながら一路、天竺を目指した。

いくつも丘を越え、遠く左には高原が続いた。闇が近づきつつある日の夕方、一行の前に十人近くのこの辺りの村人らしき人々が集まっていた。どの村人も頭にはターバンを巻き付け濃い髭を生やしている。数人は年長者らしく白髭が目立った。彼らはなにやら困った様子で途方に暮れていた。

一行が近づくと、村人たちは一斉にこちらを向いた。最初は何やら警戒しているようであったが、やがて旅人の一行であると気づくとその緊張を解いた。

何かあったのだろうか…。一行の護衛隊長が馬に乗ったまま村人たちに近づいて尋ねた。

「何かあったのか？」

村人たちはお互いの顔をうかがっていたが、その中の最年長者と思われる老人が口を開いた。

「実は、困った事が起こってのう。どうしてよいか皆で相談していたのじゃ」

「困ったことというのはどんな事だ。我々で何かできそうなことなら聞かせてほしい」

隊長がそう言うと、年長者は憔悴しきった表情で口を開いた。

年長者の話はこうだ。

高原にむかっていくと山岳地帯があり、その辺りを収めている王族の長が暴君らしい。その王は辺りの小さな村などに命令を出して、年頃の娘を城に連れてくるように言いつけ村民を困らせているらしい。集められた娘たちはこの王に強制的に妃として城に閉じ込められてしまうというのだ。その命令に逆らった家族や村には暴君の軍隊がやって来て家族を皆殺しにし、略奪をして去っていく。村にはもう年頃の若い娘たちはいなくなってしまったという。これから、まだ幼い娘達をどのようにして守っていけばよいのか…途方に暮れていたのだ。

襲ってくる軍隊の数は百人近くにもなり、怒声を挙げて襲ってくる。それは村人達をいつも恐怖に陥れた。どこか一国の軍隊が助けに来ないかぎり村人達だけではまったく歯がたたないのだ。

屈辱と奴隷のような生活に虐げられた娘の中には、自らの命を絶つ者もいるという。そんな娘の死骸が村人の家に放り込まれていったというのだ。

哀れに変わり果てた娘の姿にその家の両親は悲しみにくれていた。父親はあまりの怒りで理性を失い、一人で暴君の城に乗り込んで戦おうとしたが、周りの男たちが強引に彼を引き留めた。

「気持ちはわかるが、落ち着くのだ！」男たちも泣きながら彼を抑え込んだ。

この村にはゾロアスターと呼ばれる独特の教えがあるらしく、その教えに従って娘の両親が娘の死体を洗い清め、精一杯の化粧をして村の墓地に土葬してやった。遺体の回りには娘が生前愛したさまざまな野薔薇やシクラメンの花を両親は泣きながら敷き詰めてやった。そこに集まってきた村人は度重なる恐怖と無力感に打ちひしがれて、途方に暮れるのみだった。

彼らは娘を失った両親の悲しみを慰めようとしたが、何を言ってよいのかわからず、無言のまま寄り添うことが精一杯であった。そんな時、ムハンマドの一行が村に差しかかったのだ。

その夜、一行はその村長の家で休ませてもらうことにした。

村長の名はアリバンと言った。アリバンは遠く西方からやってきた隊商の一行を温かく迎えた。

アリバンの妻はモルデンといい、この辺りの住人とは異なった顔立ちをしていた。どうやらもともと天竺の国近くの地方からやってきたらしく、ヒンディーという言語が理解できるようだった。

モルデンはムハンマドの一行を精一杯のごちそうでもてなした。夕食の席には近くに住んでいるという息子夫婦と二人の子供達も加わった。沈みがちな大人たちとは対照的に無邪気な子供たちの明るい笑顔が食卓を明るくしてくれた。

子供たちが明るくはしゃぐ一方、大人たちの表情は重く暗かった。問題は何も解決したわけではない。いずれ同じような悲劇が将来繰り返されるだけなのだ。大人たちはそう思っていた。

食卓の重い空気をいち早く察していたムハンマドはしばらく無言のまま食事を進めたが、やがて手に持っていた木のスプーンとナイフをテーブルの上に置くと、アリバンとモルデンの顔を見つめながら口を開いた。

「盗賊たちはいずれまたやって来るのですね？」

アリバンとモルデンは苦悩に満ちた目で食卓をぼんやり見ながら、力なく座っていたが、そう語りかけるムハンマドに視線をやると静かに頷いた。それに続くように息子夫婦も不安気な曇った表情のまま頷いた。大人達の様子から子供たちもただならぬ食卓の重い空気を察したのか、はしゃぐのをやめて彼らを見つめ黙り込んだ。

モルデンがムハンマドを見つめて口を開いた。

「こんなことが何度も繰り返されて、私たちはどうすることもできず、まるで盗賊たちの奴隷のような生活をしています。でも頼る人も助けてくれる人もおらず、いったいどうすればよいのでしょうか？

こんな生活に本当に幸せな明るい未来があるとは思えません。皆様に何かよい考えでもおありでしょうか？　いっそこの地を離れ、もっと安心できる場所を探して移り住むべきでしょうか？」

そう言うと、モルデンはムハンマドをすがるような目で見つめた。彼女の目から大粒の涙が食卓の上に滴り落ちた。モルデンの隣に座っていた息子夫婦は、それを見て彼女の肩に手をかけ慰めようとしたが、彼らも同じように涙ぐんでいた。

この様子を見ながら、しばらくムハンマドは黙っていた。

そして口を開いた。

「その盗賊達はどこにいるのですか？」

「私が会って、彼らの心を改めさせよう」

その声は威厳があって力強く何の迷いも躊躇もない。そして透き通っているように思えた。

モルデンは、涙ではらした顔を上げてムハンマドを覗き込むように見つめた。

食卓の場は一瞬沈黙が支配した。あれ程多くの盗賊達をどうして説得させようというのであろう…。

呆気にとられたようにモルデンは夫のアリバンに視線をやった。夫のアリバンもその耳を疑うように、心の中で「そんな事できるはずはない。五人くらいの旅人たちが大風呂敷を広げて言っているだけだろう」と心の中で呟いた。

屈強な盗賊達は大男ばかりで簡単に倒せる相手ではない。実際に彼らに襲われたことのない旅人達はその恐怖をまったく知る由もない。本当に盗賊達のいる場所に乗り込んでいってもせいぜい返り討ちにあって全員殺されるのは目に見えている。第一、彼らだけでできるというのなら自分達がとうの昔にやっていることだ。アリバンは、そう思いながらムハンマド一行があまりにも浅薄で尊大ぶっているようにしか見えなかった。

…確かにムハンマドの従者たちは腕の立つ屈強な戦士のように見える。それでも百人以上の野蛮な男達を相手にするには余程のことがない限り無理だ…。アリバンはムハンマド一行の善意を感謝したが、無謀な会話にますます深い絶望を感じる以外どうすることもできなかった。

「明日の朝、日が東方から昇り始める頃、皆で盗賊たちのいる場所を目指そう」

ムハンマドは従者の一行に語りかけた。

「わかりました」

護衛隊長が大きな声で応えた。隊長に続いて他の護衛隊員がムハンマドに向かって頷いた。

…どうやら本気で言っているらしい…。

それでもアリバンは、ムハンマド一行の本気が現実離れしているとしか思えなかった。夫の心を察したモルデンは、「きっと皆様には何か特別なお考えがおありなのだよ」と語りかけた。

すると、アリバンは食卓の場から静かに立ち上がると、しばらくして自分の部屋から羊皮で作った紙を一枚持ってきた。羊皮紙はとても貴重なものだ。ふつうの家庭ではあまり使用されなかったが、アリバンは村の重要な取り決めや記録を羊皮紙に記して保管していた。村民の多くは羊皮紙の代わりに木片などを利用することが多かったが、村長をしていたアリバンは、村の記録係としても大切な仕事を任されていた。

どうやってこの一行は盗賊たちに挑もうとしているのだろう…。一行はたったの五人。相手は百人以上の屈強で野蛮な男たち。無謀としか思えないこの男たちはいったい何者なんだ。

それにしてもこのムハンマドという男から溢れる圧倒的な自信と説得力のある語りようは今まで見たことのないものだ。そして従者たちにも何の迷いもなさそうだ。彼らはわざとムハンマドを偉大に見せるために取り繕っているようには見えないし、心から主人を尊敬しているようだ…。

アリバンはそう思った。

## （その四）

不思議な一行の予期せぬ訪問は、アリバンに占星術師・アッシャーの言ったことを思い出させていた。

…もしアッシャーの言うように、千年に一度現れるという男がこのムハンマドだとしたら、彼が東方の天竺を目指して旅する理由は何だというのだろう。天竺にいる覚者ゴータマという人物は、それほど何か特別なものを持っているのだろうか…。

…とにかくこの世の中はわからぬことでいっぱいだ。自分の知恵では到底推し量る事のできないものが存在することは確かにある。それを認めるのも自由だし、認めぬのも自由だ。人に強制的に認めさせるものでもないし、他人から無理強いされるものでもない。それは自然に自分の中で実感し受け入れていくものだ。だから一番賢明な人間の生き方は、どこまでも自分に謙虚で正直な事だ。それが一番だ。

アリバンはあまり物事に執着しすぎて迷ってもしようがないと思っていた。結局、人生はなるようにしかならぬからだ。思い切りが大切だ。しかしそれは諦めではなく一生懸命生きるということだ。そんなことを思いながら、ムハンマドを繁々と見つめた。

ローソクの炎に照らされたムハンマドの顔には不思議な威厳と親しみ深さが漂い、アリバンの心は今までに感じた事のない好意と活力で満たされた。

「もしかしてこの男は本当に盗賊たちを説得できるのかも知れない」

アリバンは密かにそう感じた。そして、そう思っている自分が不思議に思えた。食卓のローソクの炎は時間をゆっくりと揺らしながら部屋中を温かな雰囲気にしてくれた。

朝、モルデンは白オニオンとポテトが入った温かなレンズ豆のスープを一行に振舞った。ムハンマドは一杯目のスープを飲み干すと、すぐに二杯目をモルデンに頼んだ。スープは一行の身体を温めてくれた。出来上がりのフラットブレッドにはバターをたっぷり塗り込んだ。朝近くの庭でもぎ取ってきたという真っ赤なトマトと一緒に食べると、口の中で豆の甘さとトマトの酸味が混ざり合い、絶妙のバランスの美味さが口の中に広がった。

朝食が終わりかけた頃、アリバンの家に五人の村の若者が訪れた。アリバンは彼らを家の中に招き入れ、ムハンマド一行と朝食に同席するよう促した。

「この若者たちは皆様と一緒にオアシスへ同行したいと願っている者たちです。皆それなりに腕っぷしも強く、勇敢な若者たちです。ムハンマド様が盗賊たちの本拠に乗り込まれると知って、一緒に戦わせてほしいと願って来たものたちです。彼等は山岳への道にも詳しく、きっと役に立ってくれるでしょう」

そう言って、一人一人の表情を見ながらアリバンは彼らをムハンマンド一行に紹介した。

ムハンマドは若者達の顔を見ながら、彼らがまだ十代後半の少年達であることに気がついた。一人ひとりの瞳にはまだ微かに大人になりきれていない純粋さや、一人ひとりが持っている真っすぐな心が見て取れた。彼らの服装を見る限り、全員戦士の持つ長い槍と兜、剣を携えていた。それが騎兵のものか歩兵のものか、見当がつかなかったが、見る限り、すぐに兵士とわかる恰好をしていた。五人とも騎馬には慣れているようで、乗ってきた馬は三歳馬くらいだろうか皆りっぱな征馬に飾られていた。

ムハンマドの従者達は興味深そうに若者たちのいでたちと装備一式をチェックした。山賊は百人を超える残忍な男たちが集まる軍隊を持っている。村人達は確かそう語っていた。そんな山賊軍と戦おうというからには、中途半端な気持ちでは到底向かっていけるものではない。むしろ返り討ちにあって全滅する可能性のほうが強い。この若者達は相当の覚悟と決意をしてきたに違いない。

厳しい五人の表情にはそれが現れていた。不安な気持ちもあるに違いない。臆病な気持ちもないと言えば嘘になる。刀剣での戦は、無我夢中の出来事だ。戦っているときは、自分の傷には気がつかないが、戦い終わった後にいくつかの致命傷を負っていることもよくある。いったん戦場に立てば敵に容赦してはならない。相手にとどめを刺すまでは油断してはならない。出発を前にそんな心構えをムハンマドの従者の隊長が若者達に言って聞かせた。

「怖気《おじけ》づいていないか？　怖くなって、足がすくんでしまっている者は、今が最後の機会だ。去りたければ、前に出よ。別に構わぬ」

隊長がそう言うと、若者たちの背筋が伸び、誇らしく戦場に向かう戦士の表情になった。

戦いを前にした時、大将の士気は全軍の士気を決定する。大将の士気に一点の曇りもあってはならない。実際の戦場では寄せ集めの百人よりも大義を持ち、決死で団結して戦う十人のほうが力を発揮する。

…戦いとはそういうものだ。百人の心に恐怖を与えれば良い。そうすれば相手は総崩れになる。ムハンマドは心の中でそう思っていた。所詮盗賊達は野犬の吠えるようなものだ。

若者達の表情を見て彼は明るい表情になった。

「心配しなくてよい。我々は必ず勝つ」

確信に満ちた朗々とした声でムハンマドが全員に語りかけた。

「今日は満月になる。美しい月を皆よく見ておくがよい。山岳地帯に入ったところで、我々は態勢を整える」

そう言って彼は少年のようにケラケラと笑った。そして、「今晩は愉快な夜になるぞ」と付け加え、皆の顔を覗き込んだ。緊張した彼らの顔に明るさが戻った。

「さてさてムハンマド様はいったい何を考えておられるのだろうか？」

五人の従者たちはそう思いながら、ムハンマドの表情をしげしげと見つめた。

あと一か月もすればいよいよ天竺国に入る頃だ。こんなところで盗賊退治の道草をしていてよいのだろうか。隊長は「道中ムハンマドをしっかり護衛するように」とハディージャから念を押されていたことを思い出していた。ムハンマドの身に大事があっては大変だ。どんなことがあっても彼を護り抜かねばならぬ。改めて彼はそう思っていた。

その時、モルデンが大きな荷物を抱えて部屋に入ってきた。

「皆様、さあこれを道中食べてください。この中に皆様の食事と水、それにローズ水を用意してあります。ローズ水はいろいろな傷を癒す効果があります。もし、戦いで傷を負うようなことがあっても役に立つはずです。私が小さい頃、火傷をしたことがありました。その時、母はこのローズ水を使って火傷の後がわからないくらい治してくれました」

そう言ってモルデンは布のような袋に入れたローズ水を手渡した。

モルデンの言うローズ水は山羊の胃袋を干して作った薄茶色の水筒の中に入れてあった。この水筒は少しずつだが、中の液体が気化していくので中身がだんだん濃くなっていく。そのため、時々水を加えてやる必要があった。モルデンが言うには、高原の中に小さなオアシスが点在していて、そこで必ず少し水を足してやればいいらしい。

アリバンは、モルデンが持ってきた水筒を受け取ると、庭から大きなローズの葉を切り取り、それを水筒の回りに巻きつけ、その上から紐で縛った。

「こうしてやれば中身はあまり蒸発しなくなる」

そう言って、ムハンマド一行に手渡した。

ムハンマドが裏庭のほうを見ると、大きく茂った緑色の葉の中のあちこちで薄ピンク色に美しく咲き乱れた薔薇の花が太陽の光を一杯浴びながら風に揺らいでいた。裏庭はゴツゴツとした岩を積み重ねて作った石塀に囲まれており、時々、どこからかやってくる小鳥たちのさえずりが聞こえてきた。

## （その五）

ムハンマド一行がアリバンとモルデンに送られて彼らの家を出たのは、朝食が終わって二時間ばかり経った頃だ。朝の太陽は重い靄に遮られて白くぼんやりと浮かんで見える。頬に触れる風は暖かく静止したままで重苦しい。いつものように爽快な朝ではない。周り一帯に広がる緑葉も夜露に濡れて重そうに垂れている。

しばらく歩いていると、地面が次第に白っぽくなってきた。

一行がその様子を眺めていると、若者の一人が、「これは塩でできた道で、近くには多くの洞窟があり迷路となって広がっています」と教えてくれた。

「大昔、この辺りは海底であったようです。塩の洞窟の中を探検した者はまだおらず、洞窟がいったいどのくらいの大きさなのか、長さなのか誰も知りません」

それを聞いた護衛隊長は、白く輝いた地面を槍先で突きその欠片を手にとって舌で舐めてみた。そして「なるほど」と頷き、道が続くその先を眺めた。

「これほど広大な大地がその昔、海底であったとは信じがたいが、そんな奇跡を可能にする神の力はまさに全知全能だ」

隊長はそう言ってムハンマドを見ると、ムハンマドは隊長に応えるかのように、「我々はその力を畏怖し敬い、決して驕ることなく敬謙に生きねばならぬ。それを神は我々に教えて下さっているのだ」と諭すように語りかけた。

次第に朝のぼやけた太陽がはっきりとその輪郭を現し一帯を明るく照らし始めていた。

大地の果てまで続く白い無数の道は太陽の光を反射しキラキラと輝く星のように見えた。

やがて、最初は微か遠くに見えていた山岳地帯の山々が少しずつ視界の中で大きく迫っていた。

太陽の熱で大地がかなり温められてきたのであろうか、果てしなく広がる塩の大地に陽炎が揺らいでいる。歩いて来た道を振り返って見ると、蜃気楼のように彼方に見える大地が浮き上がって見えた。

汗ばんできた額を拭きながら、さらに前へと進むうちに、大きなゴツゴツとした赤褐色の岩が辺りのあちこちに見られるようになってきた。

「いよいよ目指すオアシスが近くなってきました。あの丘を越えれば道は急な上りになり、少しずつ草木の緑に覆われた地域に入っていきます」

先を行く案内役の若者がその方向を指しながら一行に伝えた。

すると別の若者が、「できるだけ一人ひとりの間隔を空けず塊《かたまり》になって進んでください。この辺りにはマウンテン・ライオンが多く生息しており、時々旅人を襲うことがあります」と付け加えた。

マウンテン・ライオンは警戒心が強く、体もそれほど大きくない。肉食の猛獣とはいえ、人を襲い人肉を喰うことはめったにないが、驚いてこちらが逃げようとしたりすると、逆に捕獲本能が刺激されて背後から襲ってくることがあるらしい。ふつう彼らが獲物を襲う時は、一番弱そうな相手を探して攻撃を仕かけてくる。子供連れの人間に遭遇した時、彼らが狙うのは間違いなく子供だ。

ムハンマド一行の中には子供は含まれていない。しかし、村長の妻・モルデンが用意してくれた大きな荷物の中にはいろいろな食糧が入っており、臭覚の鋭いマウンテン・ライオンが興味を示して狙ってくる恐れがある。しかもそれは人が乗っていない一頭の馬の背中に背負わせ、行列の一番後ろを歩かせている。

マウンテン・ライオンは単独行動で獲物を狙うことで知られるが、この辺りのマウンテン・ライオンはふつうのライオンと同様に集団となって獲物を襲うことがある。そして、これらの集団の首領ともいうべきマウンテン・ライオンはまるでふつうのライオンのように身体も大きく、高い知能を持っていた。これはライオンがマウンテン・ライオンの中に入り込み、全体をまとめ統率するようになったのではないか…と村人達は考えていた。

若者の一人がそんな話をしながらムハンマド達に特別な注意が必要だと言った。

彼は「荷物を背負った馬は我々の真ん中で歩かせよう。そうすればライオンが仕かけてくることはないだろう」と一行に提案した。すると護衛隊長は、「それはよいアイデアだ。そうしよう」と言って、すぐに輸送用の馬を前のほうに移動させた。

「マウンテン・ライオンというのは、もしかして異種の猛獣の間で新たな集団が生まれ、進化したものかもしれない」ムハンマドは心の中でふとそんなことを考えていた。ムハンマドが幼少の頃、祖父が話してくれた狼少年の物語とどことなく似ているように感じた。

村人によると、首領となったライオンは数頭のマウンテン・ライオンの雌に子を産ませ、その結果、全部で十頭に近いハイブリッドが出来た。その後、これらのハイブリッドは常にライオンの周りで生息するようになり、マウンテン・ライオン達をより強力で統制力を持った集団として育て上げていったという。

しばらく行くと、空に大きなハゲ鷲が大きな輪を描いて旋回し始めた。やがてそのハゲ鷲の周りが騒がしくなり、複数のハゲ鷲が集まり始めた。その輪は次第に大きくなり二重、三重と広がっていった。ハゲ鷲達の鳴き声は奇妙で不気味だ。ギャァーギャーと鳴いているものもいれば、.ヴワァアーと叫んでいるものもいる。鳴き声は辺り一帯に響いて異様な雰囲気になってきた。鷲たちが旋回している下には、間違いなく何やら動物の屍らしきものが横たわっているようだった。彼らは鋭い嘴で死肉を引き裂き、喰って周りに臭気を漂わせる。その相貌はまるで地獄からの使者のように気味悪く、鳴き声は悪魔達の笑い声のように聞こえてくる。そしてハゲ鷲の群れを囲むように、少し離れた空には何十羽にもなる鳥達が上空を旋回し集まり始めていた。彼らの狙いはハゲ鷲の食した後の肉片だ。

地上に横たわる屍に目を凝らすと、どうやらそれはマウンテン・ライオンの子供のように見える。親から離れたマウンテン・ライオンの子供をハゲ鷲が襲ったらしい。子供のライオンは体格も小さく、大きなハゲ鷲なら鋭い爪で引っ掛けて持ち上げる事ができる。

この様子を近くの丘からうかがっていたマウンテン・ライオンが行動を起こした。

ハゲ鷲達のほうに目を凝らしていたそのライオンは、意を決したかのようにハゲ鷲達に向かって大きく吠えた。そして丘の上から駆け足で飛び降りると、丘下の岩陰に身を伏せて襲いかかるタイミングをうかがっているようだ。そして、よく見ると気づかぬうちに丘の周りには、すでに少なくとも二、三十頭のマウンテン・ライオンが大きな輪を作って集まり、ゆっくりとハゲ鷲のいる方向に息を殺しながら忍び寄り近づいている。最初に丘の上で吠えたライオンは、どうやら彼らの首領であるらしい。首領ライオンは獲物を貪るハゲ鷲達への攻撃を仲間のライオンたちに呼びかけ、ハゲ鷲包囲網の輪を作ったようだ。攻撃の準備はすでに整ったようだ。

ハゲ鷲には大きな翼があり、至近距離からハゲ鷲に飛びかからなければ直ぐに空中へと逃げられてしまう。マウンテン・ライオンはその事を十分に熟知している。

一方、ライオン達は人間二人分くらいの高さなら十分ジャンプすることができる。ハゲ鷲は飛び上がる瞬間、いったん二メートルくらいの高さまで羽ばたいて飛び上がり、そこで翼を十分広げてから空中へと飛翔する。タイミングよくその瞬間を狙えば、相手を鋭い爪で引きずり落とすことができるのだ。どうやらマウンテン・ライオン達はそれを狙っているようだ。そのためには、ハゲ鷲に気づかれぬように輪を狭めながら至近距離まで近づかねばならない。

マウンテン・ライオンの作戦はそれだけではない。マウンテン・ライオン達はハゲ鷲達をパニック状態に陥れることを狙っていた。一方方向だけではなく、全方向から一挙にハゲ鷲めがけて攻撃を仕かけると、いったん飛び上がったハゲ鷲は翼の筋肉をすぐにフル回転できず一瞬地面に舞い戻ってから改めて飛び上がろうとする。瞬間ではあるが、ハゲ鷲の動きはそのとき完全に静止する。その瞬間を狙えばハゲ鷲を叩き落すことができるのだ。その戦術をライオン達は心得ているようだ。

やがて隆々とした筋肉をつけた首領ライオンが大きく吠えた。

先ず首領ライオン自らがハゲ鷲目がけて飛びかかった。するとそれに続くかのように、次々と他のマウンテン・ライオン達がハゲ鷲達を目がけて飛びかかっていった。戦場と化したその場所は、砂ぼこりが立ち込めギャーギャーギャーという鳴き声とともにハゲ鷲の羽が舞い上がった。

それは一瞬の出来事のようだった。マウンテン・ライオン達とハゲ鷲の戦いはあっけなく短時間で終わっていた。

ライオン達の不意打ちの総攻撃をくらったハゲ鷲はライオン達にみるみるうちに引き裂かれ、無残な姿となって地上に横たわっていた。上空を旋回していたハゲ鷲の仲間達は最初、ギャーギャーと騒ぎたて様子を見ていたが、戦闘に加わる事はせず戦いの終わりを見届けると、やがて一羽、二羽と飛び去って行った。そこにはハゲ鷲の死体と翼から引き裂かれ血まみれになった羽が散らばっていた。地上に君臨するマウンテン・ライオンの圧倒的な勝利だった。

目の前で起きたハゲ鷲とマウンテン・ライオンの戦いは、弱肉強食の自然の摂理を改めて知らされる思いがしたが、それにしてもライオンの集団意識の中にある絆の強さと破壊力は凄まじいものがあった。子への愛情が、それを奪った者への憎しみに転じる時、そこから生まれるエネルギーは強力だ。それを分かち合う事のできる仲間が存在することは集団の結束を一段と強くする。

ハゲ鷲に向かって彼らが一丸となって戦う姿は、集団生活をするマウンテン・ライオンが経験から学習して得た特質かもしれない。ムハンマドは人間の世界で戦い合う部族や民族の集団愛にもこれに似た性格が潜んでいると思った。

## （その六）

ムハンマドは目の前で起こった出来事はまさに人の世でも形を変え、もっと巧妙な姿で常に起こっていると感じていた。

ただし、人間の「愛」には必ず「憎しみ」が伴っている。両者は決して別々に存在するものではなく、表裏一体の関係を保ち、現れたり消えたりする人間の本性である。

その本性に価値や創造力を与え、常にポジティブな力に変え、善き方向を示していくものが神の存在ではないか。そのために、指導者は忍耐の大切さや信頼の絆を教え導いていかねばならない。人間はどこまでも人間であって神ではない。人間が神になろうと間違っても思ってはならない。

もし自ら神であるかのように振る舞う者がいるとすれば、その人間は神を利用しようとする悪意の独善的妄想者だ。善意の人間は常にあるがままに謙虚に振る舞い、仲間の苦しみを理解しようと努力し思いやることができる。そして仲間を励まし一緒になって歩んでいこうとする。自覚と主体性のある人間程、神の前で己の生き方について真摯に考えようとするのではないか…。

遥かかなたに霞む山々の頂きを眺めながら、ムハンマドはそんな事を考えていた。

自分が天竺の国でゴータマに会い、教えを乞うことができるのなら神の存在や人間をどのように見ているのかをゴータマにぜひ聞いてみたいものだ。覚者と呼ばれるゴータマなら、きっと教えてくれるに違いない。

思わぬところで出くわしたハゲ鷲とマウンテン・ライオンの戦いを見て、ムハンマドはふと生と死の不思議やその意味を考えていた。そして、ますます天竺への旅に彼の期待は膨らんだ。

ところが、そのマウンテン・ライオンの首領がムハンドの前に現れた。

爛々《らんらん》と輝く鋭い目と牙は間違いなく首領のライオンだ。上り坂を登り切った真正面に行く手を阻むように立っている。威厳を感じるその佇まいは、ただのライオンではないことがすぐにわかった。

一行の先頭を歩く若者が首領ライオンを見て凍りついた。目を凝らして一帯を見ると、首領の周りにはすでに何十頭ものマウンテン・ライオンの群れが息を殺して一行をうかがっている。この群れが一挙に襲い掛かってくれれば、どう考えても勝ち目はない。逃げようとしても、後から追いかけられ、あっという間に彼らに捕まり、なぎ倒されてしまう。首領ライオンの一声ですべてが決まってしまう絶体絶命の状況だ。

ただならぬ緊張と殺気が漂う中で先頭を行く若者が後退りすると、その後に続いていた護衛隊士たちも事態の深刻さに気がついたのか、背を屈めて臨戦態勢になった。すると隊列の中ほどにいた騎乗のムハンマドの姿があらわになった。首領ライオンはムハンマドを真正面の視界にとらえると、直接対峙するかのように彼を見つめた。

首領ライオンはムハンマドの視線をすぐに捉えると瞬きもせずじっと見つめた。思いがけない場面に出くわしてしまった…とムハンマドは一瞬思ったが、特に慌てる事もなく首領ライオンの目を覗き込むように見つめ直した。恐怖と警戒心からか護衛隊員たちの馬はどれも耳を立て、ライオンの方向をじっと見つめると、大きく鼻の穴を開いて、鼻を大きくフウフウと鳴らした。馬たちは左右の耳をバラバラに動かし、どの馬も視線も定まらず鼻孔を開いて嗅ぐ仕草をした。

一行の様子をうかがっていた首領ライオンは、冷静なムハンマドとの睨み合いを続けたまま動きを止め攻撃を仕かけるわけでもなく、悠然とその場で一行の様子をうかがっていた。

じっとしたまま数分が過ぎたであろうか。

首領ライオンは空腹なのか深く長いため息をしているように見える。しかし、そのライオンはじっと対峙したままでムハンマド一行に襲いかかろうとする気配はない。まるで、ムハンマドに睨みつけられて動けなくなっているかのようだ。ムハンマドはその様子をしばらく見ていたが、しばらくして静かに馬の手綱を引き、前に進み出した。

ムハンマドの馬は最初、戸惑い、躊躇していたが、馬上の主人の落ち着いた手綱さばきで落ち着きを取り戻し、ゆっくりと前に歩を進め始めた。一行は、いつ襲ってくるかわからぬライオンの殺気を周辺一帯に感じながら極度の緊張状態にあった。

ムハンマドはそれでも何事もないように、馬の歩をゆっくりと前に進めた。一行はムハンマドに静かに続いたが、中には恐怖のあまり、身体を硬直させ、手綱を引く手が震えている者もいた。

獰猛《どうもう》なライオンに遭遇したときは、驚いてその場から逃げるのは厳禁だ。逃げればライオンはほとんど確実に獲物と見て襲ってくる。ムハンマドは、その事を幼い頃、隊商をしていた叔父から教えてもらったことがある。オアシスからオアシスへと旅する叔父は、その道中でいろいろなことを教えてくれた。その中でもライオンの話は忘れることのできない一つだった。

「静かにライオンの目を見ながら後ろに下がりながら、ゆっくりとその場を離れていく」か、腹を決めてライオンと決死の戦いに挑むか…である。叔父はそのように彼に教えた。

その現場が今、目の前にある。

ムハンマドは一瞬どうするか迷ったが、どちらの道も取らぬと決めた。そして、彼は攻撃の対象を首領一頭に狙いを定めた。彼は全エネルギーを集中させて獣の目を興味深く覗き込み、圧倒的な迫力で相手を睨みつけた。

目を覗き込まれたライオンの首領は、意表をつかれたようにその場に立って動こうとしなかった。ムハンマドの目からは、ビームのような光が出ているのだろうか。ライオンの体がムハンマドの眼光に射られたように凍りつき竦《すく》んでしまっている。首領がムハンマド一行を襲う意思を失ってしまったのは明らかだった。

ムハンマドが前進し始めると、首領はゆっくりと斜め横に移動しムハンマドの行く手をあけた。前方にいたマウンテン・ライオンも一斉に一行の前方から消え、両側に分かれた。

一行は何事もなかったかのように、そのまま行進した。百メートル程行ったところで、ムハンマドが後方を振り返ってみると、何十頭といたマウンテン・ライオンの群れはすでに消えていた。

進むにつれて道はだんだんと険しくなってきた。単調な黄土色の景色がずっと続いていたが次第に高原地帯に入りつつあった。高原地帯とはいえ、全体の標高はあまり高くない。雨も少なく平坦な台地に大小の砂漠が広がっている。あちこちに点在するオアシスにはさまざまな遊牧民が集落をつくって生活しているようだ。稀に行き来する商人たちは数頭の馬を引きながら多くの荷を担がせている。彼らの肌は大地の反射熱で真っ黒に日焼けし、ギラギラした目が異様に光る。彼らは天竺と西方世界を行き来し、貴重で珍しい物資を運んで富を築き豊かな生活をしているように見える。商人の中には、驚いたことに天竺から連れてきたと思われる大きな虎を檻のような荷車で運んでいる者もいた。檻の中の天竺の虎はマウンテン・ライオンと比べても、はるかに大きく迫力に満ちている。

虎とライオンを戦わせれば、おそらく虎に軍配があがるだろう…とムハンマドは思いながら、檻を引いて通り過ぎる商人の列を見送った。

…山賊の本拠地はもうすぐだ。彼らの居場所に着く頃には太陽は西の大地に沈む夕暮れ時かもしれない。とすれば暗闇になる前に、どこか適当な場所でキャンプを張ろう…。

ムハンマドは護衛隊長を呼び、キャンプのできる適当な場所を探すように命じた。

すると、護衛隊長はムハンマドに、「この辺り一帯は大小多くの略奪部族が支配しています。山岳地帯には山賊、海岸周辺には海賊となって部族間でも常に争いが絶えない場所です。我々の動きもどこかの部族がすでに察知している可能性があります。もし、彼らが我々を略奪しようとして、襲ってきた場合を考えておかねばなりません」

護衛隊長は続けた。

「山賊や海賊は武装していますが、略奪物資さえ確保できれば危害を加えることはあまりないと聞いています。そのことを知って我々も彼らに何を与えるかを考えておいたほうがよさそうです」

するとムハンマドは、「なるほど。では山賊達が現れたときは、私が直接彼らと話をしよう。ぜひ、彼らの本拠地へ行きたいものだ」と伝えた。

護衛隊長は少し怪訝な表情でムハンマドを見つめていたが、すぐに「わかりました」と応え、集団の先頭に戻っていった。

ムハンマド一行の中には、女、子供はいない。略奪をすると言っても特に彼らが欲しがるようなものは何もない。逆に、こうした部族がどのようなところに本拠地を構え、どういう生活をしているのかについて知りたいものだ…と彼は思っていた。幼少の頃、彼の叔父から「山賊達は厳しい規律を持ち、部族全体を統率するための小さな国社会を形成している」と聞いたことがあった。彼は叔父の話を思い出していた。

そして、彼は考えていた。「もしそうなら、山賊部族の長もそれなりの人格者でなければなるまい。でなければ全体をまとめていくことは出来ないはずだ。山賊といっても、むしろ彼らは自分達だけの国家を作っていたのかもしれない」

こういった部族はラクダやロバ、羊を飼いながら年間を通して水や食糧を求めて各地を渡り歩いている。彼らの求める食糧には、大麦、小麦、カボチャ、羊肉、羊の内臓、ナツメヤシ、サイーク（麦を焦がしたもの）、薄いパン、蜂蜜、カディード（乾した後、塩漬けした肉）、キュウリ、ニンニク、ネギ、カバース（砂漠に生えるアラークという名の木の実）などがあった。

叔父はこうした部族は何千年も前から存在し、部族ごとに小国家を築いてきたと教えてくれた。そして各部族には長老がいて、部族民に対してあらゆる生活面で方向性を示す指導者としての役割を果たしていた。当然、部族民からも深く敬われていた。

長老の存在は部族間の争いや戦争時に特に見逃せない指導力を発揮した。厳しい荒涼とした自然の中では敵同士であっても相手を許し、相手の状況を思いやる広い心を持たなくてはならなかった。そんな時、長老は相手の長老と座を持って最良の解決法を話し合った。こうして、部族間で略奪行為があっても、ある程度それは仕方ないことだと割り切っていた。

ムハンマドが関心を持っていたのは、そうした長老に会って話をすることだった。「長い歴史の中で、天竺のゴータマについての噂話や語り継がれてきた事があるのではないか…」彼は密かにそう期待していた。

彼の予感は的中した。途中立ち寄った部族の長老がゴータマについて逆に彼のほうから聞いてきたのだ。その長老は「天竺にいるゴータマという人物はなぜそれほど多くの民から慕われ、敬われているのか？」と。

そこで、ムハンマドが「それはだいぶ前になるが、この村にジーザスという青年が数人の従者とともに立ち寄ったと聞いたことがあった。あなたはゴータマの名を知っているのですか？」と尋ねると、長老は「覚えている」と言った。その時、その人物は「自分自身を求道者として自覚し、いつも高い精神性を維持するために修行が不可欠だ」と言っていた。私は彼がいったい何を求めているのか、その意味をもっと知りたいと思い、「あなたは求道者としていったい何を求めているのか」と聞くと､彼は「天竺のゴータマの悟りを自分は学びたいのです」と答えたという。ムハンマドはこの時、初めてジーザスという若者が自分と同じように天竺のゴータマを求めて旅していることを知った。

# 第六話　天竺国

## （その一）

それにしてもゴータマとはどんな人物なのであろう。どんな悟りを得て彼は覚者となったのか。ますます期待でムハンマドの胸が膨らんだ。なぜ、自分はこれほどまでにゴータマに会わねばならぬと感じるのだろうか。自分自身の中から湧いてくる掴みどころのない啓示にはいったいどんな意味があるのだろうか？　馬上をゆくムハンマドの頭の中は、次から次へといろいろな疑問が現れては消えた。そして故郷を発つ時、溢れる愛情で送り出してくれた妻のハディージャや子供たちのことを思った。

特に病弱だった三人の男の子達はムハンマドが故郷を出発する前から夫婦を悩ませてきた。丈夫に育っていた四人の女の子たちとは対照的に彼らの身体は弱く、妻のハディージャと、男の子達を護り強く育てる何かよい方法はないのだろうか…とよく話し合った。時には噂の祈祷師を家に招いて祈りをさせたこともあった。こうして砂漠を行く馬上で、彼は毎日のように彼らの事を考え、沈みゆく夕日と登りゆく朝日を眺めるたびに彼らの面影を思い浮かべながら「どうか無事に大きく育ってくれますように…」と祈りを捧げた。

こうして彼は毎朝、毎晩、故郷に思いを馳せ祈りを捧げるうち、彼自身の命の中に過去の出来事、現在の状況、そして未来の希望や不安のすべてが含まれ、存在していることに気がついた。どれをとっても時間の異なっている出来事なのに、その切れ目はどこかと考えても明確な線を引くことが出来ない。そしてそのすべての出来事がこの刹那の一瞬に包含されて存在している。過去のことも現在のことも、そして未来のことも差別なく同じ一瞬の事象の中にあると気がついた。すべての真実が現れては消え、消えては現れる。なるほど、これらの真実は消えている時は、見ることが出来ないが、また現れると見ることができる…。

この不思議な現象を貫く本質はいったい何か…。この本質は一貫性を持ち、間違いなく時空間を超えて継続し、何かの縁に触れるとその刹那に現出するように思える。もしかして、その本質そのものこそが神と名付けられるものではないか…。

我々の肉体や心も決して例外ではない。確実に我々の肉体や心は刻一刻と変化をしているが、変化の連続の中でこの本質は変化せず一貫して永遠だ。我々が肉体や心の姿を捉えようとしても、一瞬一瞬変化していく連続があって初めて自覚することができるというものだ。変化自体が不変なのだ。そしてその不変こそが全知全能であり、神そのものを示しているのではないか…。

産まれたての自分、そして、すくすく成長し、活発に遊んでいた自分、やがて溌剌として希望に溢れた青年期の自分、心も熟し経験を積み重ねて成人となり、やがて歳を重ね老いていく自分、これらの自分は姿、形こそ変化し異なって見えても間違いなく一貫して継続する自分自身であるのだ。

ムハンマドは繰り返される自身の問答の中で、不思議な感覚と悟りを得たような気がした。そして、その確かな実感は決して自分自身のみに備わっているものではなく、すべての人々の中にまったく平等にもともと備わっているものだと思った。ただ、それを自覚できるかどうかは、人それぞれが生きる環境や条件で異なっているかも知れないが、間違いなくどんな人にもあるものだ。宇宙とは何とおそれ多くスケールの大きな寛容であろうか。それこそが神の意志であり真の姿ではないか。

馬上で彼は何度も悟達とも言える至福の精神状態を体験し、心の底から感謝と感動で胸が一杯になった。

そうするうちに一行はいよいよ山賊部族が本拠地としている地域に入りつつあった。

「ムハンマド様、この辺りから盗賊達のオアシスに入っていきます」

護衛隊長がムハンマドに近づき彼に伝えた。すると護衛隊の一人が「すでに我々は彼らに包囲されているようです」と低い声で伝えた。

一瞬、一行に緊張が走ったが、示したように誰も狼狽《うろた》えることなく粛々と歩を進めた。辺りはすでに日が沈み、西方の地平線にかすかにオレンジ色の明るみがさしている。それ以外はまったくの暗闇となっていた。

夜の訪れとともに、気温が急激に下がり驚くほど冷たい冷気が一行の体を包んだ。上空には満天の星空が広がり、今までに見たことがないような大きなオレンジ色の満月が、辺り一帯の岩石の丘をオレンジ色に染めて照らしていた。オレンジ色の岩陰をよく見ると、盗賊たちの偵察兵らしき男達がこちらをうかがっているようだ。しばらくすると、最も偉そうな装束を着た男が姿を現した。そしてムハンマド一行の前に来ると、彼の後について来るよう促した。

一行は言われたとおりにその男の後に続いて進んでいった。

やがて二個の巨大な岩と岩が重なり出来ている場所に辿り着いた。すると、案内役の偵察兵の男は手を挙げて一行を止まらせて周り一帯を見回した。男は怪しい人影がないことを確かめると、再び巨大な岩の間に続く小道を進んだ。重なり合った岩の下はちょうど馬に乗った人間が通り抜けできる程度のトンネルになっていた。一行は頭を少し屈めながらそこを通り抜けると目の前に多くの松明の灯った小さな要塞のようなところに出た。

よく目を凝らして松明の一つひとつをよく見ると、その先端には黒く光った油が布の塊に巻きつけてあって、それが勢いよく燃えていた。

松明はどうやら盗賊達の住処に一つずつ掲げてあるようだ。中央には集落全体の広場らしきところがあって、真ん中には周りを明るく照らす大きな篝火が勢いよく燃えていた。

ムハンマド一行が広場に到着すると、すでに多くの武装した男達が彼ら一行を待って集まっていた。中央の篝火は、ときどきパチパチという音を立てながら火花を飛ばし荒くれ男達の顔を照らして揺らいでいる。彼らは真っ黒い顎鬚《あごひげ》と異様に光る眼を持ち、皆背中に反りのある刀剣を背負い、手には長い槍を持っている。中にはまだ大人になりきっていない少年らしき顔も混ざって見えた。

ムハンマドは男達の様子を見て、彼らが一行を攻撃しようとして構えているのではなく、好奇心を持って興味深く客人達を迎えてくれているのだとわかった。

一行の護衛隊長は馬に乗ったまま少し前に出ると持っていた剣を抜き、それを胸の前にかざして武装兵達に挨拶（サリュート）を示した。ちょっと時間をおいて護衛隊長のサリュートに応えるように、今度は盗賊達の中から一人の若い騎乗兵が前に現れた。騎乗兵は馬上で同じように剣を抜いて頭上に掲げると、それを今度は斜め横に降ろしてムハンマド一行を迎え入れた。

騎乗兵はゆっくりと護衛隊長に近づき、何やら口頭で伝えて引き下がっていった。護衛隊長はムハンマドのところへ来ると、低い声で「この部族の長老があなた様とご一行を歓迎の夕食に招待したいと言っているようです」と伝えた。

それを聞いたムハンマドは怪訝に思って、「なぜ我々を手厚く迎えてくれるのか?」と聞くと、護衛隊長は「よくわかりませんが、確かに何か理由がありそうです」と答えた。

騎乗兵に従って、一行は乗ってきた馬や荷車を広場横の綱木場に預け、一番大きく立派な館の中へと導かれた。

館の中に入るとすぐ目の前に螺旋状の木の階段があり、案内されるままそこを上がっていくと館の屋上に出た。そこは満天の星空が輝き冷気が漂っていた。屋上の床には大きな円型の木の食卓が数台ならべられ、その上には客をもてなす料理が山と積まれていた。

長老は部族の中でも強大な発言力と権力を持ち特別な存在であるらしい。それはすぐに見てとれた。この部族の長老がムハンマド一行の訪問をかなり前から予言しており、心待ちにしていたと言う。

いったいどういう事だろう…。ムハンマド一行はその長老との面会を心待ちにして、それぞれの席についた。

やがて全員が席についた頃、長老が館の中の階段を上り現れた。長老は真っ白な長髪でキラキラと光る大きく杖のように見える槍を携えていた。その杖は一行が旅しているときによく出会った旅の巡礼者が持っていたものに似ていた。先端には「魔術の触媒」と呼ばれていた鋭く尖った金属片が取り付けられていた。それは戦いの武器としても使用が可能な槍だった。

長老はムハンマドを見ると、「よう来られた。お待ちしておった」と言って、ムハンマドと同じ食卓についた。長老は長い麻の白衣を身に纏い、白髪の頭の上には、すらりと高い円錐形の帽子をかぶっていた。まるで魔法使いのような姿をしていた。

長老は大きな杖槍を従者に預けると、ムハンマドの目を覗き込むように見つめ笑顔を浮かべた。

ムハンマドは食卓の上の大きなローソクの火で揺れて見える長老の笑顔が不気味に見えて戸惑ったが、すぐに思い直して、「お招きしていただきありがとうございます」と礼を述べた。

「我々が来ることをご存知だったとは、どういうことでしょうか?」ムハンマドが続けて聞くと、長老はしばらく遠くを眺めるように目を細めて何かを考えているようであったが、徐々にムハンマドを見つめて語り始めた。

「そうじゃ。何と言えばよいか…。自分でもうまく表現できないのだが、これには人知では計り難い何か深いわけがあるようだ。あなたは特別な使命のようなものを持っておられるらしい。そしてその使命を果たすために遠く離れた国から天竺に旅されている。実は、そのことをわしは夢の中で何度も知らされたのじゃ。

それも同じ夢を約一か月近く毎晩見た。こんなことは自分でも今までなかったことだった。余程、何か重要なことが起こるのではという知らせではないかと思っていた」

そう言って長老はしばらく無言で少し上を向き、今までの一か月を思い返していた。そして、長老は続けた。

「天竺にはゴータマという覚者がいると聞いている。そしてその覚者のもとに智者・賢者が集まり、弟子となり修行をしておる。彼らは厳しい修行をしながら、ゴータマの教えを学び日々研鑽に励んでおる。弟子の中には頭の良い者もいれば、それほど賢くない者もおるが、やがてそれぞれの努力の結果、自ら覚者の悟りを体得して各地に戻り、人々を導く救済者となっていく…というものだ。おそらくあなたもそのために天竺に向かっている一人ではないかと思う」

「実はそのゴータマという者は神なのかと思ったが、ゴータマ自身は自分は神でないと言い、苦悩に満ちた普通の人間であると言っていると聞く。人は生まれ、老い、病み、そして死を迎える。

そしてまた、縁に触れて生老病死を繰り返して生きる。ゴータマも例外ではない。生老病死から逃れることはできないが、正しくその生老病死の中に永遠の生命が存在することを悟っている。ゴータマは絶対神を説かず、すべてのものは相対的な存在であり、いつかは朽ちるという宿命論を唱え、その宿命こそが絶対であると説いている。あなた方がゴータマの教えを求めて天竺に行くのは、何か特別なわけがあり使命を持っているのに違いない」

そう言って長老は明るく笑い顔を浮かべた。

## （その二）

長老の言葉を聞きながら、ムハンマドは故郷を送り出してくれた妻・ハディージャや年配の薬売りの言葉を思い出していた。

…富は無限にあるものではありません。それを分け与え、満足してもそれはやがて、自己満足と気がつく時がきます。あなたはそのような限りある奉仕に人生を捧げるよりも、無限の力を貧しき人々に与えられる崇高な使命と神の啓示を実現する事に取り組むべきです…。（ハディー

ジャ）

…天竺のゴータマに会って自らを高めるべし…。（薬売り）

今思えば、これらの言葉が自分の浅はかさを気づかせてくれた。そして自ら謙虚に修行に励む求道者として生きることを真剣に考えるきっかけを与えてくれた。

確かに、自分は何か崇高で何物にも代えることのできない価値と尊い生き方を求めて旅に出た。そしてそれを悟達した暁には、苦悩に悩める多くの人々を導ける人間になりたいと思い続けてきた。その思いを決して忘れてはいけないと常に自覚してきた。

しかし、己の弱さを克服するのはそんなに簡単なことではない。自分の欠点を他人のせいにするのはいとも簡単にできることであるが、それはつまるところ自己逃避に過ぎないのだ。どのような環境下にあっても境遇にあっても、どこまでも自分自身に責任を持ち、自分の問題として受け入れ、勇気をもって問題を直視し、解決法を考え、思索し、実践をしていくこと（＝ジハード）が唯一己の弱さを克服していく方法ではないか。

その戦いは容易ではない。特にさまざまな欲望を克服することは生きている限り至難の業ではないか。そう思って諦めるほど人間は複雑怪奇で弱い存在だ。生とは欲望そのもので、欲望がなくなればそれは死を意味している。

ムハンマドにとって、この長老との出会いが彼にとってどんな意味を持つのかすぐに理解できなかったが、彼の天竺への旅路の原点を思い出させてくれた。そのことを改めて気づかせてくれた。彼は心で長老に深く感謝した。

自らの弱さとは、貪り、怒り、弱者への優越と驕りなど、心の中に潜む醜い自身の姿だ。ムハンマドは自分は決してそんな人間ではないし、なりたくはないと思っていたが、そういう醜い命が自分の中に存在しないのかと問えば、そうだとは言い切れなかった。間違いなく自分の中にも存在していると認めざるを得なかった。人により、程度の差こそあれ、すべての人間はそういう自身の姿を潜在的に持っているものだ。それが真実ではないか。

幼い頃に感じた他者への嫉妬や羨望と言った感情は、裏を返せば実は自分自身の心の中に潜んでいたものが表面に出てきたものだ。時間の経過とともに、やがて年齢を重ね、さまざまな経験を通じて人格を磨き成長したとは言え、果たして現在の自分は過去の自分とはまったくの別の人間になってしまったのだろうか…。部族内ではそれぞれモラルも高く、長老を敬いお互いに助け合う人々であるにも関わらず、部族間の争いが絶えない現実があり人間と思えない残忍さを見てきた。ムハンマドが二十歳を過ぎた頃、彼はそんなことをよく考えるようになっていた。

一人の人間は状況に応じてさまざまな顔を現すが、これは決して別の人間になったわけではない。まったく同じ人間の連続以外の何物でもない。一貫して変わらない本質がその人間を貫いているはずだ。つまり、その人間の姿や形など目に見える特徴、そしてその人間の心や性格など形として見えないが、間違いなくその人間が継続して維持し続けてきた特質が存在している。

時間の経過を超えて一人の人間を観察する時、その人間の持っている目に見えるものと目に見えないものがあり、それらとは別に一貫して変わらぬその人間の本質のようなものが存在しているはずだ。果たして五歳の頃の自分と三十歳を過ぎた現在の自分は、見た目から言えばまったく異なる別人のようだが、だからと言って別人かと言えばそうではない。五歳の頃の自分も現在の自分もまったく同じ人間であることに間違いないのだ。見た目が変わっても、心や性格が変わっても、同じ人物なのだ。

ところが、部族間の争いなどが起こると、当事者となった人間は人が変わったように非情になり、怒りを顕わにして残酷とも言える行動を平気で起こしてしまう。人間とは不思議な生き物だ。それぞれの部族が平和で共存できるようにするにはどうすればよいのだろうか…。

旅をしている間、彼はそんなことをよく考えた。ムハンマドは頭の中でいろいろ懐かしい人物を思い浮かべながら、常に自問自答を続けていた。

ムハンマドは、周りの人々の生活や人間関係を観察しているうち、人は常に自分の研鑽と努力を重ねていきさえすれば、ふだんの生活の中で自分が関わりを持つすべての人々への感謝と愛情を豊かに育んでいけると思うようになった。

そして、そうしていくことが平和な社会を作り上げていく重要な鍵であり、基本でなければならないと思うようになった。

しかし一方、現実は厳しいものだ。

人間は、どのような人であれ潜在的に、貪瞋痴慢疑《とんじんちまんぎ》の五毒《ごどく》が命の中に潜んでいる…と叔父はムハンマドに教えたことがあった。

叔父はそのことを、砂漠の中のオアシスの一つで天竺の国からやってきたという旅人から聞いたらしかった。おそらく、その旅人はゴータマの弟子達と一緒に修行を積んだ者だったのだろう。それを聞いたムハンマドは、そのことを忘れず記憶していた。何故なら、自分自身の中にも確かに「むさぼりの心」や「怒りの心」、「愚かな心」、「傲慢さ」、「疑う心」といったものが潜んでいると、深く自覚できたからであった。そして彼は「ゴータマは人間の中にある見えない心の本質を実に見事に捉えている…」と感心したものだった。

天竺のゴータマは社会をどのように考え、人間の本質をどのように捉えているのだろうか…ぜひ聞いてみたいものだ。天竺はカーストと呼ばれる身分制度によって人々は厳格に格付けされ分断されている差別社会だ。そういう環境にあって人々の頭の中には、すべての人は平等などとは思ってはいないだろう。ゴータマは大衆にどう「平等」を説明し諭したのだろう…。

夜が次第に更けていった。やがて談笑に包まれた華やかな食卓でのひとときが終わり、皆胃袋を一杯にした満足感で満たされていた。頭上で輝いていた星空はますますその輝きを増したかのように辺り一帯を明るく照らし出していた。

時々、流星群らしきものが大空を横切り地平線から地平線へと流れていった。食事の最後には、青や赤の布を纏った召使と思われる若い女性達が現れ、真鍮製のカップを一行の前に置いていった。そして、大きな木の鍋のような容器を運んでくると、一人ひとりの前にあるカップの中に「デューゴ」と呼ばれている発酵乳で造った飲み物を注いで入れていった。それを手に取りゆっくりと味わいながら一行は星空の天体ショーを楽しんだ。デューゴの酸味のある柔らかな甘さと程よいアルコールの味は、心地よく今までの旅の疲れを癒してくれた。

次の朝、快晴の真っ青な空が上空に広がっていた。ムハンマド一行はいよいよ近くなってきた天竺に向けて歩を速めて進んだ。

オアシスを出ると、そこは再び延々と広大な砂漠地帯が広がっていた。ところどころ赤茶色のレンガを積み上げて造られた住居や小さな城壁のような痕跡をとどめた建造物があちらこちらに散らばっていた。しかしどこを見ても、それ以外は特に何もない荒涼とした乾燥した大地が続いていた。一行は、旅人や遊牧民が行き来すると思われる道を辿りながらさらに東方に向かって進んでいった。そして時々馬を休息させながら、遥か北の彼方に目をむけると白雪を冠した高い山々がかすかに見えた。

どこまでも進んでも、そんな景色が何日も続いた。ある日、進行方向に大きな城壁ではないかと思われるものが見え始めた。その方向に向かって少しずつ距離を狭め近づいていくと、その輪郭が次第にはっきりと見えるようになってきた。それは間違いなく巨大な城郭である事が分かった。少なくとも周囲五百メートルはあろうかと思われるかなり大きな方形をなしている城だった。

（その三）

「こんなところに何故これ程りっぱな城壁があるのだろう…」と思いながら、ムハンマドはその城の門に向かって近づいていった。城壁にかなり近づいた時、象に乗った王族のような男達がゆっくりと城門の中から出てくるのが見えた。男達はガラベイヤ（＝エジプト地方の民族衣装）を纏い、頭からかぶるクフィーヤを黒い輪（イガール）で押さえている。

　彼らの後ろには十人ほどの護衛兵とみられる者達が続いて出てきた。ムハンマドは象に乗った男の中に一人だけ金色に輝くイガールを付けた男に注目した。そして、その男が王族の一人だと気がついた。

　すると、ムハンマドの後を進んでいた護衛隊員が「この辺りの遊牧民族の中には略奪を繰り返す集団が次第に兵隊の数を増やし強大になりつつあります。そういう遊牧民族は王族にとっても脅威となっているため、王族も直属の兵士を増やすなどして警戒にあたっているようです」とムハンマドに向かって話しかけた。

「なるほど、遊牧民族の侵入を防ぐために強固な城壁で王国を守らねばならないということか…」

　そして彼は思った。

　もとよりオアシス社会と遊牧民族の社会では、その支配構造が自然と異なっているが、両者はいつも敵対関係にあるわけではない。それぞれの利点を活かして助け合い共存していくことがお互いにとってもよいはずだ。

　確かにオアシス社会では、住民は限られた地域に共同体を作っているため、安定した社会の維持が優先される。その結果、階級が生まれ、社会の考え方も保守的となる。住民は個人の自由よりも社会の安定や平和を優先させて調和を図ろうとする。

一方、遊牧民の社会では常に自然の驚異や変化に対応できなければならないため、オアシス社会の住民に比べると流動的だ。長距離の移動にも耐えねばならない時もあり、柔軟性と高い適応力が必要だ。

オアシスにとって畜産品は必需品だ。遊牧民からこれを買い取って食生活を賄うことができる。一方、遊牧民にとっても、オアシス社会から得た利益で家畜の健康や移動時の必需品を手に入れることができる。

こうして双方の社会は相互依存関係にある。したがって、王族は城壁内の治安維持はもちろん、遊牧民との交流を円滑に継続させることが大切な役目だ。商人との交流や市場の拡大に王が指導力を発揮すれば、王国をさらに発展させ、興隆させることができるのだ。

ムハンマドは小さい頃、隊商をしていた叔父から行く先々でいろいろな話を聞かされた。その中で、商売で成功する秘訣は庶民の機微や感覚を的確に掴むかどうかだと叩き込まれていた。その事を思い出して、「まったくそのとおりだ」と素直に理解できた。

叔父は外交がうまく、何をするにしても結果的に自分の思うように結果を導くためにその準備を怠らなかった。そんな叔父を見て育った彼は、物事の道理を常に分析し周到な準備が大切だと学んだ。そのためにどうすれば良いかという方法を考え行動を起こすようになった。それを経験するたび、それこそが勝利の秘訣だと知った。彼は同じ年代の仲間達と戦争ごっこをして遊ぶときにも意識的にそのルールを自分なりに試す事があった。そしてその度に益々確信を得ていった。

そんな実験について彼は周りの誰にも言わなかったが、冷静に人間同士の争いがなぜ起こるのかを考え、それを突きつめ、どうすればよいのかという具体的な解決法について考えた。

そんなことを繰り返すうち、彼は「将来、自分は力をつけて幅広く人々から信頼と尊敬を集め、世の中に影響力を持つ人間となって戦いの愚をなくしたい」と真剣に考えるようになっていた。

彼はこうして人間の感情や人間の行動を動かしている根本的な動機についてよく思索を巡らせた。そして、何が人々に共感を呼び起こさせ、何が人々の心に愛情と信頼感を醸成させるのかと深く考えるようになった。

この思索をとおして、彼は同時に軍事的な作戦や戦略についても理解を一層深めることとなった。その結果、豊富な知識に基づいて練り上げたムハンマドの軍事作戦は緻密な分析をもとに、見事な成果を収めていった。

その後も彼は大小さまざまな戦いを勝ち続けていった。戦いに勝てば大将は人々のさらなる熱狂的な支持を得ることが出来た。戦勝の足跡は彼を希代の英雄にさせ、やがてムハンマドは自らの確固たる地位と名誉を自分のものにしていった。

ムハンマドの生き方はゴータマやジーザスの非暴力、平和主義を貫いて一生を終えたのとは対照的だった。ゴータマやジーザスは自分で軍隊を持って戦うなどという発想は皆無であったうえ、相手が武力を行使してきても非暴力主義に徹し、抵抗した。そして、どこまでも一人ひとりの命の尊厳を説き、常に個人の啓発と調和を重んじた。

一方、ムハンマドは略奪が横行する厳しい環境に生きたゆえ、地域の民衆を守り抜くための現実的な行動を最重要視し、何よりも優先した。

しかし彼は、何時も都合主義的な大衆の思惑に迎合していたわけではなかった。究極的にはすべての個人が自己の弱さと欲深い生き方に挑戦し克服（ジハード）しなければ真の幸福を獲得することはできないと考えていた。そうすることこそが人格を育み自己を完成させていく根本的な解決法だと悟っていた。

このように彼は人々に理想主義的な価値観を認めさせ受け入れさせながら、同時に現実主義的な生き方を心の中で昇華させるように共感させていった。人々はこうして次第に彼の事を「砂漠の勇者」と呼ぶようになり、部族社会が集まった砂漠の大地で絶対的な名声を次第に勝ち取っていった。

ハディージャとの結婚で得た富の力と影響力、そして、彼の勇敢な武勇伝は次第に多くの人々の間で知られるようになった。しかし、そうなればなるほどムハンマドは満たされぬ心の空虚さが反比例的に大きくなり、ますます息が詰まっていくような気がしていた。心の空虚さは、まるで蜂の巣のようにスカスカになったようで、そのままにしておけば自分はまるで中身のない偽善者の典型になってしまうのではないか…と思うようになった。

次第に彼は自分の無力感に対して行動を起こそうとしない自分自身の弱さに強い嫌悪感と焦り、そして怒りを感じていた。

彼は心の中で「自分は何かもっと大切なことをやらねばならないのではないか…」と強く感じるようになっていた。しかしそれが何なのか自分自身に問いかけを試みたが、明確な答えを得られる事が出来なかった。そんな鬱屈《うっくつ》な日々が続いていた。

どうすればよいのか。何をすればその答えを見つけ出すことができるのであろうか…。

その思いは日に日に強くなるばかりで悶々とした時間が過ぎていった。彼は、次第に人里を避け、日常の喧騒から離れ一人になって考えたい、と強く思うようになった。

ある日、彼は自分の部屋のバルコニーに出て夕暮れを眺めていた。その先には夕日の影になったヒラー山があった。夕日に照らされた山は静かに帳《とばり》をおろし、暗闇の中に沈んでいった。その時、彼はその山には皆が近づくのを恐れていた洞窟があるのを思い出した。そして、「そうだ、あの洞窟ならそう簡単に人は近づこうとは思わないだろう。あの洞窟の中で一人になって自分自身をよく見つめてみたい」と考えるようになった。

その洞窟は彼が幼い頃、仲間達とすぐその近くまで忍び寄って遊んだことがあった。彼らは「肝試し」と称して一人で洞窟にどれだけ近寄れるかを競った。村の長老や両親から「洞窟には鬼畜が住んでおり、洞窟の入り口近くには魔界があって、その中にいったん足を踏み入れれば鬼畜達が身体を引っ張って二度と外に出られなくなる」と聞かされていた。しかもその「魔界」の境界線はいつも移動して動いており、運が悪ければ洞窟にそれほど近くなくとも、周辺にいる者を引き込むことがあると聞かされていた。そんな理由で誰も洞窟に近づこうとしなかった。

やがてムハンマドは青年となり、少なくとも魔界の話は作り話だと思うようになったが、それでも人が近寄らないその洞窟の中には、何か気味の悪い気が漂っていると感じることがあった。実際数年前にも不思議な事件がその村で起こっていたことを思い出した。

それは、両親に結婚を反対された村の若い男女がヒラー山に登り洞窟に近づいた時、その中に吸い込まれて戻らなくなったという事件だ。最初はただの噂話だろうと聞き流していたが、多くの人からその話を聞くにつれて、どうやら本当だとわかった。それ以降、その男女は姿を消したままどこを探しても見つからなかった。ムハンマドは「彼らは駆け落ちをして、どこか遠くの地に行ったのではないか…」と密かに思っていた。

そのヒラー山の洞窟にムハンマドは入ってみることにした。「鬼畜が本当に出るのなら戦うまでだ」と決めていた。鬼畜が本当に出てくるとは到底思えないうえ、「もしそんなことが起こるのならぜひ見てみたいものだ」とも思った。

幼少の頃とは違って、むしろ期待感のようなものを抱いていた。

村から山へと続く細長い道を登っていくと、やがてその洞窟の前にやってきた。辺りは深い緑の木々で覆われ、静かで動物の気配もない。ただ、頬に重く冷たく沈んだような微妙な空気が触れるようで、何となく気味が悪かった。気のせいだろう…と思い直して洞窟の中に足を踏み入れた。

洞窟の中は暗く冷気が漂っていた。外界とは無縁のまったく静寂な世界を作っていた。彼は辺りを注意深く見回しながら前にゆっくりと進み始めた。探るような足取りで洞窟の中ほどまで行くと、上部が平面になっている大きな岩場が目に入ってきた。岩場をよく見ると、上まで上がっていくことのできる自然の足場があった。用心しながら足場を一歩一歩登っていくと、すぐその岩場の上に出ることが出来た。

そこから周りを見ると、岩場の天井が近くに迫っていたが、それ以外は特に何もなかった。ムハンマドは、いつも自分の部屋でしているように、その上で足を組んで座り、背筋を伸ばし目を閉じた。すると、何も聞こえないと思っていた洞窟の中は、耳を澄ますと外界からいろいろな音が微弱ではあるがかすかに聞こえてきた。

その岩場で彼は何時間も瞑想にふけった。そして気がつかぬうちに座ったまま眠りに落ちた。どのくらいの時間が経ったのだろうか…目が覚めると、洞窟の中の様子が前とは違って光がなくともよく見えることができた。何かないだろうかと興味深く、隅々迄洞窟を見回したが、何も目立ったものはない。誰かが入った形跡もない。洞窟の中にはただ大きな空洞が広がっていた。

その時、自分でもそれが何であるか想像できない途轍《とてつ》もなく鴻大《こうだい》な音声で誰かが自分に語りかけてきた。明らかに普通の話し声ではない。その音声はどこからきているのか、誰が発したものなのか、何を意味するのか…まったく見当がつかない強烈なものだった。

彼は驚いて警戒するように身を沈め、その音声が一体何なのかを探ろうとしたが、どこを見てもまったくそれらしきものが見当たらなかった。咄嗟に彼は自分の状態を確かめた。意識はしっかりとしており、自分は決して夢をみているのでもなく、自己催眠にかかったわけでもない。それに決して恣意的でも感情的でもない。確かなのは、明らかに自分を冷静に保っていた。

はっきりと覚えているのは、身を低くして辺りを見回していた時、どこからともなく洞窟の中に眩いばかりの光源が現れ、それが空間に留まり、光源は明るさを増しながら洞窟の中を照らし始めたことだ。そしてその光は徐々に周りのすべてのものを透けたような半透明の世界へと変えていった。それを目の当たりにした彼は、いつのまにか自分自身がまったくどこにいるのかもわからぬ不思議な空間に浮遊していることに気がついた。

その不思議な空間では時間が驚くほど早く過ぎていくように思えた。しかし、思い直して周りをよく見ると逆に時間の経過がまったく感じられなかった。動いているのか静止しているのか、拡大しているのか縮小しているのか、現実なのか夢なのか、いったい何次元の世界なのかもわからない時空間に閉じ込められていた。しかし確かなことは、その状態をしっかりと自覚したことだった。

「いったい何が起きているのだろう…」そう思いながら、彼は手を胸に当ててみた。自分の心臓は間違いなく鼓動している。そして今度は自分の肢体に目をやると、どこにも傷を負った形跡もない。自分の意識ははっきりとしている。

「自分は正常で間違いなく生きている。ふだんのままだ」…ムハンマドは自分自身で呟いた。

その時、突然、「アッラー」と深く響くような声が大衝撃音となって彼の後頭部から全身を突き抜けた。その直後、彼は誰もいない洞窟の中で凄まじい力で抑え込まれ、前のめりになって地面に叩きつけられ、ひれ伏した。

それが何なのか…面を上げて見るのも恐ろしく、しばらくじっと伏せたまま次の言葉を待つ以外なかった。すると何者かが彼の身体を後ろから掴むようにして締めつけ、彼の耳元で「アッラーこそ宇宙の唯一絶対神である。汝はそれを信じ、伝えよ」と語った。

彼の耳元で語る者がいったい誰なのか恐る恐る目を向けると、男なのか女なのかよくわからない人物が立っていた。その姿は全体が透けたように白く輝いており、この世の者なのかどうかも疑わしい誰かが彼を見つめていた。よく見ると、背中に大きな白い翼らしきものをつけており、その翼の羽からは光の小さな無数の白色玉のようなものが連続して空中に噴散しているように見えた。

「あなたは誰だ?」驚きと恐怖を押さえながら、声を振り絞ってムハンマドはその者に聞いた。

「私はガブリエルという者、ティーヴァとも言う。汝に神の意志を伝えに来た」と言い放つと背中の大きな真っ白な羽を広げ飛び去っていった。

そして、その者が去った後、透けたような半透明の洞窟の中に嵐のように唸った強い風が吹き抜け、地震のような振動が洞窟中に響き渡った。いままで周りを照らしていた光の玉は、まるで暗闇に吸い込まれていくように次第に小さくなり、最後は目の前から消滅した。すると、またたく間に洞窟の中は今までのように重く冷たく冷え切った岩盤だらけの空間に戻り、何事もなかったかのように静まり返り、元のままの姿になっていた。

ムハンマドは目の前で何が起こったのかよくわからぬまま、状況を理解するためにできるだけ冷静になろうと努めた。「紛れもなく自分はこの現実の中にいる。夢を見ているわけでもなく、しっかりとした意識を持ち、思考力を持ち、感情的でもなく落ち着いて回りを観察できる理性を維持したままだ。そんな自分がなぜ、このような不可解な出来事に出くわすのだろう…」

この体験は自分にとって特別重要な意味を持っているに違いないと彼は思わざるを得なかった。

一体この「アッラー」という神は何を意味するのか…。

天竺でゴータマに聞いてみたい。そしてこの不可思議な体験についても尋ねてみたい。覚者はいったいどう答えるのだろうか。「絶対唯一神」なるものをどう捉えているのだろうか…。そんなことを考えるうち、彼は天竺への旅に期待を膨らませた。

ヒラー山を下りる時、ムハンマドは自分の経験した事を人々にどう伝えればよいのか、そもそもそれを伝えるべきなのかどうかもまったくわからないまま戸惑っていた。内容を話しただけで誰も自分が正気なのか疑わしいと思うに違いない。皆自分のことを誇大妄想の狂人になったのではないかと疑うだろう。私の言う事は正気の沙汰ではないとしか思わないだろう。

これはよく考えて話す相手を選ばねばならない。そして、どのように内容を伝えるか…ムハンマドはそのことを慮《おもんぱか》った。

いずれにしても、ムハンマドはこの出来事をまず妻のハディージャに打ち明けようと考えていた。自分を心から信頼し、愛してくれている彼女なら少なくとも冷静に話を聞いてくれるはずだ。その上で、ムハンマド自身が不思議な体験をどう咀嚼してよいのか途方に暮れていることを伝えていけば、彼女は少なくとも自分自身の状態を理解してくれるに違いない…。

彼は長時間、我を忘れ食事もとらず洞窟の中で瞑想して過ごしたため、空腹で足元が霞んで見えた。少しふらついてはいたが、意識して足をしっかりと地につけ、ゆっくりとヒラー山を下りていった。

ゴツゴツとした岩場を過ぎ、中腹あたりまで下りていくと、小径を横切るように小さな音をたてて流れる小川に出合った。その小川の手前で彼は足を止めると、ゆっくりと膝を屈め、水を手の平ですくって口に含んだ。

小川の水はヒラー山の大きな岩の間から湧き出ていた。それは冷たく、彼の喉を心地よく癒してくれた。小川の傍に膝をついたまま顔をあげ辺りを見回すと、静かな森の中から小鳥のさえずりが聞こえてくる。しばらく耳を澄ましていると、ちょうど小川の流れる音と小鳥のさえずる音が不思議に調和し、心に穏やかな時間を作ってくれた。

周りには、いつもと変わらない日常と穏やかで平和な森の緑が広がっていた。

## （その四）

天竺への旅を続けながら、ムハンマドは故郷の山での出来事を思い出していた。

山から下りて屋敷に戻った時、妻のハディージャが彼に気づいて驚いたように駆け寄ってきてくれた。

ハディージャは彼の目を覗き込むように見つめると、すぐに彼の異変に気がついた。彼女は直感的に彼が何かの啓示を得て戻ってきたと気づいてくれた。そんな彼をまじまじと見つめ彼女は目に一杯涙を浮かべて喜んでくれた。

その夜、ムハンマドは妻のハディージャと二人だけの晩餐をともにした。そして彼はヒラー山での衝撃的な体験について徐《おもむろ》に彼女に語ったのだった。話をする彼の顔は今まで見たことのないような真剣さで、ハディージャはすぐにその出来事が途轍もなく真に迫ったものであったと理解した。話を聞きながらハディージャは、ヒラー山に登って一人になりたいと出かけていった時の彼と、洞窟の中で不思議な体験をして戻ってきた彼とはまったく別人のように違っていることに気がついていた。

「夫は何か途轍もない体験をしたに違いない。何か特別な啓示を神から与えられたのかもしれない」と彼女は強く感じた。彼女はムハンマドが打ち明けた話をそのまま素直に受け止め、信じることが出来た。ふだんから真面目で嘘もつかず、誠意のある夫をよく知っていたからだ。しかし一方で、夫がこれほど劇的で誰も想像できないような変化を遂げて戻ってくるとは夢にも思ってもいなかった。だから彼女は、彼がその内容を身近な親戚や村の知人達に話すのは注意をしなければならないとすぐに悟った。

普通の人が聞けば、その内容はあまりにも非現実的で妄想的だと見られるに違いない…彼女はそう思った。まして、彼が商人でありながら、あたかも自らを「神の預言者」などと宣言すれば、嘲笑する者も出てくるに違いない。それだけでなく、それを利用して夫を貶めようとする者も出てくるかもしれない。賢明な妻はこれから起こりうる知人達の反応や将来について心を巡らせ、妻としてどんなことがあっても彼を守り抜く…と密かに誓ってくれた。そんな一途な妻の愛情と自分への思いやりに感謝して彼は涙した。

ハディージャは、ムハンマドの体験が歪められて周りに伝わることを恐れ、事前に部族の長老であったアブー・タリブに会って相談をした。その時、彼女が伝えようとしたのは、ムハンマド自身は決して夢や妄想に惑わされているのではなく、ふだんの理性と意識を保っていることであった。そしてムハンマド自身がその体験をどう受け止め、解釈すべきなのかで深刻に悩んでいる事を素直に伝えた。さらにムハンマド自身も、自分の体験について軽率に他の人々に語るべきではないと心に秘めていることを付け加えた。そして最後に彼女は、ムハンマドに天竺国のゴータマに会ってみてはどうかと彼に勧めたことをアブー・タリブに伝えた。

ハディージャは賢明で知性に溢れた優しい女性であったので、アブー・タリブは彼女の語るムハンマドの体験を聞いた時、初めて聞くその内容には戸惑ったものの、決してハディージャが何か別の目的で長老に相談をしに来たとは思わなかった。

ハディージャと会った後、しばらく長老は話の内容を何度も思い返しながら、ヒラーの洞窟で一体ムハンマドに何が起こったのかを考えていた。長老はハディージャが恐れたように、何よりもまず人々の反応を想像し、ムハンマドの話は彼自身を危険にさらす可能性があることを心配した。なぜならクライッシュ族の中で名門ハーシム家の一員であったムハンマドは常にその言動や行動が周囲の多くの者から注目されていたからだ。

変な噂はすぐに広まるものだ。そして噂というものは伝わるたびに誇張されて変質していく。それ故、長老は洞窟の体験談が人々の興味半分で地域に広まらないことを願った。そして何よりもハーシム家を快く思わない人々にとって、洞窟の話は格好の攻撃材料として政治利用される事を恐れたからだ。ましてや砂漠地帯にあった彼らの地域社会では実にさまざまな神が広く信仰され受け入れられている。そこに現れたムハンマドの啓示はそれに意義を唱え、反旗を翻す事になる。その結果、ムハンマドは社会的にも受け入れがたい存在となってしまい、親族一族にとってもそれは面倒な問題を抱えることになってしまうからだ。

そもそも彼の体験を誰かが直接見たわけではない。あくまでも彼一人が体験し、彼一人しか知らないものだ。しかもその内容は常識では考えられない非現実的で異質なものだ。誰がそれを「あそうですか」とすぐに信じることが出来ようか。もしかすると暗く冷たい洞窟の中で、彼自身も気づかぬうちに自身の自己催眠にかかり、頭の中で起きた幻想ではないのか…。長老はそんなふうにも考えた。

しかし、長老にとっても幼い頃からムハンマドの真面目で実直な性格は良く知っており、彼が嘘をつくような男でないことを知っている。それに彼と直接面した時に伝わってくる彼の誠実さや確信はいつも説得力を持っていた。

それゆえにムハンマドの話は長老をますます混乱させ、彼にある種の恐怖感を与えた。なぜなら、長老にとってもムハンマドの話には一点の曇りもなく伝わってくる真実性があり、それは疑う余地のないほど、真に迫っていたからだ。

数日間、長老はハディージャから聞いた洞窟での出来事を何度も思い返し、その意味を考えていた。

ムハンマドが受けた啓示が本物であれば、彼はモーゼやジーザスに続くような大きな使命を持っているということだ。そんなことが我々の身近なところで起こり得るのだろうか…。いずれにしても、もしこれが神の定めた運命とあらば人知では測りがたいものだ。まして凡人が自分達の都合に合わせて、勝手に解釈し判断してはならぬことではないか。おそらく彼が経験した出来事の意味を正確に理解するには、何百年も後の歴史が証明してくれるのを待つ以外にないだろう…と長老は思わざるを得なかった。

もちろん、長老にはムハンマドの話を否定する根拠も理由もあるわけがない。彼が語るそのままを受け止めるしかなかった。長老はそう考えていたが、それにしても両親を幼くして失ったムハンマドには彼を擁護してくれる親戚も限られている。将来的には彼に対しての誤解や悪意に満ちた多くの迫害が起こるかもしれない。自ずと彼はそれらに立ち向かって行かねばならないかもしれない。それが彼の運命だとすれば、彼の前途は多難の連続になるかもしれない。

そんな胸騒ぎを感じながら、長老はムハンマドを懸命に支える妻のハディージャのこれからの苦労を気遣った。

ハディージャが彼に言ったように、ムハンマドが一度この地を離れ、天竺を目指すのは確かによいことかもしれない…長老はそう思った。そうすればムハンマドに対する世間の目を一旦そらす事ができるし、彼を反体制的だと警戒する連中をひとまず安心させ、落ち着かせることができる。

ムハンマドの啓示はゴータマにとっても何らかの意味を持つのかもしれない。ゴータマがそれを明らかにしてくれるかも知れない。それにゴータマの下では数多くの若者が修行と研鑽に励んでいると聞く。彼がこれらの修行僧達と交わり切磋琢磨する事で、自分自身を見つめ直し、自分の使命をより明確に自覚することができるのではないか。長老はそう考えながら、ハディージャのアイデアに賛成し、ムハンマドの天竺への旅を勧めた。

聡明なムハンマドはこの時、叔父の勧めが何を意味するのかを直ぐに理解し、自らも覚者と呼ばれていたゴータマの下で自分自身を磨き、故郷の人々のために役に立てる人間になりたいと心から願った。

## （その五）

ムハンマド一行が天竺の地に足を踏み入れたのは、乾季から暑季に入ろうとする頃だった。天竺とはもともと「河」を意味している。猛烈な湿気と暑さが彼らを苦しめていたところ、一行の前にインダスと呼ばれる大河が現れた。川の水は遠くヒマラヤの大地から流れてきたものだ。その水に触れると少しは涼をとることが出来たが、湿気と暑さの中を進まなくてはならなかった。その大河に沿って広大で肥沃な土地が広がり、その土地で生活する多くの農民を見た。農民達が耕しているのは大麦や小麦などのほかに、牛や水牛、そして羊などの牧畜らしい。ムハンマドの故郷では目にしなかった銅や青銅製の農耕具も多く、地域独特の異なった生活様式に興味を持った。

天竺で見かける住民は思ったよりも肌の色が濃く、顔立ちは彫が深い者が多いようだ。身体はそれほど大きくないが手足は彼の故郷の人間よりも長く見える。農民と思われる人々のほとんどは裸足のままで大地を歩き、女性のほとんどは髪を切らず腰のあたりまで長く伸ばしたままだ。彼女らの髪の毛は椰子油で濡らして整えており、太陽の光を浴びて黒光りしている。ムハンマド一行は住民のそんな様子を観察しながら、天竺の大地をゆっくりと進んだ。それにしても猛烈な湿気と暑さは一行の体力を否応なしに苦しめた。

行けども行けども農家が点在する同じような風景が続いた。そしてあちこちで水牛らしきものがゆっくりと歩を進めて歩いている。天竺の農民は水牛を大切な家畜として育て、農地を耕しているらしい。ほとんどの水牛は真っ黒な色をしているものが多かったが、中には薄茶色の水牛もあちこちで見かけた。多くの水牛の背中には小さな子供が乗って農作業を手伝っているようだ。水牛の手綱を引いて歩いているのはたいがい大人達だ。こうした光景を見ると、この辺りの住民は豊かな生活をしているようには見えなかったが、少なくとも平和で平穏な暮らしをしているようには見えた。

こうした田園風景が一日中続いた。ムハンマド達は額から流れ落ちる汗を何度も手で拭いながら、進み、夕暮れには燃えるようなオレンジ色の太陽がゆっくりと沈んでいくさまを何度も見た。夕暮れ時には決まってあちこちの小さな川などで沐浴をする住民の姿があった。ムハンマドの一行も住民達と一緒に暑さと湿気の中でじっとりとした身体を洗い清めると、蓄積した疲れが大いに癒された。何度もこうした事を繰り返しているうちに、天竺では沐浴が一種の宗教的な儀式であることに気がついた。沐浴をする住民達は水を浴びながら目を閉じ何やら祈りを捧げている。

「これはゴータマ釈尊の教えなのだろうか」と思いながら、ある日小さな小川で猫を抱えた少年が沐浴をするのに出会った。ムハンマドはこの少年が水から上がってくるのを待って、話しかけた。

少年の抱えていた猫は真っ白な猫で、彼は猫と一緒に沐浴をしていた。水から上がってきた少年の腕の中でその猫はびしょ濡れになって寒そうに震えていた。

「その猫も沐浴をするのかい？」

そう言って少年に話しかけると、少年はムハンマドを見て「そう、ルナは毎日僕とこの川で一緒に沐浴をするのが日課なんだ」と言った。

どうやらその猫の名前はルナというらしい。

「でもルナは寒そうに震えているよ」

ムハンマドがそう言うと、「川から上がったときはいつもそうだよ。寒そうに見えるけどルナは沐浴が大好きで、毎日僕とこの川に来るんだ。それに時間が来ると、僕が言わなくても川に行こうと僕にせがむんだ」

「どんなふうにせがむのだい？」

「僕の前に来て身体をゴロンと回転させ、あおむけになって僕を見るのさ」

天竺に入ってから、あちこちで犬が歩いているのをよく見かけたが、猫は珍しかった。ましてルナは真っ白で長くふさふさした毛を持ち美しい。

「ルナの毛は真っ白できれいだね」

「ルナは不思議な力を持つ猫なんだ。このルナに睨まれるとどんな人も催眠術にかかってしまうんだ」

少年が言うには、少年の家で飼うこの猫はいつも台所の大きな食器棚の上にいて、悪い人が入ってくると、その棚から下りてきて、その人をじっと見つめるらしい。それに気がついた悪人が猫を見つめ返すと、いつの間にか猫から目が離せなくなり、しばらくすると眠くなってその場で寝てしまうというのだ。

「それは不思議な猫だね。よい人に対してルナは催眠術をかけることはないのかい？」

ムハンマドが少年にそう聞くと、少年は首を振った。

「ルナは悪い人だけに催眠術をかけるの」と言いながらルナの頭を撫でた。

ムハンマドはルナを見ると笑顔になって手を差しのべた。そしてルナに向かって、「ルナは賢い猫なんだね。さあ、こちらにおいで」と語りかけた。

ルナはムハンマドをみると、喉を鳴らし甘える素振りを見せ彼に擦り寄ってきた。するとムハンマドは腰を屈めルナを優しく抱えると自分の胸に抱き寄せた。白猫のルナは満足げに喉を鳴らし続けムハンマドに抱かれながら少年のほうを見つめた。

少年は驚いた表情で、「ルナが見知らぬ人に平気で抱かれるのは初めてだ」と呟いた。それに白猫のルナは時々ムハンマドの手を舐めるなどして、完全に安心しきった様子でくつろいでいた。まるで、以前からルナは彼を知っているかのようだ。そして時々ムハンマドの頭につけているヘアターバンの布を見てじゃれるような素振りを見せた。

少年はムハンマドの親しみを込めた笑顔を見ると、それに惹かれるように同じように笑顔になった。

「あなたは誰？　これからどちらに行くのですか？」と礼儀を正して聞いた。

ムハンマド一行を見た時、少年は彼らが何かとても大切な用事でどこかに向かって旅を続けている途中だと直感したらしい。それに何と言ってもムハンマドが放つオーラのようなものは真実と誠実さに溢れており少年は彼に惹きつけられた。それが何なのか少年は解らなかったが、彼にとってそんな気持ちになるのは初めての経験だった。少年は自分でも不思議なくらい親しく自然に彼を受け入れる事ができた。初めて会う旅人にもかかわらず何か特別で奇跡のような出会いの印象を受けた。

少年はムハンマドを見ると、何故かなつかしい思いがいっぱいになった。

「これは一体どういうことだろう」と思いながら、遠い昔、少年が生まれる前の前世なのか、とにかくある日ある時、どこかでこの旅人に出会って、その時も不思議にも同じ事を感じ、同じ事をこの旅人に話しかけたことがあった。そんな既視感が少年の頭をよぎった。

ムハンマドは少年の問いかけに応じて「私の名前はムハンマドと言います。私はゴータマ仏陀に会いにゆく途中です。仏陀に会っていろいろと質問したい事があるのです。そして仏陀の下で修行している数多くのお弟子とともに時間を過ごし、学びたいと思っています」と丁寧に応えると、少年に向かって微笑んだ。清々しい声の響きと澄んだ瞳のムハンマドの言葉に吸い込まれ、惹きつけられるように少年はムハンマドを見つめ、微笑み返した。

「はるか彼方にある乾燥した砂漠の国が我々の故郷です。故郷の人々にも祇園精舎で説法される仏陀の名声が届いているのです」とムハンマドは付け加えた。

それを聞いた少年は「仏陀の教えには、沐浴をして祈りを捧げると心と身体から邪気が抜けて清らかになり、身の回りに良い事が起こる…と父と母から教わった。自分も大きくなったらコーサラ国に行って修行僧になりたいのです。だから毎日、この小川に来て沐浴をして仏陀のお弟子になれるよう祈っているのです」と言った。

少年の真っすぐな心が放つ無垢なエネルギーは何事にも代えがたい可能性と強さを秘めている。ムハンマドはこの少年と会話をしながら心の中で強く思った。希望を持ち、夢に向かって生きる若者こそ美しい。人間の人生で純粋な若さそのものこそ最大の価値ではないか。自分もいつも心を謙虚に保ち、いつも未来を見つめた若々しい命を持ち続けたいものだ。ムハンマドはそんな事を少年との思いがけない会話に強く感じさせられた。

「それは偉いね。私も君と同じように仏陀に会って修行がしたいと願い、遠い故郷を後にして旅を続けてきたのです」

「あなたはきっとゴータマ仏陀に会えると思う。そんな気がするよ」

少年はそう言うと、ムハンマドを見て微笑んだ。

「それにしてもこの小川の水は凄く冷たいね。どこから流れて来てるのですか？」

ムハンマドがそう言うと、少年はしばらく何かに思いを馳せて、遠くで白く輝くヒマラヤの峰をしばらく眺めていた。そして「この水はあのヒマラヤの雪山から流れてくるのです」と応えると、さらに続けた。

「僕の父は富楼那弥多羅尼子《フルナミタラニシ》と言います。ゴータマ仏陀の弟子になるために、今あの雪で覆われたヒマラヤの山奥で厳しい修行をしていると、母から聞きました。修行に出る前、母と私を置いていくことをたいそう心配して決めかねていたようですが、悩んでいた父の背中を押したのは母だったようです。父が出家するのを母はとても反対していましたが、村でも村民から信頼され慕われていた父にはもっと多くの人々のために尽くしていく尊い使命があり、それを自分が邪魔してはならないと思ったのです。母は悩み抜いた挙句、父を送り出すことにしたと聞きました」

少年の話を聞いていたムハンマドは、自分を送り出してくれたハディージャの気持ちに思いを馳せて、少年の母の気持ちを思いやった。そして、ムハンマドの脳裏に彼を笑顔で送り出してくれた妻の言葉が蘇った。

「…あなたが旅に出るのは私にとってはとても寂しいことですが、悩みながら日々悶々として過ごされるあなたを見ることはもっと耐え難いのです。あなたの心の中に感じる正しい生き方を求めて歩まれるあなたを見るほうが私は、幸せを感じて生きていくことができます。そしてそれは妻としての務めです…」と。

きっとこの少年の母も相当悩んだのに違いない。夫を送り出す事は彼女にとって本当に寂しかったはずだ…。

思いがけない場所で、ハディージャが自分を送り出してくれた当時が瞼に浮かんだ。そしてそのときのハディージャの気持ちを思い、涙が溢れムハンマドの頬を伝って流れ落ちた。

少し潤んだ目でムハンマドは少年を見つめると、「もしかして、父上は雪山での修行を終えて、ゴータマのところにおられるかもしれないね。もし私が祇園精舎で父上に会うようなことがあったら、君や母上が元気で過ごされていることを必ず伝えます」

ムハンマドがそう言うと、少年はすかさず「ではお願いがあります。僕と母上の手紙を父に渡していただけるでしょうか？」と言った。

「もちろんだ」とムハンマドが答えると、少年はムハンマド一行を近くの少年の家に案内した。

少年に続いてしばらく田畑の畔道《あぜみち》を歩いて行くと小さな農家が見えてきた。

少年の家はこの辺りの典型的な農家のようだ。家の広さはそれ程でもないが、丈夫そうな五十〜六十センチ程の台座のようになった土台の上に建っている。家の周りの壁は鮮やかに映えた白で塗られていた。屋根には灰色の薄い石が重ねられてどっしりとしている。入口の台座部分は少し広めにできていて、農家はそこで農作業をしたり、農作物を置いたりする作業場として使われている。家の周りには手つかずの自然木が生えており、独立した静かな空間が保たれている。

正面玄関の小さな階段部分に腰を下ろして待っていると、しばらくして家の中から少年と少年の母の声が聞こえてきた。そして中から二人が出てきた。

母親は水色のサリーを身にまとい木造の盆の上に茶器と封筒を載せて運んできた。

彼女はムハンマド一行に丁寧に挨拶をすると、少し薬草の香りが漂うチャイを振る舞った。

「これは皆様の喉を気持ちよく慰めてくれるおいしいチャイです。どうぞ召し上がってください」

そう言って薄茶色のカップに入れたチャイをすすめた。そして母親はすぐに家の中に戻り、しばらくして白い封筒を持って出てきた。そしてムハンマドに向かってその封筒を差し出した。

「封筒の中に夫、富楼那《フルナ》への手紙が入っています。もし祇園精舎で修行に励んでいる夫にお会いになる機会があれば、どうかこれをお渡し願いたいのです。よろしくお願いします」と言い、その封筒をムハンマドに差し出した。

母親はまだ若く、三十代後半から四十代前半の女性で、彼女の表情には奥深い知性と気品が溢れていた。彼女の所作をとおしてムハンマドは彼女の夫が高貴な人格と人柄を持った人物に違いないと感じることができた。

「ご主人はなぜ、ゴータマ仏陀の下で修行僧になろうと思われたのですか?」

ムハンマドがそう聞くと、母親は「主人は日頃から根っからの読書好きでした。知人や友人を通じて手に入れた書物を手あたり次第に読んでいるうちに、独学でバラモンの四ヴェーダ(聖典)についても精読し、学んでしまいました。これを知った周りの人々は次々と彼に教えを乞うようになりました。ふだんから世話好きであった夫は機会あるたびに、地域の人々にもこれをわかりやすく教えていました。

しかしその一方で、日頃から私には『バラモンの教えは人間の本質をあまねく、そして正しく説いていないと思う。学べば学ぶほど、何かすっきりしない思いが強くなるのはそのために違いない』と申しておりました。そしてその思いは日を追うごとに強くなったようで、毎日悶々として過ごしておりました。

そしてある日、私に言いました。『いろいろバラモンの教えについて自分はあらゆる書物を通じて学んできたが、学べば学ぶほど、バラモンの教えには矛盾があるように思う。その矛盾が何なのかを考えなければ、心から人々を教化する気にはならないのだ。何故そう感じるのか、もっと深く自分でよく考え思索してみたい』と。

そして、ある日、『愛する家族を置いて旅に出るのは辛いことで誠に気がかりであるが、息子も何とか分別のつく年齢になった。きっと私の代わりに母親をいろいろ助けてくれるであろう。もし許してくれるのであれば、そのために少し時間をくれないか』と言ったのです。その後も、夫は一人で深夜まで思索する時間が増え、ずっと悩んでおりました。そうするうちに、ようやく世俗を離れる決意ができたのでしょう。彼はヒマラヤの雪山でさらに修行することを決めたのです」

母親の名は弥多羅尼《ミトラヤニー》と言った。夫が修行僧となった後も、自らも常日頃から夫からバラモンの教えについて聞かされていたことで、自然にその教えを詳しく理解し、習得していた。夫の富楼那が地域の住民から広く尊敬され慕われていたので、彼が雪山に入山して家にはミトラヤニーと子だけが留守番で残ったが、近所の人達は彼女のところによく集まって自発的に勉強会を開いていたという。そういう生活を続けるうちに、いつしか彼女達も夫のあとを追って同じ道を歩みたいと思うようになっていた。それに母親の姉はもともと一足先に出家し釈迦教団の中では憍陳如《カウンダンニャ》として知られた比丘尼となっていた。姉がゴータマの近くで比丘尼として生活していたことで、常日頃から彼女は自然に釈迦の活動と名声について姉から詳しく聞かされていた。当然、それは彼女の人生観に大きな影響を与えたのだ。

ムハンマドの膝の上に座っていた白猫のルナは気持ちよさそうに身体を伸ばし、大きなあくびをすると、母親の弥多羅尼のほうに向かって歩きだし、今度は彼女の横に座ってムハンマドを見つめ、毛づくろいをはじめた。

## （その六）

弥多羅尼と少年から託された手紙を持ってムハンマド一行は少年の家をあとにした。母親が振る舞ったチャイの香りがしばらくムハンマドの周りに漂った。やがて少し生ぬるいが、慣れてくると心地よく感じる西風にその香りは流され消えて行った。

一行の額には汗が再び滲みはじめていた。目指すはコーサラ国の都、舎衛城《しゃえいじょう》。そこに位置する祇園精舎だ。そう思いながら、天竺の農村地帯をまっすぐに伸びる一本道をさらに東へと進んだ。

道のはるか左前方の彼方には白雪を冠した峰々がそびえ立っている。真っ白な稜線は濃紺の空と対照的に浮き上がり、太陽の光を反射してますます輝きを増しているように見えた。蒸し暑い田園の風景と相まって真っ白な雪山が見えるのは、よほどあの山々が高いのだろう…。そんなことを思いながら彼は馬上で額の汗を拭った。

ムハンマドは、陽炎のような揺らぎが漂う大地に目を凝らし、農村地帯に点在する民家一軒一軒を眺めた。それらのほとんどは石で造られている。緑が豊かで樹木が豊富なのに木造家屋よりも石造民家が多いのはどうしてだろうと思いながら、ムハンマドは興味深くそれぞれの民家の建て様を観察した。どうやら、それぞれの石造の建物の中では、丈夫な木が柱や梁として使用されているようだ。石と木をうまく組み合わせて出来ている。流石に気候・風土が異なると、随分と住居の建築様式も違ってくるものだ…そんな事を思いながら、ゆっくりと一行は前へ前へと歩を進めた。

それから五日間程、同じような風景が続いたが、一本道は次第に傾斜を増して険しい上り坂になっていった。廻りの景色も明らかに今迄の平地の農村風景とは異なった丘陵に変化しつつあった。住居と思われる家屋の一つ一つは山の斜面を利用してうまく建てられている。

建物の片隅には薪の束が山積みされている。冬になればこの辺りはかなり寒くなってそれぞれの民家では薪を焚いて寒さを凌ぐのだろう。住居は石の頑丈な土台の上に木造で平屋のものや二階建ての家屋が散らばっていた。

頬に触れる外気も日に日にひんやりとして冷たくなり、いよいよそれまで遠くに見えていた雪山がもう間近に迫っているように見えた。よく見ると丘陵にある民家の屋根は白い雪で覆われている。眩しく輝く雪の渓谷を越えるたびに、野原一面を覆った青色や黄色、そして桃色などの美しい花々が彼ら一行を迎え癒してくれた。

渓谷で生活を営む人々の装いは渓谷により、特徴があり少し違って見えた。女性の多くは長く伸ばした頭髪を中央から分け、多彩な色の紐で縁取りした平らなハットを頭上に載せている。渓谷ごとにその大きさが微妙に違っているようだ。

彼女達の上着は地味でくすんだ色のものが多くサリーに似ている。男達は放牧や行商をしている者が多いのか、道を行く途中で十頭前後のラバを率いて荷運びをする男達に何度もすれ違った。どの男も逞しく日焼けしたごつごつした顔をしている。彼らは渓谷の村々の間を行きかいながら、生活必需品を交換したり売ったりして生計を立てているようだ。

彼らはムハンマドの一行とすれ違うたびに立ち止まって、はるか西方世界からきたムハンマド達の風貌を珍しそうに、まじまじと眺めた。最初は何者だろうと警戒しているような様子を見せたが、やがて求道者の旅人であるとわかると安心した様子で親しみのある笑顔を浮かべた。そして何か必要なものはないかと声をかけてくれた。そのたびにムハンマド一行も笑顔で彼らに応えた。男達の積み荷から飲み水を分けてもらうことも何度かあった。

美しい大自然の中で生きる人々は逞しい。心が清らかで素朴だ。素朴で嘘のない人間には独特の人間味と豊かな愛情が滲み出るものだ。ムハンマドは道すがらそんなことを感じながら、人々との触れ合いを何よりも楽しんだ。男達の中にはまだあどけない表情をした子供の姿もあった。年の頃五～六歳の幼児達にとって、外出はいろいろなものを見て学ぶ大切な機会に違いない。親達は旅をしながら幼児に話しかけ、見聞を広めさせながら生活の術を教えていく。

決まって子供達は愛らしい瞳でムハンマド達を興味深く見つめた。そんな時、ムハンマドは弥多羅尼のところを出発する時、彼女がくれた黒い砂糖の塊を革袋から取り出し、それを少し割って子供達に分けてやった。すると子供達は恥ずかしそうに「ありがとう」と言ってそれを受け取ると、弾けるような明るい笑顔になって口に含んだ。

子供達の中には、ムハンマドから黒砂糖の欠片を受け取ると、今度はそれをさらに細かく分けて自分の乗っているラバに分け与えるものもいた。ラバは思わずその甘い珍味を味わって驚いたような表情を見せ、たてがみを揺らして喜んだ。親達もそれを見て嬉しそうに彼に礼を伝え、絞りたてのラバのミルクをムハンマド達に分けてくれた。

峠越えには普通の馬よりも、ラバが適しているらしい。ラバは雌の馬と雄のロバの交雑種の動物だが、この辺りの農家ではラバは体が丈夫なうえ、粗食に耐え足腰が強靭なことから馬よりも好まれて飼育されているらしかった。ラバの蹄《ひづめ》は馬よりも硬く悪路の多い峠道には適している。馬と比べて駆け足はかなり遅いが、頭は馬よりも良く人間には従順だ。小さな子供達にとってはラバは格好の旅友達になる。そう言えば、ムハンマドの故郷でもラクダに代わってラバを飼育していた農家も多かった。そして彼らの中には食用としてもラバ肉を好んでいる者もいた。

ラバを束ねて進む行商達の中に、鉄格子で囲んだ大きな檻を引いている一行が目についた。かなり急な坂を登り切った丘陵の上で休息をとっていた。ムハンマド一行が彼らを追い抜いていこうとした時、ムハンマド達が乗っている馬達が歩を止めて動くのを躊躇《ためら》った。従者の一人が馬に鞭を打って進もうとすると馬は益々前足を踏ん張り、頑として動こうとしない。

不思議に思ったムハンマドは、鉄格子の檻の中を覗いてみた。

すぐに「無理もない」と気がついた。横たわっているのは巨大なベンガルトラだ。ときには人肉をも食すと言われる最大級の猛獣だ。黄色に黒色の縞模様が鮮やかに入った成獣だ。しかもこのベンガルトラは普通の成獣と比べてもかなりの巨体だ。

ラバ達はすぐにベンガルトラの臭いでその気配を察知していたのだ。漂う恐怖の臭いがラバ達を怖がらせた。もし、このトラが檻の中ではなく、どこかに身を潜め獲物に気づかれないよう忍び寄ってラバ達を襲えば一溜りもない。その強力な前肢で抑え込まれ、首筋を鋭い牙と強力な顎で噛み砕かれてしまう。獲物は簡単に絶命し、この猛獣の恰好の餌食となる。

いったい行商の男達はベンガルトラを飼って何をしているのだろう…。

何やらわからぬ言語で話をしている男達にムハンマドは声をかけた。すると一番年配の男がアラビア語で「この雌トラは例のお尋ね者のベンガルトラさ。この辺りの村を騒がしていた恐ろしい人食いトラだ。我々が苦労の末、終に捕獲する事が出来た。そして今、役人のところに持っていく途中だ」と答えた。年配の男は他の男達を指して「連中は皆ヒンディー語しか話せない」と言った。

男の話によると、そのベンガルトラは空腹になると人肉を漁って周辺の村々に出没を繰り返したらしい。いつも村人達を襲うのは満月の近い夜で、それまでは獲物を狙ってじっと機会をうかがい、村の近くに潜んでいた。

獲物と定めた村人が来ると、至近距離まで村人が気づかぬよう忍び寄り、周りに響き渡るように吠え、村人に飛びかかった。そして、頭蓋骨を前肢で一撃で粉砕し、脳を食し、腹部を引き裂いたという。トラに内臓を食べつくされた犠牲者はあまりにも無残な姿となったという。恐ろしい身体能力と容赦ない鬼畜本能は想像を絶していた。

これまで虎の犠牲になった村人の数は実に五十人以上になるという。この辺り一帯の住民は夜の闇が迫ると、今にも人食いトラがあらわれるのではないかという不安と恐怖に毎晩襲われた。ついには恐怖のあまりノイローゼになって、一家で村を逃げ出すものが相次いだ。一方、村に残った住民達も家の周りに、薪を焚き火の明かりで警戒線を設けるなどして夜の明けるのを待った。人食いトラの力は強大で、トラを生け捕ろうとした捕獲隊の全員が大けがを負ったり、命を落とし犠牲になったこともあった。そのため、好んで捕獲隊員になろうという者がなかなか集まらなかったようだ。

捕獲隊員になろうかという者はよほど自らの体力に自信があり、怖いもの知らずで勇気のある若者だけに限られていた。ムハンマド達が会った年配の男は、少し前まで捕獲隊長をしていたらしく、頬に大きく深い傷跡を残していた。男の話を聞いているうちに、それは以前ベンガルトラを生け捕ろうとして受けた傷痕だとわかった。その傷跡を男はムハンマド達に誇らしげに見せた。

彼にとってはおろらく勇者の勲章に違いない。それにほかの男達もよく見ると、彼らの中に腕に包帯を巻きつけた者や、足を引きずって歩いている者がいた。それはまるで激しい戦場から生き残って引き揚げてきた兵隊のようだった。命がけでこのトラを退治しようと戦いに臨んできた連中に違いない…ムハンマドはそう思った。

それにしても捕獲されて檻に入れられているベンガルトラは恐ろしい程の威圧感を与える大きさだ。時にはインドゾウをも襲い、その鋭い牙で噛み殺してしまうということを叔父から聞いたことがあったが、なるほど檻の中に閉じ込められているにもかかわらずトラの持つ存在感は圧倒的だ。

鋭い眼光の奥に秘められた獰猛さは目が合うだけで、相手をすくませてしまい、恐怖で身体を凍らせてしまう。その虎は生け捕られ、檻の中に監禁さ

れ、閉じ込められているのにも関わらず、堂々としていて休息しているかに見える。逆にまるで周りの人々を従わせているような錯覚を与える。間違いなく密林の王者の風格があった。

「もし、このベンガルトラが威嚇声をあげてガオーと吠え、檻の中で全力で暴れ出したら、この檻もすぐに破壊してしまうのではないか…」。そんな不安と恐怖がムハンマドの脳裏をよぎった。行商の男達と一緒に旅するラバ達も檻の中のベンガルトラが常に気になるようで、耳をそばだてながらいつもトラに目を配らせていた。檻が何かの拍子で揺れるたびにラバ達は急いで逃げようと四肢に力を入れた。虎は檻の中で時々、周りに低く響き渡るような恐ろしい唸り声をあげた。檻の傍で繋がれているラバ達も生きた心地がしないだろう。

その時、頭に茶褐色のターバンを覆った男が行商の隊列の一番後方から近づいてきた。布で包んだ大きなものを抱えて檻のところで止まった。男が抱えている布は何か生臭く濡れているようだ。よく見ると布から血が滴っている。男は檻の間近まで来ると立ち止まって、その布を開け包んでいたものを取り出した。赤茶色をした生臭い塊りを見てムハンマドは、すぐにそれは動物の肉だとわかった。どうやら檻の中のトラに与える餌らしい。

それを見ていた年長の男が「あれはインドカモシカの肉だ。現地ではブラックバックと呼ばれている。柔らかくてなかなか美味いぞ」と言った。

「先の村を通っている時、その村の狩人が持っていたものだ。そいつからそれを買った。村にはヒンズー教徒が多く、ブラックバックは牛の仲間だと伝えられているので、なかなか売れなかったようだ。だが、これは水牛でも牛でもなく間違いなくシカの仲間さ。黒豹に襲われて餌食となったものらしい。体は鋭い牙で引き裂かれ内臓はなくなっているが、他の部位の肉が残っていたものだ。トラの大好物さ」と言ってニヤリと笑った。

檻に近づいた男は、持っていた肉の塊を板の上に載せると、腰に着けていた青銅色の鎌切り包丁を取り出し、いかにも手馴れている熟練の料理人のように、それをいくつもの小さな塊りに叩き切った。

その様子を檻の中で目を凝らして見ていたベンガルトラは待ちきれないように檻の中を行ったり来たりを繰り返し、時々低い唸り声を出しながら餌を待っている。

やがて男は、そのブツ切りした肉の塊を、板の上に無造作に積み上げた。そして、肉片がトラにとって、ちょうど食べごろの大きさになったのを確かめると、厚い板の上に並べた。その板からは真っ赤な鮮血が滴り落ち地面に滲みていった。そのたびに血生臭い臭気が辺りに漂った。

そして男はベンガル虎に向かって「さあ、うまい飯ができたぞ」と言いながら、ブツ切りにされた肉塊を檻の中のトラに見せると、欲しいだろと言わんばかりに自分の舌を出してペロペロと男自身の口のまわりを舐めて見せた。トラは上下の牙から涎を垂らしながら板の上の肉塊をじいっと睨んでいる。腹をへらして待ちきれないようだ。

それを察したのか男はブツ切りの肉塊を手で掴み、檻の鉄格子の間から虎の前肢めがけて投げ入れた。虎は転がって入ってきた肉塊を獲物のように捕らえて押さえ込むと、自分のものだと言わんばかりに辺りを警戒しながら、大きな舌でうまそうにインドカモシカの血を舐めはじめた。それが終わると、今度は貪るように肉塊にかぶりつき、満足げに味わいながら食べはじめた。も も肉のような骨付きの部位は口の中で、強力な顎に力を入れ噛み砕かれた。そのたびにトラは頭を揺らし口の中で音をたて、肉塊をそのまま飲み込んだ。もし、こんなトラに頭を噛まれたら人間の頭蓋骨は一瞬にして砕かれ、脳みそがはみ出してしまうだろう…とムハンマドは思った。

思わぬところで、行商達のベンガルトラが肉を貪る様子に出くわしたムハンマド一行は、隊列の中で虎を真近で見て怖がっていた馬やラバ達をなだめた。そして、彼らを落ち着かせると再び隊列を整え直し、東方に向かってゆっくりと丘陵の下り坂を進み始めた。

やがて日が暮れて行く方向に小さな村の民家の灯りが見えてきた。一行はどこかゆっくりと宿泊できる場所を探そうと村のあちこちを見て回った。村の中心には小川が流れ、それを利用して小麦やトウモロコシの栽培が盛んなところのようだ。村の民家になかなか宿泊できそうな場所が見当たらないので、ある民家の前で歩を休め聞いてみることにした。

目に止まった民家に向かおうとした時、ムハンマドは道を外れた暗闇の中に多くの人がうごめいているのに気がついた。目を凝らしてよく見ると、十人近くの女性と子供達が固まって座っているようだ。彼らの肌は黒く、服装はボロボロで薄汚い恰好をしている。どう見ても自分の住居を持った者達ではなさそうだ。その時、ムハンマドの従者の一人が「ダリット達です」とムハンマドに告げた。

よく見ると、一人ひとり異様な目つきをしている。うつろな目をしているにも関わらず瞳孔が開きじっと見つめる目は何か獲物でも狙っているような目つきだ。頬に微かに触れる生温い風に乗って、なんともいえない不快な臭気が漂ってくる。

ムハンマドは従者に「ダリットとは何だ？」と聞くと、従者は「カースト制度の中にも入れてもらえない者達です。仕事もなく、あらゆる機会を与えられず社会の除け者として人間扱いされていない者達です。彼らはまるでドブネズミのような生活をして生存しています。多くは南方からやってきてこの辺りに住み着いたのではないかと思われます」

「伝染病を持った者も多く、下手に彼らに近づくのは危険だと仲間から聞いた事があります」

ムハンマドがそれを聞くと、「なんということだ。天竺国にこのような民が住んでいたのか」

と呟いた。子供達は空腹なのか、食べ物を欲しているようだし、皆可哀そうなほどやせ細っている。

その時、一人の子供が飛び出して来てムハンマドの馬に飛びかかってきた。そして手を突き出して物乞いをした。しかし、子供の目は異様なほど、瞳孔が開き狂人のように見えた。言葉を話さず、ただウーウーという唸り声を発してきた。まるで動物のようだ。正常な人の表情をしていない。一行はまともな子供ではないとすぐに察した。人間の恰好をした黒豹の子供のようだ…。

驚いたムハンマドの二人の従者が、その子供を捕まえて取り押さえた。それでも子供はウーという唸り声を発したまま暴れ、飛びかかってこようとした。子供の口からは涎《よだれ》がだらだらと垂れて身体を抑え込んでいる従者達の着物や手を濡らした。それはまるで狂犬病にかかった犬を相手に格闘しているようだ。激しく狂ったように動こうとする子供の異様さに、取り押さえようとした従者達の顔が不意打ちを食らったかのような驚きで青ざめた。それでも子供は気が狂ったように満身の力を込めて向かってくる。そのたびに、異様な臭気が漂い従者やムハンマドの鼻を衝いた。おそらく子供は、もう何年も身体を洗ったことがないのだろう。彼の肌は石化したように黒く固まって見える。想像を超えた不運や悲しみに閉じ込められて地獄を彷徨っている狂人《きょうじん》に見えた。

いや、わざと狂人のように見せかけ道行く人達を怖がらせ物乞いをしているのだろうか…とムハンマドは思ったが、何よりもその狂気じみた子供の目は本物の獣の目だった。まさしく、人の子に獣が宿っていた。

あの少年の親は生きているのだろうか？　少年の首を鎖で引き回している者達はいったい何者なのだろう。

# 第七話　邂逅（出会い）

## （その一）

従者が力ずくでやっとのことでその子供を取り押さえ、ほかのダリットがかたまっている暗闇に連れ返した。突然の思いがけない出来事に誰もが一瞬緊張し構えたが、やがて気を取り直して別の民家にあたろうと動き始めた。しかし、ムハンマドはしばらく少年の狂気のような目が脳裏から離れなかった。従者達も皆同じ思いであったのか、思いがけない出来事に衝撃を受けたようで一行の沈黙が続いた。

なんと不幸なことであろう…ムハンマドはそう思った。まだ幼くてかわいい年頃の男の子が日常生活の中で、廻りの大人達から意図的に麻薬漬けにされたに違いない。脳味噌も思考も破壊され、人間の形こそしているが、鎖の首輪をかけられたままだ。その動きは大人達に操られる動物のようだった。こんなことがこの世にあってよいのだろうか。大人達はなんということをするのだろう…そう思うと怒りが彼の心に込み上げた。

天竺国には古くから厳格なヴァルナと称されるカーストの制度が存在していた。紀元前一千五百年頃、アーリア人が移住してきたときに原住民を支配した。支配を容易にするために区別を作ったのが始まりらしい。頂点にはバラモン＝僧侶が君臨した。王族や戦士達はクシャトリアと呼ばれる次の身分にあり、権力を持つことが許されていた。そしてクシャトリアの下にヴァイシャと呼ばれる商人達がおり、一番最下層にはシュードラ＝奴隷が存在した。しかし、ダリットはそれらの身分にも入れてもらえず、木の葉や泥以外の家には住めない。いわば人間扱いされない身分として存在していた。

ムハンマドは幼い頃、叔父から天竺国のヴァルナについて少し聞かされたことがあったが、その現実に実際に触れて、異国に根を下ろした呪いの制度を見たような気がした。そういう国にゴータマが現れたのは、暗闇を照らす太陽のような存在であったに違いない…彼はそう思った。

ムハンマド達の前に現れた子供にとってムハンマド一行は、物を恵んでくれる裕福な旅人以外の何者でもなかったのかもしれないが、ムハンマドにとっては、その少年は呪いがうごめく闇の象徴のように感じた。

ダリット達がうごめいているような暗闇を避けながら、しばらく行くと民家が何軒か集まっている明るい場所にやってきた。そこで、ちょうどその真ん中に位置する一番大きな民家を訪ね一晩泊めてもらえないか聞いてみることにした。

家の周りには石垣が三メートルくらいの高さに積まれており、ちょっとした頑丈で小さな要塞になっている。家の門には明々と篝火が燃やされており、背丈が高く体格の良い男が二人、門番として立っていた。彼らは兵隊が身に着けるような甲冑を被り、槍のようなものを持って住居の中を守っていた。見るからにその民家は地域を治める有力豪族か裕福な権力者の住居のようだった。ムハンマドは遠く異国からやってきた自分達一行に対してどのように接してくれるのか全く見当もつかなかったが、とにかく自分達は祇園精舎のゴータマに会って教えを求めようと遠い西国からやってきた事を伝えるよう門番に頼んでみた。

門番の一人が屋敷の中に入ってしばらくすると、今度はその家の召使のような年配の女性が金属製のガネーシャの形をしたオイルランプを掲げ、辺りを照らしながら門番と一緒に屋敷から出てくるのが見えた。

女性はムハンマド一行の前に来ると、オイルランプをムハンマドのほうに上げて照らし、「ご主人様が、皆さまを屋敷内にご案内するようにと申しております。どうかお入りください」と言って丁寧に挨拶し、自分に続くよう促した。ムハンマドは馬から降りると、女性に向かって、「申しわけありません。この辺りの様子はよくわからなくて、宿泊先を探すにもどうすればよいのか途方に暮れておりました。もし今夜だけでも休ませて頂ければ、本当に助かります」と伝えた。

一行は馬を降りて彼女のあとに続いた。

門を通って中に入ると屋敷に続く小径は石畳になっており、少し水が打たれたのか湿っていて月光に照らされ輝いていた。大きな庭のあちこちには篝火が掲げられておりパチパチという音をたてながら明るく庭園全体を照らし出している。中はかなり奥行きがあるようだ。目を凝らしてよく見ると、庭の隅のほうには警備兵の宿泊所があり、住居の防御に相当神経を遣っているように見えた。

いったい誰の屋敷だろう…と思いながら、しばらく前を行く女性の後に続いて歩くと建物が現れた。全体が赤っぽく複雑な模様が壁に彫り込まれている。この建物は、おそらくこの辺りで採掘される独特の赤色砂岩を積んで造られているのだろう…。

ムハンマドはそんなことを思いながら正面玄関に廻ると、鮮やかに装飾された玄関が近づいてきた。見上げると屋敷全体は三階建てになっていた。そして建物には、バルコニーがいくつも見え、中庭を取り囲むように大きな部屋が並んでいた。かなりの豪邸だ。少なくとも二十〜三十人はこの屋敷の中に住んでいるのだろう…。

案内をしてくれた女性が、入口の所で足を止め「少々お待ちください」と一行に伝えると、館の中に入って行き、誰かと話す声が中から微かに聞こえた。

今度は、中からその女性とともに執事のような中年の男性が現れた。彼は、改めてムハンマド一行に一礼すると「よくお越しくださいました。主人の須多達《シュダッタ》が皆様にぜひ、お食事を振る舞いたいと申しております」と言って全員を中に通した。

「須多達様はどういうお方でしょうか?」とムハンマドが聞くと、男は「主人はゴータマの古くからの信奉者で、ゴータマの学舎で修行し学ぶ弟子達に機会あるごとにさまざまな布施を行って参りました。今夜、皆様がゴータマの教えを求めて、はるか彼方の西方の国から来られたということを知って、ぜひ丁寧にもてなすようにと申しておりました」と言った。

男の説明によると、須多達はコーサラ国では広く知られた在家の大富豪で、ゴータマの教えに帰依した後、自分の私財を惜しまなく提供してきた人物として知られているらしかった。

「皆様が向かっておられる祇園精舎も実は須多達様が、コーサラ国の王子から買い上げて、釈迦の教団に寄進されたものです」

男の説明を聞くうちに、須多達がゴータマや彼の下で修行する弟子達とは深い親交があり、普通の人物ではないことを知った。

ムハンマド達は館の中の一番大きな部屋に通された。その中央には円型の食卓テーブルが置かれていた。そして、数人の女性がテーブルの上に次々といろいろな食べ物や食器を置き、部屋の片隅に整列した。そのうちの一人が前に出ると「さあ、皆様どうぞ席にお着きください」と言ってムハンマド一行に着席を促した。ムハンマド達が食卓の席に着こうとした時、須多達が部屋に入ってきた。

ムハンマド達が着席すると、須達多はムハンドに声をかけた女性を指して、「これは私の妻で玉耶女《ぎょくやめ》と申します」と言って彼女を紹介した。彼女はムハンマドに向かって「皆様、ようこそおいでくださいました。こうして偶然、お会いできたのも何かの深い縁があってのことだと思います。今夜はどうか心行くまでお寛ぎください」と言って美しい笑みを浮かべ挨拶した。

すると須多達は「玉耶女よ、お前も皆様と一緒に食卓に加わりなさい。皆様はゴータマ仏陀に会って教えを乞うために、遠い西国からおいでになった。お前が体験したゴータマ仏陀とのお話をぜひ聞かせてあげてはどうだろう」と彼女に言った。

「私の話など取るに足らないものです。今からゴータマに会おうとされている求道者の皆様方にお話ししても決して役に立つわけでもありません。決して誇れるものではありませんし、逆に求道者として遠くからおいでになった皆様から学ばなければならないと思っております」

彼女はそう言って食卓に加わるのを躊躇った。

夫婦の会話を聞いていたムハンマドは、玉耶女のほうを向くと真顔になって、丁寧に「ぜひぜひ、お話を聞かせてください。こうしてゴータマ仏陀を個人的にもご存知の方にお会いできたのは、過去世からの不思議な因縁で何か意味のあることでしょう。我々は、ゴータマに会って修行をしたいと願って彼方の西国から旅をしてまいりましたが、その弟子にあたる玉耶女様からお話しを聞けることは、これ以上の喜びはございません」と言って、一緒に彼らの食卓に加わってくれるよう、請願した。

しばらく思案の表情を浮かべていた玉耶女は、少し恥じらったように「それでは、ご一緒させていただくことにいたします」と言って微笑んだ。

テーブルには食卓用のオイルランプが燈され、豪華で多彩な食べ物を明るく照らした。

須多達の館での思いがけない歓待はムハンマド達の旅の疲れを温かく癒してくれた。

彼らとの歓談が進む中で、玉耶女夫人はゴータマと出会った時の様子をすこしずつ話しはじめた。、高慢で利己的、他人への思慮深さに欠けた過去の自分がどうして変わることができたのか…。

夫人は頬を赤らめながら、恥ずかしそうに食卓の席で語ってくれた。

「まったくお恥ずかしいことですが、私は自分の美しさは、この国のどんな女性よりも勝り、世の中のすべての男の関心を集め何も怖いものはないと思っておりました。

それまで、裕福な家庭で生まれ、豊かな環境の中で育った私はいつも身の周りは手伝いの女中や他の家人に任せ、家事には一切手を出さずにおりました。私はそんなことに関わる必要はないと思っておりましたし、興味があったのは、ただただ毎日鏡の前で時間を過ごし髪を梳き、化粧に明け暮れて一日を過ごすことでした。そして両親の薦めで須多達のところに嫁入りした後も、私の生活は以前とまったく同じで変わりませんでした。

そういう私の生活態度をまわりの人間は当然のことながら、良しと思わず軽蔑し批判的であったことも察しておりました。しかし、『わざわざ頼まれて嫁に来てやったのだから、それくらいは当たり前でしょ』と心の中で思っているような有り様でした。今から思えば、本当に夫にはたいへん恥ずかしく嫌な思いをさせてしまったと思っています。

主人は、長年、労も惜しまず働き続けてきた苦労人でした。それだけに親しく付き合いのあった仲間も多く、社会から信頼されしっかり根を張ってまいりました。それだけに、主人の須多達にとっては、妻である私の高慢で自分勝手な態度は、情けなく恥ずかしく思ったに違いありません。そんな主人の気持ちも理解せず、気分屋でやりたい放題の私には本当に手を焼いておりました。

私の生活態度に困り果てていた主人は、この近辺まで托鉢に訪れていたゴータマの噂を耳にして決心、ある日、私を改めさせようとしてゴータマを自宅に招いたのです。やがてゴータマが館を訪れることを知った家人や従者はたいそう驚いて、一家総動員でその準備を始めておりました。

そして、いよいよゴータマがおいでになる日になって、私はいよいよこれは面倒だと思い、朝から自分の部屋にある衣装室の片隅に密かに身を隠しておりました。

そうするうちにゴータマが館に来られ、屋敷内は皆、仏陀をお迎えした歓びで騒然となっておりましたが、私は一人身を潜めてその様子を密かにうかがっておりました。

やがて、ゴータマに会わせようと下の階から主人の私を呼ぶ大きな声が聞こえましたが、それでも知らぬふりをして沈黙を貫いておりました。

その時、今も忘れはしない出来事が起こったのです。ゴータマは神通力をお使いになって屋敷全体をまるで水晶のように透き通った館に変えてしまわれたのです。そうすると、屋敷の中のすべてのものが透けて見えたのです。そうなれば、身を潜めて隠れていた私の居どころもまる見えです。皆にどこに私がいるのかが直ぐに分かってしまいました。その様子は本当に恥ずかしく滑稽でした。家の者がゴータマ仏陀をお迎えし、歓喜の渦で高揚しているのに、私だけが奇妙な恰好で小さくなって暗い空間にじっと隠れているのですから…。

それで、観念した私は嫌々皆のいる部屋に出て行ったのです。その時の様子は今でも鮮明に覚えています。

私を見られたゴータマは、優しくそして温かく私を迎えてくださり、微笑みながら仰いました。

『玉那女よ、如何に顔や姿が美しくとも、心が不純で汚れている者は醜いものです。黒い髪も歳とともにやがては白髪となり、貴女の真珠のような白い歯もだんだんと抜け落ちていくのです。そして顔には皺が増え、貴女のしなやかな手足は不自由になっていく…。

それだけではない。ひとたび無常の風に誘われれば、二度と見られぬ哀れな姿に変わり果てるのです。そのような肉体に何の執着を持つというのですか。それよりも心豊かで美しい女性になって、誰からも慕われることこそが大切とは思いませんか？』と。

ゴータマの声は透き通るようで真実があり力がありました。私の心の中を優しく見とおすようで、それでいて優しく包み込むような温かさがありました。

ゴータマは続けて仰いました。

『玉那女よ、世の中のすべての物は生まれ成長して老い、やがて病を患い死を迎えるものだ。この生老病死《しょうろうびょうし》の理は誰もが避けて通る事のできないものです。この宇宙でさえも例外ではないのです。私自身もやがて老いて、病を負い、いつかは死を迎えなくてはなりません。この原理は富があろうがなかろうが、乞食のような悲運の者であろうがなかろうが、万人万物すべてが生老病死の真実は避ける事は出来ないのです。ならば常に変わりゆく無常の生に一喜一憂せず、常住して変わらず存在する自己の生を覚醒させるべきです』と。

ゴータマの言葉に私は己の浅はかさに気づき、今迄の生き方が本当に恥ずかしく、情けなく思いました。そのとき以来、私は怠惰な自分を反省し、自らが率先して何事も行うようになりました。人の感情や心も深く理解するようになり、家人に対してもいろいろと心を砕き思いやることができるようになりました」

思いがけない食卓の席で玉那女夫人が伝えたゴータマの教えはムハンマドの心に深く感銘を与えた。その夜、客人用の寝室に案内されたムハンマドは、すぐに寝つくことができず、その部屋のバルコニーに立った。そして、夫人の語ったゴータマの教えを思い返しながら、生命の不思議に思いを馳せた。

夜空を見上げると、無数の星がそこには輝いていた。そして、頬に触れる外気はいつのまにか驚く程冷え、吐く息が白く見えた。

「あの狂気の目を持った少年は今頃どうしているのだろう…。こんなに冷たい外気の下で、捨て犬のように、震えながらじっと耐えているのだろうか。もし、人の世に地獄が存在するとすれば、あの少年こそ獄卒に苛まれ続けて生きる亡者の姿ではないか…」

ムハンマドは、その日出会ったあの狂人のような子供のことが気になって仕方なかった。暖をとることのできる場所はあるのだろうか…と彼を思い遣った。

夢と希望に満ちた瞳の輝きこそ子供達の特権であり、未来ではないか。大人達は何も知らぬ幼児から、少年の特権と未来を奪い、絶望の闇に生きる鬼畜餓鬼の奴隷のようにしてしまった。彼らこそ獄卒の輩ではないか。決して許されるべきではない。あの少年の目には何とも表現できない怒りと悲しみ、そして阿鼻叫喚の命が満ちていた…。

夜空を仰いでいると、ムハンマドの胸にもなぜか少年の怒りが伝わってくるようだった。同時にムハンマドは優しい叔父に育てられた自分の幼少時代がいかに幸運であったかをつくづくと思った。ムハンマドの胸には、あの少年の怒りが自分のことのように伝わってくるようで悔しい思いが広がり、涙が頬を濡らした。

少年のために自分は何ができるのであろうか…。自分の無力と悔しさが込み上げてきた。

「あのダリット達と少年にどうか天のご加護を…」ムハンマドは星空に向かい、しばらく心で祈りを捧げた。

尊い生を受けた人間に、違いこそあれ上下尊卑の差別などあってはならない。どんな人間も自分で生まれようとして生まれてきたわけではない。死のうと思って生きているわけでもない。

しかし、生きている限りは、常に悲喜こもごもの出来事や現象は避けられない。

その中でお互いに相手の個性や違いに敬意を払い、常に傲慢な自分を戒めながら謙虚な姿勢を貫いていく事が必要だ。そして廻りの人々に対し、感謝の思いで生きていく事こそ正義ではないか。特別に取り繕う必要もなく、ありのままの自分で一生懸命に生きることだ。そういう人間を自分は目指したい。

そう思うと、ムハンマドの頬に触れる夜の冷気が清々しく心地よく感じられた。

頭上には満天の星空が無限に広がっていたが、広大無辺の宇宙は彼に静かに語っているようで、自分の命の芯からエネルギーと無限大の勇気が漲ってくるように思えた。

（その二）

暖かく心地よい朝の太陽の光が部屋に差し込んできた。光は部屋一杯に広がり、ムハンマドは目を覚ました。しばらくベッドで目を開けたままじっと動かず、昨夜の出来事を思い出していると、やがて召使いが部屋の扉をノックし、扉越しにムハンマドに声をかけた。

「ムハンマド様、下で朝食の用意ができております。どうぞ支度をなさってください」

その声に促されて、ゆっくり身体を起こすと、窓の外に目をやった。庭園は昨夜の冷気で大粒の露が木々を濡らし雨上がりのように輝いていた。緑の森を小鳥達が飛び交い、お互いにさえずりながら、平和で心地よい朝をまるでおしゃべりをするように楽しんでいた。

目を転じて部屋の周りを改めて見てみると、寝室にはクリーム色の下地に金色の線で優雅で華麗に舞う鳳凰の模様が描かれた美しい壁紙が貼られていた。部屋には落ち着いた調度品が置かれ、壁紙と調和して温かく心地よい空間を作っていた。バルコニーへと続く扉を開き、身体を伸ばしながら外に出ると新鮮な朝の空気が彼の身体を包んだ。目の前に広がる庭全体を眺めると屋敷のまわりには緑の芝生が広がり、さらにそのまわりを深い森が囲んでいるのがわかった。

昨夜、屋敷の門から館に至る小径を歩いてきた時、庭のあちこちで勢いよく音をたてて燃えていた篝火はすでに消えていて、使用人と思われる家人達が忙しそうにかがり火台の掃除や木々の世話に余念がなかった。

庭園内を見た後、ムハンマドはバルコニーから部屋に入り、衣服を着替えると一階にある食堂に向かった。至るところに装飾が施された長い廊下を歩いていると、壁面にいくつもの飾り棚が並び、美しく豪華なさまざまな陶磁器が飾られていた。すぐに、屋敷の主である須多達がたいそう裕福な富豪であるとわかった。

食堂の隣に続く調理場と思われる部屋からは、調理人達の気配があり、美味しそうな料理の匂いが漂ってくる。そして、時々彼らに指示をする玉那女夫人の闊達で響きのある声や召使の女性達の明るい声が耳に入ってきた。自分達一行が遠い西国から来たと知って、温かくもてなそうとする夫人の優しい気持ちが伝わってくるようで嬉しかった。それだけで一日の始まりを楽しくさせた。

食堂に入ると、大きな真白の花瓶が目に飛び込んで来た。食卓テーブルの中央に置かれたその花瓶には、庭から摘んできたばかりと思われる生け花が飾られていた。テーブルには薄緑色の織物に金色の糸を使って刺繍を施した布がかけられ、陶磁器の花瓶を見事に引きだたせていた。朝の食卓は格式が高く繊細で華やかな雰囲気に満ちていた。

そこへ玉那女夫人が大きな銀色の食器を抱え、料理長と思われる男性と召使いの女性を連れて入ってきた。夫人は食器をゆっくりとテーブルに置くと、男がその蓋を取っておもむろに木のしゃもじのようなもので中を何度も混ぜた。まるでどこかの王室の朝食会に招かれているような豪華さだ。銀製の鍋には搾りたての山羊の乳と小粒の豆を一緒に煮立てた粥のようなものがたっぷりと入っていた。ムハンマド達の前に皿が置かれると、黄色米の上にそれをたっぷりとかけていった。

ムハンマドにとっては、それまで見たこともない食べ方であったが、その朝食は美味しく彼らの身体を芯から温めてくれた。自然と皆の表情が和らぎ笑顔がこぼれた。

召使いが運んできた丸型の銀の盆には新鮮な蒸し野菜が湯気をたてて盛られていた。すべて屋敷内の畑でとれる野菜らしく夫人は、「今日の朝、採れたばかりのおいしい野菜です」と言って皆に勧めた。

須多達の館で十分な休息と思いがけない歓待を受けた。ムハンマド一行は朝食を終え、部屋に戻ると、それぞれ祇園精舎への旅支度を整えた。館を出る時、須多達と玉那女夫人が警備兵の立つ入口の石垣門迄一緒に歩き彼らを見送ってくれた。

門を出ると屋敷の前の埃っぽい赤茶色の道には、すでに陽炎が立ちのぼって揺れていた。もしかして道近くのどこかから、あのダリットの少年が飛び出してくるのではないか…。ムハンマドは、そんな気がして周りを見廻したが、そこには少年の姿もダリット達の姿もなかった。思い直して東の方向を確かめ、ゆっくりと歩きだした。ムハンマド達をまぶしく勢いを増して輝く朝日が照らした。

朝にも関わらず、うだるような陽炎が道を覆っていた。そのまま道をしばらく進んでいくと、前方に竹林の森が近づいてきた。天竺国には、至る所に大小さまざまな竹林が存在する。すでに見慣れてきた景色だ。この竹林もそうしたものの一つだった。ただ、竹林によっては時々ベンガルトラが生息していたので、人々は竹林に入るときには一人では滅多に入る事はなかった。少なくとも五〜六人の集団で固まって入った。そうするとトラのほうもそう簡単には襲ってはこない。特に薄暗い竹林には野獣が恐れる篝火を掲げて歩くようだった。

鬱蒼として風に揺らぐ竹林を見て、ムハンマドはいつか峠で会った行商達が檻にベンガルトラを閉じ込めて運んでいたのを思い出していた。檻の中でさえ恐ろしい威圧感を与えたあのトラもこんな薄暗い竹林に潜んでいたのかもしれない…。

そう思うと、背筋に少し緊張感を覚えた。この辺りの住民は、大きな竹林を通過するときには必ず夜を避け昼の一番明るい時刻に通り抜けているらしかった。確かに真昼であっても、薄暗い竹林の中を進んでいると、行く先は少しずつ暗くなり周りが見えにくくなって薄気味悪い。なぜ住民が夜の竹林行を避けるのかが理解できた。とてもではないが、暗闇から巨大なベンガルトラがいきなり飛びかかってくれば、武器を持ったどんな屈強な男でもひとたまりもない。あまりの恐怖で彼らの身体は凍りつき、動けなくなってしまうに違いない…。

竹林の森はそれほど大きくなかった。森の中を少し進んでいくと前方にすぐに日が差し込み、明るくなった。そして彼らの視界に小さな人里が見えてきた。村に入る直前には小川があり、それに小さな橋が架かっていた。その橋の上を渡りながら下を見ると、透き通った水が流れていた。すると、近くから子供達が元気に水遊びする声が聞こえてきた。そこは今まで来た陽炎の道とはまったく別世界のような爽やかな空気が漂っていて、一行を心地よく迎えてくれた。

時々水遊びする子供達の声の中に一人、大人の笑い声が聞こえてくる。どうやら誰かが一緒に水遊びをしているようだ。

ムハンマド達が声のするほうに歩いていくと、一人の男の姿があった。男は頑丈な体格を持ち真っ黒に日焼けしていた。川辺には、男が着ているとみられる茶褐色のペラン（＝ガウン）が置いてあり、その横にペランを纏った小柄な男が二人、沐浴中の男の持ち物を見張っていた。おそらく彼の従者であろう。

川辺の小道をたどってその従者達に近づくと、親し気な笑みを浮かべながらムハンマドが聞いてみた。「どなたか高貴な方が沐浴をされているのですか？」

西国の風変りな服装をしたムハンマド達に、最初従者達は少し警戒したように構えたが、すぐに求道者の旅人であると知ると、「あの方は富楼那《フルナ》様である」と教えてくれた。

富楼那と言えば、ゴータマの弟子の中でも説法に優れ、多くのバラモンの信者に釈迦の教えを説き、帰依させてきた人物である。そう言えば、ムハンマドが天竺の国に足を踏み入れたとき、同じように近辺の小川で白猫を抱いて沐浴をしていた少年に会ったことがあった。その少年に母親の弥多羅尼のところに連れていかれたときの事を思い出した。あの時会った弥多羅尼《ミトラヤニー》が富楼那夫人であった。夫人は気さくで庶民的であったが、美しく知性に溢れた女性であった。ムハンマドの脳裏に夫人の爽やかな印象が今も強く残っていた。その時、住居の玄関先に腰をかけ、彼女はチャイを振る舞ってくれた。その香りと味は心に安らぎを与え、旅の疲れを癒してくれた。そのひと時がとても懐かしく思えた。

彼らの住居を去る時、ムハンマドは少年と夫人から富楼那への手紙を手渡された。その時、夫人からは「祇園精舎にいる夫にお渡しください」と頼まれていた。そのことを思い出した。

奇遇であった。こんなに早く思わぬところで、富楼那に会うとは思わなかった。何か不思議な縁があるのかも知れないな…。ふとそんなことを思いながらムハンマドは水の中で沐浴する富楼那を眺めた。そして、富楼那の苦悩を思いやって彼を送り出した富楼那夫人の気持ちを思うと、ふと彼の脳裏に自分を送り出してくれた自分の妻、ハディージャの面影が浮かんだ。その時の感情が昨日の事のように込み上げてきた。

「今頃、どうしているのだろう…　ハディージャのためにも、この旅を実り多きものにして故郷に帰りたい」

ほんのひと時であったが、ムハンマドは妻のハディージャの気持ちを思いやり、さらに自分を支えてくれたさまざまな人々を思い出していた。

やがて富楼那が沐浴を終えて川から上がってきた。彼は自分の濡れた身体で仁王立ちになると、二人の従者が布を彼の身体にあてがって丁寧にふき取った。それが終わると、富楼那は川辺に置いてあった自身の茶褐色のペランをとり、両手で布を開け自身の身体をてきぱきと包み込んだ。包み終えると、彼はムハンマド一行と話している従者達の所に向かって歩み寄った。

そして彼は、親しみのある笑みを浮かべてムハンマド一行に両手を合わせ、「ナマスタール」（＝ナマステ）と言って一礼した。その動作には凛とした徳風があったが、まったく気さくで飾らない親しみのある彼の性格がうかがえた。それに彼の人懐っこく好感の持てる人柄は、とても庶民的で、すぐに誰もから慕われる指導者だとムハンマドは思った。

実は、ムハンマドは故郷を出る前から、舎衛国の祇園精舎では千人以上にもなる多くの弟子達がゴータマの教えを求め修行していると聞かされていたが、どのようにそれほど多くの弟子達をまとめ、規律正しく、集団生活をさせているのだろうと思っていた。烏合の衆のような集団では、収拾がつかず、然るべき求道の心を醸成するのは困難ではないかと思っていた。

なるほど、富楼那尊者のような大きな包容力と人格を持つ有能な弟子が彼らをまとめているとすれば理解できる。そうでなければ、できないことだ。彼がその要となっているのではないか…と思った。

富楼那の気さくな人となりは、ムハンマドが幼少の頃、砂漠のオアシスの間をラクダに乗り、行き来しながら、隊商として行商をしていた叔父を思い出させた。両親を失ったムハンマドに対し、叔父はいつも気さくで明るく接してくれた。そしてムハンマドが投げかけたどんな質問に対しても、彼は面倒くさがらず、丁寧にムハンマドを諭すように説明してくれた。叔父の包容力と人柄はムハンマドの成長の過程に大きな影響を与えた事は間違いなかった。

成人してから、彼は多くの人々から信頼される立派な男となった。思い返してみると、叔父がいなければ今の自分はなかったかもしれない。叔父は言葉だけではなく、折あるごとに必ず自ら身をもって示し教えてくれた。だから叔父の言葉にはいつも説得力があり、納得することができた。

ある時、叔父は「人というものは皮肉なもので、財に恵まれず苦労して生きてきた者ほど、人を見抜く洞察力と思慮深さが身についていくものだ。人の痛みを理解し、相手を思いやる心も深くなる。財を得ても、浮ついて謙虚な自分を失うこともない。すべての万象に感謝し、生きていくことができるのだ。

一方、親の財に恵まれ、苦労せずに生きてきた者は、残念ながら往々にして人の痛みを自分のものとして感じることができない者が多い。ムハンマドよ、考えてみなさい。いったいどちらが本当の意味で、人間として幸運であると思うか？　勘違いしてはいけないが、私は貧乏で恵まれていない人間のほうが運が良いとは言っていないのだよ。人間の価値というものはどちらが優れているのかという点では、優劣はない。すべて平等に与えられた異なる機会と運命そのものだ」と語ってくれたことがあった。

叔父が語ってくれた言葉を思い返しながら、ムハンマドは富楼那こそそういう苦労人ではないか…と思った。

富楼那はムハンマドを見ると、すぐに近寄ってきて「皆様は遠く西国から来られたのですか？」と聞いた。

「ええ、そのとおりです。西国というよりも実はもっと遠い南の国です。南の大地には荒涼とした砂漠が広がり、オアシスに沿っていくつもの小さな王国が存在します。それらの国々をいくつも越えて、やってまいりました」

「それはそれは、遠方はるばるご苦労様です。さぞお疲れになったことでしょう。ゴータマも皆様の事をお知りになると、さぞお喜びになると思います」と言って一行に両手を合わせ合掌した。

そして富楼那は「私の出身地はもともと天竺国のかなり西に位置するスッパーラカという小さ

な港町です。貿易が盛んな場所で、父は香料などを扱う貿易商人でした。西方の国々とも行き来をしておりましたので、皆様が遠く西国から来られたと聞くと父を思い出します」と言った。

富楼那の案内でムハンマド一行は、祇園精舎の近くにある小さな城に迎え入れられた。赤茶色のレンガで囲まれたその城の中は各地から集まってきたとみられるさまざまな修行僧の宿坊になっていた。中には肌が白く金髪の者も混じっていた。城の中には、沐浴のための池がいくつも掘られており、多くの修行僧が身を浄めていた。女性ばかりが沐浴に利用している池もあり、若いまだ幼い少女から年配の女性までの姿があった。彼女達にとってもゴータマは広く尊敬を集め愛されていた。

その夜、富楼那はムハンマド一行を「質素ではあるが、皆様を夕餉にお招きしたい」と言って、城の中にある小さな香堂のような場所に案内した。そこで、ムハンマドは富楼那に、祇園精舎に向かう途中で、偶然富楼那の息子に会い住居に立ち寄ったことを伝えた。そして、夫人の弥多羅尼からチャイを振る舞われ、彼らから手紙を預かってきたことを伝えた。ムハンマドがその手紙を富楼那に手渡すと、富楼那は目を輝かせ満面の笑みを浮かべて家族からの手紙を読んだ。

文を読む彼の頬の涙を卓上で揺らぐローソクの炎が照らした。残してきた家族の思いを知って、よほど嬉しかったのであろう。修行のためとはいえ、家族を案ずる父の姿がそこにあった。手紙を読み終わると富楼那は深々と頭を下げ、ムハンマドに感謝の意を伝えた。俗世を離れ、喜怒哀楽の輪廻を克服しても、喜怒哀楽の中にしか人生の意味はないのではないか…。富楼那の人格に触れて、ムハンマドはふとそんなことを思った。

喜怒哀楽のはかなさを嘆けば人生は無常の流転となるが、喜怒哀楽の常を認めても決して嘆かず挫けず頑張っていこうと前に進んでいけば、人生は悔いなき悟りとなって歓びとなるのだろう。ゴータマの「悟達」とは、神への信仰ではなくあくまでも自己の内なるものの中に息づく魂の覚醒ではないか…。誰かに頼って生きることではなく、自らの力で道を開拓させる力強い教えだ。ムハンマドは心の中でそう思った。

卓上の夕餉はシンプルなものであった。豆や野菜を煮て作ったスープと米飯、それに薄焼きのブレッド（チャパティ）が出された。空腹のムハンマドは、それでも富楼那の振る舞った夕餉を喜んで食した。質素であったが、これほど美味く感じた夕餉は今までになかった。

夕餉の席で互いの家族の話をした。そのとき、富楼那の母親は召使いの女性で、彼はその母親と貿易商人の間に生まれ、上に三人の兄弟がいたが富楼那は彼らから差別的な扱いを受け、父が亡くなった後も彼のために残された財産は何もなかったという。しかし今、ゴータマの教団をまとめ指導的な立場で奉仕できることは無上の喜びであるようだった。

夕餉の終わりに、富楼那は「ぜひ貴兄に会わせたい仲間がいる」と言ったので、彼と近いうちに再び会う約束をした。その仲間は、舎利弗尊者《しゃりほつそんじゃ》（シャリプートラ）という人物らしかった。祇園精舎を訪れているムハンマドの噂は精舎の中の修行僧たちの間で伝わっていた。その噂はゴータマの近くで給仕する名高い弟子達の耳にも届いていた。

## （その三）

高名高い弟子の中には魔訶迦葉尊者《まかかしょうそんじゃ》（＝マハーカッサパ）や阿難陀尊者《あなんだそんじゃ》（＝アーナンダ）などが含まれていたが、その中でも舎利弗は智慧第一と称され人々の尊敬を集めていた。ゴータマに代わって彼は修行僧達の質問に答え、時には難解なゴータマの教えをわかりやすく人々に説明し理解させた。ムハンマドがしばらく祇園精舎で生活する内、彼はこれらの高僧と時々、すれ違うことがあったが、舎利弗のまわりには常に多くの修行僧が取り囲み歩いていたのが目についた。

その舎利弗と会って話が出来る日を、彼は心待ちにしながら富楼那からの連絡を待っていた。そんなある時、ムハンマドが近くの丘に登り夕日を眺めながら故郷のヒラー山に思いを馳せていると、僧侶とみられる二人の若者が丘を登ってやってきた。二人は張りのある清々しい声で何かを話しながら丘の上まで来ると、そこにムハンマドがいることに気づき一礼した。そして、そのうちの一人が、「ご一緒にこの丘の上で、夕日を眺めてもよろしいでしょうか」と礼儀正しく彼に話しかけた。

「もちろんです」とムハンマドが笑顔で彼らに答えると、二人は脇に抱えていた書物を近くの石の上に置き、大地に沈みゆく夕日をしばらく眺めていた。そして、若者の一人が高揚した声で「今日の先生の話はすごかったな。我々の生命の不思議と因果の法理をあれほど明快に耳にしたのは生まれて初めてだ。目連（モッガラーナ）よ、おまえはどう思うか」と言うと、もう一人の若者は「舎利弗よ、そのとおりだ。バラモンの教えでは、学べば学ぶほど、霧のかかった迷路に入り込むようで、いつも途中から言っていることが分からなくなったが、先生のお話は実に明快で曇りがない。やはりバラモンを離れて良かったな。二人で出家してよかった。私は迷いなく先生の教えをもっと求めていきたい」と応えた。

その会話を聞いていたムハンマドは、丘を登ってきた若者達はゴータマの弟子達だとすぐに察した。そして彼らの会話から、そのうちの一人が富楼那が会わせたいと言っていた舎利弗であると知った。どうやら彼らは、少し前までゴータマの説法の場にいたようだ。

二人の若者に向かって、ムハンマドが「もしかして、お二人はゴータマ仏陀のお弟子様ですか？」と問うた。すると、二人はムハンマドのほうを向き「ええ、そうです」と応えると、続けて一人が「あなたは？」と尋ねた。

「ムハンマドと申します。西方の砂漠の国からまいりました。実は、ここに来る途中、富楼那様にご家族からお預かりしたお手紙をお渡ししたところです」と伝えた。

もう一人が「それでは、富楼那尊者のご家族をご存じなのですか」と聞いた。

「ええ、実は旅の途中、偶然だったのですが富楼那夫人とご子息にお会いする機会がありました。富楼那夫人は、私が祇園精舎に向かうことを知られ、お二人からお手紙をお預かりしたのです」

「そうなのですか。それは奇遇ですね。富楼那尊者は我々の偉大な兄弟子です。いつもゴータマの教えをわかりやすく噛み砕いて説明してくださいます。ゴータマの身の回りで細かく給仕されながら、弟子の面倒をよく見てくださり、いろいろなことを気軽に相談に乗っていただきます。教団をまとめておられる尊いお方です」

そう話したのは舎利弗であった。

「ここにいる目連と私は幼馴染で二人とも裕福なバラモンの家に生まれ、バラモンの教えを学んでおりましたが、ある時、鹿野苑《ろくやおん》という場所で私が托鉢をしている時、そこに偶然おいでになった富楼那様にお会いしました。富楼那様は私の質問に対して、今迄聞いた事のないような視点から明快に答えて下さり、今迄視界を覆っていた霧が急に消えていくようでした。それが縁となってゴータマの教えを求めて出家をしようと思ったのです。富楼那様の毅然として迷いのないお姿に、バラモンの修行僧にはない悟達があると強く感じたからです。そしてバラモンの多くの友人達に、その話をすると、彼らも私達と同じように悩んでいたらしく、皆で一緒にゴータマの門下となりました」

舎利弗の話を聞いていたムハンマドは、初めて会うこの二人の若者に親しみと好感を持った。二人とも若き生命力が溢れている。そして、年齢にも似合わず思慮深く、礼儀正しい彼らは、彼らの信望する師匠が偉大であることを物語っていた。真理を探究しようと真剣に取り組む若者は、それだけで希望を感じさせる。彼らの叡智は純粋で鋭い。幅広い知識と経験がさらに彼らの自己を磨き、人格を高めていくに違いない…。ムハンマドはそう思った。

西国出身のムハンマドは、天竺国の人々は彼の故郷の人々よりも、より内面の世界に興味を持っていると感じていた。彼の故郷では常に厳しい自然に対峙しているせいか、自然をいかに克服するかが重要で、その意識が人々の脳裏に刻み込まれている。しかし、豊富な水と自然に恵まれている天竺では人々は無意識に自然と調和した生き方を大切にしていた。

自然という外界の世界と、感情や思考という内なる世界とは相互に関係し合い、不二の関係にあるかもしれない。その結果、自然の環境はそこに住む人々の精神性に深く影響を与える事になる…。舎利弗と目連という若者に会う機会を得て、ムハンマドはそんな事を考えていた。異国の旅は、そこに住み、生活する人々と接することで彼にさまざまな気づきを与えてくれた。

目連は堂々とした体格の持ち主で、常にゴータマの供をして師匠の前に立ち、警護を任されているようであった。バラモン教徒が多かった天竺で、新しい教えを説くゴータマの出現は革命的なものだった。一部のバラモンの僧侶は自分達の立場が脅かされるのではないかと思い、新しい変革を恐れていた。

一部の過激な僧侶の中には大衆を扇動してゴータマの命を脅かす者もあった。そんな不穏な空気を感じながら、目連は矢面に立ってゴータマを守った。目連は体力のみならず頭脳も明晰で、智慧に優れた舎利弗らとともにその他の弟子達の先頭に立ち師匠の教えを求め、弘教の重要な役目を担っているようだった。

ムハンマドも自分の体力に自信があったが、目連の逞しい強靭さと躍動感はとても新鮮で、彼から安心できる信頼感と自分自身にない魅力を感じた。

富楼那といい、舎利弗といい、そしてこの目連といい、ゴータマのもとで学ぶ若者達は皆、溌刺として生き生きとしていた。ムハンマドにとって、それがとても印象的に思えた。おそらくこれらの弟子に接触した天竺国の多くの人々は、それだけでゴータマの教えが正しく民衆を導くものであると直感したのではないだろうか…とムハンマドは思った。

どんな高尚な教えや学問であっても、現実の生活の中に具現化できなければ無意味だ。それを実行する人間がいなければ、絵に描いた餅で終わってしまう。これらの弟子の存在は、一般の民衆とゴータマを結びつける重要な接点となり、役割を果たしてきたはずだ。もし弟子達が教えの高尚さゆえに特別な意識を持ち、驕慢《きょうまん》となり大衆の生活感覚を失ってしまえば、教えそのものが大衆から離れた存在になってしまう。どんなに尊い教えであっても死せる哲学と化すだろう。そうなれば、何の意味があろうか…。ムハンマドはますますゴータマとはどんな人物であるのか期待が膨らんだ。

「あなたは、なぜこの丘に登られていたのですか」と舎利弗がムハンマドに尋ねた。

「実は私の故郷にもヒラー山という低い山がありました。その山の中にこの丘に似た場所があって、幼い頃、その山に登ってよく遊んだことがありました。だから、この丘に登ると故郷を思い出すのです」

少し沈黙した後、思い出すように言葉を選びながらムハンマドは話を続けた。

「その丘には、あまり人の近づかない洞窟がありました。なぜなら、そこには鬼畜が宿すなどと言われ恐れられていて、誰も近づくことは滅多にない場所でした。実際、その洞窟に入った人が過去に何人かいて、どの人も二度と戻って来ることはなかったのです。そうなれば尚更のこと、そこに近づく人はありませんでした。しかし、冒険好きの私は、ある日何を思ったのかその洞窟の中を一人で探検しようと思ったのです。本当に鬼畜が棲んでいるとすれば、それはどんなものだろうと知ってみたくなったのです。体力に自信のあった私は、もし鬼畜が出てくれば全力疾走で逃げようと考えていました。そうして、最初は自分の肝だめしだと思ってその洞窟に近づきました。実はそのときの体験が大きな転換期となったのです」

「どのようなことが起こったのですか?」

舎利弗が聞くと、「自分でもうまく説明できないのですが…」と言ってムハンマドはしばらく思い出すように話しはじめた。

「中に入ると、そこはひやっとした薄暗い空間でした。少し歩いて、洞窟の中の岩の上で私は一人瞑想していました。その時、急にその場が激しく揺れ動いたかと思うと、次の瞬間、洞窟のあらゆる物がどんどん半透明のようになっていきました。そして、私の目の前の空間に光の玉のようなものが明るさを増しながらどんどん大きくなり現れました。気がつくと私の身体は浮き上がり、どこにいるかもわからないうちに大地に叩きつけられました。その時、とてつもなく大きな声で「アッラー」という声が響き渡り、私の耳元で『アッラーこそ宇宙の唯一絶対神である。汝はそれを信じ、伝えよ』とと囁いたのです。あまりの出来事にそれが夢なのか現実なのかもわからず、私はただ恐ろしくてその場にしばらくひれ伏してしまいました…」

舎利弗と目連は黙ったまま、ムハンマドの話を聞いていた。

しばらくして、目連が「あなたには何か特別な使命のようなものがあるのかもしれませんね」というと、舎利弗が「私もそう思う。ゴータマの教えからしても、そのような現象は起こり得るものだと思います」と付け加えた。

「それはどういう意味ですか」とムハンマドが聞くと、舎利弗が語った。

「ゴータマは、世の中のすべての実体を空《くう》、仮《け》、そして中《ちゅう》という三つに分けて説かれています。空というのは、目に見えない精神世界のようなもの、仮というのは、目に見える物質世界、そして中というのは空でもなく仮でもないが、空にも仮にも一貫して存在している確かなる本質を指しています。たとえば、五歳の幼児にはその歳相応の姿（仮）があり、相応の精神世界（空）があります。その子は時間の経過とともに、やがて歳を重ね、十歳となり、二十歳となり、やがて五十歳を迎えるとします。五十歳となったその幼児は、別人ではなく五歳の頃の幼児とまったく同一の人物ですが、姿形はもとより物の考え方や反応も異なっていくのがふつうです。しかし、その人物が同一人物だといえるのは、歳に関係なくその人間に一貫して貫いている確かなる本質が存在しているからです」

「なるほど。しかし、その空仮中という物の見方と、私の洞窟での出来事はいったいどういう関係があるのでしょうか?」

「洞窟やそこにいたあなた自身の存在は『仮』の世界、その世界をつぶさに見ていたものはあなた自身の『空』、そして目の前に現れた光の存在はすべてのものを貫き時空間を超えて存在する『中』、即ち生命の本質ではないかと思います。それをあなた自身が体験し、うちなる生命の中に見てしまった瞬間ではないかと思います」

その時、舎利弗の言葉に目連が付け加えた。

「実は、私も同じようなことが起こる時があります。それは常にそうかと言えばそうではないのですが…。それは、自分自身の心を禅定にして深く瞑想していた時、時々空間を超え、私の母が死後の世界で今も苦しんでいる姿をはっきりと見ることがありました。実は、その母をなんとかして救いたいと思いゴータマの門下となったのです。そして、母を救うことができたのです」

ムハンマドは「お母様がどうして救われたと、あなたはわかったのですか」と目連に聞くと、目連は「ゴータマは時空間の刹那の不思議を説いて我々にその本質を教えてくださいました。つまり、『過去』も、『現在』も『未来』もこの現在の刹那の瞬間に同時に存在するとおっしゃったのです」

それはどういう意味なのか。ムハンマドが尚も怪訝《けげん》な顔で目連の言う事を理解しようとしていた時、目連がムハンマドに問いただした。

「あなたは、過去と現在と未来を私に示す事が出来ますか」と。

ムハンマドは少し考えて、「ええ、それは簡単な事です。終わったすべての事は過去であり、これから起ころうとしている事は未来であり、生きているこの瞬間が現在なのではないのでしょうか。それは誰にでも明確にわかる道理です」と答えた。

「確かにそうです。しかし、ムハンマドよ、よく考えてみてください。私はあなたが示した過去、現在、未来について今しがた聞きました。しかし、その事自体はすでに過去のものになってしまいました。そして、私が今話している事自体も一瞬の内に過去のものとなっていくのです。つまり、この刹那を突き詰めれば、過去も現在も未来も常にすべて、この一瞬に存在し変化しているのです。

ゴータマはおっしゃいました。だからこそ、この現在の刹那を大切に生き自己を変革していく事で過去の宿命も未来の宿命も変えていくことができるのだと。そして、そのとおり私はこの一瞬、一瞬の刹那に心を込め、母の苦しみを除くよう祈りを捧げ修行をしたのです。その結果、母は苦しみから救われたのがわかりました。その時から母の安穏として微笑む姿を見ることができました」

## （その四）

目連の言葉は明快で、ムハンマドは今迄感じたことがないような深い真実を感じた。そして、目連が語る時間論にムハンマドは衝撃を覚えた。まさに目から鱗が落ちる思いがした。それは究極のところ、生命の不思議自体を時間の流れを軸にして説き明かしたものではないか…。ゴータマは、それをただの理論としてではなく、あくまでも人間を幸せにしていこうとの現実的な目的を持って実践論として説いたのだ。

これが仏陀の教えなのか…。

なるほど、仏陀にとっては神を信じることよりも、あるいは神を信じさせることよりも、一人ひとりに原因と結果を説くほうが重要だと悟っていたのだ。「因果律」という道理を学ばせ、それを自らが実践していくことこそ鍵であると悟達したのだ。彼が「神」ではなく「覚者」と呼ばれる所以だ。

だから、ゴータマにとっての人間の幸せとは、人生にどのような出来事があろうとも、一喜一憂して振り回されることなく、常にそれを因縁として、価値創造していける主体的で内なる生命力それ自体を確立する事なのだ。

そして、それは決して外の誰から与えられるものではなく、また、誰かに求めるものでもなく、自らの神秘の内なる世界に元々存在するものを自らの力で涌き出させるものだと説いたのだ…。

漠然としてゴータマ仏陀は偉大な覚者だと噂に聞いていたが、ムハンマドはこれまでそれがいったいどういう意味なのかを考えてみたことはなかった。しかし、舎利弗と目連という二人の弟子に会って、ゴータマの教えは学べば学ぶ程、物事の道理を明らかにし、迷いの闇を照らしてくれるのではないかと思うことが出来た。

いよいよゴータマ仏陀に会える日がやってきた。

ムハンマドにその知らせを持ってきたのは富楼那であった。弟子の中でも最古参であった富楼那は、常にゴータマの近くで給仕をし、ゴータマの行く先々の準備に心を配り、ゴータマの意志をくまなく理解していた。

ある日、沐浴を終えたばかりのゴータマに富楼那が「遠く西方の国から、ゴータマにお会いしたいという求道者が祇園精舎に来ております」と伝えたところ、ゴータマは「それは大変だったに違いありません。できるだけ早くお会いできるようにしてください」と応えたのだ。すかさず富楼那は「では、明後日の昼を過ぎた頃は如何でしょう」とゴータマに伝え、了解を得た。

富楼那から知らせを受けたムハンマドは、すぐその時からゴータマに聞きたいと思ういろいろな疑問について準備した。それを忘れぬよう富楼那から分けてもらった一枚の紙にアラビア語で書きとめた。驚いたことにそれを見た富楼那はヒンズー語に書き直してくれた。彼はアラビア語も理解できるらしく、それをヒンズー語に即座に翻訳して認《したた》めたのだ。富楼那は生まれつき特殊な才能を持っていた。まったくの異邦人の言葉であっても数時間彼らと会話をするだけで、誰からも教えてもらうこともなく、彼らの言語を理解する事ができたのだという。

ムハンマドには釈尊にどうしても聞きたい二つの質問があった。

その第一は「宿命」という問題についてだ。もし人間一人ひとりに宿命というものがあるのなら、努力しようがしまいが、究極のところ決められた人生の道を歩む以外に選択肢はないはずだ。これに対し釈尊はどう考えるのか…。そして人間は「宿命」というものを変えることができるのかどうか…である。

もう一つの質問は、ゴータマにとって「仏」とはいったい何を意味するのか…である。

ゴータマは「神」の存在についてもいろいろな神を説いているが、それらは唯一の「絶対神」ではない。多くの「神」と名の付くものが存在するのはなぜなのか。ゴータマにとって「神」とはいったい何を意味するのか…である。果たして、ゴータマの教えは多くの神を信仰する「多神教」なのか。

ヒラー山で自分の耳元で囁いた「アッラー」という声は、「唯一の絶対神」だと言ったが、「アッラー」はゴータマの教えとは相いれないものなのだろうか。

ムハンマドの頭にはいろいろな質問が思い浮かんだ。

それにしても、富楼那の多言語理解力には驚かされた。ゴータマの教えを他方世界に広めるべくして現れた弟子と言えるのだろう…と彼は思った。

富楼那は無心に一枚の紙にムハンマドの質問を書き記した後、質問の内容をもう一度読み返した。そして、顔を上げ微笑みながら「実にゴータマの教えの要点を得た質問だと思います」とムハンマドを見て言った。

「遠く西方の国から来られたあなたが、宿命や仏の問題について思索されているのを見るのはたいへん、興味深い思いがします。やはり場所がどこであろうとも人間が抱えている課題は同じなのだと感じました。そのことは釈尊が常におっしゃっていることですが、改めてなるほどと感じました。ゴータマもきっとお喜びになると思います」

富楼那は一枚の紙に書き記した質問を何度も読み返していた。

ゴータマに会える日がやってきた。その日は、祇園精舎には朝から冷たい激しく雨が降っていた。薄暗くなった森全体には霧がかかり寒々としていた。木々の葉からは雨が落ちるのが聞こえた。その様子を見たムハンマドはせっかくゴータマに会える日なのに残念だと思っていたが、気がつくと昼頃には、その雨は上がり美しい虹が空にかかっていた。

富楼那に来るように言われた大きな菩提樹のある丘に着くと、数人の弟子達がすでにそこにいて、それぞれ何やら忙しく動いていた。説法の場として師匠のゴータマを迎えようと、舎利弗や目連が中心になって、その場を整えているようだった。

雨が去った後の空は雲一つなく濃紺の空間が広がった。雨で木々の緑はみずみずしく輝き、澄んだ爽やかな空気が辺り一帯に流れ、心地よく顔に触れた。

弟子達が集まり騒々しく働く様子を見てゴータマが来るのではないかと期待した近辺の人々が、誰からともなくその場に集まり始めた。ムハンマド一行は舎利弗に案内され、菩提樹の真下にある小さな石のところに通された。

しばらくすると、そこに赤茶色の袈裟を羽織った数人の弟子達に囲まれてゴータマが現れた。ゴータマも弟子達と同じような袈裟姿で、極めて質素ないで立ちであった。周りの人々は皆、両手を合わせてゴータマを迎えた。

ゴータマが弟子達の用意した場所に坐すると、すぐにムハンマドのほうを向いて「遠くからはるばるおいでなされた。お疲れになったことでしょう」と丁寧に挨拶をした。思いがけないゴータマの言葉に彼は最初戸惑ったが、すぐに「ムハンマドと申します。お目にかかれて光栄です」と応えた。

ゴータマの眼差しは包み込むように優しく、同時に厳しい厳父のようであった。ムハンマドは、ゴータマと目が合った時、悠久の時を超えて巡り合った親しき友人のような感覚を覚えた。いつなのかよく分からないが、ゴータマとは以前会ったことがある…。そんな懐かしい思いが胸に蘇ってきた。

その時、小さな一人の幼い子供が何やら手に物を持ってゴータマの近くにやってきた。その手をよく見ると、朝降った雨で固めたのであろうか土の餅のようである。その子の手も泥で汚れたままであった。するとゴータマの警護にあたっていた僧侶が、それを見てその子供を近づけまいとした。すると、ゴータマは僧侶達を静止した。そして、「いいから、その子供を私の傍に来させなさい」と言って微笑んだ。

「この子の純粋な思いが私には嬉しいのです」と言って、その子供を見て近くに来るように呼んだ。そして、「お前の名前は何というのですか」と優しく尋ねた。

小さい子供は「私の名前は徳勝童子《とくしょうどうじ》と申します」と少し緊張したようにあどけない声で答えた。

弟子達に囲まれて近づいてきたゴータマを見たその子供は、その威徳と溢れるような慈悲の姿に子供心に何かをお供えしたいと思ったらしい。でも恥ずかしく思ったのか、その土の餅を出しそびれていた。それにいち早く気づいていたゴータマは、その子供のほうを向いて微笑み、近くに来るように促したのだ。徳勝童子は恥ずかしそうに躊躇しながらも嬉しそうに、ゴータマのすぐ近くまで来ると自分で作ったその土餅を差し出したのだった。

ムハンマドの眼の前で起きたその出来事は、彼が以前須多達の館の近くで会ったダリットの少年を思い浮かべさせた。あの少年は今どうしているのだろう…。まだ生きているのであろうか。鎖に繋がれ、飢えて狂ったように彷徨うあのダリットの怒りと野獣のような目は今も脳裏に焼きついていた。一方、恥ずかしそうに泥餅を真心で供養しようとしているこの子供の無垢な目には無限の可能性が宿っているように思えた。彼らの目の輝きの違いは、いったい何を示しているのだろうか…。

二人とも、同じような年頃にも関わらず、一人は地獄を彷徨う餓鬼の子のようで、もう一人は優しい心を持った菩薩の子のようだ。

それにしても、どういう因果があのダリットの子とこの子供の違いを生んだのだろう。

二人とも、生まれた時にはまだ何もわからぬまま、まわりの大人達のなすがままである。やがて時間が経つにつれて、その大人達と関わり合いながら、いろいろなことを覚え、知識となって蓄積していく。その蓄積が子供達の人格の基底のようなものを形作っていくのだろう。ムハンマドはそんなことを考えながら、少年とゴータマのやりとりを見ていた。

そんなムハンマドに向かってゴータマが言った。

「私達の命というのは、実にはかないものです。しかし、それはそう見えるだけでそうではないのです。はかなく見えて実は永遠なのです。命というのは、生まれ、育ち、やがて死を迎え、宇宙に帰っていきます。そのことを永遠に繰り返すのです。しかし、そこで気がつかなくてはならないのは、死は次に生まれるための準備だということなのです。それがわかると、現在授かって生きている命を今まで以上に大切にして生きてゆかねばならないということがわかるのです。そのような心構えができる人とできない人とでは、人生に対する姿勢がまったく違ってくるものです。前者はこの現世の刹那刹那を強欲に捉われ、さらに欲に振り回され支配されて、その奴隷のようになってしまうが、後者は現世の刹那刹那を欲に捉われず、欲を支配し、より意味のある充実したものにしようと努力を重ねて生きていくことができるのです。

ムハンマドよ、宿命というものは刹那刹那に生きる私達の姿勢そのものを言うのです。私達一人ひとりにはそれぞれの個性があるが、それは刹那刹那の異なる生き方を言うのです。言い換えれば、それは刹那の積み重ねの全体像以外の何ものでもありません。それが宿命の本質であると気がつけば、自らどう宿命に対峙して生きていくべきかがわかってくるのです。宿命の転換は誰にも差別なく与えられた機会なのです」

ゴータマは何を民衆に教えようとしているのだろうか…。

それは前向きな人生への取り組みをしていくために勇気をもって生きていきなさいと促しているのではないか。他者に委ねたり、頼ったりせずに自分の人生は自分で責任をもって切り拓いていきなさいと言っているのだ。そう悟って立ち上がっていく力こそ、仏の慈悲であると教えているのだ…。

ゴータマが教えようとしているのは明らかに「狂信」ではない。生命の実相に基づいた人生の姿勢ともいうべきものだ。彼は逆に、あくまでも合理性なきものを安易に信じてはならぬと言っているのだ。合理性あるものとは人間の内面世界のみならず、人間が生きる環境や外的世界にも通ずる一貫した法則のことだ。その法則を理解すれば、人は自ずからの力で自らの境涯を開いていく事ができると教えているのだ。

それは万物に共通して存在する法則であり一貫した生命論ともいうべき哲学だ。信ずれば救われるのではない。まずその法則を理解した上で、己の知識に驕慢せず、他者に対して包容力を持って、その法則を理解させていくよう努力していくことが人間としての道であると説いているのだ。

この時、ムハンマドは改めてハディージャの勧めに従って天竺に旅したことを感謝した。故郷では彼は人間というものについて、これほど深く思索し考えたことは無かった。いつも自分の関心は世間の噂や動きそのものにしか向いていなかった。その浅薄な自分自身を恥じた。初めて人間に対する深い洞察なくして、神を論じることほど浅はかなものはないと感じた。

神を信じる事は善悪に通じるのだ。時には自分の人生に対する逃避にすらなる場合があるからだ。自分の抱えた問題に真正面から対峙し、それを克服しようとしなければ、神を論ずるに足りないばかりか、本当の意味で神を冒瀆する行為と言えるのではないか。天竺への旅は、ムハンマドに新しい世界観、人間の内面に広がる宇宙の神秘ともいうべきものを目覚めさせてくれた。

## （その五）

ゴータマに向かって、ムハンマドが問うた。

「神の存在というのはあなたにとってはどういう意味があるのでしょうか。また仏とはいったい何を意味するのでしょうか」

ゴータマは微笑みながら、次のように答えた。

「神といえども、生命を超えては存在しないものです。よって、神もまた、成住壊空《じょうじゅうえくう》を繰り返すものです。この宇宙は誰が創造したものでもなく、成住壊空を永遠に繰り返している生命そのものの姿です。その神秘の姿そのものを神と称するならば、それはそれで良いでしょう。しかし、生命にはありとあらゆる姿があり、その姿にはありとあらゆる性分（＝性質）があり、そのあらゆる性分には、ありとあらゆる力が秘められており、その秘められた力には、ありとあらゆる所作（＝作用）があり、ありとあらゆる所作は、必ずありとあらゆる因縁となり、ありとあらゆる果報（＝結果）がもたらすものです。しかし、その生命の姿は常に変化し、現れては消え、消えては現れる不思議で妙なるものの連続です。常にありとあらゆる可能性を秘めた瞬間瞬間そのものが生命の実相と言えるのです。即ち、如来とは如如《にょにょ》として来るという意味で、瞬間・瞬間変化し続ける生命そのものの姿を示しているのです」

ゴータマは続けた。

「仏とは、どんな苦境にあろうとも自分の命の中に如如として来る力強い生命の姿です。つらい環境にあっても、負けずに頑張ろうと自然に湧いてくる崇高な生命力を意味するのです。それこそが仏の姿です。仏とは、我々が死んだ後で天国に召されてやっと会える存在でも、死後我々が自動的に与えられる境涯でもない。仏とは、この辛くて苦しい連続の現世にあって、自分自身の中にある生きる力なのです。そして、その力は万人に元々備わっているものなのです。

逆に、地獄や餓鬼のような命が自分の中に如如として来る事も忘れてはなりません。そういう可能性も万人に等しく備わっているのです。一人一人の人間の境涯とは、それぞれの命の中に如如として来る命の傾向性を指しているのです。ムハンマドよ、あなたの知人、友人を含めた人々が持っている境涯に心を留めてみれば、自《おの》ずと因果の理法が見えてくるものです」

ゴータマの説法は、驚く程明快で、神秘的なベールに覆われた不明瞭なものは何一つなかった。これほどの教えであっても、人々の中には、彼を神のように崇拝する事で天国に召されるなどという、バラモンの教えと何ら変わらない捉え方をする者もいた。

人々を教化していくという事は何と難しいことであろうか…。ムハンマドは心でそう思った。

いくら教えが優れていても、それを噛み砕き、人々が納得しわかり易く説明できる弟子達の存在がなければ、机上の空論に終わってしまう。恐ろしきは無知であり衆愚である。衆愚はいとも簡単に「悪」を「正義」と捉え、「邪心」を「正心」と見てしまう。挙句の果ては、浅薄な噂話に扇動され、本質の何かを見抜くことができず、わけのわからぬ教義を妄信してしまう。そういうものだ。

そして、ゴータマの教えを正しく伝えるべき弟子達であっても、本来の目的を忘れ、自身の欲や悪心に支配され翻弄されれば、その行為は必ず人々を誤解させてしまう。最後はまったくゴータマの教えからかけ離れたものを生み出していくことになってしまう…。ゴータマとの対話は、ムハンマドにとって、人間の英知の持つ力に驚きと畏怖の念すら抱かせるものとなった。

無知で生きることほど、罪深く愚かなことはない…と彼は思った。

ゴータマが説法する間、富楼那はムハンマドの様子を見ていた。ゴータマの説法で明らかにムハンマドの表情に大きな変化があったのを見て彼は微笑んだ。ムハンマドにとって、ゴータマとの出会いが大きなきっかけになり、仏陀の悟達が何たるかを理解してくれればそれでよいのだ。富楼那はムハンマドをそのように見ていた。いずれ時間の経過とともに、ムハンマドの生き方に大きな影響力を与え、必ず彼にとって価値あり意味あるものにするであろうと思っていた。

祇園精舎での日々はみるみるうちに過ぎていった。それは啓発と発見の連続と言っても過言ではなかった。その間、ムハンマドには多くの友ができた。その友のほとんどは、ゴータマの下で修行する優秀な弟子達であった。富楼那、舎利弗や目連の他に、魔訶迦葉、阿難、須菩提、魔訶《まか》迦旋延《かせんえん》、阿那律《あなりつ》、優波離《うばり》、羅睺羅《らごら》などである。弟子達はそれぞれさまざまな突出した能力に長け、ゴータマの教団を率いる中心人物達と言える存在であった。彼らは皆、頭脳明晰で、論理に優れ、合理的な思考を心がけていた。

しかし、これらの弟子達と話を交わす中で、ムハンマドが気づいたのは、ゴータマは最後はあくまでも「信」こそが肝要であるとしたことだ。彼が言う「信」とは盲目の信ではない。あくまでも道理を尽くした上で、念じる心の重要性を伝えたかったのだ。「念じる心」とはやむにやまれぬ純粋な思いや熱き願望を成就しようとする熱意そのものであった。

ゴータマの弟子達にはエリート意識のようなものを持っていると感じる時があった。ゴータマがこれに気がつかないはずがない。一般大衆と比較して優越感を得ることで満足する彼らに対して、ゴータマは特に厳しい態度で臨んだ。なぜなら彼らが、ともすれば教えの本質を見失い、何たるかを忘れて本末転倒してしまうことを口やかましく戒めたのである。ゴータマは彼らのような知識人の傾向性を見抜き、彼らこそ他人を心から敬う菩薩行が不可欠であると、繰り返し説いた。慢心こそ不幸の最大の原因であると教えようとしていたのだ。

ゴータマの弟子達に対する厳しいふだんからの姿勢を目の当たりにしたムハンマドは、ゴータマのきめ細かな配慮や思慮深さに改めて感動した。

確かに師匠が偉大かどうかは、その弟子を見ればわかるものだ。弟子がどのような求道精神を持っているのか。どのように一般の庶民に接しているのか。どのような日常生活を送っているのか…などを見ればよい。弟子達のすべての所作や振る舞いに彼らが模範としている師匠の姿が見えてくるものだ。そうでなければ、教えそのものは単なる絵に描いた餅で終わってしまうだけだ。それを具現化する人間がいて、初めて意味を持ち価値あるものとなることができる。要するに、「教え」と「人」は一体になって展開しなくてはならないのだ。

数か月が過ぎた。ムハンマドはゴータマと彼の弟子達の近くで生活し多くの貴重な教訓を学んだ。そろそろ天竺を発って故郷に戻りたい…とムハンマドは思い始めていた。

そんなある日、いつものように菩提樹のある丘でゴータマが説法を終えると、弟子達に向かって珍しくゴータマが尋ねた。

「私の知り合いで維摩居士《ゆいまこじ》という商人が病に臥している。そこで、誰か私の名代として見舞いに行ってほしいのだが、誰かいないか？」と。すると弟子達は、お互いに顔を見合わせて何やら返事をためらっていた。

しばらくその様子をみていたゴータマは、舎利弗にむかって「お前はどうか」と尋ねた。

すると舎利弗は、「維摩居士様は、在家の修行者でありながら、我々以上の学問をされ、知識をお持ちです。それだけではなく、商才にも優れたお方です。私などがゴータマの名代として見舞うなどというのは、不相応です。どうか他の方にお申し付けください」

それを聞いたゴータマは、目連のほうを向き「ではお前はどうか」と聞いた。

すると目連も又、舎利弗に続いて辞退をした。その場にいた弟子達は皆、その商人に会うのをためらっているようだった。

ムハンマドはこの様子を見て、ゴータマの言う維摩居士という人物を弟子達が避けているのは何故なのかと思った。そして、その商人はどんな人物だろうかと興味を抱いた。

そうするうちに、ゴータマは弟子の中でも頭が良く智慧に優れた文殊《もんじゅ》（マンジュシュリー）という人物を見舞いに送る事にした。

ムハンマドは、その文殊に従って、維摩居士の屋敷に一緒に赴く事にした。

文殊とともに維摩居士を訪れる途中、ムハンマドは幼い自分を育ててくれた叔父のことを思い浮かべた。叔父は砂漠のオアシスを行き来しながら生計を立てていた商人だった。各地のオアシスには叔父の商売相手となる商人が住んでおり、彼らとは強い信頼関係で結ばれていた。彼らはお互いに助け合って商売を営んでいた。そんな叔父はいろいろな商人を訪れるたびに、よくムハンマドに商人達について話してくれた。そんな時、ムハンマドは叔父が実に彼らの性格や人となりを詳しく観察し、理解していることに驚かされた。そして、それが叔父の商売にとってとても重要なことであることを学んだ。きっと維摩居士も人間観察の鋭い人物ではないか……。だからゴータマの弟子達は自分達よりもはるかに人間力というか観察力の鋭い維摩居士に会うのが何となく嫌で躊躇っていたのではないかと思った。

維摩居士のいる天竺国は、ムハンマドが育った砂漠の環境とは程遠い場所であったが、彼が名うての商人であるということを知り、ムハンマドはなぜか彼に親近感を覚えた。そして、維摩居士はもしかすると自分の叔父と似ているかもしれないと、彼は妙な期待感を膨らませた。

維摩居士に会ったとき、ムハンマドは彼にゴータマの弟子達には見られない大胆不敵さを感じた。礼儀正しくはあったが、それ程形式には囚われず、どんな角度からもどんな人間に対しても、柔軟に対応できる能力を持ち彼の目には生きる逞しさと力強さが溢れていた。

よく考えると、それはごく自然なことだと思った。なぜなら、彼は毎日を托鉢をしながら生きている僧侶ではないのだ。必要なものは自分の智慧と努力で勝ち取り、懸命に生きてきた市井の人間なのだ。だから修行僧とは違って、彼の地につける足の踏ん張り方がまったく違うのだ。その差は面白いほど、彼の命全体に刻み込まれ、全身からにじみ出て自信となって現れていた。

確かにゴータマの弟子達は、意図的に一般庶民の生活から離れることで俗世間の喜怒哀楽を絶ち、修行に集中することが出来たが、逆に喜怒哀楽に染まった現実の生活感や感情の起伏に欠けていた。そのせいか、ある意味で面白味がなく不自然さを拭いきれず、物足りなさを感じる生き方であるように思えた。だからといってムハンマドは、修行生活に勤しんでいる弟子達に向かって、その点を問題視したり、指摘したりはしなかった。なぜなら、そんな事は言うまでもなく修行している本人達が自覚しているはずだと彼は思っていた。

ムハンマドからすれば、維摩居士の生き方は正直で虚偽のない自然体そのものだった。ゴータマの教えの真意をより的確に心得たものに見えた。商人である以上、商売をうまくやろうとするのは当然のことだ。そのために常にどうすべきかを考えねばならない。自分の顧客の期待に応えられなければ、金儲けはできないからだ。だから、商人はいつにあっても世間の動きを気にかけ、彼らが何を求めているのか、その要求にどう応えていくべきか…に敏感に考え、心を砕き、行動せねばならない。つまり日頃の生活感覚を大切にしていなければ、うまく商売を続ける事は出来ないのである。

維摩居士という男は在家に居て商売をしながら、ゴータマの教えをきちっと守り修行を続けてきた修行者でもあった。強い意志と決意がなければ、このような両立は容易にできることではない。その事を何よりもよく知っているゴータマの弟子達は、維摩居士に会うと自分達の弱さや修行の未熟さを逆に炙り出されてしまうような気がしていた。だから誰もが彼に会うことを渋った。

弟子達が嫌がるように、維摩居士は彼らに会うたびに、必ず出家僧であることの矛盾を指摘したようだ。彼等はなぜそういう環境に甘んじて修行だけにうつつを抜かして平気でいられるのかを問うた。彼の当てつけのような質問と、厳しい指摘に弟子達は皆、警戒し、たじたじとなった。

弟子達は皆、心の中で「維摩居士の言うことは間違ってはいない」と思いながら、彼と対等に話す事のできぬジレンマにイラついていた。即座に応えられぬ自分達の未熟さと欺瞞性を感じつつ、正直に向かい合えない歯がゆさを恥じていた。

天竺国を発つ前に、維摩居士と弟子達とのやりとりを見る事が出来たのは、ムハンマドにとっては非常に有意義な事であった。

それは、庶民の生活感覚に馴染まない教えというものは塵くずと同じになってしまうということだ。、そして時には世間の邪魔物扱いにされることもある。いくら高尚な教えであっても、対告衆（＝話を聞く相手）によっては善なる意図が曲解され、思ってもいないような悪者扱いを受ける事もあるのだ。

伝道者は教えの本質を把握し、鋭い庶民感覚を持たねばならない。そして、教えを彼らの中に誤解なく、どう根付かせるのかを考えねばならない…と彼は思った。そういう意味では、維摩居士の存在はゴータマと弟子達にとって大変重要な役割を持っていた。

庶民感覚とは何だろう…。ムハンマドは自分の故郷を思い、そこに住むさまざまな人々の日頃の生活を思い浮かべた。天竺国の人々の意識と日常、故郷の人々の意識と日常。全く環境の異なる二つの世界で生活する人々の生活はそれぞれ違うが、人々が家族を思い、友を大切にし、少しでも生活を良くしようとする思いや、辛い試練に出遭っても、それに耐え、それを乗り越えようと懸命に頑張る姿はまったく同じだ。

そういう庶民が馴染みにくく拒絶さ

れるような教えは、いつか見捨てられ、時代を超えて生き残っていくことは難しい。ムハンマドはそんなことを思いながら、故郷へ戻る旅の準備に取り掛かった。

# 第八話　友情

## （その一）

季節はそろそろ雨季を迎えようとしていた。

朝から、蒸し暑い熱気が全身を覆い、じっとり汗が滲んだ。毎日、空はどんより曇っていて重く、今にも雨が降り出しそうだ。身近に置いてあった食べ物にはカビがうっすらと生えて、食べると必ずお腹が痛くなり、下痢に苦しんだ。辺りに住んでいる住民達は、環境に慣れているせいか下痢で苦しむような話はあまり聞かなかった。そろそろ天竺国を早く発ったほうが良さそうだとムハンマドは思った。雨の中を旅するのは身体にも負担があり風邪もひきやすい…。そう思いながらムハンマドは出発の準備を急ぐことにした。

ある日、舎利弗がムハンマドを訪れた。彼はゴータマの十大弟子の中でも最も親しくなった一人だ。その舎利弗が、托鉢で得たという食べ物を木の器に入れて持って来た。中にはスーカラ・

マッダヴァと呼ばれるものが入っていた。どうやらそれは香辛料とともに柔らかく豚肉を料理したものでゴータマも時々食していたようだった。しかし、戒律の厳しいバラモンの修行僧からは不浄の食べ物として避けられていた。

しかし、ゴータマはバラモンの修行者のような極端な菜食生活は避け、バランスよく食事をするよう心がけていた。ムハンマドはそういうゴータマを気に入っていた。ゴータマは狂信的な精神主義一辺倒の日常生活よりも、道理と知識の習得を重要視していた。そして、「調和、中道」に貫かれた智慧こそ肝要だと説いていた。それは彼が難行、苦行の末、骨と皮だけになった自分の身体には健全な精神は衰弱し失われてしまうことに気づいたからだ。そして、生きる意志までもがなくなると悟り、これでは本末転倒であると気付いた悟達の境涯だった。

舎利弗は、ムハンマドが西国の出身で、彼の育った地域ではふだんから人々は肉料理を食しており、彼も肉を使った食べ物を恋しく思っているかもしれないと気を遣って用意してくれたのだった。

木の器に入ったスーカラ・マッダヴァを二人で食べながら、米麹で造られたと言うメーダカという名の酒を飲んだ。それを飲むとすぐに身体が芯から温まった。舎利弗とムハンマドは古くからの友人同士であるかのように親しく、いろいろな話題で楽しく話が弾んだ。彼らの会話には時々、舎利弗の盟友である目連も加わる事があった。舎利弗と目連の二人は、ゴータマ釈尊の教団を引っ張る中心的存在だったが、彼らの性格はいたって開放的で友好的、それに何よりも自然体であった。

形式に囚われて頑なに戒律を守ろうとするバラモンの修行僧とはまったく異なっていた。常に論理的で謙虚であり冷静な議論を心がけていた。そして常に新しい知識を吸収しようとする姿勢は際立っていた。彼らには若い息吹と情熱のようなものが溢れていた。

そんな彼らとの会話をムハンマドはいつも楽しんだ。会話の内容はあらゆる話題におよび、ムハンマドの出身地での食べ物のこと、男女の関係、生活習慣、一般家族の構成や社会の仕組み、法の内容など多岐に及んだ。

彼らとの会話で、ムハンマドはゴータマの教えが偶像崇拝を否定し、宇宙を貫き存在する不変の法そのものを求道すべきであると説いていることを知った。そして彼の課題は、教育程度や知識のレベルがカースト制度で制限されてきた社会や人々にどう説法すればよいかに彼は常に心を砕いていた。人々にわかりやすく導く方法として彼が思索し実行したのは、人々の理解能力を見極めながら、それに合わせた最良の方法と手段を考え、説法を行うというやり方だった。それを知ったムハンマドはゴータマ釈尊の包容力と理性、そして細やかな思慮深さに感心した。同時に、彼がこのように思慮深く民衆を導こうと心を砕いていたのにも関わらず、多くのゴータマを信望する人々の中には彼の真意を理解せず形式主義に落ち入る一般庶民も数多くいることに気がついた。どのような教えでもそれを受ける側の所謂、対告衆《たいごくしゅう》とも言うべき人々の理解力や能力次第で輝きを失ってしまうのだ。それを防ぐためには、「教義」そのものを分かり易く説明し、生活の中でどう実践していけば良いかを分かり易く示さねばならない。つまり教えを広める役目を持つ僧侶自身の人格と徳にかかっていると言っても過言ではない…。

彼はゴータマ自身が常に真摯な求道者である事に尊敬の念を抱いた。彼の人格があればこそ人々は彼を敬い、感謝の気持ちで接しようとする。ムハンマドはゴータマが驚くほど人間の観察力に優れていることに驚いた。ゴータマの近くで時間を過ごすにつれて、ムハンマドは彼は稀にみる偉大な哲学者であり教育者だと思うようになっていた。仏の説く法とは、神秘的なベールに包まれ人々に神秘的で無意識の恐怖を与えるようなものではなかった。それは一般庶民の活き活きとした生活の中で実践すべき道を示したものだったからだ。

ゴータマの死後、弟子達によって生前の教えのすべてが結集されたが、その数は「八万法蔵《はちまんほうぞう》」と呼ばれ、膨大な数の説法が集められ編纂された。それらが仏の経典としてまとめられた。これはゴータマ釈尊が生前、対話をしてきた人々の理解度や知識のレベルによって説法の内容を吟味しながら個々に彼が丁寧に対応した事を示している。

ムハンマドが祇園精舎を出発する日の朝、重苦しいどんよりとした空から雨が降り始めていた。そこで、「道が雨で泥濘になる前に急いだほうが良い」と言って、舎利弗と目連、そして富楼那がラバのような馬をムハンマドのために用意してくれ、皆で見送りに来てくれた。

彼は親しくなった彼らに別れを告げると北に進路をとった。故郷に戻る前に、ゴータマの出生地であるルンビニを訪れたいと思ったからだ。

ルンビニはカトマンズと呼ばれる町からさらに西方に位置したところにあった。遠く白雪を冠して聳えていた山々の麓を右手に望みながら、少なくとも二、三日の道のりを行かねばならなかった。弟子達は、「ルンビニに着く頃にはその地域はさらに雨が激しくなるので、祇園精舎からの道中はくれぐれも雨に気をつけなければならない」と心配した。

ただ、カトマンズ地方やルンビニは天竺国よりもさらに高地に位置しているので、気候は穏やかで夜はかなり冷えるようだ。雨季には町中は豪雨で覆われて道は川のようになると忠告してくれた。

ラバの背中に荷づくりをし、しっかりと麻のロープで荷物を固定するとムハンマドは天竺の若き友人達一人ひとりと目を合わせ、抱擁してわかれの挨拶をした。そして田園風景の続く田舎道を北に向かって歩き出した。

それから、どれくらい進んできたのかわからなくなるくらい同じような風景が幾日も続いた。田舎道に沿って野草が生え、周りはどこを見ても限りなく田園が広がっていた。三日目の朝、その道はいつの間にかゆっくりとした登りの坂道に変わっていた。肌に触れる風もなんとなく冷えてきたようだった。時々、小川などに差しかかるとそこで歩を休め、馬に水を飲ませ野草や穀物を与えた。そのたびに北方の山々を見ると、その雄大で雪に覆われた姿が鮮やかになり目に焼きついた。

気がつくと、スワヤンプナー寺院の小高い丘に近づいているらしいと気がついた。いつの間にか周りにざわざわして動く大小の猿が現れた。猿達はしばらく一行の様子をうかがっているようだったが、そのうちに行く手に物乞いをする一匹の小さな猿が現れた。その子猿に、祇園精舎を去る時、舎利弗や目連からもらった生米や生麦を麻袋の中から取り出して分けてやった。すると、丘の斜面やその廻りに隠れていたほかの猿達が一せいに飛び出してきて我も我もと手を差し出してきた。気がつくと、いつの間にか少なくとも二十、三十匹以上の猿の集団がギャアギャアと叫びながらムハンマド一行の周りに集まっていた。

やっと猿の集団を抜けると、目の前には延々と山頂に続く石の階段があった。見上げると、山頂まで少なくとも四百段近くはありそうな急な階段だった。階段の中ほどには少なくとも十人近くの人々が登っていた。ムハンマド一行が意を決してその階段の一つひとつを登り始めると、周りに集まっていた猿達も同じように階段の両側の斜面を登り始めた。時々猿のボスと思しき大きな体格をした猿が周りの猿達に牙をむき睨みつけると、周りの猿達は一斉に身を引いてしばらくは静かになった。しばらくすると、またいつの間にか次第に猿達の鳴き声は大きくなり、ムハンマド一行の周りに群がった。ムハンマド達はそのたびに腰に巻きつけた麻袋から生米と生麦を掴み取って猿達にばら撒いてやった。猿達は一せいに群がり、一行が斜面に撒いた餌を我先に取り合った。

石の階段を登り始めて、中ほどまで来るとさすがに息切れがし体中が熱くなってきた。そして全身に汗がにじんだ。一挙に階段を登り切るのは相当厳しい…そう思いながら、一段一段歩を進めていった。やがて丘の上に近づいてくると、階段はますます傾斜が急になってきた。一行は何度も止まっては息を整えた。そして、転ばぬように慎重に登った。最上段近くの傾斜は足を踏み外せば一挙に墜落してしまうのではないかと思うほど、急斜面になっていた。

ようやく階段を登り切ると、巨大な仏塔（ストーヴァ）が現れた。丸いドームのような屋根は真っ白く塗られ、その上の金色の塔壁には遠くを眺める仏陀の目が描かれていた。その仏陀の目は少し滑稽な親しみのある微笑を浮かべているように見えた。登り切った丘から後ろを振り返ると、カトマンズの町が一望できた。

真っ白なドームの軒下には摩尼車《まにしゃ》と呼ばれる回転する銅製の筒がドームを囲むように並んでいる。ムハンマドの従者の一人が「これを回転させながらドームの周りを歩くことで、仏陀の教えをすべて読経したと同じ功徳があると言われています」と説明してくれた。

仏教徒と思われる人々が摩尼車を回転させているのを見て、ムハンマドの一行も筒を同じように回転させてみた。ガラガラという音を立てて摩尼車が回転するさまは、おそらく一般庶民にとっては一種の親しみのあるお参りなのだろう…とムハンマドは思った。

ドームから少し離れた日影に目を移すと、橙色の衣を着た僧侶らしき老人が托鉢行をしていた。老人の周りには猿達が群がり、彼の持つ金属製の器の中身をうかがっているようだ。

老人僧侶がムハンマドの近づいて来るのに気がついて、彼の姿をまじまじと見入った。異国風の衣を纏ったムハンマドの姿は異様な感じがするらしい。しかし、ムハンマドの顔を見たその僧侶は驚いたような表情をうかべて呟いた。

「何と…そなたには眉間白毫《みけんびゃくごう》の相が出ておる。仏と同じ相を表わしておる」そう言うと、老人は両手を合わせてムハンマドに向かって丁寧に合掌した。そして、「異国の方とお見受けするが、どこからおいでになったのだ？」と彼に問うた。

思いがけない問いかけにムハンマドは怪訝な表情で、「遠くの西方の国から参りましたが、その眉間白毫の相というのはいったい何を意味するのですか？」と問い返した。

「わしにもよくわからぬが、遠い昔から仏は必ず眉間白毫の相を持って現れると伝えられておる。そなたは遠い西方の砂漠の国から旅して来られたようだが、そなたの故郷にも仏の教えが広まっておるのか？」

「私の故郷では多くの人々は釈迦牟尼仏の名を伝え聞いて知っておりますが、その教えについて深く学んだ者はほとんどいません。人々の間ではさまざまな土着信仰が昔から伝わっており、生活の中でそれぞれ信じられています」

「そうか。それではそなたは何か特別な使命を持ってこの地を訪れたに違いない」

「それはどういうことでしょうか？　自分に何か特別な使命があると感じた事はありませんが、実は故郷の山中にある洞窟で不思議な体験をしたことがありました。そして、それがきっかけで天竺国に旅することになったのは確かです」

「不思議な体験というのは、どんなものか？」

老人がそう聞くと、しばらくムハンマドは黙ってヒラー山での出来事を思いだしていた。しかし、彼は同時にそのときの不思議な体験については、あまり人に伝えるべきものでないと思っていた。もし、それが天からの特別な啓示だとすれば、それを人々に伝えるのはなぜか強い抵抗感があった。それは自分が特別に選ばれた人間なのだと暗に人々に思わせているように思えたからだ。そんな時、彼はいつも自分自身に嫌悪感を覚えた。実際、彼が洞窟での体験を少数の周りの人間に話した結果、ほとんどの人々は否定的な反応を見せた。中には彼が気が狂って妄想人間になったかのような軽蔑の視線で彼を見た。

自分は平凡でよい。しかし、困っている人がいれば同苦できる心を持ち、謙虚で親切な善人でありたい。それだけで充分だ…。彼には一貫した信念があった。

彼が沈黙したまま、洞窟での体験について話し辛そうにしているのを見ると老人はムハンマドの顔を繁々と見ながら口を開けた。

「そうじゃな。そういう体験は他人には話したくはないものだ。話したくなければ別に話さなくても良かろう。それが何を意味するかは、お前自身がおのずからわかっているものだ。不思議な運命を持つ命は自ずとその光を放ち始めるものだ。時が経てば廻りの者達は次第にそれに気づき始める。そして今度は畏敬の念でそなたに接し、そなたを特別な存在として扱っていくであろう」

老人はそう言うと、ムハンマド一行に明るい表情を見せて微笑んだ。

老人が何を言っているのかムハンマドには老人の意味することが、すぐに理解できた。「宿命」や「運命」というものは、一般の人間にはわからないだろう。それは、その人間の生前、生後を包含した人知を超えた時間の単位で通観すべきものだ…ムハンマドは以前から密かにそう思っていた。しかし、それを公言する事は浅はかで愚かなことだと思われた。それに、そんな事を自己暗示して生きる人間は実に滑稽だ。彼はそう思っていた。

老人から別れて丘の反対側に出ると今にも崩れそうな木造造りで土蔵のような建物が長屋のように連なっていた。そして、長屋の建物は下り坂の両脇に並んでいた。その一つひとつの祠《ほこら》の中にはローソクの火が燈され、線香の匂いが漂っていた。そのまま坂を下りてゆくと、緑色の水を湛えた小さな正方形の池があった。

池の周りを古びたレンガの壁が囲んでいて、その壁には苔のようなものがこびりついていた。レンガの壁の上には、所々に猿が身繕いをして座っていた。池面には幹が白く背高のある木々の影が映って揺らいでいる。時々風に揺らいでいた木々の枝から葉が飛ばされて池に落ちた。

廻りを見ると巡礼者と思われる多くの人々があちこちの木陰で休息をとっていた。肌が黒い巡礼者は天竺から来た信者で、比較的浅い色の肌を持つ者はカトマンズ周辺の田舎町からやって来た者らしかった。

流石に自分に似た風貌の巡礼者はいないようだ…そんなことを考えながら、ムハンマドは故郷の妻や人々を思い出していた。池の上から涼しい風が彼の方にやってきて頬を撫ぜるとムハンマドは、我に返って「さあ、出発だ」と一行に声をかけた。

## （その二）

丘を離れてしばらく歩くと水量が多く勢いよく流れる川に差しかかった。川の水は付近の山岳地帯から流れてきた雪解け水のようだ。川には大きな岩が点在しており、川沿いの両岸にはバラックのような継ぎ接ぎだらけの板小屋が並んでいた。小屋にはどうやら天竺方面からこの地域にやって来た人々が住んでいるらしい。彼らの肌はカトマンズ地域の住民よりもかなり色黒い肌をしており、目が異様に輝いてみえた。小屋の周りには野良犬達が群がりゴミの中から食べ物を漁っている。その中に棒を持った二人の少年が野良犬達に混ざってゴミを突いている。その中で燃えそうなものが見つかると、すぐにそれを横にある薪火の中に放り込んでいた。彼らを見ていると以前天竺で会ったダリットの少年が思い出された。

あの少年はどうしているのだろう…。あの少年の目はまるで狂った獣のような目をしていたが、川岸でゴミを漁っている子供達は、貧しさの中で懸命に生きている逞しい子供達だ。二人の会話には少年らしい幼さが感じられた。ムハンマドは興味深そうに少年達の仕草を見ていると、一人がムハンマドに気づき、手を休めて彼を見つめた。異国の姿をしたムハンマドは少年にとって珍しかった。彼はムハンマドが異国の旅人と知ると、笑顔で挨拶をした。少年の表情には幼さが残っていたが、しっかりとした知性と礼儀、明るさがあった。

きっと親孝行な少年達なのだろう…。ムハンマドはすぐにそう思った。目を少し川上に移すと別の少年達がネットのような道具を持って川魚らしきものを獲っていた。彼らは農民のような衣類を纏い、びっしょりと水に濡れながら、嬉しそうに歓声をあげ川岸に置いてある木造の桶に獲物を入れていた。

その川には年二回、産卵のために川魚が遡上して集まってくるらしい。ムハンマドがその川に差しかかったときはちょうどその遡上の時期らしかった。川底にへばりついたように産卵された卵からは、やがて幼魚が孵化し成長しながら川を下っていく。そしてまた、下流で成長した魚達は生まれ故郷めざして遡上してくるようだ。

ムハンマドの故郷では魚を食する生活習慣がなく、彼自身食卓に用意された魚料理は珍しかった。カトマンズ滞在中、彼が食した魚はゴールデンサハールと呼ばれ、ほとんどが蒸し料理だった。その味付けにはショウガや天然ネギなどの香辛料が使われていた。料理は美味であったが、唯一の難点は魚の骨だと気がついた。注意して食しないとすぐに咽喉に刺さった。そのため、口の中で入念に骨を探って除かねばならなかった。

魚料理と一緒に出されたのは、その地方で収穫される米で、そのまま炊き出された白米や、ターメリックで色付けされた黄色米、そしてエンドウ豆やみじん切りされたニンジン、ネギ、玉葱、卵などが混ざった焼飯だ。旅で立ち寄った食堂らしき店には、必ず焼飯があって彼はそれを好んで食べた。焼飯の味付けは店によって微妙に異なっており、興味深かった。

川を渡ってからしばらく歩いていると次第に夕暮れが迫り、辺りが暗くなりつつあった。そうするうちに、今度は黒緑色の流れの穏やかな川に出合った。川の名前はパグマティ川といった。川の水が流れているのか、淀んで留まっているのかがわかり難い。決して綺麗な川とは言えない。川岸の地面にはレンガが敷きつめられており、所々に少し盛り上がった台座のような場所があった。

その中の一つの台座に何かが燃やされていた。廻りには二十、三十人程の人々が集まっていた。炎に手を合わせて祈っている者、何やら激しく泣き叫んでいる者、また、悲しみにくれている年配者達を慰めている若者の様子などが見えた。ムハンマドはそれを見ながら、天竺からカトマンズへと道案内してくれた男のほうを向いて尋ねた。

「あれは何をしているのか？」

「対岸にはパシュパラナート寺院があって、その寺院に隣接した火葬場です」

「それでは今燃やしているのは死体なのか？」

「そうです。パシュパラナート寺院にはシヴァ神が祭られており、この一帯のヒンズー教徒にとっては最大の聖地とされています。火葬場で焼かれた死体は、ここで灰になり、川に流されるのです」

男は続けた。

「それは肉体が滅し、宇宙に帰っていく姿を現しており、やがてこの世のどこかで新しい生を受け、人間として再誕すると信じられています」

いつのまにか辺り一帯は暗闇になっていだ。その中で燃える死体だけが異常に明るく炎に照らされて揺らいでいる。この世とは思えない異様で神秘的な光景に見えた。

天竺でゴータマは「輪廻転生《りんねてんしょう》」の教えを説いていたが、このカトマンズの地では独特の死生観として人々の生活の中に根づいているのかもしれないと彼は思った。それにしても目の前で死者が燃え、灰になっていく姿を見ていると、祇園精舎で親しくしていた魔訶迦葉や阿難陀、そして舎利弗達の中に見た逞しい若さ、英知の輝き、希望に溢れた笑顔や未来に向かう生命力に満ちた世界とはまったく異質な現実世界を見る思いがした。

それはまさに「諸行無常」の諦めに満ちた世界だ。祈祷師が巫術《ふじゅつ》を行って死者と交信するような一種の恐怖に満ちた儀式に似ていると感じた。

ゴータマは「この世に生を受けた者は、誰もが例外なく生を受ける前の世界に帰っていく」と説いていたが、一体どういう世界に人間の魂は帰っていくのだろう…。そんなことを考えながらムハンマドはその様子を眺めていた。

ムハンマドにとって生と死の問題は生命の不思議さを考える上で避けることのできない重要で深い意味を持っていた。生死という現象と、魂というものがどう関係しているのかを知ることが必要であった。それを理解しなければ、本当の意味で人間の命の尊さや価値をわかることはできない…と感じていた。

つまり、人は死んでしまえばそれで何もかも終わってしまうと考えるのは、確かに間違ってはいないが、「死」の問題をそれで片づけてしまうのは浅はかで、誤りだと思っていた。彼にとって「死」とはあくまでも「生」とは異なるが、生命の別の姿を表わしているだけではないか…生命自体は生と死自体を繰り返しつつ、永遠に継続性を持ったものではないのか…と感じていた。

人間が死んだ時、その人間は天国に召されるのか、地獄に堕ちていくのかという簡単な問題ではないのだ。死をもって、その人間の精神的・肉体的な特質は消えてしまうが、その両面を貫いて存在する「何か」は間違いなく宇宙に溶け込んで永遠に存在し続けるように思われた。

故郷のヒラー山の洞窟で体験した絶対神と名乗る「アッラー」というのは、この永遠に存在し続ける本質を指したものではないのか…。ムハンマドは密かにそんなことを考えていた。しかし、「アッラー」は自分こそがすべてを支配する存在であるとムハンマドに伝えたはずであった。とすれば、「アッラー」とは宇宙を貫き存在する生命そのものを意味するのではないのか…彼は洞窟での鮮烈な体験を思い浮かべながら、目の前で燃えてゆく死体の命と「アッラー」の存在は何を意味するのだろうと考えていた。

従者の男が「そろそろ参りましょうか」と、思いに耽るムハンマドに向かって話しかけた。男の声でムハンマドは我に返り頷くと、自ら一行に向かって「さあ、行こう」と呼びかけた。火葬場で燃える炎に背を向けてムハンマドは歩き出した。辺りの空気は冷たく、真っ暗な天空には満面の星空が広がっていた。

その夜、ムハンマド一行は舎利弗が教えてくれたカトマンズの一画にある小さな寺院の僧坊を訪ねることにした。その寺院で寺守をする僧侶は、祇園精舎で舎利弗とともに修行の日々を送った友人であるらしかった。舎利弗はムハンマド達のために、その僧侶宛てに手紙を認め持たせてくれた。その手紙にはムハンマド達が遠く西方の国からやって来た求道者であり、ねんごろにもてなすよう頼んでくれていた。

寺院は文殊師利（マンジュシュリー）という人物によって建立されたという。非常に聡明な人物でゴータマの教えを深く理解していた弟子の一人であった。舎利弗とも親しくしていた修行僧で、舎利弗自身は文殊師利の人格と頭の良さを誰よりも理解していた。ゴータマの教団にあって舎利弗と文殊師利の二人は謂わば理論面での双璧であった。文殊師利は天竺でゴータマの教えを理解すると、北方の地域を旅し一般庶民と接しながら弘教に尽力した。

そんな文殊が建てた寺院ではあるが、見かけは小さく貧弱で、その入り口にあたる玄関は周りの民家に埋もれたかのように目立ちにくく建てられていた。玄関の高さはムハンマドがしゃがまなければ通ることが出来ない程、低かった。身体を低くかがませながら玄関をくぐると、すぐに中庭が現れた。寺院の伽藍は黒く塗られた木造と赤い煉瓦を組み合わせて粘土が塗り込まれて造られていた。

仏塔はスワヤンブナーのような巨大なものではなく、規模はかなり小さなものだった。人の背丈の二倍くらいの高さしかなく、身軽な者であれば、すぐに飛び乗って仏塔の頂上に登ることができる。

仏塔の周りには修行僧達が寝泊まりできる宿坊がある。宿坊と言っても、実際に生活するとなると部屋の天井が低く、かなり窮屈《きゅうくつ》な空間で、部屋の中にいる修行僧は常に屈《かが》んでいなければならない。しかし、座してゴータマの教えを学ぶには支障はなさそうだ。修行僧としてはだだっ広い部屋にいるよりもあまり孤独を感じないのかもしれない。「経蔵」と呼ばれる小さな部屋には何百もの竹簡《ちくかん》が積み上げられていた。竹簡は、竹を縦割りにして作ったものであるが、一つひとつの竹簡には経文が細かな字でぎっしりと書き記されている。かなり前から保存されているのだろうか、一部の竹簡は埃まみれで何が書かれているのか分からなかったが、おそらくこうした竹簡を自分の部屋に持っていき、夜になるとローソクの火で照らしながら経文を読み、勉強したのかもしれない。

## （その三）

ムハンマド達は、従者の知り合いという寺守の計らいで、宿坊でその日は泊まらせてもらった。宿坊の横には大きな菩提樹が茂り、近くには井戸があった。夕飯時なのだろうか、寺院周辺の住民らしき女性達が水汲みに行き来し、会話する声や笑い声が聞こえていた。やがて、水汲みの女性達がひと段落ついた頃、宿坊全体は闇に包まれ、静まり返った。しばらくすると、寺守の男が従者となにやら話をしていた。どうやらムハンマド達をその男の住居に招き、夕食を振る舞いたいと申し出をしてくれたようだ。

知らぬ土地での思いがけない招待にムハンマドは恐縮したが、温かな思いやりと素朴な好意は、ムハンマド達の気持ちを和らげてくれた。

男の住居は、小高い丘の麓にあった。そこは鬱蒼とした灌木が茂っていて、男の住居を取り囲んでいた。近くに小さな小川が流れているらしく、水の音がかすかに聞こえた。どうやら、その水を飲もうとして野犬などが訪れる場所らしい。

男の住居に着くと寺守の男と、まだ幼い二人の女の子が迎えてくれた。子供達はムハンマド一行のいで立ちと風貌に興味を抱いたのか、一行をしばらくまじまじと見ていたが、やがて父親に促されてムハンマド一行に両手を合わせ、「ナマステ・ダイ」と挨拶をした。ムハンマドも小さな女の子達の出迎えに笑顔で「ナマステ・バヒニ」と応えた。バヒニとは年下の女性に対して使う言葉で、男がムハンマド達に教えてくれた。ムハンマドの挨拶を聞いて、二人の幼女は明るい笑顔になった。母親がムハンマドに挨拶すると、台所にいた二人の召使いらしき女性が大きな白い皿に「モモ」を一杯盛ってムハンマドの前に置いた。

「モモ」はカトマンズでは定番の餃子で、ムハンマド達が天竺を旅したときに食した「サモサ」に似ていた。サモサにはジャガイモが使われていたが、「モモ」には鶏肉を挽いたものにネギ、ニラ、トマトや玉葱がこめられ、モモに浸けるソースにはクミンパウダー、ニンニク、チリパウダーなどがバランス良く混ぜられていた。このソースをつけて食べると、くせになるおいしさがあった。ムハンマドには天竺のサモサよりもカトマンズのモモのほうが美味しく感じた。

　幼女の一人がムハンマドに向かって尋ねた。

「あなたの国では、みんなそういう服装をしているの？」

　ムハンマドがその幼女に優しく微笑んで「そうだよ」と言って、彼の真っ白なカンデューラ（襟なしで足元まである衣装）と頭部で巻き付けたグドラを幼女に触らせた。グドラは赤と白のチェック柄になっており、彼女はそれがどのように頭に固定してあるのか興味深く眺めた。もう一人の幼女がその様子を見ていたが、やがて同じようにムハンマドのグドラに手で触りながら、

「これをお洗濯する時はどうするの？」と尋ねた。

　ムハンマドは幼女の質問に答えるために、グドラを頭から外すと、それを解いてみせ、「こういうふうにすると、一枚の布になって普通に洗濯ができるのだよ」と言って微笑んだ。

それを見ていた母親が「シュリシティが家に居たら、異国のお客を迎えてとても喜んでいたでしょうに」と夫を見ながら呟いた。男はそれに応えるように、「そうだな」と言ってしばらく沈黙した。

ムハンマドがその様子を見て、男に「もう一人娘さんが、おられるのですか？」と聞くと、「そうなんです。実はもう一人娘がいるのですが、クマリの宿命をもって生まれてきたのです」「クマリの宿命とは？」

「クマリとは、生きた女神を意味します」

「生きた女神とはどういう事ですか？　この地域では何か特別な風習でもあるのですか？」

「昔からヒンズー教の教えの中でとても特別なことなのです。一番上の娘のシュリシティがクマリとしてすべての条件を満たしていると判断されて、今クマリの館で暮らしているのです」

すると母親が、「これは私達の名誉であり、家族として最大の誇りです。でも娘が家にいないのは、とても寂しいことです」とムハンマドに微笑みながら言った。

すると男が、クマリの風習について語り出した。

「この王国では、タレージュという女神を国の守護神として崇めています。別の名前をアンナプルナとも言います。クマリはその女神の生まれ変わりとされています。クマリに選ばれるには、満月生まれの仏教徒で、且つ釈迦族の家系に関係する少女のみがその候補となります。そしてクマリに選ばれた少女は初潮を迎えるまで、このクマリとしての役割を勤めるのです」

「いったいどんな役割をクマリは持っているのですか？」

「クマリは、国の運命を占うことのできる預言者で、一国を治める国王もクマリの言葉を崇め、それをもとに政治を行うことで、国は安泰で平和が続くとされているのです」

「クマリになるにはどのような条件を満たさねばならないのですか？」とムハンマドが聞くと、母親がクマリについて説明してくれた。

「クマリになるのはすごく難しいのです。いろいろな条件があって、簡単にはそれらを満たすことはできないのです。たとえば、何と言っても家系が釈迦族でなければなりません。ですから、少女達の生まれた家の名前には必ず『釈迦』という名がついています。

それに、その他の条件があるのです。

●健康であること。

●すべての歯が欠けていないこと。

●菩提樹のような身体をしていること（整っていてバランスの良い身体）

●子牛のような睫毛をもっていること。

●獅子のような胸であること。
●鹿のような脚をしていること。
●アヒルのように柔らかく透き通った声をしていること。
●黒い髪をしていること。
●黒い瞳をしていること。

などが揃っていなくてはならないのです」と説明した。

「実はクマリと呼ばれる少女はこの辺りの山間部の小さな村や町にも存在しますが、本当のクマリは王宮近くのクマリの館に住んでいて、ロイヤルクマリと呼ばれている少女を指しているのです」

「ということは、シュリシティという貴女の娘さんが、クマリとして今その館におられるのですね」とムハンマドが母親に向かって言うと、彼女は静かに微笑みながら頷いた。

「すると娘さんの名前はシュリシティ・シャカという事ですか？」

「ええ、そうです」

そう言うと、母親はムハンマドに向かって頷き、話を続けた。

「もうすぐ九月に入りますが、その月にはインドラ・ジャトラという一年で最も重要なお祭りがあります。ヒンズー教に説かれている帝釈天が人の恰好をして生まれ変わったのがクマリだと信じられています。過去世に何があったのか、私達には想像もつきませんが、娘には何か特別で神聖なものが宿っているのでしょう」と言って微笑んだ。

「インドラ・ジャトラでは国王がクマリのもとを訪ね、クマリから祝福の印として赤いティラカを額に受けるのです」

「クマリの顔は額から鼻筋にかけて赤い化粧が施されていて、なんとも言えない雰囲気と荘厳さをもっています」

　そう言ってクマリについて語る母親は、娘の持つ不思議な宿命について、この世で生まれながらにして与えられた大きな福運だと感じ、その使命について感謝に溢れた大きな誇りを持っている様子だった。

　一方、カトマンズに滞在中、ムハンマドはこの地域一帯に根づいている儀式信仰のようなものに大変興味を持った。人々は儀式そのものをヒンズーの教えとして敬っている。これは元々ヒンズー教には明文化した教義というものが存在しなかったことに起因している。その為、先祖代々から伝えられてきた儀式やしきたりがヒンズー教の教えとして認識されるようになったようだ。やがてカトマンズにも仏教が隆盛してくると、クマリの風習はカトマンズという土地独特の、仏教・ヒンズー教両教の融合的信仰の風習として人々の生活の中に溶けこんでいった。

これは何を意味しているのだろうか？　地域の人々は、日々の生活の中で、お互いに認め合い共感できる行事や習慣を通して同じ社会に属する仲間としての自覚と意識を、確かめ合っているのかもしれないと彼は思った。

そうするうちに、母親が「ダール」と呼ばれる豆のスープを食卓に運んできた。豆スープはよく煮込まれていて、豆料理独特の風味と食感があった。スープは幾種類かの豆が濾されて混ざり、その中に玉葱やトマト、クミンパウダー、チリパウダー、それにカレーパウダーなどが使われ、バランスよく味付けされていた。

「豆スープの味付けは、それぞれの家庭で異なるのですよ。その家庭の祖母から代々受け継がれているのです」と母親が言った。

「料理を手伝う召使の女中に豆スープ作りを任せると、自分の母親とは違った味付けになるので、いつも注意しています」

そう言って彼女は女中の一人を見た。その女中は自分のことを言われているとすぐに察したのか、ムハンマド達を見て苦笑いを浮かべた。モモや温かい豆スープだけでもかなりの量だ。前菜を食べ終わる頃にはムハンマド達の胃袋はすっかり満たされていたが、その後も女中がいろいろな料理を次から次へと客人の食卓に持ち込んだ。ようやく最後の主菜となる鶏肉料理が振る舞われた頃には、かなり苦痛を伴った食事となった。

「この地域の習慣で、客をもてなすときには、もうこれ以上は食べられないと客に思わせる程の量のご馳走でもてなすのが礼儀とされているのです」従者が、寺守の家を出た後、ムハンマドに笑いながら語って教えてくれた。

ムハンマドは、「そのことを知っていれば、最初に出てきたモモはほどほどにしておいたのに」と笑いながら彼に向かって言った。

気がつくと夜がかなり更けてきたようで、一行は透き通って痛いような冷気を全身に感じた。夜空を見上げると、くっきりと満月が浮かび、煌々と輝いていた。

寺守の男は、ムハンマド達に召使の長と思しき年長の女性と侍女二人、それに案内役の男をつけて寺院まで送り届けてくれた。寺院までは少し距離があったが、歩いていると、身体に入った美酒の香りが、呼吸をするたびに身体の熱と一緒に冷気に吸い取られていくようだった。自分の吐く白い息を見ながら、ムハンマドは心地よい酔い覚めの余韻を楽しんだ。

寺院の小さな宿坊に戻ると、部屋にはローソクの火が燈され、寒さと冷気をふせぐために分厚い毛布が置かれていた。毛布は羊毛で造られたもので触るだけで柔らかな暖かさが伝わってきた。毛布の上に横たわると、小さな部屋はローソクの火に揺られて、ほっとするような団欒のひとときと空間を与えてくれた。

「それにしても、クマリの館で過ごす幼い娘は毎晩、どうしているのだろう。きっと寂しい思いをしながら優しい母や父親のことを想っているに違いない」

彼はゆっくりと仰向けになって、そんなことを考えていた。遠くで犬の遠吠えがときどき聞こえた。しばらくの間、その夜の出来事や人々の笑顔を思い浮かべているうちに、彼はいつしか眠りに落ちた。

次の朝、ガラガラという音が窓の外から耳に入ってきて目が覚めた。何だろうと思いながら、眠い目を擦り音がするほうを覗いてみると、朝の冷気の中で数人の女性が小さな木樽のような入れ物をもって井戸から水を汲み上げていた。親しそうに話をしながら、時々笑い声が聞こえた。目をそらすと近くの民家らしき数件の家屋の煙突からは彼方此方で煙が上っている。

どうやら朝餉の準備のため水汲みらしい。桶に水が一杯になると、女達は頭に桶を載せ、うまくバランスを取りながら運んでいった。彼女達は、それぞれの家の台所でこれから家族に朝食を作るのだろう。女性が食事を準備する音は、何かほっとする日常の時間と空気を作ってくれる。その音には、小さな平和があり、温かな思いやりに溢れている。そして一日が無事で過ごせるように家族を家から送り出してくれる。そんなことを思いながら、ムハンマドも故郷の朝を思い出していた。

井戸を囲む野原は夜露で濡れていたが、朝の太陽が辺りを照らし始めると、野草の葉からうっすらと湯気になって蒸気が立ち込め始めた。

## （その四）

ムハンマドが寺院の宿坊を発ったのは、すっかり太陽が東の空に昇った頃だった。宿坊の門には寺守と彼の家族が見送りに来てくれた。幼い娘達はムハンマドのために鶏肉を入れたモモを金属製の弁当箱にいっぱい詰めて持って来てくれた。朝、母親に手伝ってもらって一生懸命作ってくれたそうだ。彼はその弁当箱を開けると、「うわー何ておいしそうなんだ！」と嬉しそうに言うと、娘達に向かって「ありがとう！」と、弾けるような笑い顔を見せた。

娘達は、はにかみながら「このモモは私達がいままで作ったモモの中で、一番おいしくできたのよ」と言って、ムハンマドに笑顔で話した。そして、「これはコラックよ」と言うと、今度は紙製の箱を弁当箱の上に重ねた。それを見た母親が、「コラックというのは、庭で育てた野菜を細かく刻み炒めたものです」と説明してくれた。

箱の中身を覗きながら、彼は「今からお昼のお弁当が楽しみだなあ」と言って、娘達の頭を撫ぜた。娘達の無垢で彫の深い美しい笑顔と瞳が輝いた。

しばらくして寺守の家族に別れを告げると、歩き始めた彼の目になぜか涙が溢れた。

「何と純粋で心の綺麗な人達なのだろう」そう思いながら、感謝の気持ちでいっぱいになった。精一杯の善意で送り出してくれる一家の気持ちが何よりも温かく嬉しかった。家族の優しさが彼のこれからの前途を祝福し、送り出してくれた。決して裕福とは言えない境遇であっても、心の豊かさは何ものにも代えがたいものだ。「家族の真心は忘れまい…」ムハンマドは心の中でそう思いながら、寺院を後にした。

次の朝、ムハンマドは歩を速めながら、右手に聳えるヒマラヤの峰々を眺めた。峰々は真っ白な雪に覆われていた。その麓一体は青白い霞みのようなもので覆われていた。これからしばらくはヒマラヤの高峰を右手に眺めて歩いて行くことになる…そう思いながら、前をまっすぐに向いて歩き始めた。

それにしても真っ青の空と対照的に峰々を覆う真っ白な雪は眩しく神々しく見える。すべてが別世界の美しさと神秘に溢れている。そんな神秘の空間と時間の中を歩き続けると、自分は果たして生きているのだろうかと思わず思ってしまう。空の青さも、真っ白な雪の眩しさも…そして時には永遠に止まったような時間もすべてが非現実的なものに思えてくる。「死後の世界というのはきっとこういうものかもしれない」心の中で彼は思った。

「しかし、死後の世界を見る自分というのは、一体どういう自分なのだろう。死んでいるのなら、自分の存在はないはずだ。しかし、死してもなお、自分として見ることのできる自分が存在するとすれば、今生きている自分の中でそれは、どういう形で存在しているのだろうか…」

漠然とそんなことを考えながら彼は歩き続けた。

「自分というのは、しかし『精神』だけではない。もちろん、『肉体』だけでもない。どちらでもないが、どちらも備えている。命というのは不思議なものだ。精神だけでもなく、肉体だけでもない。両方が備わって初めて「命」となる。自分という個性を持つ命も、精神と肉体とが一体となって初めてその存在が示される。そしてその存在が他の存在と関わることで意義を持つ。どんな人であっても必ずその人なりの個性があり、尊い命をもっている。まさに一人ひとりの命は奇跡とも言える存在ではないか…」

ムハンマドはずっと考え続けた。

その存在自体は、この世一代限りのもので終わってしまう。しかし、本当にそうだろうか。確かに姿、形はこの世から消滅するが、それは姿としての肉体と、その肉体に伴っていた精神が消滅したという事であって、それらを貫いていた本質は実はずっと継続しているように思える。「時間」「空間」を超えて、一貫してしているものとはいったい何だろう。よく考えれば、それこそ「生命」の本質ではないか。その本質は、一時たりとも留まっていることはなく、常に変化し続けているものだ。まさに、その変化の連続自体が生命ではないか。その一瞬一瞬の変化の中で我々は生きている。とすれば、生きると言う事は変化それ自体だ。しかし、「人生」という変化の連続を果たして如何にすれば人間は価値的で意味のあるものにできるのだろうか。

一方では、残念ながら多くの人が人生を無意味で価値のないものにしてしまっているのも事実だ。しかし、そういう人達でも、いざ死を真近に感じるようになると、急に死の意味を考えだすものだ。人生とは何だったのだろうかと真面目に問い、自身の直面する生と死について思い巡らすものかもしれない。これは凡人が急に哲学者になるようなものだ。そう考えると、哲学というものは人間の数だけあるのだろう。

ところで、実際は何も考えずにただ死んでいく人間も多くいる。もしかすると、何も考えない人間のほうが人生を達観しているのではないか。なぜなら、悪い頭を使って少々考えようが考えまいが、所詮、死んでしまう運命に逆らうことは出来ないし、死んでしまえばすべてが終わるからだ。それに、少々考えたところで、どうということはない。結局、無駄な努力などせず、死という宇宙の摂理に身を任せればそれでよいではないか。いずれにしても、最終的には何が人生を決定づけているのだろうか。最後になって、人は人生を悔いなく、生き切ったと言えるのだろうか。こうすれば悔いなく生きられるという仕組みを明かして法則として残すことはできないのだろうか。

ムハンマドは歩きながら考え続けた。さまざまな人々の人生について思いを馳せた。その中には祇園精舎で親しくなった釈迦教団の舎利弗や阿難陀が話していたことを思い出していた。

そういえば、弟子達は過去、現在、そして未来という時間軸の不思議について語っていた。それはムハンマドにとって目から鱗の落ちるような話の内容であった。「過去も現在も、そして未来も厳然と存在しているにも関わらず、現在の一瞬の刹那にそれらがすべて含まれる」ということだ。

よくよくそのことを考えると、ムハンマドがヒラー山の洞窟で体験したことは、実はそういう事を意味していたのではないか。不思議な生命の本質をあの瞬間、実際に体験することができたのではないか…。そう思えた。「あの時、自分は時空間を超えて存在する自らの永遠なるものを見た。それが具体的にはどんなものだったのかはうまく説明できないが、その実体は確かで否定できないものだった」

洞窟内でのあの体験を思い浮かべながら、彼は心の中でそう呟いた。

それにしても、釈迦教団の弟子達は理路整然として、実に明快な論理を組み立てられる智慧者達であった。そして一人ひとりが、真面目に師匠の教えを実践し、懸命に人格を磨こうと修行していた。その姿は実に人間味に溢れ、廻りの人達を啓発し、内面から溢れ出る生命力を感じさせていた。そして、何よりも彼らの師匠である釈迦自身がごく自然体で驕ることなく、繕うこともなく真摯に弟子達に接していた。彼は常に思い遣りのある人間であり、人格者であった。いつも釈迦は自己には厳しく他者には礼節と尊厳を重んじ接していた。彼がゴータマと呼ばれ、仏陀とも呼ばれた所以であろう。

ムハンマドは、釈迦の人間性こそが仏教の本質ではないかと感じていた。決して呪術信仰（シャーマニズム）でもなく、死の恐怖を売り物にした教えでもない。生を讃え、慈しみ、勇気と希望をそれぞれの個人の内面から、覚醒させる教えと見るべきであろう。

釈迦の教えは、広く庶民の心を捉え流布するに違いない…。彼はそう強く思い、教団の友たちの躍如たる姿を脳裏に刻んだ。

寺院を発って以来、何日歩き続けただろう。次第に右手に見えていたヒマラヤの高峰に代わって見えてきたのは、カラコルムと呼ばれる山脈の真っ白な雪に覆われた峰々だ。それらの高峰から大小の川が山脈からの冷たい水を運んで流れている。そして、それらの川が合流しながらインダス川となって遥かアラビア海に達している。そのインダス川に沿っては肥沃で広大なパンジャブと呼ばれる平地が広がっている。パンジャブというのは五本の川という意味で、インダス川がアラビア海に達するまでに合流する五本の川を指している。

ムハンマド一行は、このパンジャブの平地を西方へと進んだ。平地を歩くにつれ、あちこちの草地に牛や羊が散らばって放牧されているのが目に入ってきた。牛の多くは黒色や黒茶色をした水牛のようだ。道すがらパンジャブの農家で休憩をさせてもらった。その時、農家の主人から「この地域では牛は神聖な動物として崇められ、その肉を決して食べることはない」と聞かされていた。

地域の農家は牛を利用して、土地を耕し小麦や稲を育てている。彼らの生活を支えているのは、まさにこれらの牛だ。牛のおかげで彼らの生活が成り立っている。そのため、農家にとっては牛は重要なパートナーであり、家族の一員なのだ。ムハンマドはなぜ牛が神聖なものとして崇められているかをすぐに理解した。ところが、羊は牛と比較して「神聖な者」としての地位を与えられていないようだ。羊飼い達は草地でこれらの羊を丸々と育て、羊乳を飲み、羊肉を食している。牛と比べて羊は不運と言えるのかもしれない。

そこでムハンマドは、農家の男に「なぜ羊は牛のように崇められていないのか?」と尋ねた。

「牛には三千万の神々が宿っていると伝えられているのさ。雄牛は水を象徴しているが、水には破壊をもたらす暴風雨のようなものもあれば、生命をつなぐ尊い恵みもある。だから、破壊と再生を司る三大神の一つであるシヴァ神の乗り物として信仰されているのさ。、雌牛のほうはクリシュナ神の従者であり、それを殺すことは両親を殺すよりも重い罪とみなされているのだ」

「牛と水牛とはどう異なるのか? 区別の基準はあるのか?」とムハンマドが聞くと、農家の男は「牛と水牛はまったく異なる動物だよ」と言って続けた。

「ヒンズーの教えでは水牛は牛とは異なり神聖な動物ではないとされている。その上、水牛は死神の乗り物とされているので、水牛の肉を食らうことは問題ではないのだ」

ムハンマドは男の言うことを聞きながら素朴な疑問をぶつけた。

「死神の乗り物である水牛を使って畑を耕している者も多くいる。それでも水牛は牛のように崇める存在ではないのか?」

「水牛がなぜ死神の乗り物なのか、そんなことは俺は知らない。先祖からずっとそう教えられてきた。それに、よく考えれば羊は土地を耕すことは出来ないだろ。その代わり、彼らはわしらが生きていくのに必要な肉を与えてくれる。ありがたいことだ。そういう使命があるのさ、羊は。

同じように、死神の従者である水牛もわしらのために食肉となって生きるための命を与えてくれるのさ。水牛は牛のように人間の道具となり田畑を耕す事ができるのに、死神の従者となったのは運がなかったのかも知れないな…。確かに不運なように見えるが、水牛も羊もともに、結局は人間の血肉となって最後は人間のために尽くしている。そして彼らを食した人間が生き続けていくことで、彼らの命も報われることになるのではないか。けっして無駄に終わってしまったわけではないさ」

農家の男の名は「ラジーブ」と言った。カーストではバイシャ、あるいはビシュと呼ばれる身分で農業や牧畜業、あるいは商業に職を持つ者とされているらしい。階級的にはバラモン、クシャトリヤに次ぐ第三階級で、一般的な中産階級全体を指している。

ラジーブはムハンマドをまじまじと見ながら続けた。「ところで、この村をもう少し行くと、小高い丘の手前の十字路のところに出る。そこに背の高い一本の木が立っている。目を凝らせばわかると思うが、その木には不思議な骨が笛と一緒にぶらざがっている」と話し始めた。

「実は、その骨はまるで生きているかのような不思議な骨で、少し風が吹くと骨は揺れ始め、笛を吹き始めるのだ。不気味な話だが、その骨は笛吹きがうまかった羊飼いの少年の骨だと言われておる」

少し時間をおいて、男は物語を思い出すように語り始めた。

「昔、聞いた話によると、その少年は幼い時に両親を失ったようだ。結局、彼の叔父のところに引き取られ、毎日叔父と一緒に羊飼いをしていた。羊飼いと言っても、広い草原で常に羊とともに暮らし羊に囲まれて生活するから、時々彼は羊飼いだけをしているのに退屈していた。そこで、彼は自分で小さな笛を作って、それを肌身離さず持ち、暇を見つけては笛を吹いていた。特にその木の下は大好きな場所だったようだ。そしていつものように、木の下迄来ると決まったように笛を吹いた。彼の吹く笛は誰もがうっとりするような美しい音色で、その美しい音色に惹かれてか草原のあちこちから多くの動物達が集まってきた。

ある日、その中に腹を空かして獲物を探していた一匹の狼が混じっていた。その狼は周りの動物達を物色しながら、集まっていた動物達の中でよく太ってうまそうな羊を食べようと思っていた。やがて、少年がその狼に気づくと、狼は少年を見てお前を食うか羊を食うか、少年にどちらを選ぶのかと尋ねた。

少年は狼に明日返事をするので一日待ってくれと頼み、家に戻ってそのことを叔父に伝えた。少年が叔父にどうすればよいかを尋ねたところ、驚いたことに無情な叔父は丸々と太った羊と青白く痩せた少年を見比べて、『お前を食べさせればよい』と少年に冷たく言った。

次の朝、羊飼いの少年が牧場に行くと、その狼がやって来て、約束どおり少年を食べるか羊を食べるかを尋ねた。少年は正直に叔父が言ったとおり狼に伝えると、それを聞いた狼は少年に同情して、『お前を食べた後、何かしてやろう。何かして欲しいことはないか?』と言った。少年はしばらく考えて、『自分を食べたら、十字路の大きな木に、笛と一緒に自分の骨をぶら下げてくれ』と頼んだ。

狼は、『なんだそんなことをしてほしいのか。お安い御用だ』と言い、少年を食べてしまった。そして、約束通り少年の骨と笛を木の枝にぶら下げた。

数日後、悪い盗賊達が十字路の木の下で何やらもめていた。村を襲った後、彼らは分け前を巡って争っていた。しかし皆欲張りの盗賊達は、なかなか話がまとまらず疲れ切ってその場で座り込んで休んでいた。すると、風もないのに突然、木にぶら下がった骨が揺れ始め、笛を吹いて歌いだした。盗賊達はどこから歌声が来ているのだろうと見回したが、わからなかった。しばらくして彼らは、その歌声が木にぶら下げられた骸骨から来ていることに驚き唖然として、その骨を見ながら歌を聴いていた。

骨が言うには、『無情な叔父が僕を狼の餌食に差し出したんだ』と歌っているらしい。

盗賊達は気味悪そうに骨の歌を聞いていたが、その内、ぶら下がっていた骨が盗賊の親分らしき男の頭をめがけてぶつかってきた。そして『こつん』と叩いた。それで、びっくりした盗賊達はいよいよ恐ろしくなってその場から我先にと急いで逃げだした…」

ラジーブの男の話を聞いていたムハンマドは「その十字路のところに行くのが楽しみだ。その笛を吹く骸骨にぜひ会ってみたいものだ」とカラカラと笑いながら言った。

すると、ラジーブは「いやこれは冗談ではなく本当の話なんだ。どういうわけかわからぬが、いまだにその木にぶら下がった骸骨が笛を奏でるのだ」と真顔になってムハンマドに言った。

ラジーブの話を聞いていたムハンマドの従者達はお互いに顔を見合わせ、「ちょっと薄気味悪い話だな」と呟くように囁いた。

その時ムハンマドは、ふとハレー山の洞窟を思い浮かべた。洞窟での自分の体験を思い出しながら、「不思議な現象というものは、どこにでも存在しうるものだ」と従者達を見ながら低く呟いた。

「それにしても骸骨が笛を吹くというのは、気味が悪いというよりも少し滑稽な気がしないか?」と微笑みながら従者達に問い返した。

「確かにそうかもしれませんが、決して気持ちの良い話ではありません」と従者の一人が言うと、別の従者が「狼に食われて死んでいった少年の恨みが、その骸骨に滲みついているのかもしれないぞ」と言った。

するとムハンマドは「しかし、その骸骨は骨が揺れて笛を吹くだけで、特に誰かに深い恨みを持っているようにも思えないし、それに誰にも大きな害を及ぼしたりはしないのだから、それほど怖がる必要もないのではないか。それよりも、その少年は余程笛を吹くのが好きだったのに違いない。彼の骸骨は、今も幼い少年のままの心を持っているのかもしれないな」

ムハンマドがそう言うと、全員が神妙な面持ちで頷いた。

「よし、今日の昼ごはんは、朝農家でもらった弁当を十字路の木の下で食べるとしよう。皆どうだ？」ムハンマドがそう言うと、従者達はお互いに顔を見合わせた。

誰一人返事するものはなかったが、ムハンマドは愉快そうにカラカラと笑いながら、「一つ笛吹き骸骨の楽しみが増えたぞ」と言って前へ進み始めた。

## （その五）

ムハンマド達が進む道は次第に村から離れていった。そのまま進んでいくと、何もない殺風景な草原にやってきた。一本道はその草原の中をずうっと遠くまで延びて続いていた。歩きながら目を凝らして行く先を見ると、はるか前方に背の高い一本の木が立っているのが見えた。

もしかすれば、あの背の高い木が例の木かもしれない…と思いながら、ムハンマドは前へと進んだ。従者達も一本の高い木が近づいてくるにつれて、同じ事を想いながらお互いに目配せした。彼らには特に恐怖心はなかったが、もしかして何か不思議なことが起こるかもしれないという予感と奇妙な期待に似た気持ちが一人ひとりの心にあった。

草原にはほどよい風が吹き、風に心地よく吹かれた草木が時々波立っていた。太陽は中天に昇り、辺り一帯を明るく照らし出していた。空には雲一つない。廻りには人影はなく、ときどき「カササギ」や「レンカク」と呼ばれている鳥達が空中を舞っていた。

レンカクは、白いのどと頭を持ち、後ろに黒い縁取りのある金色の首を持った鳥で、体全体は黒っぽい茶色をしている。

従者の一人がそのレンカクを見て、ムハンマドに向かって、「レンカクは蓮の葉の上に巣を作るので、もしかすればこの辺には池のようなものがあるのかもしれません」と言った。

それを聞いて、ムハンマドはどこかに湿地か池のようなものがあるのかと辺りを見回したが、それらしきものはなかった。

そうするうちに一行は、遠くに見えていた背の高い木のほんの手前までやってきた。ムハンマドは馬上から陽射しを避けながら周りをゆっくりと見回し、「さあ、この木の下あたりで昼の弁当を食べるとしよう」と話しかけると、従者の一人が頷いて最後尾の馬のところまで行き、馬の背中に縄で丸くくりしてかけてあった荷物を下ろして、ムハンマドのところに持って来た。

従者は縄を解くと、手際よく荷物の中に入れてあった昼食用の食料を取り出した。そして草の上に大きな布を広げると、その上に昼食を並べた。レンカクが上空を旋回しながら、その様子をうかがっていた。すると空にはレンカクに混ざって、この地方ではインドカケスと呼ばれるカラスが集まり、騒がしく鳴き始めた。

布の上に並べた食べ物は、料理をしたばかりと思わせる新鮮な匂いを漂わせていた。そのせいか、匂いに誘われてか近くの草むらから小さな動物達が数匹現れた。焦げ茶色で大きな耳を持つベンガル狐や体の斑点模様が豹に似た野生の猫達だ。動物達は忍び足で少しずつムハンマド達に近づき、少し距離を置きながら注意深く皆の様子に目を凝らしていた。

朝、寺守の娘達が作ってくれたモモやコラックは馬上に積まれていたので、太陽の熱ですっかり温められ如何にもおいしそうな香りを漂わせた。特に鶏肉をたっぷりと含んだモモの香りは動物達を虜にするに十分だった。ムハンマドはモモを数個取ると、手のひらで一個一個を数辺に分けて少し離れたところを目がけて放り投げた。するとそれを目がけて動物達は我も我もと飛び出してきて、ご馳走の取り合いが始まった。戦いは数十秒であっという間に終わり、獲物を取るや否や動物達は草むらに飛ぶように消えていった。

ムハンマドは、それを見ながら「生存競争は厳しいものだな」と言ってカラカラと笑った。そして最後にコラックの米粒を地面にばら撒くと、今度は今まで空で旋回していたレンカクやカラスが急降下しながら舞い降りてきて、嘴で突き始めた。

その時、少し風が吹きだして高い木の枝が揺れ始めた。そしてしばらくすると枝にかけてあった少年の骸骨が枝とともに揺れ始め、カラーン、コローンという音色を奏で始めた。その音を耳にした従者達は、神妙な面持ちで骸骨のほうを恐る恐る見つめた。何か嫌な予感のようなものを彼らは感じていたが、皆無言のままじっとしていた。彼らの頬に生温い風が撫ぜるように吹きはじめると、彼らの緊張は極限に達していった。その場を逃げ出そうにも周りには何もない。辺り一帯には草原が広がるだけで身を隠す場所はどこにもない。これから何が起こるかわからない木の下は、何かとてつもなく運の悪い不吉な場所に思えた。

そんな場所に居合わせたことを今更責めてもしようがない。もう腹を決めてそこにいるしかない。皆がそんな気持ちになっていた。

「骸骨は笛を吹いてくれるのだろうか。笛の音を聴くのが楽しみだ」従者の一人が強がってそう言うと、別の従者が「どんな音色をしているのだろう」と不安そうに言葉を続けた。

「狼に食われた男の子は、まだ幼かったからそんなにいろいろな曲を奏でることはないのではないか？」

　従者達がそんな会話を交わしていると、やがて高い木の真上に水蒸気のようなものが立ち込め始めた。水蒸気は瞬く間に大きく膨らんで灰色の雲に姿を変えていった。そして、あっと言う間に大きくなって辺り一帯を覆いつくしていった。

　その様子を見ていた従者達は、いよいよ不吉な何かが起こり始めたのではないかと気味が悪くなった。彼らは皆強がっていたものの、もうこれは確実に尋常ではない何かが起こる予兆だと感じた。皆周りの様子を注意深く見ながら、緊張した面持ちで身構えた。

　ちょっと前まで天空に太陽が輝き雲一つなく晴れていたところが、あっという間に暗闇に覆われてしまったのだ。どう見ても異様で不気味な現象だった。目の前に現れた暗闇には何か恐ろしいものでも潜んでいるのではないかという恐怖さえ感じさせた。誰もがそう思って身構えていると、ポツリポツリと空から大粒の雨が降り出した。一行は驚いて、地面に広げてあった布で食べ物を覆い、素早くまとめ取ると濡れないように懐の中にしまいこんだ。

見上げると、彼らの頭上の上空から真っ黒な雲が渦を巻きながら不気味な音とともに降りてくる。それは、まるで真っ黒な姿をした魔物が襲いかかって下りてくるように見えた。まさに、真っ黒なマントが地面に近づくにつれてすべての光を飲み込み一帯を暗黒の世界へと変えていった。

その様子を見ていた従者の一人が怯えた表情で、「これはアシラスの黒雲に違いない！」と恐怖で叫ぶように言った。

すると、別の従者が、「骸骨の少年とアシラスとは何も関係はないはずだ。アシラスは悪魔の使いだが、少年は悪魔か？　そうじゃないだろ。彼が悪魔の使いになることなんてあり得ない」と言った。

その時、真っ黒になっていく辺りを見回しながら、ハッとしてムハンマドは大声で叫んだ。「これは竜巻だ。竜巻がここに降りて来ているのだ。危ない。皆身体を地面に伏せろ！」

従者達は、ムハンマドに言われて初めて気がついた。自分達は今、竜巻が生まれようとしている、まさにその真下にいることを知った。

すると、「ゴー」という聞いたこともないような恐ろしい轟音が響き始めた。彼らは驚いて一斉に身を屈め、我を争って地面に臥せた。その直後、大粒の雨は一段と強くなったかと思うと、いっせいに大粒の雹《ひょう》に姿を変えて、バシバシと叩くように彼らの身体に容赦なく打ち付けた。

大きなものはまるで石ころのようで真っ白な硬い塊りになって打ちつけた。そして、みるみる中に廻り一面を白一色の氷原に変えていった。彼らはそのまま動く事も出来ず、しばらく地面に臥せたままでじっとしていた。すると、激しく降り注いだ石ころのような真っ白な氷塊は次第に小さくなって、細かな氷の粒のようなものに変わっていった。氷の粒がだんだん少なくなっていくと、まわりの空間には少し明るみを帯びた光が差し込んできて、もとの明るさに戻っていった。

緊張で硬く強張った表情の従者達が、恐る恐る上空を見上げると不気味な真っ黒の雲柱が渦を巻きながら少しずつ離れていくのが見えた。巨大な雲柱は黒い悪魔が今にも襲いかかるかのように仁王立ちしていた。稲妻の紫がかった閃光は地獄の底から悪魔が怒り

狂って怒鳴っているように見える。そして雹で真っ白になった氷原を稲妻が眩しく照らし出したかと思うと、次の瞬間、別の大きな閃光が天空を斜めに走ってどこか遠くに落ちた。それはまるでアシラスが怒りの鉄槌を下したかのような一瞬の出来事のように思えた。

地面に臥せていた一行は、その様子をうかがいながら稲妻が少しずつ遠ざかっていくのを見て、ほっとしたような表情を浮かべた。

「どうやら通り過ぎて行ったようだ」

誰かがそう言うと一行は頭を上げ、ゆっくりと立ち上がった。

辺りを見回すと、雹に覆われた草原はまるで別世界のように一面の銀世界に変わっていた。高い木の枝にぶら下がっていた少年の骸骨と笛は何事もなかったかのように、じっと静かにしている。周り一面の銀世界を楽しんでいるのだろうか。頭上の骸骨を見上げて、ムハンマドはそう思った。彼はこの骸骨の少年に何かとても親近感を覚えていた。

そこで、ムハンマドは骸骨の少年に向かって静かに語りかけた。

「少年よ。君は狼にその命を捧げ、羊の命を救ったが、自分のしたことに後悔はないのですか?」と。そして「君の魂は、いつもこの高い木にあって、どこへ行くこともなく不自由を感じないのですか?」と尋ねた。

骸骨はムハンマドの問いかけに応える様子もなく、沈黙をしたままであった。しばらくすると、どこからか少し風が吹き始め、骸骨はその風に促されるように揺れ始めた。そして「カラーン」「コローン」という音を優しく奏で、骸骨になってしまった少年は笛を吹き始めた。

笛の音は透き通るような美しい旋律でムハンマド一行の心の中に浸み込むように響いた。気がつくと、木の周りに、草原のあちこちから小さな動物達が現れて木の下に向かって集まって来た。彼が亡くなった後も、笛吹き少年の骸骨は動物達に慕われ、心優しい癒しの友達のままでいた。動物達はいつも風が吹くと、それに刺激され誘われるように草原に立つこの木を訪れ、ありし日の少年を偲んでいた。

ムハンマドは、集まってきた動物達を見回した。すると、その中に一匹の狼がいるのに気がついた。

「あの狼は、もしかして少年を食べた狼ではないのか？」

彼は直感でそう思った。

精悍な青い眼の狼は、少年の笛の音に合わせて「ウオーン、ウオーン」と何度も遠吠えを繰り返していた。狼の遠吠えは、悲しそうで、切ない余韻を響かせていた。すると、周りの動物達もそれに影響を受けていっせいに悲しそうなハウリングをはじめた。異なる動物達のハウリングは、それぞれ個性のある音色が調和し合って、まるで動物達の合唱の場と化した。

ムハンマドは狼の遠吠えを耳にした時、その狼が少年を食べてしまったことを深く悔いていることを、すぐに悟った。きっと、木の枝にぶら下がった笛吹き少年の骸骨を見るたびに、狼は自分の仕業に対し取り返しのつかない罪の意識に苛まれていたのであろう。ムハンマドはその狼の様子を見て、狼の心を察したのだった。

しかし笛吹き少年の骸骨は、それまで決してその狼を責めることもなく、いつも優しい笛の音色を響かせ狼を慰め優しく包み込んだ。その狼は雌の狼で、二匹の小さな子供狼を一緒に連れていた。子供狼達はその木の下で、いつものように、笛の音に合わせて無邪気にじゃれ合って遊んでいた。そして、その姿を骸骨少年は楽しく見守るかのように笛を吹き続けた。上空には、いつのまにか、レンカクとカラスが飛来して、旋回しはじめた。

その雌狼が少年を食べた時は、子供狼はまだ生まれていなかったが、少年を食して後、狼は子を宿した。笛吹き少年の血肉は、雌狼の体内に宿った子供狼の血肉となって生き続けていたのだ。骸骨の少年はそれを知っていて、木の下で遊ぶ子供狼を我が事のように見守っていたのである。生き生きと元気にはしゃいでいる狼の子供達には彼自身の命が宿っているのだ。

ある時、上空のカラスが二匹の子供狼を狙って舞い降りて来たことがあった。驚いた子供狼達は急いで逃げようとしたが、一匹がカラスの爪で押さえつけられ、身動きできなくなって横倒しになった。もう一匹の子供狼は兄を助けようとしてカラスに飛びかかったが、鋭い嘴で攻撃されるとすぐに倒されてしまい何も出来なかった。押さえつけられていた子供狼は何度も逃げようとして懸命にもがいていたが、そのうちカラスは鋭い嘴で子供狼の首のあたりを執拗にこづき始めた。嘴で子供狼を殺傷し、餌食にしようとしていたのだ。すると、上空にいた別のカラスも舞い降りてきて、一緒になって嘴で一匹を攻撃をはじめた。その子供狼はまさに絶体絶命の状態に陥った。

その時、木の上にぶら下がっていた骸骨が急にガラガラと揺れはじめてカラス達を威嚇し追い払ったのだ。骸骨がガラガラと音を立て始めた時、カラス達はびっくりしたように骸骨を眺めると、恐れをなして子供狼から飛びのいた。そして二羽のカラスは警戒したようにしばらく骸骨の様子をうかがっていたが、骸骨がさらに大きく揺れて音を立てると、今度はさらに驚いて黒い羽をバタバタとさせながら飛び去って行った。

それ以降、カラス達はこの木の近くに舞い降りてくることもなくなった。いつも木の上の骸骨が気になり、気味悪がって近づこうとしなくなった。

ムハンマドの問いかけに対して骸骨少年はしばらく沈黙していたが、やがて口を開いて言った。

「僕には多くの友達がいます。草原に住む多くの動物達です。彼らが思う事や感じる事はすべて僕が思ったり感じたりすることと同じだし、いつも楽しく会話を交わすことが出来ます。だから僕は孤独に感じたことも、寂しいと思ったことは一度もありません。僕を食べた狼の母親は、この木にかかった僕の骸骨を見るたびにとても後悔していました。僕が笛を吹くと、笛の音に誘われて毎日毎日僕のところに来ました。そして、母親は『ウオーン』『ウオーン』と泣き声をあげ、許しを請いました。彼女は心から謝り悔いているようでした。その姿を見て、僕も狼の母親を哀れに思い、責める気持ちにはなれませんでした。

ある時、狼の母親に言いました。彼女がそれ程悔いているのなら許してやるが、その代わりに一つしてほしいことがある…と。

それは、はるか北方に聳える『ナンガルパット』という氷で覆われた高い山に登り、『奇跡の杖』を持ち帰れというものでした。その山には『ルパール』と呼ばれる厳しく聳え立つ岩壁があり、その中腹に一軒の山小屋が建っている。そこに、『奇跡の杖』を持ったナンガルパットの聖者が住んでいると言われている。その聖者のところに行って『奇跡の杖』を彼から借り、ここに持って来てくれないかと」

「奇跡の杖というのは、一体どんなものなのか?」とムハンマドが聞き返すと、骸骨少年は、「奇跡の杖というのは不思議な蘇生の力を持った杖で、その杖が死者に触れると一度に限りたとえ死んだ者であっても、再び生を得て、生き返ることができると言われている杖なのです。もう一度生きたいと願った私は、その母親狼に聖者からその杖を借りて来てほしいと言ったのです。でも、ルパールの岩壁は誰も寄せ付けないほど反り立っていて、簡単に登攀できるものではありません。岩壁に今までも山登りを得意とする多くの男が勇猛果敢に挑戦しましたが、その途中で崩落事故に遭ったり、自らが足を滑らせて滑落したりしてそのほとんどが命を失いました。狼にとってもルパールの岩壁を登るのは至難の業なのです。

岩壁の無数の割れ間からは生温い湧き水が噴き出ていて、足場になれそうな箇所はヌルヌルした苔のようなもので年中ぬめっていて滑りやすく、なかなかうまく身体を安全に固定出来ません。それに、隙間からは何百匹もの山蛭《やまひる》が獲物を狙って潜んでいます。そんな隙間に手を入れるだけで、山蛭はいっせいに手に吸いつき、吸血鬼の塊と化して手に張りつき、生き血を吸い取るのです」

骸骨少年はさらに続けた。

「ルパールの岩壁の底からは激しく不安定な気流が不気味な音を響かせながら不断に噴き上げています。天気のよい日でも、気づかぬ内にどこからともなく水蒸気や霧が発生し、登攀《とうはん》を困難にさせています。間違いなく、それは命懸けの旅と冒険になるでしょう。命を惜しまない強者であっても躊躇し、すぐにその気になれるものではないのです。登攀を試みる者は、一瞬一瞬変化する岩壁の状況にも落ち着いて狼狽えず冷静さを保ち、自分の判断を信じて進まなくてはなりません。

時には、天女のような美しい女性が急に気流の中から雲のように現れ、登攀する者に微笑み、誘いかけるのです。気を取られた登攀者は、足を滑らせて滑落してしまいます。そうかと思えば、険しい岩壁の隙間から蛇のような鱗を持った腕がニョキニョキと伸びてきて、登攀者の足に絡みつき引きずり込もうとします。実際はこれらの出来事はすべて幻覚なのですが、驚いた男達は平常心を失って焦り、誤った判断をして命を落としてしまうのです。周りの現象に振り回されない覚悟と揺るぎない信念がなくてはならないのです。母親狼は、ナンガルパットの氷の山や、ルパールの岩壁の数々の関門が待ち受ける道中について考え、この数日間、思い悩んでいるのです」と応えた。

そして、「たとえ首尾よくルパールの岩壁を登り、ようやくナンガパルパットの聖者に会う事が出来たとしても、肝心の聖者が快く奇跡の杖を狼に貸してくれるかどうかはわからないのです」と付け加えた。

笛吹き少年の骸骨は、ムハンマドにそう言うと口をつぐんで沈黙した。草原にそれまで優しく吹いていた風も次第に弱くなり、最後には完全に止んでしまった。そして、静けさだけの元の世界に戻った。ムハンマドにとっては骸骨少年の話はすぐには信じ難いものに聞こえたが、ナンガルパットという所に奇跡の杖を持った聖人と呼ばれる人物が本当に存在し、自分の杖を求めてやってきた人物に一時的にせよ、その杖を使わせてくれるのかに大変興味を持った。そんな不思議な力を持った杖を、その聖人が簡単に「持って行きなさい」と言って使わせてくれるとは思えなかったからだ。ましてや、その杖は聖人にとっても大変重要なものであり、誰かの生死を左右する出来事に杖を使わせるのは信じ難かった。

ムハンマドは、少年を食べてしまった母親狼が自分のしてしまった事を深く後悔していることを知った。その狼は「もし可能ならば少年がまた生き返って以前のように美しい笛の音を高原に響かせて欲しい」と願っているに違いないと思った。果たして母親狼は一体どんな返答を骸骨少年にするのだろうか。

ムハンマドはその事が気になっていたので、彼は故郷への旅路を少し遅らせて高原の北東にある小さな集落にしばらく滞在し身体を休めることにした。その事を従者達に伝えると、彼等は互いに顔を見合わせて「こんな所にまだ暫くいなければならないのか」というような表情になった。ムハンマドは従者達の思っていることを察していたが、「あの骸骨が人食い狼に、どんなことを言うのかを知りたいのだ」と彼等に言うと、ケラケラと笑い飛ばした。

集落では、西方からの旅人達の滞在を知り大騒ぎとなった。集落の誰一人として砂漠の国からやってきた者達に今迄、接触した事がなかったからだ。薄黒い肌の色、濃い髭にギラギラとした目つき、そして衣を巻き付けたような服装を見ただけで最初は警戒しているような様子だった。やがて集落の長とみられる男がムハンマドの前に現れると、彼は何故ムハンマド達がこんなところを旅しているのかを尋ねた。ムハンマドは、集落の人々の警戒心を解く為に人懐っこい笑顔でその男に挨拶をし、語りはじめた。

「私達は天竺国の祇園精舎を訪れ、ゴータマ仏陀の教えを学んだ後、これから西方の国へ戻る途中なのです。そこで骸骨がかかっている一本の木のところにやって来たところ、恐ろしい竜巻に遭遇しました。皆なんとか必死に地に伏せて事なきを得ましたが、驚いたことに今度は枝にかかった骸骨が私達に話しかけてきたのです。本当に度肝を抜かれる思いでしたが、骸骨の言う事をよく聞いてみると、狼に食べられてしまった結果だと知りました。その後、実は骸骨は自分の兄だというダシャという少年がやって来て、ナンガルパットという所に住んでいる聖人の『奇跡の杖があれば彼の兄を生き返らせることが出来る』と言ったのです」

その集落で滞在している間、一日一日と時が経っていったが、母親狼が戻ってくるような気配はなかった。やはり彼が西方の国へ戻る途中、女は厳しいナンガルパットへの旅路を躊躇しているのだろうか。うまく行かなければ母親狼は自分の命を落としてしまうのは間違いない。例えうまく行ってても、無事に戻ってこられるとは思えないからだ。ムハンマドは苦悩する母親狼が少年にどう語るのかを知りたいと思った。

ムハンマドにとっては、骸骨少年や狼の苦悩、不思議な杖を持つ聖人の話は自分とは直接関係のないことだと思っていたが、視点を変えれば実は普通の日常生活の中で誰もが経験する様々な出来事に通じていると感じていた。

そして、母親狼はもう現れないかも知れないと思っていた七日目になって、母親狼が雄の狼を連れて姿を現した。二匹の狼はナンガルパットに旅立つ事を骸骨少年に伝えたのだった。

どうやら雄の狼は母親狼とはつがいであるようだ。ムハンマドは少年時代、叔父から狼の習性について聞いたことがあった。その時、つがいの夫婦ならどこまでも行動を共にするのが習性だと教えられた。母親狼がナンガルパットへ行く意思を固めたので、間違いなく雄の狼は母親狼のナンガルパットへの旅路を心配して一緒に行く事を決めたのだろう。

この七日間、母親狼はいろいろと考え、悩んでいたのかもしれない。雄の狼は彼女の苦悩と決意を理解し共に行動する事を決めたのだ。

ムハンマドは、母親狼が罪悪感に苛まれ、それを克服しようと決意した勇気を褒めてやりたかった。

しかし何よりも、ムハンマドが驚いたのは彼がナンガルパットに行かねばならなくなった意外な展開だった。興味本位で骸骨の木のところで従者達と弁当をひろげていると、竜巻に遭った。そして、竜巻が去った後、骸骨少年が話し始め、何が少年の身に起こったのかを教えてくれた。その時、彼はムハンマドに奇跡の杖を持って来て欲しいと頼んだのだ。自分の故郷へ向かおうとしていたムハンマドにとって、ナンガルパットへ行く事は思ってもしなかった寄り道だ。故郷で自分を待つハディージャに何と言えばいいだろう…と彼は戸惑ったが「これも彼女にとっては面白い土産話になるだろう」と思い直して微笑んだ。

「生き返るチャンスを待つ骸骨少年」、「決死の思いで旅路に出なければならない母親狼」、そして「ナンガルパットに住む聖者と不思議な奇跡の杖」、ムハンマドにとってはまるで魔法に満ちた物語の世界に引き込まれていくような気がした。

# 第九話　骸骨の湖

## （その一）

その後、母親狼はしばらく骸骨少年の前に姿を見せなかった。そして七日経った朝になって、狼はもう一匹の大きな雄の狼を連れて現れた。

雄の狼は雌よりもかなり体が大きく、灰褐色の毛に覆われていた。どうやら二匹の狼は夫婦らしい。少年を食した雌の狼が、骸骨となってしまった少年を蘇生させるために、杖を求めて旅に出たいと雄の狼に伝えた。雄狼は雌狼を案じてともに旅せざるを得なくなった。二匹は出発前に骸骨少年を訪れ、それを伝えに来たのだ。

少年は狼の決意を聞いて、彼らが本気で旅に出ようとしていることを知り嬉しく思った。

道中には予期せぬさまざまな困難が待ち受けていることを知っていたが、狼夫婦は意を決して少年を再び生き返らせたいと願った。それが何よりも少年を喜ばせた。

狼の夫婦は硬い絆で結ばれていることで知られている。一度、夫婦となれば彼らは一生を添い遂げる。余程のことがない限り彼らが夫婦以外の他者のために命懸けで挑もうとすることはないが、この狼夫婦は笛吹き少年を蘇生させたいと本気で思ったのだ。果たして、二匹の狼は無事に「不思議な奇跡の杖」を聖人から受け取って戻って来ることができるのだろうか…。骸骨少年は、彼らが使命を全うして無事戻ってくることを祈るしかなかった。

ムハンマド一行が高い木の下で昼食を終えると、従者の一人がムハンマドに向かって声をかけた。男はパンジャブ出身で、誰よりもこの地方の事情に詳しかった。

「ムハンマド様、この道をこのまま進んでいくと、ナンガルパットという山岳地帯に入っていきます。その少し手前に真っ青な水を湛えた小さな湖が右手に見えてくるはずです。この地域の者達は、実はその湖を『骸骨の湖』と呼んでいて近づこうとはしません。誰もが嫌い、避けて通るようにしている湖です。昔から伝えられている話では、その湖畔には数えきれない数の人骨が散らばっており、まるで死人の捨て場のような場所になっています。人骨の中には産まれたばかりの赤子のものや小さな子供のもの、そして多くの大人の骨が混在しているようです」

ムハンマドは興味深く、骸骨の湖について語る従者の話に耳を傾けた。

従者は続けた。

「子供の人骨の多くは母親とみられる人骨に抱えられていたかのように重なっていたり、手をつないだままの状態だったようです。これらの人々にいったい何が起こったのか誰も見た者がなく今も謎に包まれたままです。とにかく、湖の周りは、どこを見ても人骨で埋め尽くされ、気味の悪い死の世界が一面に広がっています。以前、これらの骸骨を調べるために役人ばかりで編成された調査隊が来たことがありました。彼らが一つひとつの頭蓋骨を丁寧に調べた結果、すべての頭蓋骨には何か硬いもので打ち抜かれたような陥没した傷があることがわかりました。どうやら多くの人達が湖のほとりにいたところを武装した一団に襲われ、殺されたのではないかと言っていました」

「その骸骨の湖とやらは、いつ頃から存在しているのだ？」

ムハンマドがそう従者に聞くと、従者は「私が知っている限りでも、四十年以上前からそこにあります」と答えた。

「もともと、パンジャブは血の気が多く荒っぽい男達で知られている。戦士の部族とも呼ばれ、日常茶飯事にいつも争いが絶えない場所だと聞いたことがある。その骸骨は部族を巻き込んだ争いと何らかの関係があるのかもしれないな」

ムハンマドがそう言うと、従者は「よくご存じで。確かにパンジャブの男達は、血の気が多く酒もよく飲み、何かというと取っ組み合いの喧嘩をすることがあります。そういう気質が、パンジャブでは男の証であり一人前の頼れる男として一目置かれる地域なのです。彼らにとって、戦士の部族と呼ばれることは昔からの誇りなのです。そういう風習と文化が住民の中に長年浸透しています」

それを聞いてムハンマドは顔をしかめて言った。

「戦士の部族か…勇ましい人達が多くいるのは部族の誇りなのだろう。しかし、血の気が多く荒っぽいだけでは誇りとは言えぬ。知力と知性に導かれてこそ、勇気は尊い資質となるものだ。本当の男の強さは本来、喧嘩の強さで決まるものではない。勇敢であることは重要だが、喧嘩で強さを決めようとするのは野蛮人の世界だ。野蛮なままでは獣とあまり変わらない。人間の世界では、強き男の証は優しさであり、他者への思いやりだ。それができるのは心が真に強く、正直で勇敢な男の証だ」

ムハンマドは従者を見ながら続けた。

「しかし、世の中では喧嘩の強い男は周りに影響力があり、もてはやされる事も多い。歴史を見ても、古今東西、英雄と呼ばれる男は必ず戦いが得意で勝利を収めてきた。しかも民衆はそういう男の出現に熱狂し従う事を歓びとする。それも歴史だ。人間とは実に不可解で不思議な側面を持つ生きものだ」

　ムハンマドはそう言って豪快に笑った。

　そして彼は一人で呟くように続けた。

「人間の心の中は見ることはできないが、心は無限に広く深いものだ。その大きさは宇宙大とも言える。そして心には不思議な力が存在する。自分の心に正直で真摯に向かい合えば思わぬ力が湧いてくるものだ。たとえ自分は弱くとも、その弱さを自覚しつつ、決して繕おうとせず、ありのままの自分でいることが大切だ。そして一日一日を精一杯尽くしていけば、自分でも驚くような強さになって生まれ変わることができる。これ程不思議な力はない。心は無限の可能性を秘めているものだ」

　ゴータマの教えは、人間の内面を実に深く思索し、その可能性を引き出そうとした実践哲学だ。それを人々に悟らせるために、彼は一人ひとりとの対話を大切にし、彼らが本来持っている内面の力を啓発し、引き出そうと試みた。それらの対話を記録したものが彼が後世のために残した経文の数々だ。そのことを正確にどれほどの人が理解しているかは分からないが、彼の行いこそ真に思いやりのある慈愛に満ちた行為ではないか。彼の人間としての素晴らしい生きざまだ。パンジャブの人達に限らず、表面的な事象ばかりに囚われ振り回されている人間には、ゴータマの教えのすごさはなかなか理解できないだろう…。

ムハンマドはそんなことを考えながら、ふとゴータマの教えは天竺から西の地域よりも、東方の地域により浸透し広まっていくのではないかと思った。

なぜならムハンマドの印象では西方世界と東方世界の人間の意識の基底部には決定的に大きな違いがあると思われたからだ。

西方世界には、自然と対峙し、如何に自然を超克するかという意識が歴史の底流にあるように思えたが、東方世界では自然の力を崇《あが》め、自然と如何に融和するか…にもっとも強い関心と意識があるように思えたからだ。そして「骸骨の湖」は、ちょうど二つの世界が交差するところにあって、両方の世界に共通する破滅の姿を象徴しているように思えた。

意識が自然の超克にあろうが、自然との融和にあろうが、所詮それを決めていくのは人間そのものだ。西方世界でも東方世界でも、すべてを決めていくのは人間だということだ。しかし、その人間が、いつのまにか己の自我にとらわれて自身を失ってしまえば、傲慢になり破滅を導いてしまう。どこまでも謙虚さを保ち、弱者への思いやりを持って誠実に生きる姿勢があれば、何事にも動揺せぬ心豊かな人生を生きることができる。

たとえ貧しくとも、決して貧しさに屈することはない。たとえ富や名誉を得たとしても、それらに振り回されることもなく、常に変化する世の無常を見抜くことができる。人を妬んだり卑下することもなく、廻りの何気ない出来事もすべて小さな幸せに変えていくことができるのだ。

幸せになれるかどうかは、その人間の生きる姿勢そのものが決めていくのだ。そのことをゴータマはあらゆる階層の人間に教えようとしたのではないか。それこそがゴータマ仏陀の哲学であるとムハンマドは結論づけていた。

そんなことを考えながら、ムハンマドは祇園精舎で出会ったゴータマの弟子達を思い浮かべていた。彼らには自分自身と対峙し、自身の人格を完成させようとする求道の心や情熱が溢れていた。彼らの姿勢には決して何かを繕うような後ろめたさの影も、悔いるような寂しさもなかった。それがとても印象的であった。弟子達は、まっすぐで謙虚な自信に満ちていた。彼らに会うたびに強く感じたのは、常に互いの違いを認め尊重し合い、啓発していこうと努力していたことだ。そして、驚いたことに彼ら一人ひとりは、とても個性的で魅力があり、独自の確信に溢れていた。積極的に未来を開こうとの意欲と意思に満ちていた。

ムハンマドは、祇園精舎で特に親しかった舎利弗と阿難陀の二人を懐かしく偲んだ。そして、彼らのまわりにいた目連や富楼那などの秀才達の顔が浮かんだ。

ムハンマドの一行が木の下での昼食を終え、出発の支度をしていると一人の少年が草原の道を小走りして近づいて来た。かなりの距離を長時間走ってきたらしく、少年は全身汗まみれになって息を切らせていた。

少年の名はダシャと言った。骸骨になった少年の弟だ。ダシャと、兄のアレックスは幼い時から、兄弟で一緒に草原で遊び、動物達と大の仲良しだった。木の下に集まる動物達は彼らが親しくしていた遊び仲間達だった。ところがアレックスが狼に食べられてしまい、骸骨となって木の枝の笛吹き少年となってしまった。仲良しの動物達は嘆き悲しんで、その木の下でいつまでも彼を偲んだ。

ムハンマドを見てダシャは語りかけた。

「あなたはどこか遠い国から旅して来られたのですか？」

汗まみれの顔をして話しかけてきたダシャを見て、ムハンマドが応えた。

「我々は遠い西方の砂漠の国からやって来ました。天竺の国でゴータマの教えを学び、それを伝えるために故郷に戻る途中です」

ダシャはムハンマドがはるか遠方の西国から来たことを知って、さらに話しかけた。

「あなたの故郷と天竺国の間に、ナンガルパットという岩壁の多い地域がありますが、そこへ行かれたことはありますか？」

「ナンガルパットには行ったことはありません。そこにはすごく険しく反り立った岩壁がある場所だと聞いたことはあるが…。そのナンガルパットがどうかしたのですか？」

するとダシャは、「実は今、私はそのナンガルパットに向かおうとしています。しかし、その道中にはいろいろな困難が待ち受けていて、自分一人でそれらを乗り越えて行けるかどうか自信がありません。もし、あなたがそれよりも遥か西方の国に行こうとされているのなら、ナンガルパットを経由して一緒に旅してもらえないでしょうか？」

「そのように多くの困難が待ち受けていることを承知で、ナンガルパットに行かねばならぬ理由があるのですか？」

ムハンマドが聞くと、ダシャは深刻な表情でムハンマドを見て言った。

「木の枝に吊るされて笛を吹く骸骨は、実は私の兄なのです。その兄を元の姿に戻すことができるのが、ナンガルパットの聖人が持つ『奇跡の杖』だと聞いています。どんなことがあっても、私はその杖で兄を元の姿に戻したいのです。だからどうしてもナンガルパットに行きたいのです」

「そのナンガルパットに住む聖人という方は、それほど重要で不思議な力を持つ杖をあなたに快く貸してくれるのでしょうか？」

ムハンマドがそう聞くと、ダシャは目を伏せ思い詰めたようにムハンマドを見て言った。

「わかりません。でも、どんなことをしても聖人を説得するつもりです。」

そして目に涙を浮かべながら、ナンガルパットへの思いをダシャはムハンマドに語り始めた。彼の思い詰めた決意を感じながら、ムハンマドは静かに耳を傾けた。

それまで、ダシャは、いつもその木のところに来ると哀れな姿となってしまったアレックスを見て悲しみ沈んでいた。そして彼は、もし可能なら何とか兄を元の姿に生き返らせる方法はないかと思い悩んでいた。そんな時、ナンガルパットに住むという聖人の「奇跡の杖」の存在について知った。それ以来、彼はどんなことをしても聖人に頼み込んで「奇跡の杖」を持ち帰りたいと考えるようになった。彼のナンガルパットへ行きたいとの思いは日に日に強くなっていったが、その機会を見いだせず悶々としていた。

そして、ある日、狼夫婦がナンガルパットへ行こうとしていることを知り、何としても狼夫婦と一緒に行こうと決意したのだった。

狼の夫婦の居所を三日三晩、必死で探し出したダシャは、自分の思いを彼らに伝えた。その思いを聞いた狼の夫婦は、彼の気持ちをすぐ理解したが、何よりもダシャが厳しい道中に耐えられるかどうかを心配した。ダシャのような幼い少年では到底無理だ…と狼夫婦は思っていた。

なぜなら、険しい山や川を駆け回ることに慣れている狼にとってもナンガルパットへの道は難関の連続で容易ではないからだ。まして、体力と腕力に自信のある多くの勇敢な男達でさえもナンガルパットを目指したが、帰らぬ人となっていた。

狼の夫婦は、ダシャに難関に満ちた恐ろしい旅路の話をする事で、何度も彼に諦めさせようと試みたが、思い詰めていた彼は一向に聞く耳を持たなかった。それ以降もダシャは狼夫婦の所を訪れた。そのたびに狼夫婦は気が重く憂鬱《ゆううつ》になった。しかし、ダシャが諦める様子は一向になく、狼夫婦のところを訪れては執拗《しつよう》なまでに頼み込んだ。そして、狼夫婦にとうとう彼の思いが伝わったのか、根負けした狼の夫婦はようやく一緒に旅する事を承諾してくれた。

その時、狼の夫婦は一つの条件をダシャに示した。それは、予期せぬ出来事が待ち受ける道中で、もしダシャが命を落とすような危険な状況になっても、彼らはダシャを助けられないかもしれない。それでも良いのか…というものだった。つまり、狼夫婦の足手まといになるようなことがあれば、ダシャをその場において彼らは旅を続けると言ったのだ。

狼は半ば脅かしのつもりで言ったが、これは決して全くの嘘でもなかった。

狼夫婦もわが子達を連れてナンガルパットへ旅することに躊躇した。狼夫婦はその旅が如何に厳しく危険なものになるかを知っていたからだ。まだ十分に成長しきれていない子狼にとっては、殆ど直角に切り立った崖を登攀することは殆ど不可能だ。それ故に狼夫婦は子狼達を仲間の狼達に預けることにしたのだ。お互いの子供達の面倒をみるのは集団で生活をする狼達にとってはよくある事だ。

ダシャを助けようとすれば皆が命を落とすかも知れない。それだけは何とか避けたい…というのが狼夫婦の本音であった。それを聞いていたダシャは緊張し、こわばった面持ちで静かに頷いた。

彼はこの先、相当厳しい試練が待っている事を覚悟せねばならなかった。そして、何よりも狼夫婦の足手纏いになってはならぬ事を自分に言い聞かせねばならなかった。

狼夫婦は、なんとかダシャが一緒に行くことを諦めてくれるよう期待し、まだ幼さが残っているダシャの表情をうかがっていたが、兄想いのダシャの気持ちが揺らぐ事はなかった。

ムハンマドはダシャの話を聞きながら、狼夫婦と同じように未だ幼い彼が本当に無事目的を達成できるのか気がかりでならなかったが、兄を思う純粋なダシャの思いを強く感じて「何とか彼を助けてやりたい…」と考えていた。

ダシャの表情をしばらく見ていたムハンマドは口を開いた。

「君の思いはよくわかった。まったく同じ行き方ではないが、ナンガルパットの崖壁は我々の行く地域の少し北に位置する場所だ。少々の寄り道をすれば君と一緒に旅することは可能だ」と応えてダシャに微笑んだ。

## （その二）

こうして、ダシャと狼夫婦、そしてムハンマドの一行がナンガルパットに向かって出発したのは、それから数日経った肌寒い朝だった。

骸骨少年の木の下で待ち合わせた彼らは、木にぶら下がった骸骨に向かって「今から行ってくる」と告げ、冷たい北風が吹く方角に向かって歩き出した。

その朝、太陽は厚い雲に覆われてぼんやりと空に浮かんでいた。進行方向に広がる高原は真っ白な靄《もや》で覆われていて何も見えない。歩を進めて行くと、前方の様子がうっすらと目に入ってくる。急に何が飛び出して来るのかわからない怖さを感じながら、一歩一歩前進していることを実感した。

ダシャはまだ幼い少年だったので、ムハンマドは彼を従者の引く一頭の馬に乗せてやった。狼夫婦はその馬の横について駆け足で彼らに従った。時々、一行は乾いたのどを癒すために、小川を見つけるとそこで小休止を取り、旅を続けた。

高原をさらに進むにつれて道は少しずつ傾斜を増していった。そして次第に草木や樹木が少なくなり、あちこちに茶色い岩肌が現れるようになった。そして、さらに進んで行くと景色全体が山肌むき出しの殺伐とした山麓に変わっていった。

霞《かす》みの前方を目を細めて凝らして見ると、ポツポツと丸太で作った山小屋のようなものが見えた。その近くには樹木もなく、どこを見ても人影らしきものも無かった。

ムハンマド一行とダシャ、二匹の狼は、空腹を感じていた。草原を出発してからまだ一度も食事らしきものを取っていなかったので、どこかの山小屋を訪れて住民から何とか食べ物と飲み水を恵んでもらおうと考えていた。

一番近くに見えた丸太作りの小屋の近くに来ると、小さな畑のような耕地があり、背の低いマンゴーの木が植えられていた。少し日陰になった場所には小さな鶏小屋があり、二羽の大きな鶏が地面に撒かれた古代米のようなものを突いていた。

山小屋の裏側に廻って見ると、微かな音を立てて流れる小川がゴツゴツとした岩場の下を通り抜けて流れていた。どうやら山小屋の住人はこの小川の水を生活用に使っているようだ。

ダシャは小川を見ると、すぐにしゃがんで両手で水をすくい上げおいしそうに飲んだ。ムハンマド一行もダシャと同じようにのどを潤した。小川の水はナンガルパットの方角から流れてくる雪解け水のようだ。とても冷たく新鮮で咽喉ごしが良く、格別に美味かった。数回すくい飲みをすると、彼らは満足した表情を浮かべた。

山小屋の住人はどこかに出かけているのだろうか…人の気配がない。

一行は小川の音を聞きながら岩場にあった大きな石の上に座り、しばしの休息をとることにした。

辺りをよく見ると、マンゴーの木の周りには野菜のようなものが植えられていた。そのすぐ横に鍬のような道具が無造作に置いてある。山小屋のあたりは、かなりの標高らしく、空気は肌を刺すようで冷たかった。夜間はかなり冷えて、小川の水も氷るのではないかと思われた。

住人の植えた野菜はいったい何だろうと思いながら、彼らは顔びっしょりの汗を拭きとって何回か大きく深呼吸を繰り返した。今迄火照っていた身体がやっと涼やかになった。

そうするうちに、周り一帯を覆っていた霞みが少しずつ晴れてきた。すると、一行は自分達が空中に浮いているような錯覚に陥った。それもそのはずだ、山小屋は氷河を望む断崖絶壁の端のようなところに建っていて、目の前には何も無かった。

小屋の裏側を流れている小川は崖の端に向かってまっすぐ伸びていて、そのまま崖下に流れ落ちていた。恐る恐るその崖の端にゆっくりと近づいて、崖下を覗いてみると、そこはいったいどれくらいの深さがあるのかわからない程高く、険しく切り立った崖の真上だった。

そして、次第に霞みが晴れてくると、その真正面には息をのむ程、真っ白な雪と氷に覆われた雄大で荘厳な氷河が姿を現した。その氷河は眩しく白く輝いていて神秘的な別世界に見えた。

ムハンマドは、足元に目を落とし、転がっていた握りこぶしほどの大きさの石を手に取った。そして、四つ這いになってゆっくりと崖の端に向かって這っていった。そして試すかのように、その石を崖下に落としてみた。石はあっという間に崖下に吸い込まれ消えていった。彼は谷底の方に耳を傾け、しばらく耳を澄ましていたが、石が崖底に着地したような音は戻って来なかった。

「崖底までの距離は相当あるに違いない。間違って足を滑らせて落ちたりするものなら命はないぞ」ダシャを見て、ムハンマドが呟いた。

ダシャもムハンマドに続いて、四つ這いになったまま崖端から首を伸ばして谷底のほうを覗いて見た。

崖壁のあちこちには草木らしきものが生えていて、所々草木の生えている辺りの壁からは、覆水のようなものが出て流れ落ちているのが見えた。

崖の下からは生暖かい風が上昇気流となって噴き上げていた。目前に広がる空間にはいろいろな鳥が羽をばたつかせて飛び、鳥達は崖の壁についたり離れたりしている。あるものは空中でハチドリのように停止飛行して何かを探しているかのように見える。

鳥達はどうやら水を求めて飛来しているらしい。崖のあちこちで小休止したかと思えば、すぐに飛び立ち別の場所に移動したりしていた。時々、高い上空から鷹や鷲のような大型の猛禽類が崖の近くに飛来すると、小鳥達は驚いて一斉に逃げるように羽搏いて飛び去った。そのたびに、「ザー」という大きな音になって辺り一帯に響き渡った。

鷹や鷲はしばらく、ゆっくりと空中を旋回していた。小鳥達の群れを窺いながら鳥達のどれか一羽に焦点を定めると、一挙に急降下してきて獲物を仕留め飛び去っていく。

一羽の大鷲が空から舞い降りてきた。大鷲は鷹と比べてもかなり大きく、小さな動物なら丸ごと持ち去ってしまうほどの力と攻撃力をもっている。彼らはその鷲が何か獲物を狙っていることを察知したが、それが何かまだわからずにいた。

鷲は崖岩に何かを見つけたようだ。大きく羽を広げてそれを攻撃した。次の瞬間、空へと舞い上がると、鷲の爪には大きな蛇が捕まえられ持ち上げられていた。ムハンマドは鷲は時には人間の子供を襲うことがあると知っていたので、一瞬、鷲が一行の誰かを狙っているのではないかと警戒したが、蛇が持ち上げられたのを見てひとまず安堵した。

しばらくの間、大鷲の様子を彼らが崖っぷちで眺めていると、山小屋の住人らしき者達が戻って来た気配がした。草原の向こうから微かに人の話す声が少しずつではあるが、はっきりと聞こえてきた。

女性の声のようだ。一人は大人の声、もう一人は幼い子供の声だ。

やがて、二人の姿がはっきりと見えてきた。大人の女性は背中に弓矢を背負い、槍のような長い棒を右手に持っていた。こげ茶色の毛皮を身に纏っていて狩人のように見える。山小屋の近くまで来た時、彼女は狼や馬が近くにいることに気がついて、持っていた長い棒を前方に向けて身構えた。

それを見たダシャはすぐに母親と娘の前に飛び出して「心配しなくて大丈夫です」と伝えると、母親は最初ダシャに驚いたようで、しばらく身構えたまま警戒を緩めなかった。

「お前達は何者だ?」そう言ってダシャと二匹の狼、そしてムハンマド一行を睨みつけると、自分の娘を傍に引き寄せた。

「僕達は決して怪しい者ではありません。何故ここに来たのかを聞いてください」とダシャが言うと、彼女は少し安堵したように身構えを少し緩め、ダシャに向かって「あなた達はこんなところでいったい何をしているのか?」と問い直した。

「僕達は今、ナンガルパットに向かって旅をしている者です。その途中、この山小屋が見えたので何か食べるものを恵んで頂ければと思い立ち寄ったのです。近くまで来ると、ちょうど綺麗な小川の水が流れていたので、それを飲んでここで少し休んでいたのです」と礼儀正しく応えた。

母親はダシャの言うことを聞いて、すぐにわかってくれたようで、「なぜ、わざわざ狼二匹、それに西方からの旅人などと一緒にそんなところに行こうとしているのですか？」と聞いた。

「ナンガルパットの聖人に会うためです。聖人に会って、『奇跡の杖』を使わせてもらいたいのです」ダシャがそう答えると、母親は「ナンガルパットには聖人がいると聞いたことがあるが、その『奇跡の杖』とやらでいったい何をするつもりだ？」と怪訝な表情で問い返した。

ダシャは、母親はわかってくれるだろうか…とちょっと躊躇し口を噤《つぐ》んだ。どう話そうかとしばらく考えて黙っていたが、わかってもらうためには本当の事を話す以外にないと思い口を開けた。

狼に食べられてしまったダシャの兄が骸骨になり、そのまま木に吊らされて笛吹く骸骨少年になってしまったこと、そしてその兄を元通りの姿に戻そうとして、ナンガルパットの聖人に会おうとしていること、その経緯を彼女に話した。

母親の横で話に耳を澄ましていた小さな娘は、彼らの小屋の近くにいた一行を驚いたように見ていたが、目を丸くして信じられないような表情で母親を見て言った。

「骸骨になったお兄さんが笛を吹くの？　お兄さんはお化けになってしまったの？」

「さあ、どういうことなのだろうね。聞いてみましょうね」と笑って娘の頭を撫でた。

母親は、ダシャの奇妙な話を興味深く聞いていたが、すぐにはすべてを理解し信ずるのは簡単ではなさそうだった。しかし、大真面目に話すダシャの様子に「少なくとも何か深い理由がありそうだ」と思ってくれた。

母親は思い直したようにダシャに向かって「とにかく小屋の中にお入り」と言うと、山小屋の扉を開け、ダシャとムハンマド一行を中に招き入れた。二匹の狼は小屋の外で待った。

山小屋の中には小さな囲炉裏が真ん中にあった。

母親は藁のようなものを束ねると素早く火を焚いた。青白い煙が小屋の中に立ち込めるとすぐに赤い炎が勢いよく囲炉裏の中で燃え上がった。彼女は、それを見て小屋の片隅に積んであった薪を一つひとつ炎の中に放り込んだ。

囲炉裏の中で、薪はパチパチという音を立てて燃え上がった。母親は炎の勢いを見ながら、囲炉裏の中の灰を手際よく掻き分けた。

やがて囲炉裏の火で小屋全体が暖かくなると、母親がダシャを見て言った。

「ところでナンガルパットの聖人は、お前達に『奇跡の杖』を快く貸してくれるのかい？　もし、使わせてくれなかったら、いったいどうするつもりなの？」

それはムハンマド自身もダシャに対して心配していたことだった。しかし、ダシャにとっては木の枝にかけられて笛吹く骸骨になってしまった兄のことを思うと、そんなことを考えてもしようがなかった。どんなことがあっても、聖人に会って頼み込む以外ない…。唯々彼は決死の思いで聖人に訴えようとしていた。

「自分も、聖人が『奇跡の杖』をすぐに僕に使わせてくれるとは思っていません。でも、聖人に事情を話して、どんなことがあっても納得してもらう以外にないのです」

「そんな話を、聖人はすぐに信じてあなたに杖を使わせるとは到底思えないわ」

「僕もそう思います。それでも何とか聖人に理解してほしいのです」

母親が続けて言った。

「たとえ聖人から杖を借りてこれたとしても、またその杖を聖人のところにへ返さなければならないのじゃないの？　ということは、あなたは聖人の所へ往復しなければならないことになる。その道中は危険がいっぱいだ。それをやり遂げる決意と勇気はあるのですか？」

そう言うと、母親はダシャの表情をまじまじと伺った。そして囲炉裏の火の上に用意してあった大きな鉄の鍋を置いた。鍋の中には、畑で育てた野菜と、この辺りで取れるという桃色の岩塩の塊が入っていた。そして、その鍋の中に猪と思われる肉の塊を数個、手で掴んで投げ入れ、小川の水を注いだ。

## （その三）

鉄鍋は囲炉裏の炎で勢いよく熱せられた。そして、鍋の中の具はだんだん煮込んできてぐつぐつする音がしてきた。鉄鍋には木蓋が置かれてあったが、蓋は勢いよく上がる湯気で押し上げられ、おいしそうな猪鍋の香りが山小屋の中に広がった。

それを見ていた母親は数回、人差し指で鍋の味加減を見ると、次に手に布を巻きつけ、鉄鍋の中に入れていた桃色の岩塩を取り出して囲炉裏の傍に置いた。

彼女は鍋の出来具合を確かめると、ダシャに向かって「お腹が空いているだろ。ここで食事をしていきなさい」と言って彼のために囲炉裏の傍に食器を置いてくれた。そしてムハンマド一行にも同じように食器を並べてくれた。

「ちょうど隣の小屋の家族が、焼いたばかりのチャパティーがあるというので、分けてもらってきたところだ。猪鍋のスープと一緒に食べると美味しいし、身体が温まるでしょう」

ダシャは、美味そうな猪鍋の香りに思わず目を丸くして鍋の中を覗き込んだ。猪肉の塊は見るからに柔らかくなっていて、その脂が鍋の中に溶け込み彼の食欲を誘った。

「おいしそうでしょ。今はちょうど猪が脂がのっていて一番おいしい時期なのです」

母親がそう言うと、小さな娘は鍋の近くに寄ってきて母親の真似をして、手のひらで鍋の香りを嗅ぐと、「お母さん、美味しそうな匂いがするね」と言って微笑んだ。

ダシャは母親のほうを向いて語りかけた。

「骸骨になってしまった兄が元の姿に戻ったら、今度は兄と一緒にナンガルパットに奇跡の杖を返しに行きます。僕は聖人との約束で、兄が蘇生したら、聖人が貸してくれた杖を彼の元に必ず返さなければいけないからです」

そして続けた。

「その時は、僕一人ではなく蘇った兄のアレックスも一緒に聖人に会いに行くので、決して寂しくないし、ナンガルパットへの道中も怖くありません」

「アレックスというのは木の上で笛を吹いていた少年のことだね」

ダシャが頷くと、母親は「実はあなた達のことはすでに噂になっていて、あなたたちが聖人から借りようとしている『奇跡の杖』を狙っている者達が多くいると耳にしたわ。

でも、ナンガルパットへの道中はこのように強そうな西方からの旅人達が一緒だから、そう簡単に誰もあなた達を襲うことは出来ないと思う」

母親はムハンマド一行を見ながらそう言った。

「でも問題は、ナンガルパットからの帰り道。その時には、あなたと一緒に旅するのは二匹の狼だけになる。狼は強いと言っても、武器を持つ多くの野蛮な男達に襲われれば『奇跡の杖』を守り切るのは難しい」

「考えてごらんなさい。その杖で、もし亡くなった親や兄弟を生き返らせることができるのなら、そうさせたいと思う人は多くいるはずです。その人達にとっては『奇跡の杖』はまるで夢のような魔法の杖です。だから、ナンガルパットへの往復の道中は特に気をつけていないと、いつ何が起こるかわからないと思う」と言った。

そう言えば、ダシャ達はここまでの道中、自分達の後をいつも誰かにつけられているような気配を感じることがあった。しかし、それはムハンマドの一行や二匹の大きな狼が一緒なので皆怖がって近くには来ないのではと思った。

猪鍋の出来具合を見ていた母親は手を止めて言った。

「ナンガルパットの聖人が持っている奇跡の杖には死人を蘇生させる不思議な力があるけれど、必ず人間に蘇生するとは限らないと聞きました。生きていた時に業の深い悪行を繰り返していた者は、動物や獣になって生まれる場合もあると聞いています」

そう言った後、母親は、「でもアレックスは、とても心優しい少年のようだし、草原の動物達からも愛されていたようだから必ず元のアレックスに戻って蘇生すると思うわ」

「兄が元の兄になって蘇生するのは僕も疑っていません」

母親は「問題は、その杖をナンガルパットの聖人に無事に返すことができるかどうかだと思います」

そして少し躊躇ったようにダシャに語った。

「あなた達の道中にフェアリーメドウという場所があります。そこには以前、魔法の力で支配していた気味の悪い一族が住んでいました。その一族は、実は今もすぐこの近くの山の中に住んでいて、時々、黒い魔術を使うので、皆から恐れられている。彼らは霊魂を呼び出し、超自然的な現象を起こさせることができる。特にその一族の一番の年長の老婆は、邪霊を使う魔女だと言われている。私はその魔女を見たことはないが、多くの村人がその姿を見ており、怖がっている。何でもその魔女は人の血を吸う吸血鬼だと言う人もいる」

「その魔女は僕達がナンガルパットの聖人の『奇跡の杖』を持っているとしたら、そのことを知ってしまうかもしれないと言うのですか?」

母親にダシャが尋ねると、「その通りだ。それほど不思議な力を持つ『奇跡の杖』の存在を知れば魔女がそのままにしておくはずがないと思うのです。彼女は自分が興味のないものには何の関心も持たないが、いったん興味を持つと必ずそれを手に入れようと動き出す。そうなれば、彼女の目から逃れるのは至難の業です。だから心配しているのです」

それを聞いていたムハンマドが母親に質問した。

「でも、どうして彼女に会いもしないのに、魔女は我々のことを知っているのですか？」

「魔女には多くの手下があちこちにいて、何か変わったことはないかいつも様子をうかがっていると言われています」

「彼女の手下達から報告を受けているということですか？」

「そうです。その手下達をとおしてあなた達のことはすでに知っている可能性は大いにあります。その中には鳥やフクロウ、それに蛇なども含まれているのです」

「鳥や動物までが彼女の手下？」ムハンマドはそれを聞いて驚いた。

母親は頷くと、さらに続けた。

「それに魔女は本当の年齢は二百歳を超えると聞いたことがある。もしそうなら、魔女はもしかすればもう一度、自分を若返らそうと考えているのかもしれません」

「『奇跡の杖』は死んだ人を蘇らせることができるが、その魔女はまだ死んだわけではないし、生きているのではないのか？」

「そのとおりです。でも一度死ねば、今度は若い命を得て蘇ることができます」

「なるほど。そういう事か…」

ダシャが尋ねた。

「ということは、魔女は一度死んで生まれ変わろうとしているのですか？」

「そうだと思う」と母親が頷いた。

「でもいったい誰が魔女のために『奇跡の杖』を使って蘇生させてやろうと思うのでしょうか？彼女は生前、悪業ばかりの行いをしてきたはずです。そんな者が『奇跡の杖』を使えば人間ではなく、獣として蘇る可能性も十分にあるのではないのですか？」

「そうだね。おそらく魔女はあらかじめ手下達に獣として蘇る可能性も伝えていると思う。いずれにしても彼女は自分の命令に従わない手下達を葬ることは何とも思っていないはずです」

母親にムハンマドが語った。

「そう言えば、我々が今迄歩いてきた道中でいつも烏やフクロウが近くに飛んでいたような気がする。今まで、それほど気にはならなかったが、もし彼らが本当に魔女の手下だったとしたら、我々の動きはすでに手に取るように伝わっているのかもしれない」

するとと母親は、「手下達は、魔女が今度は獣として蘇れば、それまで以上に恐ろしい存在として彼らを支配するかもしれないと恐れているでしょう」と付け加えた。

囲炉裏の傍に置かれた猪鍋からおいしそうな匂いが漂っていた。母親はそれを見ると、ダシャとムハンマド達の食器に鍋から出来たての湯気の立つスープを入れ、柔らかくなった猪の肉の塊を数個取って加えた。

そして「さあ、できたようだからお食べ」と言ってダシャに差し出した。おいしそうな匂いと温かな湯気がダシャを包み込んだ。小屋の外にいた二匹の狼も、うまそうなスープと肉の香りに誘われて唾液が舌を伝わって垂れた。

彼女は、棚に伏せてあった別の大きな食器皿を取り出すと、スープと猪肉を入れて小屋の外へ行き、二匹の狼に与えた。娘は興味深そうに母親のあとに続いて外にいる二匹の狼を見て、母親の差し出した大きな食器に一緒に手を添えると、狼の夫婦に「お食べ」と言って母親と同じ言葉をかけた。幼い娘は特に狼を恐れている様子もなく、楽しそうにはしゃぎながら笑顔で彼らに接した。

こうしてダシャとムハンマド一行、そして二匹の狼は、この丸太小屋で思わぬ歓待を受けた。猪鍋のスープも肉も美味で、それと一緒に食べたチャパティーも彼らの空腹を満たしてくれた。

食事が終ろうとする頃、ダシャとムハンマド達に向かって母親が言った。

「あなた達は、今夜ここに泊まってゆくのがよいでしょう。今から小屋を発ってフェアリーメドウを通り抜け、川下のほうに歩いて行こうとすると間違いなく目的地に着くまでには夕方になってしまいます。夕方になると、この辺り一帯はとても冷えてくる。氷河が近くに迫っているせいで、薪が燃やせる小屋でないと夜中はとても冷えてくる。外では一睡もできなくなってしまうでしょう」

そう言うと、今度は娘に「大きな箱の中に余っていた毛布があったね。あれを出してあげなさい」と言った。娘は小屋の隅のほうに小走りで歩いて行き、そこにある大きな木箱の蓋を開けた。そして箱の中から分厚く重そうな黒の毛布を何枚か取り出した。母親はその毛布を受け取ると、それを囲炉裏の反対側にある土間の上に広げて、「今夜はこの上で休んで行けばよい」とダシャ達に向かって言った。

そして、彼女は小屋の隅に積み上げてあった薪木の山から三本の太い薪を取り出し、囲炉裏の中に積み上げげた。そして、「この太い木なら一晩中、火が消えることなく温めてくれるでしょう」と火を見ながら呟いた。

夕食が終わり、寝床も整ってダシャは満たされた思いで明日からの旅路を確かめようと、肩にかけていた彼の小さな布袋から手製の絵地図を取り出して床の上に置いた。

絵地図は彼自身が作ったものでナンガルパットまでの道順を記してあった。地図は簡易なものであったが、それまで歩きながら行く先々で確かめた風景や特別に印象に残った事柄などを書き込んでいったので、訪れた場所には、彼の手書きのメモがぎっしり記されていた。

絵地図は囲炉裏の火で揺ら揺らと照らされて、少々見辛かったが、母親が珍しい茶褐色のロウソクの火を近づけてくれた。彼女は「このロウソクは私が作ったものだよ」と言って微笑んだ。ダシャが「ロウソクはどのようにして作るのですか？」と聞くと、彼女は「ハゼの実から作るのよ」と言った。

「この山の麓に近いフェアリーメドウ近くにはたくさんのハゼの実があります。そのハゼの実を石で叩き潰し、火で温めると蝋を取ることができるのです。その蝋を乾燥させた藺草《いぐさ》の回りに付着させ、適当な太さになる迄それを繰り返すとロウソクができる」と教えてくれた。

彼女の作るロウソクは、近くの集落でも重宝されているらしかった。ロウソクを集落に数本持っていくと、村人達がいろいろな野菜や果物と交換してくれるらしい。母親と娘が外出していたのは、出来上がったロウソクを野菜や穀物などに交換するため、集落を訪れていたからだ。

なるほど、山小屋の隅にはロウソク作りに使っていると思われる一角があって、そこには煤で黒ずんだ小さな窯のようなものがあった。廻りには蝋を溶かすための容器らしい小さな鍋が壁板に掛けてあり、その下には、蝋作りの作業で滴り落ちたような場所があった。そこからは、強い蝋独特の匂いが漂っていた。

山小屋の外で「ホホー、ホホー」という鳴き声がする。そして「ホホー」という鳴き声の後で、「ギャギャギャ」という恐ろしいような叫び声に変わった。するとまた、「ホホー」を繰り返した。

いったい何の鳴き声なんだろう…と思っていると、母親が「あれはフクロウの鳴き声です。果たして何色のフクロウなのか…。もし黒褐色のフクロウであればそれはよくない兆しだ。黒褐色のフクロウは魔女の手下で、あなた方の様子をうかがいに来ているに違いない」と呟いた。

「もし、白いフクロウであれば魔女の手下ではなく、それはあなた達のこれからの旅路に幸運を呼ぶ前兆かもしれない」

ダシャが質問した。

「白いフクロウはいったい誰が放っているのですか？」

「村の長老が言っていたが、白いフクロウはナンガルパットの聖人に仕えており、聖人を訪ねてくる旅人達を見つけると、聖人に報告をしているという使者の鳥です」

「ではさっき小屋の外で鳴いていたフクロウはどちらの鳥なのでしょうか？」

「さあ、それはわかりません。もし小屋の外にフクロウの羽毛があれば、それを見ればどちらのフクロウであったか知ることができるかもしれません」

そう言うと、母親は山小屋の扉のほうに歩いて行き、扉をゆっくりと押し開けて外に出た。幼い娘は母親の後についていき、母親と一緒に扉の外を覗いて付近を見回した。

山小屋の外には、羽毛らしきものが何か所かに落ちていた。その中には、黒褐色をした羽毛もあれば、真っ白な羽毛もあった。果たしてどちらの羽毛が外で鳴き声を発していた鳥のものなのか…。母親は考えた。もし魔女の手下のフクロウであれば、おそらく山小屋にできるだけ接近して、小屋の様子をうかがおうとするに違いない。母親はそう思いながら、小屋のすぐ傍に落ちていた羽毛を拾って調べてみた。

それは黒褐色の羽毛であった。とすれば、あのフクロウはやはり魔女の手下である可能性が高いと言うことになる。母親は額にしわを寄せてしかめ面となった。用心しなければダシャ達の道中に何が待ち受けているのかわからない。母親は、ダシャ達にくれぐれも用心して決して心を緩めず旅をするよう注意をうながした。

「やはり、魔女の手下であるフクロウがすでに我々の後を追っていたのですね」

ダシャがそう言うと、母親は無言で頷いた。

「年老いた魔女は、若い命を再び手に入れたくてしょうがないのでしょう。いよいよその機会が訪れたと思って狙っているはずです」

「ということは、道中のどこかで魔女の手下達に待ち伏せされるかもしれないのですね」

ムハンマドが聞くと、「間違いなく、彼らはあなた達から『奇跡の杖』を奪おうと企んでいるでしょう。気をつけないといけません」と彼女は応えた。

## （その四）

これはまずいことになったとダシャは思った。

得体の知れない魔女やその手下達が何を仕かけてくるかわからない、なんとしてもナンガルパットの聖人から預かった『奇跡の杖』を守らねばならない。彼らからどう防ぐのかをしっかりと考えておかねばならないのだ。

もし、『奇跡の杖』を奪われてしまえば、兄のアレックスを生き返らせなくなってしまう。それどころか、年老いた魔女は再び若返り、この後何百年も悪事を繰り返していくだろう。そのため、罪のない人々の生活がずっと脅かされることになる。それに、魔女は今度は獣となって生まれ変わるかもしれないのだ。そうなればいったいどんな影響が出るのかわからない。

「獣になって生まれ変わるというのは、いったいどんな獣になるというのですか？」

ダシャが母親に聞くと、

「私は見たこともないからわからないが、村の長老によると『ライガー』という獣になると言っていた。ライガーというのは、なんでもライオンとタイガーを混ぜ合わせたような獣で、頭部はライオンのようで胴体はタイガーのような模様があり、その大きさはふつうのライオンやタイガーの数倍もある巨大な野獣らしい。それにライガーは、大きなゾウを一撃で倒すことができる怪力を持ち、ほとんどの動物を飲み込んでしまうほどの狂暴な野獣だそうだ。ライガーを倒せるような動物はいないと聞いた」

ダシャが驚いて聞き返した。

「ライガーはそんなに強いのですか？」

「そうらしい。ところがライガーには唯一の欠点があって、それは子孫を残すことができないという欠点だ」

「ということは、魔女が獣になって生まれ変わるのは恐ろしいことだけれど、子孫を残すことができないので、獣としての命が終焉を迎えれば、魔女も永遠にこの世から消え失せてしまうということですか？」

「そういうことになる。だから、魔女にとっては獣になって生まれ変わるよりも、再び魔女として生まれ変わるのを望んでいると思う。

しかし、魔女が魔女として生まれ変わるためには、生前、人のために善い事もしていなければならない。その条件を満たすために、魔女はある一定の期間は善人として振る舞う生き方を自らに課す必要がある…。という事は、彼女は生前は善人として振舞っていた時期もあるはずで、周りの人々からは信頼を集めていたことも考えられる。

その結果、一般の人にとっては『魔女』をすぐに『魔女』として見抜くことはとても難しいのです。特に善人だった頃の彼女を知る者にとっては、他の者から彼女は『魔女』だと言われても、すぐにはそう簡単に信じることができないからです」

母親の話を聞いていて、ダシャは「魔女はきっと魔女として生まれ変わるのではないか」と直感的に思った。その魔女がどういう形で彼の前に現れるのかは想像がつかなかったが、もし彼女が現れれば、どう見抜けばよいのだろう…と思った。そして、もし彼女が魔女だとわかれば、どう戦えば良いかを考えておく必要があった。二百歳にもなる老婆が現れれば、すぐにそれは魔女であるとわかるが、もし、若い女性の姿で現れればどうだろう…。果たして見抜けるのだろうか。

見抜く方法はあるのだろうか…。ダシャはいろいろと考えておかねばならなかった。

その時、母親が魔女の見分け方について話し出した。

「魔女を見分けるのはとても難しいけれど、見分ける方法があると村の長老が言っていました。長老によると、魔女は体内に悪魔の種を宿しているゆえ、その証拠として必ず皮膚の変色やホクロ、傷跡や生まれつきの痣《あざ》などがあるといいます。そして、そういう箇所に針を刺した時、もし彼女が痛みもなく出血もなければ、その女は『魔女』と判断されると」

ダシャが聞き返した。

「ふつうの女性であれば、針で身体を刺せば必ず出血しますが、魔女は出血しないというのですね」

「そうです。魔女は生の世界と死の世界を行き来できる特別な存在であるため、彼女の身体は生の命を宿していると同時に、いわば死人のような特徴を持っているようです」

ダシャが続けて質問した。

「彼女が魔女かどうかを見分けるには、その身体に針を刺さねばならないというのもとても難しいことです。そんな方法しかないのでしょうか？」

「長老は、その他に魔女かどうかを見分ける方法として、『水没だめし』が良いと言っていました」

「水没だめし…それはどんなことをするのですか？」

「魔女ではないかと疑いのある女性をロープで結んだり、布袋に入れて川や湖に放り込むのです。そして、もし沈めば、その女性は魔女ではないという潔白が証明され、沈まなかったら、魔女であると判断されるというものです」

それを聞いていたムハンマドが言った。

「それは馬鹿げた酷《ひど》い話ですね。なぜなら、そんな事をすればどんな人でも最初は水の中に放り込まれて沈んでも、必ず後で水面に浮いてきます。でもその時にはその人は溺れ死んでいるはずです。そこで、水面に浮いてきたからその女性は魔女であることが証明された…などと言って誰かが正当化するかもしれない」

ダシャもそれに同調して、「そんな『水没だめし』をするなんてどうかしてる。狂っています」

「私もその話を聞いた時、『水没だめし』というのは、それはおかしいのではないかと思いました。どう考えても賢明で冷静な人間がすることではないからです。最初、そんなことが本当にあったのかと信じられませんでした。しかし長老によると、彼が若かった頃に、実際に水没だめしで犠牲になった女性がこの村にも数人いたようです。村民は『魔女狩り』と称して皆が狂ったように特定の女性を標的にして魔女の烙印を押し、処刑してしまったのです」

なんと愚かな行為だろうとムハンマドは思った。犠牲になった女性の家族や身近な人々の気持ちを考えれば恐怖以外の何ものでもなかったろう。取り返しのつかない愚行とそれを許してしまった人々に対して今更ながら怒りを覚えた。同時に人々の無知が殺人をも正当化してしまうという恐ろしさを改めて知らされる思いがした。それにしても、犠牲になった女性達は狂った周りの人々の声や罵りを耳にしながら、さぞかし無念で悔しい思いで亡くなっていったに違いない…。

「恐ろしい話ですね…」ダシャがそう言うと、母親は「本当に恐ろしいことです。そのような事が実際にあったと知った時、人間こそ恐ろしい獣だと改めて思いました。状況によって人間は如何に弱く卑怯で、信じられないような愚行を平気で犯してしまうものかを知る思いがしました」

母親は続けた。

「しかし私が思うに、魔女狩りを行った村人達の心には必ず拭いきれない罪悪感があったに違いありません。毎日、彼らはその罪悪感を払拭しようと苦しんだはずです。、そして、生涯にわたって懺悔の祈りを神に対して行ったことでしょう。彼らは、神の前に跪く度に何度も心の中で自問自答を繰り返し、決して自分は間違っていなかったと言い聞かせていたのではないでしょうか…。そして、心の中の罪悪感と葛藤するうちに、みずから醜く卑怯な自分自身の姿を見て懺悔し、悔いていたのだと思います」

ナンガルパットの奇跡の杖をどう守るのか…。それを今はしっかりと考えておかねばならない。

はっと思い出したかのようにダシャはが今しておかねばならないことを意識した。魔女の手下が必ずやって来る…。果たして彼らはどんな姿で自分の前に現れるのだろうか。ダシャは何気なくそのことが気がかりになった。

その様子を見てか母親が語り始めた。

「実は長老が言っていたことなのですが…。魔女が普通の若い女性として現れる場合もあるようです。その女が実は本当に魔女なら、彼女は夜になると奇声を発し、背中から翼が生え鳥のような獣に変身する。そして、金切声を上げながら乳児を求めて空中を飛び回り、乳児を見つけるとそれをさらって食べるらしいのです」

ダシャは母親を見ながら、驚いたような表情を浮かべ母親の言う事に耳を澄ました。

「翼をもったその獣はストリックスと呼ばれて恐れられていたと言っていました。女がストリックスに変身する時には、必ず月桂樹とウイキョウというハーブを混ぜて液体にしたものを飲むらしい。そうすると女の背中から翼が生えてきて、やがて身体全体がストリックスに変化していく…」

ダシャが母親に問うた。

「では、老婆に限らず若い娘であっても魔女の手下である可能性があると言うことですね。そして、もしその若い女性が夜になって何かおかしな様子を示し始めれば、彼女がストリックスに変身する前兆だという事ですね」

「そうです。だから若い女性であっても気を緩めずに様子をしっかりと見ておかねばならないのです」

夕闇が迫ると、若い娘を用心しながら観察しなければならない、というのはいささか奇妙な思いがしたが、ダシャは奇跡の杖を守るためには止むを得ないと思い直して、母親の言うことを心に留めた。

母親と娘の住んでいる山小屋の中は暖かく心地よかった。

横になり耳を静かに澄ましてみると、時々小屋の外で風が音を立てながら吹いて通り過ぎていく音がした。その風も次第に弱くなっていった。気がつくと、すぐ横を流れる小川の水の静かな音が心に染み入るように聞こえてきた。夜が深々と更けて、いつのまにかムハンマド一行とダシャは安らかな眠りに落ちた。

翌朝、朝の光を瞼の裏に感じて目が覚めた。しばらく横になったままじっと耳を澄ましていると、山小屋の外から小川の水の音に混ざって鳥のさえずりが聞こえてきた。山小屋の丸太の隙間からは朝の光が差し込んでくると、その光で小屋の中が次第に明るくなっていった。

ダシャが寝返って上を見ると、山小屋の屋根は囲炉裏の煙で黒く煤け黒光りしていた。じっとしたまま上を見つめていると、幼い娘が起きてきてダシャの顔を覗き込んだ。ダシャが娘を見て、「おはよう」と言うと、娘は恥ずかしそうに飛びのいて、母親に素早く擦り寄った。こんな山小屋でおそらく客人を迎えたことはこれまでも無かったのだろう…。彼はそう思いながら、母親がすでに起きて朝餉の準備をしていることに気がついた。

囲炉裏には新しい薪がくべられてパチパチと音を立て、白い煙が勢いよく上がっていた。昨夜の猪鍋が火の上に置かれ、温められているようだ。おいしそうな香りがやがて小屋中に漂い始めた。

母親は何やら小麦粉のようなものを台所らしき場所で練っていた。自家製のチャパティーなのか、それとも何か別のものなのだろうか…などと考えながら、ダシャは思い切り身体を伸ばして筋肉をほぐしながら、その様子を見ようと上半身を起こした。

どうやら母親は、畑で採れた野菜の葉のようなものを細かく刻んで小麦粉に混ぜて練っているようだった。そして溜桶から水を少しずつ加えながら練り具合を確かめていた。やがて練り粉が出来上がると、今度はそれを適当な大きさにちぎり両手の手の平で丸めると、囲炉裏の上に置かれた網に一つひとつ並べていった。

並べられた小麦粉の塊りは、囲炉裏の火で温められ次第に大きく膨らんでいった。ダシャは、それはチャパティーでない何か別のものだとすぐにわかった。一つひとつの塊は焼かれるにつれて大きく膨らみ、小麦色になって美味そうな焼き立ての香りを漂わせた。

幼い娘は塊りをうまく焼くために囲炉裏の傍で四つ這いになって中を覗き込み、慣れた手つきで塊りを一つひとつ器用に転がした。山小屋の囲炉裏は母親と娘にとって楽しい団欒の場であり、大切な生活を支えているようだった。

朝の太陽がゆっくりと東の空から昇りはじめた。フェアリーメドウの草原は夜露をいっぱい含んでいたらしく、キラキラとまぶしく輝いていった。

# 第十話　ナンガルパットの聖人

## （その一）

山小屋で一夜を暖かく過ごしたムハンマド一行とダシャ、そして二匹の狼は、母娘の歓待を受け、十分身体を休めることができた。猪鍋のスープと小麦粉のブレッドは胃袋を満たし、元気をくれた。

朝が明けると一行は、山小屋を出発する前に母親に改めて礼を述べた。幼い娘は彼らに「もっと泊まっていけば良いのに…」と名残惜しそうに言った。

母親は「そんな無理を言ってはいけません」といって微笑みながら娘をなだめた。

ダシャは「今度、旅から戻ってくる時にまた、もう一人お兄ちゃんを連れて、必ずここに来るからね」と言い、「そのときは何かお土産を持って来るよ」と付け加えた。娘はにっこり微笑んで「約束だからね」と微笑んで応えた。

ダシャ達が山小屋を出て歩き始めると、娘は彼らの姿が見えなくなるまで、小屋の外に立って見送ってくれた。

ムハンマド一行とダシャ達はぼんやりと霞みがかかったような朝日を身に受けながら、フェアリーメドウの草原を西へ向かって進んでいった。顔を上げると、行く手には真っ白な雪に覆われた氷河が眩しく光り輝いていた。氷河の照り返しを額に受けながら歩き続けていくと、草原の道は少しずつ下り始めた。低い灌木があちこちに見え始めた道をそのまま進んでいくと、今度は背の高い木が一杯茂っている鬱蒼とした森のような場所に入っていった。そして、それまで前方に見えていた真っ白な氷河も森の緑で見えなくなった。

時々木々の間から木漏れ日と真っ青な空が見えたが、太陽の光は深い緑に遮られた。頬に触れる森の空気はひんやりとしていた。ムハンマド一行とダシャ達は少しずつフェアリーメドウの草原から離れ、谷底へ向かっていた。

谷底には見渡す限り瓦礫が地面を覆って広がっていた。どこを見ても真っ黒で木もなく緑一つない殺風景な景色だ。ダシャがはっとして思いついたように、片手をその黒い地面に触れてみた。それは氷のように冷たかった。二匹の狼は鼻を黒い地面にあてて匂いを嗅ぎながら進んだ。

「やはりそうか、これは黒い氷河だ。僕達は瓦礫で覆われた黒い氷河の上を歩いているのだ」

ダシャが思わず呟いた。

ダシャの言うことを聞いて、驚いたようにムハンマドも彼の右手を黒い地表にあててみた。なるほど、それはとても冷たい地表であった。砂漠の国からやって来た彼にとって、氷河は今まで見たこともなかったが、土地そのものが何千年もの間、氷の河で出来ていると知った時、改めて驚きを隠せなかった。

「このまま黒い氷河に沿って歩いていけば、数日中にナンガルパットが真正面に見えてくるはずだ」そう呟きながら、ダシャは頬を赤らめて、前方に広がる黒い氷河の先を眺めた。

「いよいよナンガルパットがすぐその先のところに見えてくるぞ…」ダシャは今までの疲れが一挙に吹き飛んで、新しいエネルギーで力が漲るのを感じた。

ダシャの様子を見ていたムハンマドも、ナンガルパットという未知の崖壁がいよいよ近づいていることを知り、崖壁を越えた後の遠き旅路に思いを馳せた。

ムハンマドにとってナンガルパットは旅の終着点ではないからだ。あくまでも道中の中間点だ。彼にとっては、ナンガルパットを越えた後でやらねばならぬことが待っていた。それは祇園精舎で誓った友との約束を果たすことだ。それにしてもダシャのただならぬ喜びように、ムハンマド達も嬉しくなった。

ムハンマドにとっての友との誓いとは、ゴータマの教えを故郷の国に持ち帰ることだった。ゴータマの教えはムハンマドにとって目から鱗が落ちるような教えであった。それは神という存在を否定するものではなかったが、どんな境遇の中にいる人であれ、人は皆平等であるという誰もがそれまで、口にしなかった彼の言葉であった。

それは神という存在に盲目的に服従せよというものでもなかった。

ゴータマにとって最も重要なことは、神を崇め敬うこと以上に、自己完成を目指し日々研鑽と努力を惜しまないことだった。そういう生き方こそが重要だと説いたのだ。それが最も人間らしい生き方であるというのである。それはムハンマドにとって、ゴータマは人間一人ひとりの幸せに焦点をあてた究極の教えを説いていたのだと思った。これほど、明確に幸福論を説いた偉人はいただろうか？　ベールに包まれたような神秘的な力でもなく、神への崇拝でもなかった。

言い換えれば、人生の目的は神が決めるのではなく、自分自身が試行錯誤を繰り返しながら完成させていくものであるということを説いたのだ。一人ひとりの人間が例外なく、その可能性を秘めている。そしてその可能性こそが万人平等に与えられているのだと…。

一人ひとりの経験と苦労はそれぞれ個人の命の中に刻印され、知識となり智慧となって価値を生み出していく。そういう人間は他者の苦しみを理解し、同苦することができる。それゆえに、苦しんでいる人間を激励し勇気づけられるものだ。ムハンマドもまったくそのとおりだと思った。

ゴータマはそういう人間が増えていくことで良き社会、良き国が造られていくと説いた。このごく自然で当たり前のような教えをどれくらいの人々が正確に理解したのだろうか…。ムハンマドは思った。そのためにゴータマは一生をかけて自分の教説を聞き手がわかり易いように工夫をしてきた。

つまり、ゴータマは話す相手の知識や理解度に合わせてさまざまな比喩を駆使したのだ。それが彼の説法の本質だ。ムハンマドは、祇園精舎でゴータマの教説を耳にし、彼の弟子達と対話を重ねるうちに優れた仏教の本質を知った。

ゴータマはカースト制度で苦しめられていた人々に分け隔てなく焦点を当てた。身分に関係なく一人ひとりを大切にした。そして彼は一人ひとりの尊厳こそ究極の解決法であると示したのだ。

ムハンマドはゴータマのこのような忍耐と溢れるような情熱に感動した。そしてゴータマと同じように、ムハンマドも人々のために、誠意を尽くし自らの弱さに負けず戦おうと決めたのだ。

それは時には無知と権力に取りつかれた者達の嫉妬ゆえ、流血を伴う事件へと発展するかもしれないと憂慮したが、その意義は時が経つにつれ、必ずや人々の心の中で賞賛に値する聖戦として記憶されると確信していた。

ナンガルパットの聖人は白のフクロウからダシャとムハンマド一行が来ることをすでに知っていた。驚いたことに、聖人はムハンマドが稀有な運命の星の元に生まれ、多くの人々の為に生涯を捧げる偉人になる事も承知していた。

聖人の従者にロビンという男がいた。彼は弓の達人で、狙った獲物を射損なうことは滅多になかった。ある夜、ロビンは鷲が一晩中、鳥小屋の中で鳴いて止まず羽をばたつかせていたのに気づいた。彼は不思議に思い小屋の様子を見に行ったところ、鷲の視線の先に月光を受けて白いフクロウが近くの木の枝に止まっていた。ロビンは早速弓矢を手に持ち、白いフクロウに狙いを定めた。しかし、その白いフクロウは目を爛々と輝かせ、ときどきクルークルーと低音を繰り返し何やら鷲に伝えようとしているのに気がついた。鷲は白いフクロウに応えるかのように、何度もフクロウを見つめ直し羽をばたつかせていた。

鷲と白いフクロウのやりとりは、やがて月光が消える夜明け直前まで続いた。ロビンは、何か人間には分からぬ鳥同志の対話のようなものなのだろうか…と思いながら弓矢を下ろし、その様子を見ていた。

次の朝、ロビンがその事を聖人に伝えると、聖人は「そのことなら、白いフクロウがすでに私に知らせてくれた。少年と一緒に現れるその人物はとても不思議な力と使命を持った御仁らしい」

とロビンに語った。

「それはどういうことですか？　そんな特別な方が、こちらに向かって来るのを白いフクロウはすでに知っていたのですか？」

不思議に思ったロビンは聖人にそう尋ねた。

すると聖人は、「そのとおりだ。この白いフクロウは不思議な能力を持っており、人を見るだけですべてを見抜くことができる不思議な鳥なのだ」

「人のすべてを見抜くとはどういうことですか？」

「その人間が善人なのか悪人なのかという見極め。その人間の前世、現在、そして未来の姿はどうなのか…などだ」

聖人がそう言うと、ロビンは不思議に思ってさらに尋ねた。

「なぜ、白いフクロウにそんな事ができるのでしょうか？」

ロビンの質問を聞いて聖人はしばらく何か考えているようであったが、徐々に口を開いた。

「わしにもよくわからないが、昔からフクロウには邪眼《じゃがん》を持つものと聖眼《せいがん》を持つものの二種類がいると言われている。邪眼を持つものは黒褐色のフクロウで、白いフクロウは聖眼を持つ。邪眼のフクロウは、その眼で人を見ると命を奪ってしまうという不吉なものだ。この辺りではそのフクロウは魔女に仕え、死の象徴として恐れられている。一方、聖眼を持つフクロウは、人に智慧と生命力を与える不思議な鳥で、その人の宿命を見極め、災いを幸いに変えることができるのだ。だから生の象徴とされている」

聖人が語るフクロウが持つ不思議な能力と神秘性にロビンは釘づけになって耳を傾けた。

「ということは二種類のフクロウは、まったく正反対の力を持っているのですね」

「そのようだ。知っていると思うが、フクロウは夜行性の鳥で昼の間はまったく活動をしないが、夜間になると動き出す鳥だ。満月の夜には、フクロウの眼は研ぎ澄まされたように鋭く、辺りのすべてを見抜いてしまうと言われている。特に聖眼を持つ白いフクロウは、宇宙に輝く満天の星を見つめると時間と空間を超えた不思議な瞬間の刹那の世界に身を置くことができると言われている。

それがどういう意味なのかをわかりやすく言うのは大変難しいのだが…。つまり、過去、現在、そして未来という異なる時間と空間に一貫して存在する命の本質のようなものをみることのできる特殊な能力ではないかと思う。だからダシャという少年についても、そしてムハンマドという御仁についても、白いフクロウは彼らが持っている宿命について見抜くことができたのではないか」

「そのような不可思議で人智を超えた話は私には理解できませんが、要するにこの宇宙には時間や空間を貫く一貫した不思議な世界というものが存在しているということですね」

ロビンがそう言うと、聖人は「そのとおりだ。その実体は神のみぞ知る…と人々は思ったのだろう。そういう意味で『神』は万能の存在なのだろう。しかし勘違いしてはいけないのは、宇宙を動かしているものは『神』と呼ばれるような超人格化したものではない。また、おとぎ話に出てくるような正体不明の神々しい姿をした長老や女神でもない。あくまでも原因と結果を永遠に繰り返していく法、即ち因果律《いんがりつ》とも言える不思議な法則とでしか表現しようのないものだ。もし、その因果律の法、それ自体を『神』と呼ぶのであればそれはそれでよかろう。いずれにしても人間の知力や能力を超えた世界そのものが存在するということだ」と語った。

「そんなことがわかる白いフクロウはいったい何者なのでしょうか。明らかにふつうの鳥とは思えないですね」

「わしにもわからぬが、特別な宿命を持って現れたのであろう。この世は不可解なことばかりじゃ」そう言って聖人は豪快に笑った。

「それにしても、一行はこの険しい崖壁を無事に登攀することができるのでしょうか?」

「それはわしにもわからぬが、彼らの持つ不思議な使命を考えると、必ず彼らは成し遂げるだろう」

聖人は、そう言うと何か遠くの彼方を眺めるように目を細め、静かに思いに耽った。

それから三日ほど経って、ナンガルパットの崖壁を臨む谷底にダシャとムハンマド一行が到着した。厳しく反り立つ崖の下から上を眺めると、ムハンマドは額から滲み出る汗を拭いてにっこりと微笑んだ。

## （その二）

「やっとナンガルパットの崖に着いたな…」ムハンマドがそう言うと、彼らは大きく深呼吸をして崖を見上げ、ゆっくりと腰を下ろした。ムハンマドが「今日はここでキャンプしよう」と一行に語りかけると、皆、安堵したかのように頷いた。

ムハンマドは、ここでゆっくりと身体を休め、十分な心の準備をして崖の登攀《とうはん》に臨まなければ必ず脱落者や事故が起こると恐れていた。焦りは禁物だ。ムハンマドは一行の心を理解し、入念な準備を心掛けた。

ダシャは反り立つ崖を眺め、一刻も早くこの崖を登攀し、ナンガルパットの聖人に会いたいと思っていた。しかし、ムハンマドの冷静な判断は間違いなく正しいと思った。

「焦ってはならない」と彼も自分に言い聞かせた。ナンガルパットの登攀は容易ではないのだ。昔から、多くの旅人はここで命を失ってきた。ここまできて、心の焦りが原因で崖から滑り落ちるようなことがあれば何もかもが水の泡だ。そうなれば自分も命を落とすばかりか、兄アレックスも永遠に助けることが出来なくなってしまう…。はやる心を抑えてダシャは冷静になった。

そんなダシャの様子を見て、ムハンマドが彼に語り掛けた。

「もうすぐお前の兄を助けることができるな。すぐにでもこの崖を登りたいと思う気持ちはよくわかっているが、でも焦っては事を仕損じる。最後の最後まで油断せず落ち着いてやり切る忍耐力が大切なのだ」

静かに語るムハンマドの言葉はダシャのはやる気持ちを落ち着かせた。崖を明々と照らしていた夕日が沈むにつれて次第に暗くなり、辺り一帯はやがて暗闇に包まれていった。

夜間、ナンガルパットの崖底は思ったより厳しい底冷えに覆われた。底冷えの静けさの中で、時々崖壁の上部からバキッという何かが割れるような音が不気味に響いた。その音に反応して二匹の狼の耳が動き頭を持ち上げた。

ダシャがその音に耳を澄まして聞いていると、ムハンマドが、「あれは昼間、太陽に照らされ温められた崖壁が夜間に急激に冷えるため、温度差によって岩壁にひびが出来て割れる音だ」と言った。

「この辺り一帯の住民は、ナンガルパットには神が宿ると信じていて、岩壁から聞こえてくる音は神が感情を発する音だと思っていた。住民達は、その音が大きく激しければ激しいほど、神が怒っていると思い、谷底にさまざまな供え物を置いて家族の安全と地域の平和を祈願したらしい。だから、このナンガルパットの崖下には供え物として置かれた果物や穀類がいつもたくさんあった。それを狙って狐《きつね》や狸《たぬき》、野犬などの飢えた動物達が集まってくる」

ムハンマドは、そう言うとダシャのほうを向いて、「その動物達に襲われないために、野宿する場所にはかがり火を数か所掲げて置いておく必要がある」と言った。

ムハンマドの指示で従者達は付近から薪を集め、かがり火を彼らの周りに数か所置いた。

その様子を眺めながら、ムハンマドはダシャに向かって「今夜はゆっくりと休み、明日の朝、この岩壁を力強く登って行こう」と微笑みながら言い、横になった。

その夜、ムハンマドが言ったように一行の休んでいる周りには多くの獣《けもの》の気配が感じられた。かがり火と二匹の狼を恐れてか、動物達は火の近くに来ることを躊躇しているようだった。それでも時々、腹を空かせた狸のようなものが現れ、素早く食べ物をくわえると走り去っていくのが見えた。しばらくは動物の気配が気になってダシャは眠りにつけなかったが、念のためにもう一つかがり火を自分の近くに置くと、動物の気配がなくなり、いつのまにか眠りに落ちた。

ダシャが顔に強い朝日を感じて目を覚ますと、ムハンド一行はすでに起きていて忙しそうに動いている声が耳に入ってきた。その方向に目をやると、ムハンマド達はすでに崖を登攀するための準備をしていた。一人ひとりの男達は、入念に重ね着をし、背中にはそれぞれ自分達の剣が括りつけられていた。ダシャがその様子をしばらく見ていると、従者の一人がダシャに向かって、「崖壁では上に行く程、温度差が大きくなり、思ったよりも身体が冷えてくるぞ。お前も下着があれば一枚余分に着ておくほうがよいだろう。身体が冷えると動きが鈍くなって止まってしまう」と声をかけた。

それを聞いて、ダシャはハッとして飛び起きると荷物の中からもう一枚下着を取り出して身にまとった。

ムハンマドはダシャを見ると、「どうだよく眠れたか？　崖登りの準備はできたか？」と話しかけた。ダシャはムハンマドに笑顔で「大丈夫です。準備はできています」と答えた。

やがて谷底一杯に朝日が差し込んできた。朝日を受けて男達の顔がオレンジ色に染まり生き生きとして輝いた。冷気の中できびきびと動く男達の吐く息が白く見えた。

「いよいよ岩崖の登攀が始まる…」そう思うと、ダシャの気持ちも引き締まった。

一行が崖を登り始めたのは、太陽がちょうど中天に昇り始めた頃だ。その頃までには彼らの身体は日光を受けて少し温められていた。

二匹の狼は彼らの生まれ持つ特殊な本能なのだろうか、一行とは別に狼が登りやすい獣道《けものみち》を見つけ先に登っていった。

ちょうど太陽が彼らの真上で輝き照らす頃になって、彼らはやっと崖の中間くらいの所に広がる小さな窪地に到達した。小さな土地であったが、そこには人の住居らしきものが建っていた。よく見るとその住居は丸太を組み合わせてできており、いたって簡素な小屋だった。表の入口の横には手造りの木の椅子が二つ、無造作に置いてあった。日当たりのいい場所らしい。おそらく住人はそこに座ってよくくつろぐのだろう。近くには冷たく透き通った水の流れる小川があり、小川は崖の先端まで伸びて行くと、そこから谷底に向かって水を落としていた。

一行とは別に獣道を登っていった二匹の狼は、すでにその山小屋に着いていた。狼達は小川の水を盛んに飲んでのどを潤していた。どうやら、その小川には小さな魚がいるらしく、動物達の食べた魚の骨がいっぱい落ちているのが見えた。

しばらくすると丸太小屋の重そうな扉が開き、中から片手に立派な杖を持った大きな白髭の老人が現れた。ナンガルパットの聖人と呼ばれる人物だ。彼はムハンマド一行の到着をすでに知っていたらしく、彼らに親しみを込め丁寧に出迎えてくれた。穏やかな表情をした老人の白髭の下で日焼けした顔が黒光りしていた。ナンガルパットの聖人の目は優しく微笑んでいるように見えたが、聖人は矢を射るような鋭い眼光でムハンマド一行を見つめた。そして、すぐにその中に混じっていたダシャに気づくと彼に声をかけた。

「お前がわしに頼みがあるという子じゃな。さてどんな用事でわしに会いに来たのか聞かせてもらおうか？」

急に聖人に話しかけられてダシャは少し戸惑ったが、聖人のほうを改めて向き直すと真剣な顔で語りかけた。

「聖人様、私はあなたの助けが必要なのです。というか…実は僕の兄が助けを必要としているのです。でも僕一人ではどうにもならないのです。彼を助けようと思えば、どうしても聖人様のお力が必要なのです…」

そこまで言うと、ダシャは黙り込んで聖人を見つめた。

聖人は、ダシャを目を細め頷きながら、彼を温かく見守るような表情のまま静かに何も語らずただダシャの次の言葉を待った。

するとダシャの目から急に涙が溢れ出して、しくしくと肩を震わせて泣き出した。そして泣きながら、彼は言葉をやっと絞り出すように話し出した。

「僕にはアレックスと言う兄がいます。実は、その兄がある日、狼に食べられてしまいました。ところが食べられた後、兄は草原に立つ一本の木の枝に骸骨になって、かかったままになっています。そして草原に風が吹くたびに、アレックスは横笛を吹いて悲しげな音色を奏でるのです。どうやら、兄は完全に死んでしまったのではなく、生きているのでもなく今なお不思議な世界に漂っているように見えるのです。もし、可能なら聖人様のお持ちの奇跡の杖でアレックスを生き返らせることができるのなら、その杖をお借りしたいのです」

そこまで話すとダシャの目からさらに涙が溢れ出てそれ以上話を続けることが出来なくなった。そして涙をふき取ることもなく、ただうな垂れて黙った。

聖人はそんなダシャの様子を見ていたが、静かに彼に語りかけた。

「お前達と一緒にいるその二匹の狼が、お前の兄を食べてしまった張本人なのか？」

「……」

「うむ。どうやら、そのようじゃな。兄を食べておいて、なぜお前達は弟と一緒に旅をしてここまで来たのか？」

聖人が狼にそう尋ねると、雌の狼が「ウオーン、ウオーン、ウオーン」と鳴き声を上げて応えた。

すると聖人は、「なるほど、そういうことか。アレックスは草原の動物達を友達に持ち、大変慕われていたのじゃな。そして、彼が骸骨になってからもアレックスの笛の音を求めていつも動物達が集まってくる…」

「そしてそこにいる狼は、そんなアレックスを食べてしまったことを大いに悔い、なんとかもう一度元に戻すことが出来ないかと悩み苦しんできた…ということか」

雌狼の鳴き声を聞いて、聖人はすべてを理解したかのようにうなづいた。雌狼は、そのあと頭を垂れたままじっとしていた。

雌狼の様子を見た聖人は、「しかし、生きていた者がいったん死んでしまうと、奇跡の杖でも二度と生き返させることはできない。どんな者であっても誰も生の世界と死の世界の間を行き来することはできないからだ。それは宇宙の法則だ」と言って、ダシャ達を見つめた。そして続けた。

「しかし、この奇跡の杖は生の世界と死の世界の中間のところまでは行くことが出来る。だから、もし亡くなった者がいまだこの中間の世界にさまよっているのなら、生の世界に連れ戻すことは可能なのだが…」とまで言うと、静かに穏やかな目でダシャを見つめた。

するとダシャが、「アレックスは狼に殺されてしまったけれど、木の枝にかかったまま骸骨となってからも笛を吹く事が出来ます。それはアレックスが完全に死んでしまったのではなく、まだ死と生の中間の世界にさまよっているということではないのでしょうか？」と聖人に聞いた。

## （その三）

すると聖人は、「お前の兄のアレックスは、確かにこの世に存在していた時の肉体はなくなってしまったが、目に見えない精神の魂《たましい》はこの世に残されたままのようにみえる。その精神の魂には意志があるがゆえに笛を吹くことができるのであろう。それはいまだアレックスが完全に死んでしまったのではないということじゃ。彼は今、生と死の中間の世界にさまよっているのかもしれぬ。もしそうだとすれば、わしの杖で彼を連れ戻すことは出来るかもしれない…」と呟くように語った。

「アレックスを生き返らせることが出来るかもしれないのですね。では、アレックスを連れ戻すためには、どうすればよいのでしょうか？」

「奇跡の杖を持って行き、木にかけられたアレックスの身体に杖の先をあてて、呪文を唱えるのじゃ」

「呪文？」

「呪文というのは？、どんなものなのでしょうか？」

「それは、ナムサーダルマ・プンダリキャ・スートラという呪文じゃ」

「サダルマ…。ナムサーダルマ・プンダリキャ・スートラ…」

　ダシャが続けて尋ねた。

「その『ナムサーダルマ・プンダリキャ・スートラ』という呪文には、何か意味があるのでしょうか？」

「その呪文はこの宇宙を支配する根源の法を名づけたものじゃ。つまり、この宇宙を貫いて一貫して変わらぬ不変の法則と言えるものだ。その呪文を繰り返し唱えることで、命を蘇生させることができるのじゃ。だが、この呪文を唱えたからと言って、魔法のように簡単に願いが叶うものではない」

　そう言って、聖人はしばらくダシャの表情を眺めた。

「なぜなら、唱えれば唱える程、人間にはいろいろな雑念《ざつねん》が心に浮かび始めるからじゃ。そうすると一心に念ずることがますますできなくなる。しかし、それは決して悪いことではない。雑念が浮かぶのは生きている者の常でもある。言い換えれば、雑念があるからこそ生きているとも言える。生きている証《あかし》とも言えるのだ。次から次へと湧いてくる雑念を振り切って、心を定め、願い切れるかどうかが重要なのだ。ダシャよ、お前にそれができるかどうか…。その試練はお前自身の試練でもある」

「……」

呪文の意味とそれを唱える事の難しさを聞かされたダシャは、兄のためにその試練に命を懸けて臨もうと心に誓った。そして、聖人に向かって聞きなおした。

「それでは、アレックスを連れ戻すために、聖人様のお持ちになっている奇跡の杖を少しの間、僕に貸して頂けるのでしょうか?」

「もちろん構わぬ。しかし一つだけ大切な約束を守ってほしい」

「約束?」

聖人は続けた。

「この奇跡の杖が欲しいと思う者が多くいるだろう。死者を杖の力によってなんとか生き返らせたいとする者達だ。この杖が誰かに奪われるようなことは何としても防がねばならぬのだ。そんなことになれば、わしは病になり寿命を縮めてしまうことになってしまうのだ。わしはそういう運命なのだ。だから、どんなことがあろうとも、その杖はお前からわしに直接戻してほしいのだ。

そのことを絶対に忘れないでほしい。どうだ約束できるか？」

ダシャはじっと聖人の言葉に自分の顔を紅潮させて聞いていた。そして彼の表情には真剣な決意がにじみ出ていた。

「聖人様、分かりました。どんなことがあっても、アレックスを連れ戻した後、必ずや杖を聖人様のところにお持ちいたします。お約束いたします」

すると聖人は、「しかしダシャよ、言うは易しだ。お前が奇跡の杖を携えてわしのところにやって来ることがわかれば、いろいろな輩がお前達を待ち受け、襲って杖を奪い取ろうとするだろう。お前にはそんな奴らと戦って杖を守り抜く決意と覚悟はあるのか？　お前は命を落とすやもしれないのだぞ」と問い質した。

その時、ムハンマドが口を開いた。

「我々は遠く西方の砂漠の国へ戻る旅路の途中です。その道中でたまたまダシャに出会いました。そして彼に頼まれて寄り道をし、ナンガルパットまで一緒に参りました。しかし、この兄想いの少年が強い決意で旅する姿を見るにつれ、私も『なんとかしてあげたい』と思うようになりました。もし、聖人の杖で彼が兄を助けた後に、もう一度ナンガルパットに戻り、杖を返さなくてはならないというのなら、これも乗りかかった船です。我々一行が一緒に旅してあげてもよいと思っています」

ムハンマドの言葉を聞いて、ダシャはムハンマド一行への感謝の気持ちで胸がいっぱいになった。そして、彼の目から涙が溢れ出た。遠く西方の砂漠の国から来たという勇敢なムハンマド一行が兄を蘇生させてから再びナンガルパットに一緒に行ってもよいと言ってくれたのだ。

「どうやら、おまえはかけがえのない友を得たようだな。それならば、わしの杖は、どうやら無事に戻ってきそうだ」聖人は微笑みを浮かべて呟いた。

しかし、これは聖人にとっても自分の命を左右する一大事となった。後はムハンマドという人物を信じる以外になかった。

聖人はしばらく自分の杖を眺めていたが、目を閉じて「ナムサーダルマ・プンダリキャ・スートラ」と、三回唱えると、杖に自分の額をつけて何やら静かに念じていた。そして、その杖を額から離すとおもむろにダシャに差し出した。

ダシャは両手を聖人の前に掲げ、頭を深々と下げて奇跡の杖を聖人から受け取った。

そして、彼は何度も確かめるように、「ナムサーダルマ・プンダリキャ・スートラ」ですね？と聖人を見て繰り返した。

聖人は、「そうだ」と言って、ダシャに頷いた。

最後に聖人はもう一度、「わしの言ったことを忘れるな」と告げた。

その杖は鉄の塊のように重く、彼の両腕に力を込めて支えねばならなかった。木製の杖がどうしてこれほどまでに重いのかと一瞬思ったが、その重みには特別な不思議な力が凝縮されて込められているに違いないと思った。

二匹の狼とムハンマド一行という頼もしい随行軍を得てダシャは「自分はなんと幸運なんだろう…」と心から思ったのである。

杖をよく見ると、上部のほうが太くなっていて杖の先に行く程細くなっている。そして、ちょうど杖を持つ部分には龍のようなものが彫ってあって、ダシャの手の平でその部分を握るとしっかりと固定され、そのすぐ下に付けられた金属の装飾が微かに輝いた。彼は杖を受け取ると、聖人が持っていたように杖を持ち換えてみた。すると、驚いたことに受け取ったときのようなずしっとした重みはなく、その重厚な杖はまるで空気のように軽く感じた。

杖を持ったダシャを見て、二匹の狼は尾を振って喜んだ。これでこのまま草原に立つ木のところに行き、ダシャが枝にかかった骸骨に杖を触れ、聖人が教えてくれた呪文を唱えればダシャの兄アレックスは蘇ることができるのだ。アレックスを食べて殺してしまい罪悪感で苦しんでいた雌の狼は、やっと救われる思いがして特に喜んだ。

ひょんなことから、ダシャを助けることになったムハンマドは、必ずまた、聖人に杖を返させるように彼らを守らねばならなかった。それは、ナンガルパットの聖人の運命までも左右してしまう立場に置かされてしまったということであった。

ムハンマドは思った。

「これも何かの縁かもしれない。アッラーはあの洞窟で、自分を神の預言者だと告げたが、このようなことにいろいろ巻き込まれるのには何か理由があるのだろう…」

彼は密かにケラー山で体験した不思議な瞬間を思い浮かべながら、そんなことを考えていた。

「自分の使命は命を慈しみ、愛し、慈悲を施し、寛容な心で人に接して生きることだ。そして、そういう生き方を広く、この世に広めていくことだ。それこそがこの世を平和で幸せなものにしていくはずだ…」

祇園精舎で出会ったゴータマ仏陀の弟子達も同じ使命感を持ち、布教の使命を全うしようと誓っていた。ムハンマドの脳裏には、天竺を出発する時、送りに来てくれた盟友・舎利弗や目連、富楼那の顔が懐かしく浮かんだ。

「彼らは今頃、どうしているのだろうか…」

逞しい求道心を持ち、真理を追究しようと切磋琢磨する彼らの姿には、いつも希望があり、生命力に溢れる躍動感を感じた。

思えば、彼らの「神」の概念は自分が想像していたものとはまったく異質のものだった。彼らにとって「神」はこの宇宙の創造神である必要はなかった。彼らにとっての「神」とは宇宙を貫く不変の法則であり、人格化したものではなく「法」そのものを指していた。そしてその法によって自らの尊厳と強き生命力の発現を目指していた。それを達成することが仏であり、成道と捉えていた。

「神」は自分達を支配するおそれ多い存在ではなく、自分達自身の中に生きるものであり、ふだんの生活の中で輝かねばならないのだ。それがゴータマの説かんとするものであった。

ムハンマドは祇園精舎で触れたゴータマの教えや、その中で真摯に研鑽を重ねる若き弟子達を思い浮かべながら、懐かしく彼らを偲んだ。

彼は釈迦教団の弟子達と話すうち、ゴータマという人物が如何に人間観察に優れていたかに驚いた。ゴータマは常に人間をどうすれば啓発できるかに心を砕いていた。ゴータマが忍耐強く行っていたのは、さまざまな人々と対話をし、同苦しようとする一貫した姿勢であった。その一貫性は微塵たりともぶれることはなかった。

ゴータマは決して「神」の存在を否定したりはしなかったが、あえて肯定することもしなかった。それは、ムハンマドにとっては驚きであった。というよりも、それまで考えもしなかったユニークな視点であった。つまり、ゴータマは「神」を論ずるよりも、自己の内面の存在そのものを論じ、光をあてたのだ。

彼は「神」を輝かせることよりも、一人一人の人間の自己の内面を活き活きと輝かせることを目指したのだ。そして彼の究極の関心事は、そうした人間が日々の生活の中で、価値的な生き方ができるかどうかにあった。「価値的な生き方」とは、一人ひとりの弟子達が自己完成のために一歩でも二歩でも前進しているかどうかということであった。ゴータマは弟子達にその道を示そうとしたのだ。

その意味で、ゴータマは、西洋の偉人達とはまったく異なる思考と哲学の持ち主であった。

彼は、人間一人一人を覚醒させることで社会に平和と幸せをもたらそうとした。ムハンマドにとってゴータマは偉大な教育者であり、突出した知恵者として映った。なるほど、ゴータマこそ仏陀の異名を持つ理由がそこにあると強く感じた。そんなゴータマの姿勢と思想に対してムハンマドは心から共感することができたのだった。

思えば、彼はヒラー山の洞窟で、アッラーから「神の預言者」と名づけられた。そして、その体験を妻や身内の者達に伝えたところ。彼らは何とかムハンマドを信じて聞いてくれた。しかし、次第にその話を伝え聞いた者達は、ムハンマドを狂気と猜疑心の目で見るようになり、怒りと反感の感情で彼を貶めようとした。挙句の果てには彼はとうとう自分の故郷を去らねばならなかった。

その時、彼は「権力者は常に己の権力が脅かされる事に神経を尖らせている…」と思った。彼等は自分以外の者が次第に衆目を集め、評判を上げ名声を得て力をつけることを恐れている。そんな時、如何にも表面では寛容に振る舞っていても、実は裏では新参者をどうすれば蹴落とすことができるのかに腐心している。ムハンマドは自分の体験から、権力者の心の中に巣食う人間の愚かさや貪り、慢心と疑念、そして怒りの命を見透かす事ができた。

一方で、彼は支配される側の一般大衆の愚かさも見過ごしてはならないと思っていた。大衆は深く思索し、行動するということにあまり興味を示さない。むしろ、惰性の生活に慣れ、周りの主張に容易に迎合してしまう。おそらく、そのほうが彼らにとっては楽であり、特別な努力を必要としないからだ。多かれ少なかれ、近隣の人間との面倒なやり取りに巻き込まれるよりも、事なかれ主義的に生きる方が何事も無難に済ませることができるからだろう。しかし、よく考えれば支配する側もされる側も立場だけを見れば、確かに正反対であっても、彼らの本質はまったく同じではないか…と彼には思えた。

要するに人間は本来、利己主義で身勝手な生きものなのだ。それぞれの立場と環境で自分にとって何が最良なのかを常に考えながら、抜かりなく計算をし意志を決定し行動している。彼らの意思決定の思考回路は無意識の内に綿密に動いているのだ。だから時には迷ったり、悩んだりして生きていかねばならない。

しかし、迷いや悩みをなくす事が重要かと言えば、そうとは限らない。何故なら、それらが無くなってしまえば全てが終わってしまうからだ。つまり、それは自分自身の「死」を意味するものだ。生ある限り、迷いや悩みが生まれ、それがさらに次の迷いや悩みを生じさせていくものだ。

人生の醍醐味とはそういうものだ。

それは裏を返せば「生」の証と言えるものだ。結局のところ、連続した迷いや悩みの中で、我々は命ある限り一生懸命生きるという選択肢しかない事になる。それが人間の宿命と言えまいか…。

そんな宿命を持っていても、与えられた「生」を慈しみ、自分に誠実に、理を尽くした思いやりのある生き方がどこまでできるか…。そういう生きざまをどこまで取ることができるのか…そういう尺度で一人ひとりを見た時、人間の価値が初めて見えてくるのではないか。

そのことをゴータマは多くの弟子達に伝えようとしたのだ。しかし、その伝え方を工夫して、ゴータマは弟子達の特性や理解力に合わせて出来るだけわかりやすく説いたのだ。それが彼が覚者と呼ばれる所以ではないか…。

ムハンマドの思索は続いた。

ゴータマの教説は、「神」へ向かう価値を称賛することでもなく、万能の「神」に対する恐怖や畏怖心を説くことでもない。弱い自己自身に対する戦いに正面から対峙していくことこそ、その人間にとって最高の価値ある生き方となることを教えようとしている。

ゴータマにとっての「平等」とは自分自身の弱さを克服する作業こそ、万人すべてに平等に与えられた機会だと説いたのだ。ゴータマにとって人間の「平等」とは、万人に与えられた機会…言い換えれば、自己実現のために万人に与えられた機会の平等を意味している。

人により、その追求の仕方は同じである必要はまったくなく千差万別のままでよいのだ。

つまり、千差万別こそが平等であり、異なった環境であっても、そこに存在する機会は平等であると説いたのだ。

だから、ゴータマ仏陀は、平等は即不平等であると一見矛盾するようなことを説いた。そして彼は、その法則は過去、現在、そして未来という時間軸をとおしても一貫して変わらぬものであると悟ったのだ。ゴータマ仏陀の偉大なところは、その悟りを以て、彼自身決して自らが「神」にはなろうとしなかった点だ。

彼の究極の関心事は、すべての人はどうすれば自分と同じ悟りを得ることができるのか…即ち仏の境涯に達せられるのかということにあった。言い換えれば、人は崩れることのない幸福な境涯をどうすれば自分のものにすることが出来るのか、自らの手で獲得することができるかを説いたことだ。

ムハンマドは天竺でしばらく過ごすうち、ゴータマの壮大な時間論とそれを貫く因果論に深く感銘を受けた、そのことを改めて思い出していた。

彼は祇園精舎でゴータマの弟子達が自己自身に対峙して己の弱さを知り、それを克服するために努力し挑戦し続ける姿勢を目のあたりにした。その姿には名誉も権力も、社会的地位も関係がなかった。一人ひとりの弟子達に懸命に求道する尊い輝きと生き生きと躍動する生命力を感じることができた。

ムハンマドは、その姿こそ最も「聖」なる戦いであり、「聖戦」（ジハード）と名づけるべきものだと思った。ムハンマドにとって、ジハードとは自己変革の尊い挑戦そのものだ。

ムハンマドの故郷では、利己的な享楽主義が蔓延り社会の退廃が目立っていた。人々はさまざまな偶像を信仰の対象として祭っていたが、ムハンマドにとって、それは中身のない低俗な楽しみの象徴としか見えなかった。彼にとってそのような偶像崇拝は、単なる形式主義であり、信仰の本質から乖離しているとしか思えなかった。彼は意味のない偶像信仰こそ実は人々の愚かさの象徴だと思っていた。

愚かさは英知を嫌い、そして無視をして駆逐しようとする。いたずらに享楽を求め、自己の飽くなき欲望に振り回され続け、正しい生き方を見えなくさせてしまう。その結果、無節操《むせっそう》な価値観を社会に根づかせて、低俗な生き方にあくせくする人間を作り上げていくのだ。彼は、そのような悪循環こそ社会悪であり、断ち切らねばならないものだ思っていた。それがムハンマドにとってのジハードの本質と言うべきものだ。

しかし、ジハードに勝利することはそれほど簡単ではない。なぜなら、「低俗な価値観からの脱却」はかけ声のみでは実現しないからだ。彼は、その前に人々はより高度な生き方に目覚める必要があると思っていた。そして、そのためには、彼らは先ず自分自身を正しく見なければ始まらないと考えていた。その上で、どう変わるべきかを自ら気づき自覚していかなければ、何も変えることができないからだ。

そのための主体性を人々は持たなくてはならないのだ。だが、そういう高度な主体性は勝手に生まれ育っていくものではない。そもそも主体性とは欲望の追求にのみ生きようとすることではない。また、そういう意志を意味するものではない。むしろ、安易な欲望に振り回されることなく、その上を行こうとするものだ。そういう主体性は年齢とともに思索と経験を重ねながら育まれていくのかもしれない。

明らかにそれは急に出来上がるものでもない。ゆっくりと醸成しながら次第に確固たるものになって根づいていくものだ。手っ取り早く形造ったものは結局、ちょっとした試練にも耐えられず、すぐに崩壊してしまう。堅固な建物もしっかりとした基礎と時間をかけた作業が不可欠だ。ムハンマドにとって強き主体性の醸成は、意義ある時間の積み重ねにしか達成することのできないものだ。

だからと言って、人間歳を取れば皆そうなるかと言えばそうではない。実際、未熟な人間は自分自身が死に至るまで未熟なままでいる者も多い。さまざまな人間と接触し観察していると、むしろそのほうが当たり前であるかのような印象さえ受ける。

ゆえに、その過程で未熟な人間を脱線させず、目的地に至らせるために、常にその人間に信念を持たせ、決意を喚起させることが必要だ。それを導いていくことこそが指導者の使命であり、宗教の目的ではないかとムハンマドは考えていた。

ムハンマドにとってのジハードとは、自己の外にある敵と戦うことではなく、自己の内面を破壊し混乱させ、正視眼を奪おうとする内なる敵との戦いを意味するものだ。「聖戦」、つまりジハードとは、健全な精神を守るための自分自身との闘いだ。

だから、自己の外に偶像を配して崇拝し、敬う行為はジハードの考え方とは正反対で異質なものだ。ムハンマドは、このような偶像崇拝それ自体を禁じ、むしろジハードの敵とした。なぜなら、偶像崇拝は自己の改革という重要な課題に取り組もうとせず、自己の外にあるものに焦点をあて崇拝しようとする行為だからだ。それは、無知そのものなのだ。

偶像を崇拝することによって、外見の姿は信仰心が強い敬虔《けいけん》な信者に見えるが、その実は何もない。そういう行為をすることで、あたかもりっぱな人間を演出しているのであって、そんな姿こそ偽善者ではないか。偽善者が心から他人を愛することなどできるわけはない。彼らこそ自己の利益追求以外に興味を持たぬ低俗な人間の行為そのものだと思った。

それを彼は一般大衆に教え、目覚めさせて導かなくてはならないと強く思っていた。しかし、それをすることは実は至難の業だ。なぜなら、大衆は賢明そうに見えて実はとても愚かでもあるからだ。

時と状況に応じ、一般大衆は常に都合のいいように変化し、周りの者に迎合する。

大衆が賢明な状況にある時には、彼らは常に理性的に物事を捉え考えようとするが、彼らが愚かな人間である時には、無益なことに時間を費やし、怠惰に過ごすのみで自己の修養を忘れてしまうものだ。そのうち、時間が経ち歳を重ね、自分ではどうしようもできない人生の現実を前にして、無気力感に圧倒され、生気を失って諦めていく…。

そういう大衆の本質を熟知した上で、宗教指導者は彼らを見捨てることなく、忍耐強く接していかねばならない。常に大衆とともにあらねばならないが、しかし大衆に迎合することなく、大衆を啓発させ、導いて行くことだ。ムハンマドは自分はそういう指導者にならなくてはならぬと心に誓っていた。

## （その四）

　ダシャ、狼夫婦と一緒に高原を旅することになったムハンマド一行は、なんと面倒な事を抱えてしまったと思ったが、「これも何かの縁だろう。旅する良き友が増えたと思えばいい…」そう思い直して前に進んだ。ダシャ達に出会ったことで自分の故郷に行く方向から少々回り道をすることになってしまったが、きっと妻ハディージャなら理解してくれるだろう。これも彼女への土産話になるかもしれないと思って一人微笑んだ。恐らく、ハディージャは、信じられないような出来事が夫の旅行中にあったのだと驚くに違いない…と彼は思った。

　旅の途中、二匹の狼はムハンマドにとても従順であった。彼も常に狼達に気を配り、優しく見守ってやった。狼達がひもじい思いをせぬよう、十分な食事を与えてやった。そして、そのたびに狼達に語りかけた。

「もう少しすれば、あの高原の木にかかったままのアレックスを生き返らせてやることができるぞ」と。そのことを聞くたびに、雌狼は喜んで尾を振った。ムハンマドの言葉を聞いて、ダシャも兄の蘇生がいよいよ叶うと思うと、その瞬間を待ちきれない気持ちになった。しかし、実際にそうなることを見る迄は、不安な気持ちを隠すことはできなかった。一方で、彼のためにわざわざナンガルパットへ回り道してくれるムハンマドへの感謝の気持ちと恩はかけがえのないものになった。

狼はもともと獲物を捕獲して食べる肉食獣だ。そのために、常に狼は十匹から十五匹くらいの群れを作って狩りをする。そして、その群れのリーダーは雌の狼である場合が多い。雌狼は常に獲物をみんなで分けて食べられるように気を配る習性があり、その習性は狼のリーダーに必要不可欠のものだ。

ムハンマドと一緒に旅することになった雌狼も、高原に棲《す》む狼達のリーダーだったようだ。ムハンマドはその雌狼にアセナという名前をつけてやった。アセナとはテュルク神話（＝トルコ神話）に登場する雌狼の名だ。ムハンマドは雌狼が、将来よい母狼として子孫を育て繁栄していくことを願って名づけてやった。そして、雄狼にはルソーという名を付けた。

彼らは高原をまっすぐのびる道に沿ってそのまま進んだ。途中までアセナとルソーのあとには彼らの家族集団と見られる狼の群れがついて来たが、高原の岩場のようなゴツゴツしたところまで来ると、やがて後について来た狼の群れはそこで歩みを止め、彼らを見送るように「ウオーン、ウオーン」という鳴き声をたてて別れを告げた。

それに応じるようにアセナとルソーも鳴き声で返した。おそらく「できるだけ早く戻ってくる」

とでも伝えていたのだろう。ムハンマド一行には狼の会話を想像するしかなかったが、狼達はその岩場でムハンマド一行を見送ったようだった。

こうして彼らの旅が続いていった。

彼らの頭上には、オウギワシやハヤブサと見られる猛禽類の鳥達が大きな翼を広げ、狼の群れに目を凝らし、獲物になりそうな狼を物色しうかがっていた。この鳥達は人間を襲うことは滅多になかったが、狼やウサギなどの陸上の獣に狙いを定めて急降下し襲ってくる。アセナとルソーはいち早く、オウギワシやハヤブサの存在に気がつき耳を立てて何度も上空を見ながら警戒した。岩場のような場所では、周りには草むらもあまりないので、身を隠す場所といえば岩と岩の間の空間ぐらいだ。アセナとルソーは、今までにも狼の群れを目がけて急降下してくる鷲やハヤブサが仲間をあっと言う間にさらって大空に消えてゆくところを見てきた。

鷲やハヤブサの最大の武器は彼らの長く鋭い爪だ。狼の成獣は身体も大きく力も強い。それでも鷲やハヤブサの攻撃に遭えば逃げ切るのは難しい。鷲やハヤブサは翼を広げると二メートル以上にもなり、鋭い爪を伸ばすと人間の手のひらの二倍近くの長さになった。アセナもルソーも成獣であったが、本気になった鷲やハヤブサが襲ってくると防御するのは至難の業だ。それを知っている狼夫婦は上空を見ながら、本能的に身の隠せる場所をいつも確認するかのように物色していた。

鷲やハヤブサが持つ握力は凄まじい。もし人間を本気で襲えば成人男性の腕を折ったり、頭蓋骨を貫通させるのもたやすいことだ。狼などは彼らの敵ではない。一挙に狼の身体を抑え込むと、首や頭を狙って攻撃し、獲物を鋭い嘴《くちばし》で激しく揺さぶり身体を麻痺させる。そして、そのまま彼らの握力で獲物の動きを封じ、大空に持ち上げて去っていくのだ。それを知っているダシャも、狼夫婦と同じように鷲やハヤブサの様子に注意を払いながら、出来るだけムハンマドの近くで歩くように心がけていた。

ムハンマドは、上空に群がる鷲やハヤブサを警戒するアセナとルソー、そしてダシャの様子に気づいていた。ダシャはムハンマドや従者達と比べても、体格が小柄であったため、大きな鷲やハヤブサの鋭い攻撃には十分気をつけねばならなかった。ムハンマドは、そんな彼らを見ながら、話しかけた。

「みんな心配するな。私の守備隊は、一人ひとり槍と弓矢の名手ばかりだ。もし鷲やハヤブサが急降下して攻撃してきても、いつでも彼らを仕留めることができる。準備は万端だ」

ダシャ、そしてアセナとルソーは、ムハンマドの力強い言葉を聞いて少し安心した。

ムハンマド自身も空で旋回する鷲とハヤブサの動きについては、常に警戒をしながら歩を進めていた。

いざという場合に備えて、彼は従者に運ばせていた鉄製のプルワーと呼ばれる全長一メートル近くの大刀を自らの腰にまとい、いつでも使える状態にしていた。彼のプルワーは誰よりも長く重かったが、ムハンマドの太刀さばきと腕前は誰よりも早く優れていた。従者達もそれぞれが腕の立つ護衛兵であり戦士であったが、太刀を持たせればムハンマドに敵う者はいなかった。従者達は彼を一人の戦士としても特別視し、絶大な尊敬心と忠誠心を持っていた。もし、大空に舞う鷲やハヤブサが急降下し襲ってきた時には、ムハンマドはプルーワーを抜き、容赦なく叩き切るつもりでいた。

従者達のムハンマドに対する尊敬心や忠誠心は絶大なものがあった。それは彼らが属する社会や国家などに対するものとは異質のものだ。従者達のそれは、ムハンマド個人に対しての特別な尊敬と忠誠を示していた。彼と従者達の間には、時間をかけて育まれた親近感や信頼関係が存在していたが、だからといって馴合いの関係になったり、忠誠心が曖昧になったりすることもなかった。それは不文律《ふぶんりつ》と言っていいほど、一人ひとりの心の中にしっかりと根づき、強い使命感を育んできた。ムハンマドは一緒に旅する仲間への配慮や、気づかいを決して怠ることはなかった。そうすることは、皆の結束を固め最善の自衛となり自己防衛力となった。彼の包容力と人格が、一人ひとりの信頼感をさらに深めていったのだ。

従者達にとってムハンマドは絶対的服従の主君であった。もし上空の鷲やハヤブサがムハンマド一行を襲ってくれば、間違いなく彼らは命を張ってムハンマドを護衛しようと行動するに違いなかった。アセナとルソーもムハンマドの近くにいることで、自らの安全をしっかりと確保することができたのだ。

そんなムハンマドをアセナとルソーは頼ってはいたものの、その一方では畏怖心を持って見ていた。というのも彼らにとってムハンマドは不思議な得体の知れない力を持った人間として映っていたからだ。アセナとルソーは彼が放つオーラに圧倒的な威圧感を感じていたため、安心して頼り切れる存在でもなかった。

しかし当のムハンマドは周りの人々に特に意識的に注意を払って、振る舞っていた訳でもなかった。いつものように自然体のままであった。

彼のヒラー山での出来事が、さまざまな形で人々から受け止められて以降、彼の周りからいつも視線を感じるようになっていた。そんな中、彼は特に自分自身が神の預言者として見られることに強い嫌悪感と抵抗感を持っていた。確かに、あのヒラー山での不思議な体験は、彼自身の理解を超えた何か特別な意味があると思われた。そして、それは神の啓示を受けたという証拠かもしれなかったが、そのことで自分の振る舞いが変わることもなかった。

彼はふだんの生活の中では誰に対しても自分の言葉づかいに気をつけた。そして、どこまでも謙虚な姿勢を保ち、誠実な人間であろうと努めていた。自分にも常にそう言い聞かせていた。そうすることが彼にとって一番自然で、心地よい生き方であったと思えたからだ。にもかかわらず、ムハンマドの噂《うわさ》や体験を聞いた多くの人間は、彼を特別な存在と見なして恐れるようになった。そして、多くの人間が彼を軽蔑したような眼差しで見た。一部の者達は彼を気狂い扱いし、彼を否定するためのあらゆる策謀を巡らせるようになった。

疑心暗鬼な心で満ちた周りの人々の空気と風当りの中で、彼自身は決して怖がりもせず怯《ひる》むこともなかった。彼らの顔色をうかがいながら生きることもなかった。「周りがどうあろうとも、自分らしくいればよい。自己を飾る必要もない。ありのままの自分をさらけ出せばよい。自然体で生きればよい…」常にそう思っていた。

何も特別な努力を払って無理する必要もなく、日々ふつうの生き方をすることで彼自身のうちに秘めた能力やエネルギーが湧き上がり、何事にも屈せぬ強靭な生命力を発揮させることができると彼は確信していた。

一方、ほとんどの人間がそうであるように彼自身も、ともすればいろいろな誘惑に負けそうになる時、自分の弱さや怠惰を常に戒める必要があった。その度に誰もが感じるように、彼は自分が如何に弱く脆い人間かを悟らざるを得なかった。ムハンマドにとって、それは別に特別なことでもなく、ごくふつうの当たり前のことだった。しかし、彼はめげることなく忍耐強くそれら一つひとつに挑戦し克服していった。

常に少しでもより高い自分自身を目指し努力して生きようとする事で、彼は自分自身の内面に心地よさを実感した。そして必ず深い充実感を得ることが出来た。それはムハンマドにとって、納得のいく人生の生き方であり、精神的にも手ごたえのある深い満足感を味わうことができた。

その体験はさまざまな状況下であっても、特に変わりなくいつも必ず獲得することが出来た。そのたびに彼の確信は強くなり、深く心に記憶され、重みを増していった。そして、いつしか彼にとって人生という変化の激しい刹那《せつな》にあっても、決して否定することの出来ない絶対的な真理として命の中に深く刻まれていった。

そんなムハンマドの信念と確信に満ちた姿は、彼が自然体であればある程、周りの人間にとっては畏怖と尊敬の対象となっていった。そして偉大な存在として、いよいよ無視できぬものとなった。ムハンマドは常に他者への愛情と理性に溢れ、大きな寛容の心を持った探究者として、多くの人々の心の中に刻み込まれたのだ。

こうして、誰の目にも彼は稀有の指導者であり、神の真理と啓示を受けた特別な存在として広く人々に認知されるようになっていった。

## （その五）

数日後、ムハンマド一行はようやく高原を通り抜けた。前方には平原から急に隆起したような山々が迫ってきた。緑が無く、土肌の目立つ荒れた山肌だ。

この地方の地理に詳しい男が一行に語りかけた。

「この山岳地帯はこのような荒地がずっと続いている。その荒地にはのどを潤す水はどこにもないので、荒地を抜けるまでの十分な水を確保しておく必要がある」

男は真っ黒に日焼けしていて彫の深い顔立ちをしている。何でもハラッパーという特殊な言語を話すらしく、その男によると親から何代も継承されてきた文化を持つ、誇り高き民族の出身だそうだ。

ムハンマドも幼い頃、叔父から聞いたことがあった。この地域には大規模な城塞のようなものが点在し、それぞれの地方を支配していた民族は独自の文化を育んできたと…。その時は、さほど特別な印象を抱いていなかったが、こうして実際にこの地域の荒れた山岳地帯を旅しているうちに、人々が近寄らないような荒れた大地にも関わらず、さまざまな困難を克服し誇り高き地域文化を形成してきた民族の執念とそのエネルギーは凄いと思った。その民族に畏敬の念を抱かざるを得なかった。

とりあえず十分な水を確保し貯えておくために、従者の男達は羊の胃袋をその地域の住民からかき集め、その数は百以上になった。

「人間の知恵と忍耐力というものは凄いものだ。どんな環境でも、人間は順応していくことができる。飽くなき工夫と努力を重ね、やがてさまざまな困難や苦境を乗り越えていくことができるのだ」…多くの羊の胃袋を見ながら、心の中でムハンマドはそう思った。

「人間の創造力は一見してすぐにわかるものではない。潜在的に存在しているものだ。それは、実に無限の可能性を秘めている。その潜在力を如何に引き出して大きな流れとし、平和な社会を作っていく原動力にしていけるかは、ひとえに指導者の力によるものだ。しかし、指導者と称する人間が民衆に対してそれを叫んでも、果たして簡単に民衆がそれに応え、自身が持つ潜在力を引き出すことができるだろうか…。実際は、そんなに簡単にはいかない。何よりも一人ひとりの人間が本当に心からそう思わなければ、彼らは動かないからだ。

そうでなくても、民衆の普段の関心事は現実的な利益にある。目に見えない心の中の世界よりも、目に見える物質的な豊かさだ。そして、彼らは皆、常に健康でありたいと願っている。つまり、何よりも利己中心的な関心事が人々にとっては重要なのだ。

利己中心主義の民衆の心を掴んでいくことのできる指導者というのは、どんな人間なのだろう？　もし、指導者の立場にある人間が人々の日常の関心事に無関心であれば、民衆はそんな指導者に親しみや共感を感じることはない。興味も示さない。そんな人間を頼っていても、何の役にたたないからだ」

そんなことを考えると、彼が思い出すのは祇園精舎で見たゴータマの姿や、弟子達との対話であった。

ゴータマは間違いなく神ではなく、ふつうの人間であった。それに彼自身、何か特別な存在であるような素振りはまったく見せなかった。彼は誠心誠意、謙虚に弟子達一人ひとりと対話を交わすことに力を注いでいた。そうすることでゴータマは、彼らを啓発し、彼らの心の中に深い歓びの世界を呼び起こすことができた。

それは単に精神的なレベルでの満足感ではなく、弟子達の生命自身を揺り動かすような深い歓喜とも言えるものだ。周りの人々はそんな能力を持つゴータマに対し知恵者とも覚者とも呼んでいた。

ゴータマは、人々が自ら覚醒させたその深い歓びの境涯が仏の命《いのち》であると言った。そしてそれはどんな人間にも平等に存在し、到達しうる最高の境涯であると言った。彼の説法は人々に勇気を与え、生きる力を与えた。ゴータマは自らの立ち位置を、弟子達とまったく同じところに置きながら、彼らの命の中から無上の歓びを湧き出させたのだ…。

ゴータマは弟子達に「神」を説かなかった。彼ら自身の命、それ自体に目を向けさせて光を当てた。そして彼ら自身の中に本来潜在的に存在する無限の可能性、何ものにも屈しない強靭な意志と生命力を説いた。ムハンマドにとってゴータマの教えには、彼がまったく想像していなかった人間に対する視点があった。ゴータマは、その視点から人間一人ひとりの内面の本質に迫っていこうとしたのだ。それは彼にとって思いもよらない思考次元であった。それは彼にとって覚醒とも言える驚きであった。

ゴータマの教えは、西洋思想とは異なる土壌と世界で熟成され、完成された智慧の塊のように見えた。ムハンマドにとって、彼の教えこそが東洋哲学の神髄ではないだろうかと思えた。それゆえにゴータマは覚者と名づけられ、仏陀と呼ばれるにふさわしい指導者として人々からの尊敬を集めたのだ。

　ゴータマは人間の本質を緻密《ちみつ》に観察し、人間を取り巻く環境世界と影響や、そのやりとりの中で織りなすダイナミックな精神性や行動世界を体系化したのだ。それを説法したのが彼の教えであり仏教だ。それは、ムハンマド自身がこれまで経験した事のない視点を持つ人間哲学だと思った。

　仏の教えとは、言い換えれば「無神論」ではないか…ムハンマドはそう思った。ゴータマは「神」を肯定することも否定することもしなかったが、人間が幸せになるかならぬかという必要条件は、そういう次元の問題ではなく、まったく別の次元にあることを示した。つまり、神を信ずることで救われるのではなく、極端に言えば、「神」を信じようが、信じまいが、自分自身の中に本来存在する無上の生命力を湧現できるかどうかが最も重要なことだと説いたのだ。何のことはない。彼は日常の一日一日を精一杯生き抜いていく中に実感できる深い歓びを説いたのだ。

「神」を信じるという謂わば一種の抽象論ではなく、現実論として日常の生活の中での行動から実感できる確信や充実感といった現実的価値に焦点をあてたのだ。

　そんな仏の教えを信望し実践すれば、人々は自分の境涯を他人のせいにしたり、容易に責任転嫁することができなくなってしまう。その結果、自分の行動や考えにしっかりと責任を持ち、自覚を持って自分の人生に取り組んでいこうとしなければならないのだ。それは人間として主体性を持って生きていくということ。それがゴータマの教えの本質だ。

ゴータマはその真意を伝えるために、人々の知識や理解度に合わせてわかりやすく説こうとした。人々の状態を見て必要と判断すれば、喩え話などを駆使することもあった。彼が残した八万《はちまん》法蔵《ほうぞう》とも言われる非常に多くの経文は、彼の努力の積み重ねの結晶だと言える。

ムハンマドは、そういったゴータマ仏陀の忍耐と努力に対して畏敬の念を抱いていた。仏教の創設者であるゴータマは宗教家というよりも、むしろ偉大な教育者ではないか…。

彼が祇園精舎で会った舎利弗や阿難陀といった弟子達をみても、誰をとっても理路整然として知性溢れる若者達であった。一人ひとりが論理的にゴータマの教えを理解し受け止めていた。そして、彼ら自身が主体的にゴータマが説いた最高の境涯を会得しようとしていた。彼らが修行と称していたのは、そのための努力であり実践そのものであった。彼らにとってゴータマは道理と因果律を丁寧に示してくれる師匠であったのだ。言い換えればゴータマは偉大な哲学者であり教育者だ…とムハンマドは思った。

彼の弟子達の中には狂信的に振る舞う者はいなかった。祇園精舎で会った弟子達の顔を思い浮かべながら、そんなことを思っていると、ムハンマド一行の従者の一人が足早に彼のところに来て話しかけた。

「ムハンマド様、どうやら十分な水が確保できましたので、これから山岳地帯に向けて出発したいと思います」

ムハンマドは、その従者を見て微笑みながら元気に「わかった」と答え、前方の山々を眺めた。その従者は一行に向けて大きな声で「さあ出発するぞ！」と馬上で叫ぶと、自分の馬の手綱を引き、ゆっくりと前進を開始した。

一行が歩き出して直後のことであった。前方の山々の尾根の山肌に沿って霧のような雲がゆっくりと這い上がっていくのが見えた。そのさまは円型にぼんやりと輝く虹のような姿を浮き上がらせていた。そして、目を凝らしてよく見るとその中心に人影のようなものがあった。

あの人影は誰だろう…。ムハンマドは、それを見ながら心の中で、「ゴータマ仏陀」の姿のようだ…と密かに呟いた。

目の前に現れた美しい円虹《えんこう》を見ながら、ムハンマドは自分自身のこれからの旅路を祝福してくれる晴れやかな未来の予兆を感じた。それは故郷のヒラー山の洞窟で彼が経験した不思議な現象に通じているように感じた。その現れ方はまったく異質であったが、人智を超越し存在する何か同じ本質を見た気がした。

「ゴータマも時空間を超越した一種の悟りのようなものを得たのだ。それは彼自身の命にしっかり記憶され刻まれているに違いない。そうだとすれば、ゴータマ自身も間違いなく、不思議な使命を持ってこの世に出現した人物であるのだろう…」ムハンマドはそんなことを考えていた。

歩を進めているうちにムハンマド一行の前方に迫ってきた山々は、遠くから眺めていたよりも荒れていてゴツゴツとした山肌に覆われていた。色は薄い赤茶色で、表面を目を凝らして見ても樹木や草などは見当たらない。目が慣れてくると、地面一面に小さな石ころのようなものがいっぱい覆っていた。大きな石ころを避けながら路上を彼らが進んでいくと、歩に合わせ土煙が立って緩やかな風に煽られて煙のように見えた。

従者が言っていたように、ムハンマド一行がこの地域を越えていくには十分な水を持って行かなければならないようだ。周りはすべて強烈に照りつける太陽のせいで、乾燥し切って干からびていた。

# 第十一話　祇園精舎での誓い

## （その一）

そんな道を進みながら、ムハンマドは遥か遠くになった祇園精舎での体験を思い出していた。祇園精舎で会った皆は皆、今頃どうしているだろう…。

舎利弗、阿難陀、目連…溌剌とした彼らの姿がムハンマドの脳裏に思い浮かんだ。ゴータマを囲む弟子達は、遠く西方の国から来たムハンマドを心から歓迎し、温かく迎え入れてくれた。彼が故郷のヒラー山の洞窟での体験を話した時も、ムハンマドの話を興味深く聞いてくれた。決して懐疑的で不審な態度で彼を見ることはなかった。彼らは、「むしろ、ゴータマ仏陀の教えに照らしても、あり得る話だ」と言って頷いてくれた。それはムハンマドにとって意外な反応であった。一体ゴータマの説いた法というのは、どんなものなのだろう…と、彼は改めて興味を持った。

ムハンマドが洞窟での体験を話した時、静かに耳を澄ましていた彼らはゆっくりと時間や空間についての興味深い話を語り始めた。それはムハンマドがそれまで聞いたこともない時空間の理論だったが、彼らの話は実に理路整然としていた。

その内容は、ムハンマドにとっても目から鱗が落ちるような衝撃と驚きを与えるものだった。彼にとって、それは生まれて初めて耳にする明解な宇宙論と言えるものであった。

特にムハンマドが感銘を受けたのは、彼らは時間という概念についても空間という概念についても、実にわかりやすく説明する事ができたことだ。彼の故郷のバラモン達の話はいつも不明瞭で不可解な部分があり、いつも彼の気持ちがすっきりとすることはなかった。一方、ゴータマの弟子達の話は神秘のベールに包み込んだような不可解な話ではなく、日々の生活の中で実感できる実に具体性に溢れわかりやすいものであった。

若さと知性、そして優しさに溢れた弟子達は広い天竺の各地を訪れ、その地方に以前から根づいていたバラモンの教えの欠陥を指摘し、明解に論破した。

ゴータマの教えが広まるのを恐れ、それを阻もうとする既存の勢力も暗躍していたが、地方の人々はゴータマの弟子達を信頼し、敬った。弟子達は忍耐強く、そうした土壌を作りながら、人々にゴータマへの帰依を促していった。

活発に活動し、情熱に溢れた若き知的集団をムハンマドは今迄どこにも見たことがなかった。

それにしても彼らを育てたゴータマの卓越した指導力と人格は並外れて見えた。

そんなことを思いながらムハンマドは道を進んでいた。彼の周りにはいまだ生温く蒸れるような空気が立ち込めていた。額にも汗が滲んでいた。

それを押しのけるように一瞬ヒンヤリとした風が忍び込んできた。

その風が頬を撫でた。どうやら夕暮れが夜の帳を伴いながら迫ってきたようだ。

まだ少し明るさの残る西空の方角を見ると、多くの鳥達が夕日に照らされながら夕焼け空を舞っていた。

ギャーギャーと騒がしく鳴く鳥達の背後には、ゆっくりと沈みゆく太陽があった。それはオレンジ色の陽炎を伴って眩しく輝いていた。

その光は次第に弱くなりながら、ゆっくりと沈んでいく。

日が落ちていくにつれて、やがて鳥達の鳴き声も少しずつ小さくなっていった。鳥達は自分達の巣に戻っていくのだろうか…。

そんなことを思っているうちに彼の頭上には、星間に包まれた満天の夜空が現れた。大小すべての星が輝いて圧倒的な別世界を作りだした。

満天の夜空を見てムハンマドは、舎利弗が語っていた「三千塵点劫《さんぜんじんてんごう》」という宇宙論を思い出していた。それはゴータマが説いた重要な教えの中核を成すもので、如何に宇宙が広大で無限であるかをゴータマが考えた見事な表現だ。

ムハンマドはその話を舎利弗から聞いた時、ゴータマの教えは宗教というよりも、自然現象を実によく観察し、洞察したうえで辿り着いた見事な宇宙論だと思った。それは時間という概念をしっかりと把握し、展開した画期的なものであった。

つまりゴータマは、とてつもなく大きな宇宙空間を「三千大千世界」と表現し、名づけ、そこに存在するすべてのものを集めて微塵に砕き、それをすりつぶして墨をつくり、一千もの国土を過ぎるたびに、その墨を一滴ずつたらして使い尽くし、その後、通過したあらゆる世界をさらに微塵に砕いて合計した劫《こう》（時間の単位）の長さを三千塵点劫と名づけたのだ。そして、その気の遠くなるような遠い過去の世界にゴータマは大通智《だいつうち》勝仏《しょうぶつ》という別の名前を持って出現していたと語った。要するに、それほど遠い過去からすでにゴータマは仏として存在していた…と言うのである。

これは一体何を意味するものなのか…。

ゴータマは優秀な弟子達に三千塵点劫の不思議を語ることで、「生命」というものが如何に時間的に長大で、空間的にも無限の広がりを持つかを説いたのだ。そしてそれは誰が創造したというものではなく、無始無終の空間に元々、存在していたのだと宣言した。宇宙の創造神というような概念とは無縁の宇宙論だ。

その時、彼の説法を聞いたのは、舎利弗や阿難陀、目連と言った修行僧達であり、知性に溢れた若者達であった。彼らは「対告衆《たいごくしゅう》」（＝彼の説法の相手）として名付けられ、ゴータマ自らが選んでいた。

ゴータマがこういった若者達を選んで説法したのは、明確な理由があった。つまり、ゴータマがこのような宇宙論を一般の大衆に説いたところで、おそらく人々は彼の説法の意味するところが何なのかをしっかりと把握し理解することができないだろうと考えていたからだ。そのために、彼は頭が良く知性に富んだ若き修行僧達を選んだのだ。

しかし、ゴータマの偉大なところは、自分の弟子達が彼の説法を頭で理解した事を自慢し、傲慢になって特別意識を持つのではないかと危惧した事だ。そして、弟子達が一般大衆に対して優越感を持つことを厳しく律したところにある。まだ人生経験が未熟な彼らは、往々にして物事を短絡的に捉え、すべてを理解したと勘違いし自惚れてしまう恐れがあった。それをゴータマは見抜いていた。

もし彼の弟子達が「自分達は才知に富み優秀で、特別な人間である」と思ってしまい一般大衆とかけ離れた選ばれし存在であるなどと思うようであれば、ゴータマの教えの最も根幹をなすところを理解などできるはずはないのだ。そればかりか、仏の根本精神を錯覚し本末転倒《ほんまつてんとう》（＝最も重要な部分を理解せず誤解する事）してしまうのだ。それをゴータマは厳しく注意し諫めたのだ。

要するにゴータマが彼の説法で本当に言いたかったのは、人々の生命には決して優劣は存在せず、元来、誰もが平等である…ということなのだ。

言い換えれば、どんな人間であってもすべての人に等しく平等に「仏界《ぶっかい》」（＝仏の境涯）が備わっており、それを実現することができるというものだ。その可能性はすべての人に平等に存在しているゆえに、彼の弟子達を含めてすべての人は平等であると宣言したのだ。

そのゴータマの教えに秘められた真実を理解すればするほど、人は自分自身には謙虚になり、他人に対しては思いやりと寛容さ、そして忍耐を持って接するようになるはずだ。

しかし、残念ながら現実はそうではない。逆に他人と比べて優越感を抱いたり、差別意識を持ったりする人間は世の中に多く存在する。そのような人間は、仏の心をまったく理解していないばかりか、仏の法を逆に利用して自分の利己や名声を求める事に終始してしまう。これ即ち、本末転倒の姿を示していることになる。

言い換えれば、その人間は餓鬼や畜生といった貪りの生命状態や、弱肉強食といった動物達と何ら変わらない生命状態に支配されてしまった姿だと言える。

確かに我々は日々いろいろな人と接することでさまざまな感情や情念を経験するものだ。悩んだり苦しんだり、あるいは喜んだり悲しんだりする。しかし、人はそれを繰り返しながら学習し、次第に自分自身の長所や欠点を理解する能力がついていくものだ。それが人生だ。

その中で、人格者は驕《おご》ることなく謙虚になって今という時間を如何に有意義に生きていくべきかを常に考える。彼らは自分自身をもっと磨いていこうと怠ることなく努力する。そして、ふだんの生活における人間関係こそ人格錬磨の場に相応しいものだと気づくはずだ。

そういう人間こそ、ゴータマのいう平等論の本質を理解していると言えるのではないか…。

ムハンマドはそう思った。

ムハンマドがゴータマの人間平等論の本質とも言える説法を、彼の若き弟子達を介して聞いた時、仏教の優れた生命論の深さに改めて驚きを隠せなかった。何と明快で説得力のある論理だろうと心から感心した。そしてもっと驚いたのは、ゴータマの弟子達が自分達が聞いた師の教えを決して難しく複雑化せず、人々に実にわかりやすく説いていたことだった。つまり大衆にとって生きた哲学を知らず知らずのうちに浸透させたことだった。

彼が接した弟子達は皆、知性豊かで頭脳明晰な上、求道の心に溢れていた。しかし、彼らは総じて自己顕示欲の亡者でもなく、非常に謙虚で、ごく自然に接する事のできるはつらつとした若者達であった。ムハンマドはすぐに彼らに好感を持ち彼らの姿勢に清々《すがすが》しさを感じた。一人ひとりの弟子達からムハンマドは明るい未来と希望を感じることができた。

釈迦教団をこの若者達が背負っていき、情熱を持って布教していく限り、彼らを尊敬しついていこうと思う人々は着実に増えていくだろう。そして、いつかゴータマ仏陀の教えは世界中に伝播していくであろう…と彼は強く思った。

ムハンマドのゴータマの弟子達との出会いは彼に衝撃的な驚きとともに、人間を見る上でさらに踏み込んだ観察力と視点を与えてくれた。

それは神秘的で精神主義的な唯心論でもなく、精神主義に懐疑的な現物一辺倒の唯物論でもなかった。唯心・唯物の二つの世界観を融合させ、さらに異次元の新しい価値を創造していこうというものだ。両方を包含しつつ双方の本質を昇華させ、人が持つ本来の長所や資質を覚醒し、活性化させていこうというものだった。

それは善意と愛情に満ちた積極的な温かい意志であり、人間的な思いやりに溢れたものだ。彼は弟子達と接することでゴータマという偉大な師の力強い魂に触れることができた。

その経験はムハンマドにとって、彼自身の未熟さや、人間的な力不足といったものを自覚し、痛感させられた重要な転機ともなった。彼は今までも決して傲慢になったり、自分は特別だと驕り高ぶって人を見下すようなこともなかったが、彼は今迄人間の精神世界について深く思索し、如何に一人一人の人間を生き生きと覚醒させることが出来るかなど考え抜いたことはなかった。

しかし、彼の天竺国でのゴータマとの出会いは、まさにその点について深く意識し自覚する機会となった。そして、教祖や宗教者と称される人間は、自分自身を信仰の対象として暗示したり教義としたりするのではなく、あくまでも努力を重ね、ありのままに懸命に生きる人々にこそ、真正の価値が存在すると示さねばならぬと悟ったのだ。

やがて天竺から帰還し故郷の土を踏んだ彼は、年上の妻ハディージャの死を迎え、さらにムハンマドの良き理解者であった叔父達を失っていくが、彼が悟った人生の真正の価値こそジハードへの道であるとして人々に伝えようとした。そのため、彼の信望は厚く誰もが彼を敬愛した。

## （その二）

ヒラー山での体験をムハンマドの身近な人々に話した時、彼は十分な根回しをして話したわけではなかった。周りにいる身近な人達をふだんから信頼していたゆえに、そのまま正直にありのままの体験を伝えようとした。確かに妻をはじめ、身近な親戚達はムハンマドの話の内容に最初は驚き戸惑いはしたが、決して彼を懐疑的な目で見ることはなかった。

しかし、その話がやがて周りの人々に伝わると、状況は一変していった。人々はムハンマドは気が狂った独善者だとか、精神が錯乱した似非者《えせもの》だと非難し、神を侮辱する事は断じて許されないとして彼を犯罪者扱いしたのだった。

その結果、昼夜を問わず彼は身の危険を感じることとなった。彼の住居の周りには刀剣を持った怪しげな男達が様子をうかがい、隙あらば彼を捕らえ断罪しようと企んだ。彼に対して懐疑的であった人々は彼を「サタンにとりつかれた異教徒の手下だ」と言い、軽蔑の視線を送った。

こうして否が応でも日に日にムハンマドは身の危険を感ぜざるを得なくなった。

部族の長老であった彼の叔父、アブー・タリブや祖父のアバスが健在であった時は、彼の身の安全は彼らの庇護もあり、十分守られていたが、彼らが亡くなってからはムハンマドは自己の防衛を真剣に考えなくてはならなくなった。特に、妻のハディージャが亡くなって以降は迫害を恐れて彼の屋敷にいた召使いなども次第に彼の元を離れる者も出始めていた。

こうして結局、彼はメッカを離れ、七年近くヤトリブ（＝メディーナ）に行かざるを得なかった。しかし、メディーナでの七年間はムハンマドにとってはとても重要な時期となった。もともと、メッカの多くの人々からも信頼と尊敬を集めていた彼は異なる多くの部族民の中でも指導力のある突出した人物として地域全体から注目を集めた。部族間のいざこざも彼が仲裁すれば、いつもスムーズに収まった。どの部族からも信頼と尊敬を集めながら、彼の存在感は圧倒的なものになっていった。彼はメディーナの誰にとっても最も象徴的な指導者となり、多くの部族をまとめ統治するようになっていった。

一方、メッカで既得権益を持つ実力者達は、部族間でも人気があり象徴的な存在として一目置かれていたムハンマドを何かにつけ邪魔な存在と目に映るようになった。彼らはムハンマドが将来、さらに力をつけ、自分達を脅かす存在になるのではないかと恐れていた。こうして彼らは謀《はかりごと》を巡らし、幾度となく暗殺者を送り彼を殺害しようと試みた。

ところが、彼らの企てはすべて失敗に終わってしまう。

なぜなら、ムハンマドに暗殺の危機が訪れるたびに、メディーナの住民は必ずそのことをいち早く彼に知らせてくれたからだ。それは彼らがムハンマドを神の預言者として認め、心から受け入れ信仰し始めていたからに他ならなかった。

ムハンマドの噂と名声は瞬く間に民族の壁を越えて広がった。彼が表舞台に登場したことで、まさに救世主の出現のような衝撃を人々に与えることとなった。そして衝撃は人々の心を動かし、部族を超えた多くの民がムハンマドに帰依しようとメッカからメディーナに移住するという結果を招いた。

メディーナの人々は彼の元でやがて心を一つにし団結をさらに強め、結合していくと、自然な形で強力なイスラムの共同体ができ始めた。その共同体の中心者となったムハンマドはますます人々から尊敬され持ち上げられるようになり、その頂点で揺るがぬ象徴的存在となっていった。それはイスラム教が誕生した歴史的な瞬間だった。

ムハンマド自身は、自分が思っていたよりも急速に共同体が膨れ上がっていくのを目の当たりにして驚きを隠せなかったが、同時に彼の心の中に指導者としての使命感と確信が沸き上がっていった。

もともと戦士としても戦略に優れていた彼は、これをチャンスと捉えると直ぐに行動を開始した。ムハンマドは周辺地帯に勢力を持つさまざまなベドウインと呼ばれるアラブ遊牧民に使者を出して同盟を結び勢力の拡大に力を注いだ。そうすることで彼を狙う部族からの攻撃に備えるためだった。

とはいえ、彼の軍隊はその数三百人程度で、彼の軍隊が精鋭部隊とは言っても、相手の数は何十倍にもなる大軍だ。いざ戦いとなれば、誰の目にもムハンマド軍に勝ち目はないのは明らかだった。

しかし、ムハンマドは心の中で「戦《いくさ》は数ではない。戦意が本物かどうか…で決まるものだ…」そう思っていた。たとえ相手が数十倍の大軍であっても、ムハンマドの確信に揺るぎはなかった。

その確信の源泉は、ヒラー山の洞窟でひれ伏したアッラーの存在であった。あの瞬間、アッラーから啓示されたものこそ彼の確信の拠り所であり、何ものにも負けることのない崇高なる戦意の魂だった。理由がどうであれ、アッラーから告げられた自分の運命は不変的な事実なのだ。ムハンマドの鼓膜にあの恐ろしいアッラーの声が蘇った。

「自分にはアッラーがついている。たとえ少数の軍隊であっても負けることはないのだ…」

この揺るぎない確信は彼自身のみが知るアッラーの魂そのものだった。

もちろん、彼は戦士として何もしなかったわけではない。絶対必勝の戦略家として知られていた彼の行動は常に素早く抜け目がなかった。

そして、いよいよクライッシュ族を中心とするメッカの既存勢力は大軍を組んで、ムハンマドとその周りに集まる新興勢力を崩壊しようと動き出した。

それ以前、彼は各地に送っていた密偵からメッカ軍の動きを逐一報告を受けていた。そして、すぐにそれらの情報を分析して対応策を考えていた。彼は、メッカからの大軍は紅海沿岸のバドル方面に向かうと判断すると、電光石火のごとくバドルへと進軍を開始した。少数のムハンマド軍が目的地に到着すると、休む間もなく、彼は全軍に命令を出して町の井戸をすべて埋めにかかった。

ムハンマドの狙いは明らかだった。メッカの大軍がバドルに到着しても水を飲めなくさせるためだ。大軍はバドルへの道程を急ぎ、疲れ切って到着するはずだ…。その時の敵の兵士達の体力と心中を読んでいたのだ。

のどの乾ききった兵士にとって、水分を補給しないまま時間が経つと、意識がぼんやりとしてくる。すると、さらに疲労感が増し、頭痛やめまいなどの脱水症状が現れる。さらに脱水症状がひどくなると意識を失い、死に至る者も出てくるのだ。そのことを彼はこれまでの経験から熟知していた。

そして、ムハンマドの思惑どおり作戦は見事に功を奏した。

兵士達にとって水分の補給は死活問題であり、ムハンマドの枯渇《こかつ》攻めは兵士達にとって恐怖そのものとなった。

灼熱の乾燥地帯を行軍してきたメッカの大軍はバドルに到着すると、すぐに乾ききったのどを潤そうと我先にとバドルの井戸に群がった。ところが、彼らを待っていたのは、埋められて役に立たなくなってしまった無残な井戸ばかりであった。兵士達はあちこちに点在する井戸すべてを見て周ったが、バドルにある井戸という井戸すべてが埋められていることを知ると、混乱と恐怖に陥ってしまった。

ムハンマドの打った先手は兵達に強烈な精神的な打撃を与えたのだ。こうして、バドルでメッカ軍は戦意を完全に喪失してしまった。

こうしたムハンマドの行動には、実は過去の教訓を決して無駄にしてはならないとの硬い決意があった。それはウフドでの戦いで思い知らされた経験であった。

メッカの大軍に対して、ウフドではムハンマドは弓兵を効果的に組織し、地理的に高台となる地に配置して臨んだ。その作戦は見事に威力を発揮した。ところが、勝利が確実に見えてきた時、味方の兵達が敵軍陣地に乗り込んで戦利品物資の略奪を始めたのだ。すると、それを見ていた弓兵達は戦いは勝利し、すでに終わったものと思い込んでしまった。高台に配置されていた弓兵達は持ち場を離れ、我も先にと高台を降りて敵軍陣地の戦利品略奪に加わってしまったのだ。

メッカ軍の敵将は、その事を最初から読んで動いていた。彼らは陣地後方のキャンプへ引き返していったが、実はこれが彼らの見せかけ作戦だった。

そうするうちに敵の別動隊が後方のキャンプから静かに迂回し、弓兵達の配置されていた高台の裏側に回り込んでいたのだ。戦利品に気を取られていた弓兵達の陣形はすでに崩れ、高台の後ろ側から急襲を受けたムハンマド軍は簡単に総崩れとなってしまった。ムハンマド自身も、この時軽い傷を負った。致命傷とならなかったのは幸いであったが、このときの教訓を彼は二度と忘れることはなかった。

形勢がどうであれ、どんな状況であっても自分の持ち場を離れてはならない。これは「絶対命令だ」との指揮さえ徹底されていれば、そんなことにはならなかったのだ。このときの苦い経験から、彼は、戦いには指揮系統の統一と一兵卒に至るまでの意志徹底が絶対不可欠となる事を思い知った。

今度の侵攻では、メッカ軍は周辺地域の各部族達を糾合し、一万人にもなる大軍を編成していた。メディーナで象徴的な存在となって人気のあったムハンマドには人々が集まり、いずれ軍隊が組織化されるに違いないとメッカ側は恐れていた。そこで、まだ軍事力もそれほど強大ではないうちに、ムハンマド軍を殲滅しようと侵攻を始めたのだ。

一万もの大軍がまともに攻めてくればひとたまりもない…。ムハンマドは、何か方法はないか、突破口はないかと考え続けていた。周りの従者達はいったいどうなるのだろうという不安と焦りに押しつぶされていたが、彼はまったく落ち着き払っていた。

そして、彼がふだんから話し相手として身近に置いていたサルマーン・アルムハンディーを見ると彼に相談を持ちかけた。サルマーンは優秀な土木技術者で、戦いには常にムハンマドの作戦を支える技術顧問でもあった。

サルマーンはゴータマの教えが広まっていた波斯国《はしこく》（＝ペルシャ）の出身であったが、彼自身はゾロアスター教の家に生まれた。

ところが、あるときキリスト教と出会いその教えに魅かれた彼は、さらに学びたいとの思いからシリア方面に向かったところ、そこで出会ったアラブ系の男達に騙されてメディーナのユダヤ人の奴隷として売り飛ばされてしまった。

その時、運よくメディーナにいたのがムハンマドだった。彼はムハンマドの教えを聞き、ムハンマドの教えに帰依する事を決めたところ、ムハンマドはサルマーンの奴隷としての状況を知った。彼は正直な性格を持つサルマーンを気に入り、彼のために身代金を肩代わりし奴隷の身分から解放してやったのだ。

波斯国の出身と知って、ムハンマドはサルマーンに興味を持っていた。それは、あのゴータマ仏陀とも縁の深い地域という理由からだった。祇園精舎で会ったゴータマの弟子達にも多くの波斯国出身者がいたのを覚えていたからだ。

早速サルマーンを招き入れると、ムハンマドは彼に話しかけた。

「サルマーン、この大軍を食い止められるような何か工夫は考えられないだろうか？」

いきなり問いかけられたサルマーンは、ムハンマドの前に置かれた地図に目を落とした。彼はしばらく図面に目を凝らして考えていたが、ハッとしたような目でムハンマドに答えた。

「ムハンド様、あります。一つ可能な方法があります。」

その言葉にムハンマドは、瞠目してサルマーンを見つめた。

すると、サルマーンは「ここです。ここに塹壕を掘るのです」と言って、指で地図の上に線を引くように示した。そして続けた。

「塹壕《ざんごう》を掘るのです。深さは兵士達の背丈くらい。その中に兵士が落ちてもそう簡単に這い上がれないようにしておくのです」と。

「一万という大軍を、そんなことで堰き止められるのだろうか？」

ムハンマドが言うと、サルマーンは「彼らが本気の命懸けで攻めてくれば、おそらく三十分も経たぬうちに、塹壕を乗り越えて攻めて来る事もできるでしょう。しかし、彼らは周辺部族の混成軍団です。塹壕に落ちて苦しむ兵達を見れば、何よりも自分の身の安全を考えて、そう簡単に命を投げ打つような無謀な行動は避けるはずです。それが狙いです」と答えた。

「なるほど…」

ムハンマドはサルマーンが示した地図を見ながら頷き、呟いた。

「サルマーン、我々には、あまり時間の余裕がない。それほど深く長い塹壕を掘るには、多くの人間と道具が必要になる。兵士にそれをやれと命令しても、十分な掘削用の金具や道具が足りない…」

ところが、サルマーンの頭の中はすでに具体的な方法について閃《ひらめ》きがあった。

「ムハンマド様、皆で手配して近くの農家という農家すべてを回り、道具を確保しましょう」

サルマーンがそう言うと、ムハンマドも彼に呼応して「それしかない。すぐに全軍に徹底して農家を回ろう。その時、農民には必ず礼をする事を約束するのだ」と念を押した。

そしてムハンマドは「その場しのぎの口約束ではなく、我々は必ず約束を守る忠義の軍隊であることを示すのだ」とサルマーンに念を押した。

二人の会話を聞いていたムハンマドの側近達は、直ちに行動に移すよう全軍に迅速に命令を伝えた。そして、全軍一体となって周辺一帯の農家を回り始めた。

サルマーンは自分の作業場に戻るとすぐに何かを作る作業に取りかかった。塹壕を掘るために必要となる道具はどんなものかを彼は考えていた。彼は、作業場の外の土壌を掘り起こしたり、埋めたりという動きを何度も繰り返し考え、工夫した。そして、試行錯誤を繰り返しながらシャベルと呼ばれる工具を作り上げた。その後も、彼はシャベルの形状はどんなものが一番良いのかを追求し、実験を繰り返した後、最も効果的に仕事ができるものを完成させた。

出来上がってきた道具がどういうものかを知ったムハンマドは、目を輝かせてサルマーン達に命令した。

「それと同じものを我々に協力してくれた農家の数だけ作るのだ。そして、彼らには私からの感謝の印として、この『シャベル』を与えてくれ。耕作用としてこの新しい道具は威力を発揮し、間違いなく農民達の強い味方となるであろう」と語った。

ムハンマドは、常日頃から農民を大切にすることを肝に銘じていた。彼がいつも農民の生活に寄り添い、苦楽を分かち合い、豊作を願って彼らの富の向上を考える指導者でいることは、国家安定のためには不可欠であると考えていた。それゆえに、彼は農民達に対して、具体的な形で示す事が重要だと思っていた。要は有言実行の証を指導者は示さねばならないのだ。農民達が喜んでくれることができると思うと、彼の心は嬉しくなった。

## （その三）

やがて三百名足らずだったムハンマド軍は、次第にその数を増やしていった。

兵士達に彼の命令が伝えられると、ほとんど全員が塹壕掘りに参加したが、日を追うごとにその数は増え続けた。塹壕掘りには、気がつくと二千人以上の男達が真っ黒に日焼けしながら汗を流していた。

サルマーンの金属製「シャベル」は威力を発揮し、作業はどんどん進んでいった。周辺の土地は赤茶色の土砂で出来ており、小石が多く混じった土壌であったが、「シャベル」はそれらを物ともせず力強く土壌に食い込むと、勢いよく掘り起こしていった。

これを見ていたムハンマドは、工夫されて作り上げた道具が如何に力を発揮するかを目の当たりにした。

「これは農民達が喜ぶぞ…」彼は小躍りして、その様子を見つめて言った。

塹壕掘りは三日三晩、昼夜を問わず突貫工事で進められた。

疲労で疲れた兵は、塹壕の横で横になり仮眠をとった。せいぜい二、三時間程の仮眠をとると彼らは息を吹き返し工事を続けた。

食事はバドル周辺の農家から女や子供達が運んでくれた。ムハンマドの頼みとあって彼らは汗まみれになりながら食事を準備し、塹壕掘場の近くまで持ってきてくれた。彼女達の夫や親戚の男達が塹壕掘りに加わっていたので、最終的には三千人近くの男達がムハンド軍の兵隊となっていた。これらの兵士達に与えられた食事は決して豪華とは言えなかったが、心のこもったナンやチャパティー、それにシークケバブのような簡単な肉料理が振る舞われ、兵士達の空きっ腹を満たしてくれた。中には、もともと貧乏で十分な食事がとれていなかった多くの若者達が、食事にありつこうとムハンマド軍に加わった。その結果、彼らはムハンマド軍の大きな戦力となった。

貴重な井戸から汲み上げた飲み水は、大きなバケツのような容器に入れられて、兵士達に与えられた。それは黒く濁った色をしていて、砂ぼこりが混ざっているのかと思わせたが、それはサルマーンの親戚達が農民達に呼びかけて作らせた地域伝統の「シャウリ」と呼ばれるものだった。一種の砂糖水で甘い味がする飲み物だが、何よりも疲れ切った兵士達の喉を癒し、新たなエネルギーを与えてくれた。

いずれにしても、いつ殲滅《せんめつ》するかわからぬムハンマド軍を彼らは懸命に支えたのである。言うまでもなく、ムハンマドは地域の農民達の援護と誠意に心から感謝の気持ちを表した。

農民達に彼は伝えた。

「汝らの誠意と優しさに対して、宇宙の絶対神であらせるアッラーは必ず汝らを守護し、汝らの末裔まで一家を健康で豊かになされるであろう」

彼は農民達一人ひとりを祝福し、祈りを捧げた。

ムハンマドの威厳のある祈りと姿に農民達は心が揺さぶられたものの、メッカからの大軍がだんだんと近づいてくる現実に猛烈な動揺と、恐怖が彼らを襲っていた。彼らの中には、すでに壊滅の兆しに直面したかのような気持ちになっていた者も多くいた。

兵士達にはムハンマドの祈りは、空しく響き、アッラーの加護を疑う者もいた。ところが、総攻撃をかけるべく迫っていたメッカ軍も多くの兵士が実は憔悴し切っていた。そして、彼らは心の中では「戦いなどで命を落としたくない」と思っていたのだ。

ムハンマドはメッカ軍の内部結束は強固でないとみていた。もともと十分な食糧を持たず出陣してきた軍隊だ。食糧の確保のために行軍をしながら、行く先々で農家を訪れているという情報が彼のもとに入っていた。食糧不足に加えて軍備に不慣れな混成部隊が、一丸となって最大限の力を発揮するためには、強力な指揮官と参謀達が不可欠だ…。メッカ軍はその準備ができているとは思えない。彼はそう分析していた。そして、彼は動揺することもなく兵士達の前で平然とアッラーへの祈りを捧げた。

そんな時、天気が荒れ始め暴風雨のような夜を迎えた。メッカ軍は総攻撃を前に草原で休んでいたが、テントを張っていた者は一部の将兵達に限られていた。暴風でそのテントのほとんどが破壊されてしまい、テントの中で休んでいた将兵達は驚き狼狽えた。

草原の兵士達はさらに窮地に追い込まれていた。彼らは自分達の食糧を優先させていたため、十分な食べ物を彼らの馬やラクダに与えることができておらず、動物達は衰弱しては弱り切り、死にかけているものも見られた。これから戦場にいって戦うどころではなかったのだ。

次の朝、いよいよ地響きを立ててメッカの大軍が近づいてきた。

その前夜、ムハンマドは一人の若者を彼のもとに呼び出した。

若者の名は「アリー」といった。彼は腕っぷしが強く、兵士仲間では剣の名手として知られていた。そう聞いていたムハンマドはアリーの強さを見てみようと、二、三人の剣術に自信のある男達を集め、アリーと対戦させてみた。すると評判どおり、アリーは見事な剣のさばきで男達をいとも簡単に打ち負かしてしまった。ムハンマドはアリーの腕前が評判通り本物である事を確かめると、アリーと二人きりになって彼の胸中にある作戦を伝えた。

ムハンマドから作戦を聞かされたアリーは緊張を隠せなかった。なぜなら、作戦が成功するかどうかはひとえにアリー一人の勝負にかかっていたからだ。

要するに、ムハンマドはアリーに一対一の個人戦による対決を伝えたのだ。もちろん、その戦いにアリーが敗れることは許されなかった。全軍の運命が自分の剣にかかっていることを知ったアリーは自分の剣術には自信があったものの、失敗が許されない状況を真剣に受け止めねばならなかった。

翌朝、少し肌寒い風が吹く中で、両軍は睨《にら》み合いながら対峙した。

そして、ムハンマドは、大声で敵軍の大将に呼びかけた。

「両軍から選ばれし者による決戦勝負をしてはどうか」と。当然のことながらムハンマド軍の戦士にはアリーが呼ばれた。

一方、敵軍の大将は、幾多の戦場を経験し、負け知らずの騎士として名を馳せていたアルムという男を指名した。アルムは馬上戦で槍術に長けており、長槍を自由自在に使いこなすことのできる勇猛な騎士であった。彼はそれまで、無敗を誇っていた敵軍の将であった。

一対一の個人戦は、アリーの剣術とアルムの槍術の対決ということになった。

誰もが、どう考えても接近戦となれば長槍が有利ではないかと思っていた。しかし、同時に僅かではあったが、微妙な距離の取り方次第では剣を持つ者にも利があった。

その時、ムハンマドはアリーを呼び、彼の耳元で囁くように伝えた。「相手の槍の長さを逆手にとって、中に入り込むのだ。そうすれば相手は不利になる。その時、素早く攻撃を加えるのだ。アリーよ。絶対に怯んではならない。槍の内側に入り込む瞬間、すべてをかけて思いっきり飛び込むのだ。逡巡するな。そして相手の首元に剣を突きつけるのだ。そうすれば勝てる。お前にはアッラーがついている。アッラーに恥ずかしくない戦いをするのだ」と付け加えた。

ムハンマドからの思わぬ作戦と激励に、アリーの全身の血が燃え上がった。すでにアリーには、豪傑で大男であるはずの馬上のアルムが小さく見え、恐怖感や不安感はまったく消え失せていた。

アリーは右手で握った剣を天高く掲げると、「ウオー」と辺りに響くような大声で雄叫びをあげた。身に着けた甲冑はかなりの重みがあったが、彼の魂は熱せられ真っ赤になった鋼鉄のようになり、甲冑の重みは全く感じなかった。そして、駑馬《どば》に鞭打つかのように自分の馬に気合を入れると、アルムに向かって砂ぼこりを上げながら突進した。

両者が至近距離でぶつかり合った。

しかし、アリーとアルムの決戦は、長くは続かなかった。

誰の目からも手綱さばきはアルムが優れていたが、明らかに剣さばきはアリーが上回っていた。最初のアルムの長槍の一撃が空を突くと、アリーの剣は頭上で一回転しアルムの甲冑を打ち砕いていた。そのときアリーの剣はアルムの肉片をえぐり取ったようで、アルムの甲冑から血飛沫が飛び散った。アルムは剣の衝撃で苦痛の唸り声を出して、馬上でうつ伏せになったまま動かなくなった。

その様子を固唾《かたず》を呑んで見ていた両軍に一瞬、嘘のような静けさが支配していたが、一対一の騎士対決でアリーが勝利したことを知ると、ムハンマド軍は一斉に勝利の歓呼を上げてアリーを讃えた。

アルムが討ち取られた後、メッカ連合軍の士気はまったく盛り上がらず振るわなくなった。なんとか名誉を挽回しようと、メッカ軍の一部はムハンマド軍に夜襲をかけようとしたが、ムハンマドは周到に警備兵を配置し夜間の警戒を強めさせていた。

案の定、メッカ軍の一部が夜襲攻撃を仕かけて近づいてきた時、警備兵がこれを察知し、ムハンマド軍はすぐにメッカの夜襲部隊を迎え撃つための臨戦態勢をとった。ムハンマド軍の士気は高く、メッカの夜襲部隊は作戦を諦めて引き返さざるを得なかった。メッカ軍は他民族部隊の混成であったため、各部隊の連携はちぐはぐのままで、まとまりがなかった。彼らは静観するかのように遠巻きに町を囲むだけでムハンマド側へ侵攻しようとする気配はなくなっていった。

厳しく乾燥した砂漠で三週間近く滞陣を強いられたあげく、暴風雨の夜を過ごしたメッカ連合軍は疲れ果てていた。士気は目に見えて低下し、戦列を離れる部族が続出する事態となった。

ムハンマドの読みは的中した。メッカ側に犠牲となった兵士は六名のみ。ほとんどの兵士は被害を受けずに終わることが出来た。こうして、メッカ軍はメディーナのムハンマド軍攻略を諦めざるを得なくなった。

メッカの大軍を相手にムハンマドはほとんど戦わずして勝利したのだ。これは誰にとっても大きな驚きだった。噂はアラビア半島全域に広がっていった。戦列を離れた部族達は、メッカ側には内緒でメディーナを拠点としていたムハンマドに使者を送り、決して敵対する意志を持たず従属することを伝えてきた。

すでにメッカ軍は崩壊し、そこに新しい秩序が生まれようとしていたのである。戦況をうかがっていたまわりの部族達も次々とムハンマドに従属を誓い、ムハンマド軍は急速にその勢力を拡大していった。

そして、最後までムハンマドに敵対し抵抗していた異教徒の部族（ハワーズイン族とサキーフ族）に彼は一万二千もの大軍を派遣し、これらの部族を従属させた。こうして、ついにアラビア半島全域をイスラム教によって統一する事に成功した。

ムハンマドは、周りの部族への遠征を始めた当初は、異教徒達に対して極めて寛大な態度をとっていた。ところが、彼らが従属を誓った後も異教徒文化への執着心が強く残っていたため、イスラムの教えに対する抵抗感や政治的不安定を作り出している実情が続いていた。

　ムハンマドは、状況がそれ程でもない時点では、大して気に留めることはなかったが、それが社会的に不安要素として表面化してくると、やがて異教徒の存在を問題視するようになった。いくら良心的で寛大な態度を彼らにとっていても、行動や思考の規範となる宗教原理に違いがあれば、次第にそれらは政治的主張の違いや別の動機となって輪郭を形づくり、正体を現してくるものだ…ムハンマドはそう考えるようになっていた。

　こうして彼は「イスラム民族共同体は、唯一イスラム教の元で統一されなければ、強力なものとして継続させることはできなくなる」と思っていた。

　特に、過去に彼を裏切って反逆したことのあるクライザ族やナディール族などのユダヤ系部族に対しては、徹底的にその芽を摘んでおかねばならないと過激なまでに思うようになっていた。もともと信仰に対するムハンマドの姿勢は許容範囲が広く、ごく自然で寛容なものだった。彼は、宗教心は本人の自発的な動機づけや普遍的価値の追求といったものから生まれるもので、決して他人から押しつけられて育つものではないと考えていた。

　宗教心なるものが、社会や他人から押しつけられたり植えつけられれば、それは逆にその人間の精神的自由を束縛し、その人間の主体性に歪な傷を負わせることになってしまう。植えつけられるべきは知性豊な正義感と自由意志の尊厳であって、それがあってこそ正しい宗教心が育まれていくものだと確信していた。

しかし、ムハンマドがアラビア半島統一を成し遂げて実感したのは、「油断すれば宗教心と民族感情の二者はときに制御不能になる」という教訓であった。この二つは姿を変え当初想像もしなかった化け物のように化学反応を起こし、結合しあって動き出すことがある…という現実だった。うかうかして油断している間に、それが歴史の流れを決定づけてしまうほどの力を蓄え、飼い主である主人に牙を向いて噛みついてくるのだ。

そう思い始めると、彼の寛大な宗教観は次第に変質していった。そして、異教徒に対しどちらかと言えば不信感と狭心的な警戒感を抱くようになっていった。

アラビア半島統一のためには「神の道に沿った心の変革こそ誰もが受け入れるべき「大ジハード」として最も重要視したが、異教徒の勢力に対しても彼は「小ジハード」として、武力による実力行使が不可欠と考えるようになった。

彼は、それを露骨に周りの人間に口にすることは控えたが、心の中で「寛大さ」は愚かさを醸成していく性質があり、ゆっくりと全身を麻痺させ、最後は統治能力までも失わせる原因になりかねないと結論づけていた、彼は、常に指導者には「本能的な人心掌握術と絶妙なバランス感覚」「冷徹な実行力」が必要と考えていた。確かに、人間を信じる事はとても重要であるが、彼にとって人間不信でいることもまた、重要だった。過去に、ムハンマドは一部のユダヤ系部族に裏切り行為があり、意表をつかれたことがあったが、その時、彼は焦りから周りの親しい者達にも不信感を抱くことがあった。そのせいで彼は精神的に苦しんだが、不信感に振り回されるのは自身の愚行であり、己の弱さに起因するからだと思い直してこれを克服した。

ムハンマドは常に彼を神格化しようとする動きにも厳しい姿勢で臨んだ。彼はあくまでもアッラーの神に人々を導くことによって、自身の立場と使命を示そうとした。彼を「神」などと思う者がいれば、彼は「授かった尊い使命を全うすることができなくなる。そんな勘違いや過ちをしてはならない」と人々を正した。

そして、いよいよムハンマドは自分の死期が迫ってきた時、彼は辺り一帯に響き渡るような大声を出して「アッラー・フンマナムー」（＝アッラーよ。証人になってください）と叫び続けた。彼は「私は人々に正しいメッセージを伝えたでしょうか?」と。指で天を指し、何度もアッラーに声を振り絞って承認を得ようとした。

ムハンマドの叫びの問いかけに、アッラーが声を上げて応えることはなかったが、彼が深い祈りを捧げた翌朝、メディーナの丘陵に白く光った柱のようなものが真っすぐ天空に向かって立ち上がっているのが見えた。

完

# あとがき

この物語には、人類の歴史上あまりにも有名な人物が登場します。シッダールタと呼ばれた釈迦牟尼世尊、イエス・キリスト、そしてイスラム教の創始者として知られるモハメッドです。

歴史的に見ると、彼らの活躍した地域と時代は異なります。決して同時代に生まれ、お互いに交流があったというわけではありません。したがって、実際は彼らがお互いに交流していたかというと、そうではありません。ですから物語の中では、フィクションとして彼らに何らかの交流があったかのように書き上げています。

この三人は歴史的にもあまりにも象徴的な存在であり、興味本位で小説の題材にするのはやはり控えたほうがいいだろうと考えてしまいます。なぜなら、私の限られた知識の中で余計な想像を働かせて書いてしまえば、三人を深く敬愛し、心から信仰の対象とされている人々に甚だ浅薄な印象を抱かせてしまうでしょうし、人によっては宗祖が侮辱されたとまで思わせる事態になってしまうかもしれないからです。宗教の持つ深く尊い精神性や魂の奥底から湧出する不屈の勇気について、私的にはあくまでも私自身の経験的な直感と感覚で把握しようと努めました。

同時に彼らについての描写が少々オカルティックではないかなどと思われないようにも気をつけました。むしろ、読者がこれらの偉人の人物像をもっと身近に感じられる機会になれば、自然な形で多くの人々の共感を呼ぶのではないかと思います。そして、彼らの感性が人間的であればあるほど、神秘のベールが除かれて、より身近な存在になるのではないかと思います。

最近の世界情勢を見ると、とりわけ中東地域でアイエス（ＩＳ）と呼ばれ、イスラム教のみで国を築こうとしている人達や、タリバンと名乗る人々の動きがニュースで報道されることがあります。そして、真っ黒な衣服で身を包んだ男性達が「聖戦」（＝ジハード）を叫び、武器を持って隊列を組み活発に動いている姿が目に飛び込んでくることがあります。しかし、ジハードというのは神の名のもとに暴力行為が許されると言う意味ではないはずです。また、女性蔑視の思想でもありません。私がムハンマドの生涯を学び気づいたことは、ジハードというのは自分自身を冷静に見つめ、自己の弱点や弱さを自覚して、努力と忍耐、そして賢明な智慧を持って乗り越えていくことを意味していました。中東の若い人々にも、しっかりとその真意を理解して欲しいと思っています。そうすればむやみに殺戮を繰り返すことが如何に愚かであるかに気づくはずです。

また、二〇〇一年にアフガニスタンのバーミヤン洞窟の石像仏がタリバンによって無残にも爆破されるという出来事が世界を震撼させました。この事件もこれらのイスラム教徒を名乗る勢力がジハードの本当の意味を知らず、人類の歴史にとっても貴重な文化財を破壊してしまう愚行を犯してしまったのです。宗祖であるモハメッドが喜ぶはずはありません。

確かに文明論的な視点から、キリスト教とイスラム教はお互いに相容れないというような印象をもつ人々がいます。確かに、お互いに「神」というものが超人的で神秘的な存在であり、絶対無二を主張する限りにおいては、その主張は衝突を避けられないかに思えてきます。石像仏の破壊行為はそのことの象徴であるかのようにも思えます。

しかし、ジハードの真意を理解すれば、イスラム教も本来は非暴力主義の哲学である事に気付きます。むしろ、人間一人ひとりの改革を基礎にして、より良い社会を目指そうとする平和の思想とも言うべき姿が見えてきます。これから将来を担う若者達にはしっかり、本来は生命尊厳のモハメッドの思想を学んで欲しいと思います。

私はもう二十年以上前に米国に帰化をし、現在米国市民として暮らしています。米国の市民権を取得した時にはニューヨークのブルックリン区にある裁判所で宣誓式を行い、いよいよ米国に骨を埋めるつもりで頑張ろうと決意したものです。その宣誓式には、中東からやってきたという人々も多くいました。彼等の表情も明るく希望に満ちて、新しいこの国の一員となって社会に貢献し、豊かな生活を目指して頑張ろうとの意欲に溢れていたように思います。そして、移民局の裁判官から、「貴方達は今日から米国市民です。おめでとう！」と祝福された時、その中東出身の方達とも握手をし合って喜んだものでした。今も、その時の気持ちが生き生きと蘇ってきます。それは、おそらく世界中からアメリカに移住してきた人々にとっては同じように感ずる瞬間であると思います。その時、もらった米国市民証の写真を見ると私の表情も活き活きとしていて希望に輝いているように見えます。まさに、さまざまな国からやってきた人種で成り立っている「合衆国」の一員になったという気分でした。

もともと、留学を目的に渡米した時には、米国市民として帰化することになるとは夢にも思いませんでしたが、大学から大学院へと進学し、さまざまな機会や人々と接するうちに自分の可能性についてどこまで開拓してゆくことが出来るのかチャレンジしてみたくなったのです。その結果、今はもう故人となった私の母親は一人息子が日本に戻って来なくなり寂しい思いをして、毎日よく泣いていたようです。母親が亡くなった後、妹からその様子を聞かされ、当時の母親の気持ちを偲び、心の中で冥福を祈ったのを思い出します。

現在、私はカリフォルニア州ロサンゼルスの南西に位置するトーランスという町で、小さな会社を経営しています。多くの会社の浮き沈みを見る中で、幸運にも私は優秀なスタッフに恵まれ、経営を続けることができています。事業内容は「スーパーマン」や「バットマン」、「キャプテン・アメリカ」等の人気アニメ漫画や映画でおなじみの主人公をフィギュアとして製造し、販売するコレクティブル・ビジネスです。収集家を対象とし特殊なニッチマーケットであるため、巨大な市場を持つおもちゃの製造・販売事業とは違って、市場規模はそれほど大きくはありません。それでも製品の特殊性や収集価値から全米に多くの顧客を持っています。それぞれのキャラクターの収集に夢中な彼らを見ていると、夢があり楽しくなってきます。少しでも彼らの生活に夢を与えファンタジーの世界を生活の傍に置いて潤いを感じていただいているのなら、私の事業もそれなりに意味があり、価値があると思っています。

この物語の冒頭で登場する「ユージン」「ラニー」そして「リチャード」は、実は私の子供達の本名を借用したものです。そうすることで、私自身が物語の中に自然に入り、ストーリーを書きやすく感じるのではと思ったからです。これは結果的にはよかったと思っています。というのは、彼らがこの物語の中に自分達の名前を見た時、よりいっそう物語の中身に興味を持ってくれるのではないかと思うからです。

彼らは全員、ニューヨークで生まれました。私自身が米国における日系一世だとすると、皆、日系二世ということになります。現在、彼らもそれぞれ家庭を持ち、米国社会にしっかりと根を下ろして活躍しており、彼らの子供達はもう日系三世のアメリカ人です。日本語で話しかけても、たどたどしい日本語が英語と混ざって返ってくるだけです。将来、彼らとのコミュニケーションが思うようにできるのか少々気懸りになってきます。皆、どうやら第一外国語は日本語よりもスペイン語のほうが上手で、彼らに聞いたところ学校では、ほとんど英語とスペイン語が行き交っているようです。日系社会以外では、日本語はとてもマイナーな言語になっています。

いずれにせよ、この作品を読んでくださった方が宗教的な教義云々の難解で複雑な話を離れ、楽しんでくだされば、作者としてこれほど嬉しい事はありません。

二〇二二年五月三日　ジェフリー・樫田

著者略歴

## ジェフリー・樫田

1947年　京都府生まれ。

1976年　米コロンビア大学大学院・国際関係研究科修士課程修了。
その後、米国におけるコンシューマー・プロダクトのマーケット・リサーチ業務に従事、パーソナルケア・プロダクツ・米国市場調査のための「定点観測」ネットワークを作り上げた。

1981年　ニューヨークにWhite Plains Research & Marketing社を設立、多くの日系中小企業の米国進出を支援した。

1985年　米国市民権を取得し米国に帰化。

1996年　エース総合研究所（株）・常務取締役。

2017年　ネパール・カトマンズ市にIT関連の現地法人を設立。
現地でComic Convention（略称＝コミコン）を毎年開催し、日本のアニメ文化の拡大と促進に尽力している。

現在、Tokyo Zerostar社（カリフォルニア州・トーランス市）のオーナー兼代表。
著書（共著）に「ラスベガスの挑戦（年間３百億ドルを稼ぎ出す眩惑都市の光と影）」（2001年・英治出版）がある。

ジュピターと仲間達《なかまたち》 Jupiter & Friends
2022年11月30日　第1刷発行

著　者　　ジェフリー樫田
発行人　　久保田貴幸

発行元　　株式会社 幻冬舎メディアコンサルティング
〒151-0051　東京都渋谷区千駄ヶ谷4-9-7
電話　03-5411-6440（編集）

発売元　　株式会社 幻冬舎
〒151-0051　東京都渋谷区千駄ヶ谷4-9-7
電話　03-5411-6222（営業）

印刷・製本　中央精版印刷株式会社
装　丁　　弓田和則

検印廃止

Printed in Japan
ISBN 978-4-344-94002-4 C0093
幻冬舎メディアコンサルティングＨＰ
https://www.gentosha-mc.com/